LES FIANCÉS DE L'ÉTÉ

DU MÊME AUTEUR

L'Arbre à pain, De Borée, 2003 ; Editions du Papillon, 2009 ; Terre de poche, De Borée, 2011
L'Appel des drailles, De Borée, 2004 ; Editions France Loisirs 2004 ; GLM, 2006 ; A vue d'œil, 2006 ; Terre de poche, De Borée, 2011
Les Drailles oubliées, De Borée, 2005 ; Editions France Loisirs, 2005 ; A vue d'œil, 2007 ; Terre de Poche, De Borée, 2014
Le Secret des Terres blanches, De Borée, 2006 ; GLM, 2006 ; A vue d'œil, 2006 ; Terre de poche, De Borée, 2015
L'Arbre d'or, De Borée, 2007 ; Editions France Loisirs, 2006 ; GLM, 2007 ; A vue d'œil, 2008 ; Terre de poche, De Borée, 2011
L'Arbre à palabres, Mélis Editions, 2009
Le Brouillard de l'aube, Terre de poche, 2010 ; De Borée, 2011
Les Hauts de Bellecoste, Editions France Loisirs, 2010 ; De Borée, 2011
Terres noires, Editions France Loisirs, 2011 ; De Borée, 2012
Les Rives Blanches, Presses de la Cité, 2013 (Prix de l'académie cévenole Le Cabri d'Or 2013) ; Editions France Loisirs, 2015 ; Pocket, 2020
Les Rochefort, Editions France Loisirs, 2013 ; Presses de la Cité, 2014 ; Pocket, 2015
L'Enfant rebelle, Editions France Loisirs, 2014 ; Presses de la Cité, 2015 ; Pocket, 2017
Le Goût du soleil, Editions France Loisirs, 2015 ; Presses de la Cité, 2016 ; Pocket, 2018
La Promesse à Elise, Editions France Loisirs, 2016 ; Presses de la Cité, 2017 ; Pocket, 2019
Le Chemin des larmes, De Borée, 2004 (Prix Mémoire d'Oc 2004) ; Presses de la Cité, 2018
L'Héritier du secret, Editions France Loisirs, 2017 ; Presses de la Cité, 2018 ; Pocket, 2020
Les Sarments de la colère, De Borée, 2009 ; Presses de la Cité, 2019
Dans les yeux d'Ana, Editions France Loisirs, 2018 ; Presses de la Cité, 2019 ; Pocket, 2021
Les Bonheurs de Céline, De Borée, 2010 ; Presses de la Cité, 2020
Les Enfants de Val Fleuri, Editions France Loisirs, 2019 ; Presses de la Cité, 2020 ; Pocket, 2021
Le Saut du loup, De Borée, 2008 ; Presses de la Cité, 2021

Christian Laborie

LES FIANCÉS DE L'ÉTÉ

Roman

TERRES DE FRANCE

Les Presses de la Cité

92, avenue de France – 75013 Paris
ISBN 978-2-258-16335-5
Dépôt légal : août 2021

Avertissement

Ce roman est une pure fiction. Toutefois, son développement a été placé dans un cadre réel. Si l'auteur a pris des libertés avec la géographie, certains événements et les quelques personnages ayant vécu à l'époque et qu'il a mis en scène, les faits auxquels il se réfère ont été transcrits avec la volonté de rester fidèle au contexte historique.

PREMIÈRE PARTIE

Le temps de l'insouciance

1

Florac, Lozère, 1936

La nuit tombait. La fraîcheur s'installait lentement. Le soleil tardait à disparaître derrière la ligne de crête. Après la douceur du jour, Ariane aimait cet instant de déclin, quand la vie semble s'arrêter. Le silence s'appesantit alors sur la nature, devient complice. Assise sur un rocher dominant la confluence des trois vallées, en aplomb au-dessus du vide, elle observait la petite ville et ses lumières qui, les unes après les autres, commençaient à illuminer les ruelles tortueuses et les placettes. De son promontoire accroché à la falaise verticale du causse, elle scrutait le va-et-vient des passants et des rares voitures, fourmis infatigables et imprévisibles. Elle connaissait tous les toits de la cité, devinait ce qui se déroulait au-dessous, imaginait des scènes cocasses de ce grand théâtre de marionnettes. A l'écart, le château des barons de Florac, seigneurs d'Anduze, dressait fièrement sa courtine percée de fenêtres à meneaux et encadrée par deux tours rondes érigées en tuf doré, vestiges des anciennes fortifications. Enfant, Ariane s'aventurait parfois au plus près de ses entrées interdites, cherchant à découvrir quelque secret bien gardé derrière ses ouvertures grillagées, souvenir de sa fonction de prison. Mais c'était autour des nombreux bassins que possédait la ville qu'elle préférait profiter de ses brefs moments de liberté à la sortie de l'école, juste avant de reprendre le chemin de la maison. Elle s'attardait avec délice près de la source du Pêcher, magnifique résurgence du causse Méjean, peuplée de grosses truites fario. Elle donnait du pain sec aux poissons ou allait se perdre sur les rives ensauvagées du Tarnon, de la Mimente ou du Tarn.

Cette insouciance ne l'avait jamais quittée. Elle passait auprès de ses camarades pour une rêveuse, à cent lieues des réalités. Même son père lui reprochait parfois sa légèreté, son manque de sérieux devant les événements graves qui avaient endeuillé sa famille, en premier lieu la mort accidentelle de son frère. L'année précédente, ce dernier avait dévissé de la falaise où elle se trouvait en sentinelle, en faisant de l'escalade sans s'être assuré. Il s'était rompu la colonne vertébrale et avait succombé à ses blessures après des heures de terribles souffrances.

Ariane avait été très affectée par cette tragique et subite disparition. Jean-François, de cinq ans son aîné, représentait à ses yeux d'adolescente un modèle de volonté et de courage, un soutien dans ses moments de doute, d'interrogation, d'opposition à ses parents.

Elle avait quatorze ans lors de l'accident. Depuis, elle se rendait fréquemment à l'endroit où son frère s'était fracassé le dos. De son rocher, perché tel un nid d'aigle en aplomb de la paroi d'où il avait pris son envol pour l'éternité, elle contemplait le ciel et la terre, comme pour y retrouver sa présence, scrutait cette cité carrefour de la pierre et de l'eau qu'était Florac, à la croisée de trois mondes dont elle ne discernait pas les limites : les Cévennes, le causse Méjean et le mont Lozère. Elle l'imaginait planant au-dessus d'elle, tel un rapace dominant les cimes, maître des lieux veillant sur les siens du haut de son Olympe.

Peu à peu, elle avait repris le dessus, s'était efforcée de ne pas sombrer dans le chagrin. Elle voulait garder de Jean-François le souvenir d'un être déterminé, qui ne renonçait jamais devant les difficultés, un jeune homme qui incarnait la joie de vivre, qui n'aurait pas aimé que sa petite sœur se morfonde dans le malheur. Aussi avait-elle décidé d'honorer sa mémoire autrement qu'en allant se recueillir sur sa tombe. A ses yeux, son frère ne reposait pas dans la terre, prisonnier d'un cercueil de chêne, sous une stèle de marbre inondée d'une multitude de fleurs et de plaques funéraires. Il régnait sur ces lieux qui l'avaient vu disparaître. Il demeurait près d'elle. Lui soufflait les réponses à ses questions. Il était sa lumière quand sur sa route il faisait nuit, sa flamme quand dans son cœur il faisait froid, son attente quand dans son esprit le doute s'immisçait.

Obéissante, Ariane ne s'attardait jamais trop longtemps après la classe. Elève studieuse, elle souhaitait devenir institutrice. C'était une vocation qu'elle nourrissait depuis qu'à l'âge de six ans elle était entrée à l'école primaire. Elle s'était toujours imaginée entourée d'enfants, à leur enseigner tout ce que ses maîtresses lui avaient elles-mêmes inculqué : les mystères de l'orthographe, les pièges de la grammaire, la logique des mathématiques, les secrets de l'histoire et les joies de la découverte des espaces géographiques et des sciences. Ses parents – sa mère surtout – ne l'avaient jamais découragée, même si son père, Charles Chaptal, regrettait depuis le décès de son fils que sa succession à la tête de son entreprise ne fût plus assurée.

« Jean-François était mon seul espoir de ne pas voir l'usine léguée par mon père tomber dans les mains d'étrangers », s'attristait-il.

A quinze ans, Ariane était loin de ces préoccupations. La fabrique de chaussures que son père dirigeait et qu'il avait développée était, certes, un bien de famille que son grand-père avait créé à la fin du siècle précédent. Mais elle n'avait jamais pensé y être un jour associée de quelque manière que ce fût. Après le brevet élémentaire, elle était entrée à l'école normale de Florac, où ses maîtres ne cessaient de l'encourager. Dans quelques années, elle obtiendrait son certificat d'aptitude et serait envoyée dans une école du département. Elle ne vivait que dans cette perspective. Pourtant, depuis le drame qui avait endeuillé les siens, elle avait beau invoquer la mémoire de son frère disparu, le doute s'était insinué en elle.

*

Ariane en effet était amoureuse. Elle avait rencontré Raphaël au cours d'un repas auquel ses parents avaient invité les Soubise.

Henri Soubise, notaire à Florac, s'occupait du patrimoine des Chaptal. Henri et Charles étaient amis de longue date. Ils avaient fait leurs études de droit ensemble à Montpellier. Puis, une fois entrés dans la vie active, ils s'étaient perdus de vue, jusqu'au jour où Henri avait racheté une étude notariale dans la petite sous-préfecture lozérienne. Plus de vingt ans étaient passés, depuis. Entre-temps, Charles avait succédé à son père à la tête de la fabrique d'espadrilles que ce dernier avait créée sur le domaine familial, les Abarines, près du village de Cazeneuve, à l'extérieur du bourg. Quant à Henri, après avoir exercé comme clerc de notaire à Montpellier, il s'était « exilé », selon son propre vocabulaire, au fin fond des Cévennes pour y vivre une existence éloignée des tracas et des turbulences de la grande ville.

Les deux amis s'étaient retrouvés par hasard au cours d'une réception donnée par le préfet de la Lozère à Mende. Ils avaient aussitôt renoué leurs liens et s'étaient promis de se présenter mutuellement leurs familles.

« Es-tu marié ? s'était enquis Charles, qui se

souvenait qu'Henri passait à la faculté pour un coureur de jupons endiablé. Le contraire ne m'étonnerait pas ! La vie de garçon t'allait si bien !

— Eh bien, tu te trompes ! lui avait rétorqué le notaire, non sans songer également à ses multiples aventures de jeunesse. Je suis marié… et avec la même femme depuis dix-sept ans. Nous avons trois enfants, dont un fils né la première année de notre union. Comme quoi, tu vois, tout le monde peut évoluer !

— A l'époque, je n'aurais pas parié un kopeck sur ton sens de la fidélité !

— Et toi ? avait demandé Henri. Toujours aussi strict sur les principes ? Je me souviens de ce que tu proférais quand nous étions en goguette. La famille, affirmais-tu, est le premier devoir de l'homme après le travail. Tu es toujours aussi bosseur… et sérieux dans tes amours ?

— Je ne crois pas avoir changé. Je considère que ces deux valeurs constituent la base de notre société, je dirais même de toute civilisation qui va de l'avant. »

Ainsi les deux hommes, bien que proches, se montraient-ils très différents l'un de l'autre. Si le premier affichait une certaine désinvolture et affectionnait des idées parfois bien avancées pour son époque, le second paraissait plus rigide et plus conservateur. Au reste, face à l'avancée du Front populaire, Charles ne cachait pas son hostilité aux mesures de progrès social proposées par les forces de gauche. Le pays étant paralysé par les grèves, il les critiquait sévèrement, affirmant que la France ne pouvait se permettre d'offrir des cadeaux aux classes laborieuses sans mettre son économie en péril.

Henri et Charles se revirent à Florac, quelques mois plus tard. Pour célébrer leurs retrouvailles, Thérèse, la femme de Charles, proposa d'inviter Henri Soubise et sa femme Maryse à un repas aux Abarines.

— Nous ferons d'une pierre deux coups, suggéra-t-elle à son mari. Nous apprendrons à nous connaître et nous fêterons le début de l'été tous ensemble. Ariane pourra aussi se faire de nouveaux amis. Cela lui changera les idées.

Depuis la mort de son frère, Ariane donnait des signes d'inquiétude à sa mère. Elle avait perdu sa joie de vivre habituelle et témoignait moins d'intérêt à la vie familiale. Même son travail à l'école normale ne semblait plus la passionner. Au point que Thérèse s'en était souciée auprès de sa directrice d'études.

« Votre fille est une excellente élève, l'avait tranquillisée cette dernière. Néanmoins, ses professeurs ont effectivement remarqué un changement dans son comportement. Ariane leur paraît moins volontaire, moins attentive. Ses notes heureusement ne s'en ressentent pas. Mais il faudrait qu'elle se reprenne. Elle vient seulement d'entamer le cursus qui fera d'elle une enseignante très expérimentée, j'en suis certaine. Pour cela, elle doit se montrer plus combative et assidue dans l'effort. »

Thérèse avait argué de la disparition de son fils

pour excuser sa fille et avait promis de veiller à ce que celle-ci se ressaisisse.

Les Soubise se rendirent aux Abarines accompagnés de leurs trois enfants, Raphaël, Juliette et Justine. Ceux-ci sympathisèrent rapidement avec Ariane, ne s'encombrant pas des mondanités propres aux adultes.

Raphaël était un garçon très discret et d'une beauté à laquelle Ariane ne demeura pas insensible. Loin d'abuser de ce que la nature lui avait généreusement offert, il attira involontairement toute son attention. La jeune fille fut subjuguée, au point que, au moment de la séparation, elle ne put détacher son regard de son nouvel ami. Sa mère s'en aperçut, mais se garda bien de le relever devant elle.

Le lendemain, le calme dans son esprit étant revenu, Ariane nia avoir été transportée par Raphaël. Mais Thérèse ne douta pas un seul instant que le cœur de sa fille avait chaviré.

Dès lors, Ariane ne vécut plus que dans le désir de revoir sans attendre celui qui l'avait mise en émoi.

Au cours de l'été, alors que la victoire du Front populaire créait partout dans les villes et les campagnes une atmosphère de fête, Raphaël et Ariane se retrouvèrent discrètement, à l'insu de leurs parents. Dès lors, un grand amour les emporta loin des événements qui secouaient le pays.

Elle avait quinze ans.

Il en avait dix-sept.

Le destin venait de les réunir.

L'été de tous les espoirs leur donnait des ailes.

2

L'été 36 demeurerait aux yeux d'Ariane la plus heureuse période de sa vie. Celle de la naissance de son amour pour Raphaël. L'atmosphère de vacances qui régnait alors dans la petite cité lozérienne, ajoutée à l'euphorie des grandes espérances nées au lendemain de la victoire du Front populaire, créait un élan de solidarité et de liberté que personne n'avait rencontré jusqu'alors. Ariane avait beau appartenir à la classe des possédants, elle participait de tout cœur à cette liesse qui avait un avant-goût de bonheur pour les plus défavorisés. Certes, sous son toit, elle entendait souvent son père regretter ce qui était en train de se passer. Mais elle ne pouvait s'empêcher de prendre le parti de ceux qui, par la lutte, avaient arraché au patronat des acquis sociaux considérables. Elle ne connaissait pas le besoin, elle n'avait pas le souci des lendemains incertains, elle vivait comme une petite fille privilégiée, mais elle comprenait combien, pour la majorité des familles, la vie était difficile, les fins de mois angoissantes, l'avenir sans issue. Aussi évitait-elle de dévoiler ses sentiments lorsque, à table, son père amenait la conversation sur le sujet délicat de la victoire néfaste des forces de gauche.

Elle préférait se noyer dans la joie qui l'inondait et se perdre dans ses pensées pour Raphaël.

Celui-ci tardait à se déclarer. Pourtant ses parents lui accordaient beaucoup de liberté et ne l'empêchaient pas de voir ses amis comme il le souhaitait. Un jour cependant, après quelques semaines, sans savoir ce qu'il avait suscité chez Ariane, il se mit à rôder autour des Abarines dans l'attente de la rencontrer. Le domaine des Chaptal s'étendait sur plusieurs hectares au sud de la ville. Traversé par le Tarnon, il offrait une succession de prairies verdoyantes au milieu desquelles se dressait l'usine de chaussures que Charles avait patiemment développée au fil des années depuis la fabrique primitive d'espadrilles de son père.

Le jeune homme rentra bredouille plusieurs soirs de suite. Il avait beau s'attarder jusqu'à la tombée de la nuit, jamais Ariane n'apparaissait.

Peu avant la fête nationale, un groupe de scouts demanda à Charles Chaptal l'autorisation de planter ses tentes sur ses terres, au bord de l'eau. Un peu partout avaient fleuri des camps de jeunes et d'ouvriers dont c'étaient les premières vacances. A contrecœur et sous la pression de sa fille, Charles accepta.

« A condition que vous ne laissiez rien traîner derrière vous, avait-il ajouté, et que vous ne créiez pas la pagaille. »

Charles craignait les débordements provoqués par l'euphorie et l'effet de groupe. Issu d'un milieu de petite bourgeoisie, il se méfiait des élans souvent incontrôlés des classes populaires quand celles-ci se sentent victorieuses. Dans son usine, il tenait les délégués syndicaux à distance et évitait de prêter l'oreille aux revendications de ses ouvriers lorsqu'elles lui semblaient déraisonnables.

— Je te déconseille de te promener autour de ce camp de scouts, recommanda-t-il à Ariane. Il n'y a là-bas que des garçons. Il ne serait pas convenable pour une fille de bonne famille d'attiser les convoitises d'un groupe de jeunes loups livrés à eux-mêmes en pleine nature !

— Je compte sur toi également, appuya Thérèse, sa femme.

Ariane acquiesça et se garda bien de s'approcher de l'endroit où les scouts avaient dressé leurs tentes.

Celles-ci étaient plantées juste au-dessous du rocher sur lequel elle aimait aller à la rencontre de son frère décédé. Ce jour-là elle s'y trouvait, comme elle en avait pris l'habitude, en toute saison, plusieurs fois par semaine. Elle observait l'agitation qui régnait dans le camp et s'en amusait. De son poste de guet, elle parvenait à peine à distinguer les silhouettes. Seules les couleurs des uniformes se détachaient dans l'écrin de verdure traversé par la rivière. Confettis éparpillés le long des rives du Tarnon ou regroupés autour du feu allumé au centre du cantonnement.

Tout à coup, son attention fut attirée par un point rouge qui avançait rapidement en direction du camp. Probablement un cycliste, pensa-t-elle. Elle sortit de son sac les jumelles qu'elle avait emportées. Scruta la prairie, intriguée. Elle se souvint alors que Raphaël Soubise arborait une chemise rouge lors du repas organisé par ses parents.

Son cœur bondit dans sa poitrine. Sans l'ombre d'une hésitation, elle reconnut Raphaël. Que faisait-il parmi ces jeunes scouts ? se demanda-t-elle. Savait-il qu'il se trouvait sur les terres de son père ?

Sans réfléchir, elle descendit aussitôt de son perchoir et dévala le sentier abrupt de la falaise jusqu'au pied de celle-ci. Parvenue aux abords de la prairie, elle se rappela les recommandations de son père : ne pas se mêler aux scouts.

Mais ce fut plus fort qu'elle. Elle voulait revoir Raphaël. Entendre le son de sa voix. Croiser son regard. Etre auprès de lui.

Avait-il ressenti les mêmes émotions qu'elle lorsqu'ils s'étaient rencontrés au cours de ce repas de retrouvailles de leurs pères ? Lui avait-elle plu ? Trop intimidée, elle ne lui avait pas beaucoup parlé ce soir-là. Elle l'avait laissé discourir, se contentant de répondre à ses questions. Elle avait plutôt discuté avec ses sœurs. Juliette était de son âge et s'était montrée très avenante. Justine, la cadette, plus enjouée, l'avait beaucoup amusée avec ses remarques infantiles. Mais elle reconnaissait avoir été attirée par leur grand frère. Et, depuis ce jour-là, elle ne vivait plus que pour le revoir.

Le grand jour était arrivé !

Intimidée mais déterminée, elle s'approcha du campement à pas comptés et, lorsqu'elle fut à bonne distance des premiers garçons qui conversaient avec Raphaël, feignit de s'étonner :

— Raphaël ! s'exclama-t-elle.

Il se retourna dans sa direction.

— Ariane ! Je... je ne m'attendais pas à te voir ici.

Raphaël paraissait aussi ému que la jeune fille.

— Que fais-tu là ? poursuivit-il.

— Je rends visite au groupe de scouts que mon père a autorisé à camper sur ses terres, mentit-elle.

— Sur ses terres ?

— Oui, bien sûr. Nous sommes aux Abarines, le domaine de ma famille. Et toi, qu'est-ce qui t'amène ici ?

— J'ai un copain parmi eux... Justement, voici Régis. Nous sommes dans la même classe au lycée. Il appartient aux scouts de France.

Les présentations faites, Régis les entraîna à l'écart.

— Ce soir, nous allons allumer un grand feu de camp. Puis manger tous ensemble, boire un coup et nous amuser. Ça vous dit d'être des nôtres ? leur proposa-t-il.

Raphaël répondit, après un regard pressant vers Ariane :

— Ça dépend…

— Ça dépend de quoi ?

Ariane comprit l'hésitation de Raphaël.

— Je peux m'arranger pour me libérer, confirma-t-elle avant que ce dernier ne précise sa réponse.

— Alors je serai là également.

Ariane sourit, retenant son émoi. Mais son cœur débordait de joie.

Il lui restait à trouver un subterfuge pour s'absenter après le dîner, avec l'autorisation de ses parents.

*

Elle n'eut aucune difficulté à les convaincre de l'autoriser à sortir ce soir-là. Elle avait mis son amie Annie Dubosc dans la confidence et annonça qu'elle allait passer la soirée chez elle en sa compagnie. C'étaient les vacances. Les journées étaient longues et douces. Charles et Thérèse accordaient volontiers, en toute confiance, des libertés à leur fille.

— Ne rentre pas trop tard, lui ordonna cependant sa mère.

— Avant dix heures ! précisa Charles.

Trop heureuse d'avoir obtenu satisfaction, Ariane ne demanda pas une permission plus importante. Après le repas, elle monta dans sa chambre, se recoiffa, puis changea de tenue.

La croisant dans l'escalier, Thérèse remarqua sa coquetterie.

— C'est pour ton amie que tu t'es faite si belle ?

Ariane rougit. Balbutia :

— Euh… non. Pourquoi cette question ? J'ai seulement changé de robe. Celle que je portais n'était pas très propre. Tu ne voudrais pas que je me présente chez les parents d'Annie comme une petite souillon !

— Tu n'avais pas l'air d'une souillon… Allez, dépêche-toi, ton amie doit s'impatienter. Ne la fais pas attendre.

Thérèse se douta qu'Ariane ne lui disait pas toute la vérité.

Lorsqu'elle eut rejoint Annie, Ariane demanda à son amie de la laisser seule pendant deux heures puis de venir la retrouver à un endroit convenu pour la raccompagner chez elle et se montrer à ses parents. Annie accepta sans faire d'histoires.

Au fur et à mesure qu'elle s'approchait du campement des scouts, elle ne cessait de répéter dans son esprit les paroles qu'elle dirait à Raphaël. Elle se sentait paralysée par l'émotion. Saurait-elle lui faire comprendre ce qu'elle éprouvait pour lui sans se trahir devant ses camarades, qui ne manqueraient pas de s'intéresser à elle ? Son père l'avait prévenue : attention de ne pas réveiller les jeunes loups qui sommeillaient en eux !

Elle n'avait aucune expérience des garçons. Elle ignorait quelles pouvaient être les réactions d'adolescents livrés à eux-mêmes, qui plus est devant une fille seule.

Raphaël discutait avec Régis, assis autour du feu. Il la vit arriver de loin. Il se redressa aussitôt et vint à sa rencontre en arborant un large sourire.

— Je craignais que tu ne changes d'avis ! lui dit-il.

— J'avais promis d'être là. Je n'ai qu'une parole.

Il la prit par la main et l'entraîna vers les flammes qui crépitaient allégrement. Il était huit heures. Le jour tombait. Les scouts s'étaient rassemblés et s'apprêtaient à manger des grillades que deux d'entre eux avaient disposées sur des braises qui finissaient de se consumer à l'écart. Une savoureuse odeur de viande se répandait à travers le camp. Un scout un peu plus âgé que les autres entonna un air du folklore américain en s'accompagnant à la guitare. Ses camarades reprirent avec lui les refrains.

Le chef du groupe, un certain Romuald, âgé d'une vingtaine d'années, s'approcha de Régis et proposa :

— Tes amis peuvent manger avec nous, s'ils le désirent.

Raphaël n'hésita pas :

— Tu veux bien, Ariane ?

— Ta petite amie ne va pas rester le ventre creux à te regarder manger ! plaisanta Romuald.

— C'est que… j'ai déjà dîné chez moi avant de partir.

Ariane s'était troublée en s'entendant désigner comme la petite amie de Raphaël.

Ce dernier répliqua aussitôt :

— Ariane n'est pas ma petite amie. Nous nous connaissons à peine.

— Ouais, c'est ce qu'on dit quand on nie la vérité !

— C'est seulement la deuxième fois que nous nous rencontrons, précisa Ariane.

— Je ne vous crois pas. Ça saute aux yeux que vous êtes amoureux. Vous vous dévorez du regard !

Gênée, Ariane ne retint pas son émotion.

— Tu rougis, insista Romuald. C'est donc que je dis vrai.

— C'est la chaleur des flammes !

— Arrête, coupa Régis. T'es lourd. Laisse-les tranquilles.

Le chef scout s'éloigna en ricanant.

— Ne prêtez pas attention à lui, reprit Régis. Il faut toujours qu'il mette son nez partout. Il joue au petit chef avec tout le monde. Ses responsabilités lui montent à la tête.

La soirée se déroula sans la moindre remarque de la part des camarades de Régis. Ariane était au comble du bonheur. Le seul fait de se trouver côte à côte avec Raphaël la transportait de joie. Elle ne voyait que lui, n'entendait que lui. De son côté, Raphaël ne cessait de lever les yeux vers elle chaque fois qu'il sentait son regard posé sur lui. Alors elle se troublait, lui souriait, répondait à la pression de sa main sur la sienne.

Ils n'avaient pas besoin de paroles pour laisser parler leur cœur. Ils n'avaient pas besoin d'avouer ce qu'ils ressentaient. Leur amour battait à l'unisson, comme s'ils étaient enfermés dans une bulle au milieu des autres, comme s'ils s'étaient échappés du monde.

Alors qu'un jeune scout entamait l'air de « Vous qui passez sans me voir », Raphaël, transporté par la mélodie romantique chantée par Jean Sablon, attira Ariane au creux de son épaule. Elle s'y réfugia tendrement. Il lui murmura quelques mots à l'oreille et l'embrassa.

Elle ferma les yeux. Répondit à son étreinte. S'envola vers les cimes.

Le temps s'écoula à leur insu.

La nuit était tombée depuis plus de deux heures. Les scouts ne cessaient de chanter et de chahuter. Certains s'étaient écartés du groupe et faisaient bande à part. Régis avait abandonné son ami à ses amours.

Tout à coup, Romuald rompit le charme en s'écriant avec autorité :

— Allez, les gars ! Il est l'heure de plier les gaules et d'aller se coucher. Eteignez le feu et n'abandonnez rien derrière vous !

Ariane fut la première à réagir :

— Quelle heure est-il ?

— Dix heures et demie, répondit Raphaël.

— Mes parents ! Que vont-ils penser ? J'avais promis de ne pas rentrer trop tard…

Ils s'éclipsèrent sur-le-champ, après un rapide au revoir à Régis et à ses camarades.

— Monte sur le porte-bagages de mon vélo, proposa Raphaël. Tu gagneras du temps.

— Il faut d'abord prévenir Annie, à la source du Pêcher !

Ils se dépêchèrent de se rendre au lieu du rendez-vous que les deux filles s'étaient donné.

Lorsqu'ils parvinrent devant chez Ariane, il était presque vingt-trois heures. La jeune fille descendit trop rapidement de la bicyclette et faillit chuter.

— Tu ne me dis pas au revoir ? fit Raphaël en la retenant par la main.

— Mon père doit être dans tous ses états, tel que je le connais. Et ma mère doit s'inquiéter...

Elle se ravisa. Se rapprocha de Raphaël.

Il lui caressa le visage. L'embrassa tendrement.

— A demain. Trois heures à la source du Pêcher.

— Promis. J'y serai.

Aux Abarines, Charles attendait sa fille, courroucé. Il faisait les cent pas dans le vestibule, l'œil rivé à sa montre à gousset. Thérèse était restée au salon à lire une revue de mode, priant qu'il ne soit rien arrivé à Ariane. Comme toutes les mères, elle éprouvait davantage de crainte que de colère quand celle-ci désobéissait aux consignes.

Ariane ne mentit pas. Elle reconnut avoir rencontré Raphaël Soubise et oublié l'heure en bavardant. Elle se garda bien toutefois d'avouer qu'ils s'étaient rendus au camp de scouts pour se retrouver. Charles la morigéna et exigea qu'à l'avenir cela ne se reproduise plus.

— Je ne t'interdis pas de voir le fils de mon ami Henri, lui dit-il. Mais je compte sur toi pour être raisonnable. Tu saisis ?

Soulagée, Ariane ne contint pas sa joie :

— Merci, papa. Je te le promets.

Avant de se coucher, Thérèse vint discuter avec sa fille dans sa chambre.

— Tu es amoureuse, ma chérie ! Ça se lit sur ton visage.

Ariane, gênée, ne répondit pas.

— Tu peux tout me raconter, tu sais. Je suis ta mère. Je comprends ce qui se passe dans le cœur de ma fille !

Et Ariane de s'épancher, incapable de garder son bonheur pour elle-même.

Les deux jeunes gens ne se quittèrent plus de l'été. Ils se revirent chaque fois qu'ils pouvaient s'éclipser de chez eux en toute discrétion.

Avant que la rentrée scolaire ne les retienne chacun de son côté, ils jurèrent de se revoir autant qu'ils le pourraient.

Alors, ne cachant pas à ses parents les sentiments qui l'animaient à l'égard d'Ariane, Raphaël prononça des paroles, légères pour un garçon de dix-sept ans mais qui, en réalité, étaient d'une profonde sincérité. Jamais d'ailleurs il ne trahirait sa promesse :

— J'aime Ariane. Un jour, elle sera ma femme.

3

1938

Deux années s'écoulèrent. Les événements s'étaient précipités. Après l'enthousiasme des premiers mois, le pays dut affronter les réalités de la vie économique. Les mesures de restriction succédèrent à la générosité du gouvernement dirigé par Léon Blum. Le Front populaire vivait ses derniers jours. Sur la scène internationale planait l'ombre d'un nouveau conflit. Dans de nombreux Etats, les factions réactionnaires gagnaient du terrain, en Italie, en Espagne, au Portugal, en Hongrie. L'Allemagne demeurait la plus grave menace pour la paix.

En dépit des circonstances, Raphaël et Ariane vivaient sans penser au lendemain. Ils s'aimaient et ne se cachaient pas. Leur amour les portait à cent lieues de tous les dangers. Leurs parents ne leur interdisaient pas de se fréquenter. A condition qu'ils se montrent raisonnables, ne cessait de rappeler Charles, le moins large d'esprit de tous.

« J'ai confiance en ma fille, affirmait-il devant

son ami notaire. J'espère que ton fils gardera la tête froide jusqu'au jour où nous les marierons. Je ne tiens pas à ce qu'Ariane nous avertisse un jour qu'elle attend un enfant. Ils sont jeunes. Qu'ils finissent d'abord leurs études ! »

Raphaël était entré à l'école d'architecture de Montpellier. Ariane, elle, s'apprêtait à passer son baccalauréat à la fin de l'année scolaire et à poursuivre son cursus à l'école normale pour devenir institutrice. Mais son enthousiasme paraissait de moins en moins évident aux yeux de sa mère. Ses professeurs avaient beau l'encourager, elle ne répondait plus à leurs attentes. Au point que son père se mit à penser que sa relation avec Raphaël nuisait à sa scolarité.

Un soir, peu avant Noël, il l'avertit :

— Je veux que tout soit bien clair entre nous. Je ne t'ai jamais interdit de fréquenter Raphaël. Il est le fils de mon ami. C'est un garçon intelligent, travailleur, convenable dans tous les sens du terme. Je n'ai rien contre lui. De plus, sa famille t'a ouvert ses portes en t'accordant son entière confiance. Ne les déçois pas.

— Je… je ne comprends pas ce que tu essaies de me signifier, papa. Aurais-tu un reproche à m'adresser ?

— Tu n'es plus à tes études. Ta mère et moi trouvons cela très regrettable. Raphaël prépare avec sérieux son diplôme d'architecte. Prends exemple sur lui ! Si tu continues comme ça, tu finiras par rater ton bac. Qu'est devenue ton ambition d'être enseignante ?

Ariane se doutait qu'un jour ou l'autre ses parents s'inquiéteraient de son attitude. Ce n'était pas Raphaël qui lui perturbait l'esprit. Certes, ils se voyaient seulement en fin de semaine et au cours des vacances. Mais elle savait être patiente. Elle l'aimait trop pour se mettre en danger et s'exposer aux remontrances de sa famille. Raphaël lui avait juré qu'il l'épouserait dès qu'ils en auraient l'âge. Elle lui avait promis d'être sa femme.

« Ne brûlons pas les étapes, lui avait conseillé Raphaël. Nos parents nous trouvent sans doute un peu jeunes. Patientons quelques années, alors nous leur parlerons sans détour. »

Ariane ne vivait que dans cette attente.

Une autre raison la tracassait davantage : ses études l'intéressaient de moins en moins. Douée pour le dessin depuis son plus jeune âge, elle n'avait jamais cessé de croquer dans ses carnets ou sur de simples feuilles de papier tout ce qui lui passait par la tête : paysages, objets hétéroclites, natures mortes… Elle prenait parfois le pinceau et peignait avec un certain talent, sans avoir appris les fondements de cet art pourtant bien difficile. Mais c'étaient les sujets de mode qu'elle affectionnait le plus. Elle stylisait robes et chemisiers qu'elle aurait adoré porter, imaginait des tenues de soirée et des robes de mariée. Depuis quelque temps, elle s'appliquait à dessiner des chaussures et rêvait de présenter ses esquisses à son père pour connaître son opinion sur ses capacités. Mais elle n'osait lui en parler, de crainte de susciter de sa part un manque d'intérêt ou un jugement défavorable.

Après son baccalauréat, elle choisirait définitivement son avenir professionnel. Aussi se résolut-elle à prévenir ses parents.

— Je vais arrêter l'école normale, leur avoua-t-elle. Je ne veux plus être enseignante.

Après un temps de sidération, Thérèse réagit la première :

— Tu souhaites aller à l'université ? Préparer une licence ? Dans quel domaine ?

— Pas à l'université.

— C'est pour te rapprocher de Raphaël que tu désires étudier à Montpellier ? crut comprendre Charles. Si tel est le cas, j'espère que tu as bien réfléchi. Ne décide pas n'importe quoi dans l'unique but de satisfaire les élans de ton cœur. Un jour, tu le regretteras. Tu as toujours eu la vocation de devenir institutrice. Raphaël ne doit pas te détourner de ton objectif.

— Il ne s'agit pas de Raphaël. Et je n'ai pas l'intention de m'inscrire à la faculté.

— Alors, que souhaites-tu ? insista Thérèse.

Ariane s'absenta quelques secondes pour se rendre dans sa chambre, en revint un carton à dessins sous le bras.

— Il y a longtemps que j'hésite à vous les montrer, surtout à toi, papa. Je n'osais pas, de peur que tu te moques de moi…

Elle étala sur la table de nombreux croquis de chaussures : escarpins, souliers à talons aiguilles, bottines, bottes, mocassins…

Intrigué, Charles se pencha sur les dessins de sa fille et, sans mot dire, les regarda attentivement.

Il les examina tous plusieurs fois de suite, l'air impassible.

Puis il les tendit à sa femme sans trahir l'ombre d'un avis.

Ariane attendait son jugement, fébrile.

— Alors ? s'enquit-elle.

— C'est cela qui occupe ton esprit, à présent ? releva Charles. Tu passes ton temps à dessiner au lieu d'étudier ?

— Je n'ai jamais sacrifié mes études. Le dessin et la peinture sont mes loisirs favoris. Je ne l'ai jamais caché.

— C'est vrai qu'à l'école Ariane a toujours excellé dans cette matière, plaida Thérèse.

— Où veux-tu en venir ? finit par demander Charles. Peux-tu nous expliquer le rapport entre cette passion pour le dessin et ta décision de renoncer à l'école normale ? Si tu désires t'inscrire aux Beaux-Arts, il faudra que nous en reparlions. Cette voie ne mène nulle part. Sinon à la vie de bohème !

— Tu es long à comprendre, papa ! Pourtant, tu devrais deviner. Je t'ai montré des croquis de chaussures que j'ai réalisés cette année. J'en ai d'autres, plus anciens…

Le visage de Charles se dérida. Ses traits se détendirent. Un sourire l'illumina.

— Tu souhaites dessiner mes futures collections de chaussures ?…

— J'y ai beaucoup réfléchi. C'est cela, oui. Je m'installerais dans un atelier de ton usine. Je travaillerais près de toi pour lancer ta marque sur le marché de la mode. On deviendrait célèbres…

— Oh là, ma fille ! Tu t'emballes un peu vite.

— Alors, c'est non ?

Thérèse ne disait mot. Elle regardait Ariane s'enthousiasmer et ne dissimulait pas son émotion.

— Ce serait une très belle collaboration, reconnut-elle pour appuyer sa démarche. Père et fille, œuvrant main dans la main… quelle bonne idée !

Charles traînait à donner son avis.

— Je dois y réfléchir. Tu es encore bien jeune pour entrer dans la vie active. Je te ferai part de ma décision dans quelques jours. Le temps que j'étudie ton souhait sans a priori.

Ariane prit cet atermoiement pour un refus.

— Si papa hésite, c'est qu'il n'est pas d'accord, maugréa-t-elle une fois seule avec sa mère. D'ailleurs il n'a fait aucun commentaire sur mes esquisses. Il ne les trouve pas à son goût. Je n'ai peut-être aucun talent…

— Moi, je les aime. Tu es vraiment douée. Tu m'étonnes beaucoup.

Deux jours plus tard, Charles revint au-devant de sa fille.

— J'ai bien réfléchi... Après avoir attentivement examiné tes croquis, j'ai décidé de t'accorder une chance.

— Tu acceptes ! exulta Ariane.

— Tes dessins sont très prometteurs, je le reconnais. Certains manquent de précision, mais d'autres sont très réussis. Mais, car il y a un « mais », tu es encore trop jeune pour travailler à mes côtés. Tu as beaucoup à apprendre. La chaussure, vois-tu, c'est toute une science. Il faut en maîtriser toutes les techniques. Ce n'est pas uniquement de l'art plastique. Donc, si tu désires prendre cette voie-là, je te propose de suivre les cours d'une école de la chaussure. J'en connais une excellente à Paris. Je t'y enverrai. Ainsi, tu seras initiée aux secrets du métier.

— A Paris ! s'étonna Ariane.

— Je te trouverai une pension privée pour jeunes filles pas trop éloignée de l'école. Il faudra être sérieuse comme tu l'as toujours été jusqu'à présent !

Ariane semblait hésiter.

— Cela ne te convient pas ? C'est à cause de Raphaël ? Tu as peur de ne plus le voir assez souvent ? Ton apprentissage ne durera que deux ans. Après tu travailleras avec moi. Et je pourrai donc compter sur toi pour assurer ma succession. Tu seras dans la place. Tu n'auras pas à t'imposer.

— Ton père a une excellente idée ! renchérit Thérèse. Deux ans seront vite passés. Ton Raphaël saura attendre s'il t'aime autant que tu l'aimes. Vous vous retrouverez chaque fois qu'il y aura des vacances et des fêtes dans l'année. Ce ne sera pas très long. Et puis, lui aussi doit songer à ses études !

Ariane s'était subitement attristée à la pensée de se séparer de Raphaël. Elle avait imaginé que son père la prendrait dans son usine sans lui demander au préalable de faire son apprentissage.

— Si c'est vraiment ce que tu souhaites, il n'y a pas à hésiter, poursuivit Thérèse pour la convaincre.

Ariane s'approcha de son père. Le serra dans ses bras. L'embrassa.

— Tu es vraiment le meilleur papa qui existe, lui glissa-t-elle dans le creux de l'oreille.

— Quand je te disais que ton père ne sait jamais rien te refuser ! plaisanta Thérèse.

★

Le week-end suivant, Ariane annonça aussitôt la nouvelle à Raphaël. Le jeune Soubise se réjouit de constater combien celle-ci était heureuse à l'idée de réaliser son rêve, mais s'assombrit à son tour en songeant aux longues séparations à venir.

— L'année prochaine, je fêterai mes dix-huit ans.

C'est un bel âge pour se fiancer ! lui répondit-elle en se blottissant dans ses bras. Qu'en penses-tu ?

— Tu veux qu'on se fiance ? Tu es sérieuse ? Tu en as déjà parlé à ta famille ?

— Pas encore. Mais cela rendra notre liaison plus officielle. Mes parents ne m'ont jamais interdit de te fréquenter. Je suppose qu'ils s'attendent à une telle décision de notre part. Et les tiens, y verront-ils une objection ?

— Non, bien évidemment. Ils sont dans le même état d'esprit que les tiens.

Ariane exultait. Son horizon s'éclaircissait et se nimbait des couleurs de l'espérance. Tout à ses yeux devenait lumineux.

Malgré les incertitudes dans lesquelles le monde plongeait inexorablement, elle se maintenait peu informée de l'actualité. Certes, son père lisait le journal et écoutait tous les jours la TSF, mais il n'entretenait jamais les siens des problèmes qui faisaient la une des quotidiens et lui donnaient des inquiétudes quant à l'avenir de son entreprise et du pays. Hitler venait de s'emparer des Sudètes en Tchécoslovaquie, ses milices paramilitaires avaient terrorisé les Juifs d'Allemagne au cours de la « Nuit de cristal » et commencé leur déportation dans des camps de concentration ; le général Franco achevait dans le sang sa victoire sur les forces républicaines ; Mussolini triomphait dans l'arrogance et se rapprochait de l'Allemagne nazie.

— Le monde va mal, lâcha Charles devant son ami Henri Soubise. Dieu merci, le nouveau gouvernement a redressé la barre en mettant un terme à la politique désastreuse du Front populaire ! Elle nous menait droit dans le mur. Elle nous aurait affaiblis au moment où nous devons nous montrer forts face à la montée des périls.

— Crois-tu aux menaces de guerre que fait planer Hitler sur l'Europe ?

— J'essaie de ne pas trop y penser. Mes souvenirs de 14-18 sont encore trop vivaces dans mon esprit. Je ne souhaite pas que nos enfants connaissent ce que nous avons vécu.

— En tout cas, ils n'ont pas l'air de s'en soucier. Ta fille t'a-t-elle prévenu de leurs intentions ?

Charles s'étonna :

— Quelles intentions ? Ariane m'a seulement averti qu'elle désirait interrompre ses études à l'école normale. Elle veut devenir styliste dans la chaussure. J'ai accepté qu'elle aille à Paris pour suivre les cours d'une école de formation. Ton fils ne l'ignore pas, je suppose.

— Ce n'est pas des études de ta fille qu'il s'agit, mais de leur avenir à tous les deux… Ils aimeraient se fiancer au cours de l'été.

— Je n'en suis pas informé ! Ma femme non plus, sans doute. Elle me l'aurait dit.

— Ariane ne va pas tarder à vous en parler. Elle n'ose peut-être pas ! Elle a peur que vous refusiez.

— Refuser ! Pourquoi ?

— Elle est bien jeune. Elle n'a pas dix-huit ans.

— Elle les aura l'année prochaine. Et elle fréquente ton fils depuis longtemps déjà. Je ne suis pas hostile à cette éventualité.

Le soir même, Charles entretint Thérèse du désir de leur fille et décida de précipiter la conversation.

— Ariane, n'as-tu pas quelque chose d'important à nous demander ?

La jeune fille sentit le moment venu de s'exprimer sans détour.

— J'attendais d'être à table pour vous parler de Raphaël et de moi.

Thérèse arbora un large sourire.

— Nous sommes au courant, ma chérie. Ton père a été averti par Henri Soubise.

— Alors vous savez... Vous... vous êtes d'accord ?

— Vous vous aimez. Nous ne pouvons pas nous opposer à vos fiançailles.

Au comble de la joie, Ariane se jeta dans les bras de sa mère, puis embrassa son père.

— Vous êtes vraiment les parents les plus adorables qui existent !

— Nous n'avons plus que toi. Nous ne nuirons jamais à ton bonheur.

— Je te demande d'abord de passer ton bac, ajouta Charles. Ensuite, n'oublie pas ce dont nous avons convenu. Après les vacances, tu montes à

Paris pour ta future formation. Tu n'as pas changé d'avis ?

— Non, bien sûr, papa.

— Quand tu auras terminé tes études, tu t'installeras à mes côtés et tu pourras épouser Raphaël.

— Ma chérie, s'exclama Thérèse, comme je suis heureuse pour toi ! J'ai l'impression que tout te réussit.

Ariane ne parvenait pas à cacher sa joie. Elle bénissait le ciel d'avoir des parents aussi compréhensifs. Certes, son père se révélait parfois un peu raide et autoritaire, très attaché à ses principes. Mais sa mère savait adoucir son penchant paternaliste et vieille France. Dans les moments délicats, elle pouvait compter sur elle pour plaider sa cause.

— Merci du fond du cœur. Je n'oublierai jamais ce que vous faites pour moi.

Les fiançailles furent fixées au dimanche 2 juillet 1939.

— Nous avons six mois pour préparer cet heureux événement, déclara Thérèse, qui se réjouissait à l'avance de cette fête.

Les fiançailles représentaient pour elle un acte important dans la vie d'un couple, un engagement à s'unir, une preuve qu'on était capables de patienter sans mettre en danger l'amour qu'on éprouvait l'un pour l'autre. Thérèse était une catholique pratiquante, attachée aux valeurs traditionnelles. Elle considérait les grandes cérémonies religieuses de l'existence comme des gages de foi devant Dieu. Aussi tenait-elle beaucoup au baptême, à la communion, au mariage et aux obsèques à l'église.

Raphaël et Ariane vécurent cette période d'attente sans penser au lendemain. Rien d'autre ne comptait plus à leurs yeux que cette promesse officielle d'union devant leurs deux familles. Ils se retrouvaient avec toujours plus d'exaltation et de fougue chaque fois que leurs études les laissaient libres de s'absenter de chez eux. Ils évitaient toutefois de désobéir aux consignes de leurs parents.

En réalité, Ariane ne désirait pas se précipiter, même si dans les moments de grande intimité elle ressentait une forte envie de se donner à Raphaël. Ce dernier la respectait. Il tenait trop à elle pour la contraindre.

Avec son regard mélancolique, ses yeux d'un bleu de porcelaine et ses longs cheveux blonds déployés sur ses épaules, Ariane était extrêmement séduisante et elle en jouait. Toujours gracieuse, le visage illuminé, malgré une certaine réserve, elle s'exprimait librement, sans complexes. Raphaël avait deviné en elle, derrière sa spontanéité et son franc-parler, un être sensible, délicat, fragile. Une jeune fille qui attendait de lui non des promesses alléchantes et fallacieuses, mais des certitudes, de la sincérité. De l'amour véritable.

4

1939

La plupart des fruitiers étaient en pleine floraison. Les prairies regorgeaient de pâquerettes. Les hêtres gonflaient leurs robes verdoyantes sous l'effet de la brise. La montagne s'aquarellait de jade et d'émeraude, alors que, sur le causse, l'or des blés ondoyait sous la caresse du vent. Dès l'aube, dans la vallée, les dernières écharpes de brume finissaient de s'étirer tandis que Florac commençait à s'éveiller.

L'été s'annonçait joyeusement dans le cœur des deux fiancés. Pour eux le ciel avait la couleur des rêves. Ariane et Raphaël avaient tellement souhaité ce jour qu'ils en oubliaient qu'au-delà de leur petit monde des signes inquiétants laissaient craindre le pire. Des hordes de nuages s'amoncelaient aux frontières, chape d'anthracite qui cimentait l'horizon et empêchait de percevoir la lumière en toute quiétude.

Les préparatifs de la cérémonie tant attendue se terminaient. Thérèse Chaptal et Maryse Soubise avaient pensé aux moindres détails. Le repas se déroulerait dans le parc du manoir – en réalité, une imposante maison de maître construite au siècle précédent par un hobereau qui s'était enrichi dans les vins du Languedoc. L'endroit était ombragé, à l'abri des regards. Des saules majestueux plongeaient leurs ramures dans les eaux limpides d'un petit étang alimenté par un ruisseau descendant du plateau, et procuraient de la fraîcheur aux plus chauds moments de la journée. Tout autour, des prés s'étiraient aux limites du domaine, verts jusqu'à la mi-juillet, transformés en véritables paillassons au cours des forts épisodes de sécheresse.

« Nous installerons les tables à l'extérieur, juste devant l'entrée, avait suggéré Thérèse. Ce sera plus commode pour le service. Et les saules nous protégeront du soleil. »

Le manoir était accessible par un élégant escalier à la française à double rampe donnant sur une vaste terrasse. Quatre baies vitrées cintrées ouvraient la façade et inondaient le séjour d'une grande clarté. Toutes étaient parées d'une paire de volets parfaitement entretenus. Au-dessus, au premier étage, des fenêtres à meneaux indiquaient l'emplacement des chambres principales. Les chambres secondaires, jadis réservées au personnel domestique, se situaient au second étage, directement sous les toits. Leurs ouvertures, plus étroites, étaient dépourvues de volets et correspondaient chacune à une pièce unique.

La maison était en piteux état lors de son acquisition par le père de Charles. Son précédent propriétaire n'avait entrepris aucun travail de ravalement ou de réparation. Il l'avait laissée se dégrader au fil des années, si bien qu'à la fin de sa vie, ruiné par la crise du phylloxéra qui avait eu raison de son vignoble du pic Saint-Loup, il n'avait eu d'autre recours que de la céder à bas prix. Eugène Chaptal en avait profité et avait commencé la restauration que Charles, à sa suite, avait achevée. Les Abarines étaient redevenues non seulement un beau domaine de plusieurs hectares, mais aussi une magnifique demeure qui créait bien des jalousies dans la région.

S'étendant jusqu'au village de Cazeneuve, ses terres jouxtaient celles de Simone et Félicien Bastide, que tous appelaient « le vieux Félicien » depuis des années, alors qu'il n'avait pas encore atteint ses soixante ans. Simone était employée par les Chaptal à des travaux domestiques journaliers. Elle aidait la gouvernante, Marie Chabalier, à tenir la maison en état et s'acquittait des tâches de cuisine et de ménage.

A côté de leur ferme, celle des Lapierre dressait ses trois bâtiments autour d'une cour fermée au centre de laquelle un tas de fumier témoignait de l'activité d'élevage de son propriétaire. Robert Lapierre était marié à une protestante, Germaine, ce qui avait fait jaser dans cette commune dont les habitants étaient à forte majorité catholiques. C'étaient des paysans aisés. Robert possédait un troupeau de vaches laitières d'une trentaine de têtes et une demi-douzaine de porcs qu'il amenait à l'abattage une fois par an, au moment des fêtes de la fin décembre. Dans la région, il passait pour un homme intègre et travailleur. Père d'une petite fille, Pauline, il se désolait de ne pas avoir un fils pour l'aider un jour et prendre sa suite. Depuis leur premier enfant, son épouse avait fait plusieurs fausses couches et se reprochait de ne pouvoir satisfaire son mari. Simone, qui l'avait accouchée, lui prescrivait pourtant nombre de médications à base de plantes, toutes censées accroître sa fertilité et favoriser le développement du bébé en gestation. Mais au bout de quelques semaines le même scénario se reproduisait immanquablement : Germaine perdait le fruit de ses efforts. Au point que de méchantes langues parmi ses amies lui avaient conseillé de se méfier de Simone.

Le bruit courait en effet dans la commune que la domestique des Chaptal, si elle était accoucheuse à ses moments perdus, passait aussi pour une « faiseuse d'anges », l'expression qu'on utilisait pour ne pas dire ouvertement qu'elle pratiquait des avortements en toute discrétion. Dans la communauté catholique, cette notoriété valait condamnation. Au reste, personne n'avait jamais vu Simone ni son mari à l'église, preuve s'il en fallait qu'ils ne devaient pas être parmi les élus du bon Dieu ! Simone ne donnait-elle pas à Germaine des potions abortives à son insu dans un but inavoué ?

Ces on-dit étaient parvenus aux oreilles des Bastide. Mais ils ne les touchaient guère. Félicien, vieux grognard taiseux au caractère bougon et à l'esprit laïque, refusait d'entrer dans ce genre de polémique de bénitier, comme il les appelait en se moquant des bigots et des bigotes de toute obédience. Sans enfants, il ne s'intéressait guère à ses voisins et vivait à l'écart, en égoïste. Il ne fréquentait personne dans le village et ignorait ce qui se passait à quelques encablures de sa ferme.

Aussi, lorsque sa femme lui annonça les fiançailles de la jeune Chaptal aux Abarines, demeura-t-il impassible et n'eut-il d'autre réaction que de maugréer :

— Ces bourgeois ne pensent qu'à festoyer alors que le petit peuple trime pour gagner son pain.

Simone, qui était rarement sur la même longueur d'onde que son mari, haussa les épaules et lui rétorqua gentiment :

— Oh toi, de toute façon rien ne te touche !

*

La fête battait son plein.

Les invités s'étaient attablés aux places attribuées d'un commun accord par Thérèse et Maryse.

Auparavant, tous s'étaient retrouvés à l'église, où

une messe avait été donnée en l'honneur des fiancés afin d'officialiser leur promesse d'union. Le curé, l'abbé Grignal, ami des Chaptal, avait tenu à ce que les deux familles s'installent du même côté de la nef centrale, juste devant l'autel, et qu'hommes et femmes se mélangent dans un souci d'égalité. Thérèse avait rechigné. Ses convictions profondes se heurtaient à la modernité de ce prêtre qui ne cachait pas son désir d'en finir avec les incohérences de certaines pratiques voire de certaines croyances. Charles n'avait pas sourcillé. Il se reconnaissait volontiers agnostique et n'imposait jamais ses idées en matière de religion. Il abandonnait ce domaine à sa femme et n'intervenait jamais dans les discussions entre mère et fille lorsque leurs opinions divergeaient.

— Ce fut une belle cérémonie ! se réjouit Maryse en s'asseyant à côté de Thérèse au début du repas. Et ce prêtre a si bien parlé ! Il a mis toute l'assemblée à la portée de son sermon.

— Certes, mais je m'attendais à ce qu'il insiste davantage sur… comment vous dire… sur la sacralité du mariage. Qu'il avertisse nos enfants de ne pas se précipiter dans les bras l'un de l'autre au risque de commettre avant l'heure l'acte d'amour. Qu'il leur conseille de patienter, de se faire désirer. Vous comprenez ce que je veux dire ?

Thérèse ne savait comment signifier à son amie son souhait de voir sa fille demeurer vierge jusqu'au jour du sacrement.

— La robe immaculée de la jeune mariée est un symbole qu'il ne faut pas prendre à la légère, n'est-ce pas ?

— Vous doutez des intentions de mon fils ? s'offusqua Maryse.

— Non… mais c'est un garçon. J'espère qu'il se montrera… correct.

— J'en suis certaine. Mais si cela devait arriver, ce ne serait pas un drame. D'ailleurs, nous n'en serions pas avertis, je suppose. Alors, à nous de faire confiance à nos enfants. En ce qui me concerne, je ne pourrais pas jeter la pierre à votre fille si elle s'abandonnait dans les bras de mon fils. J'ai moi-même succombé au charme de mon fiancé avant d'aller voir le curé qui nous a mariés. Pas vous ?

Thérèse rougit de confusion. La conversation prenait des airs de confidences auxquels elle n'était pas habituée.

— Charles a toujours montré à mon égard un profond respect. Et je lui en suis encore reconnaissante.

De leur côté, les deux hommes, habillés comme pour un jour de mariage, se congratulaient tels de vieux complices qui se retrouvent pour faire la fête.

— Au diable les convenances ! déclara très vite Charles en dénouant sa cravate et en déboutonnant le col de sa chemise. Donnons l'exemple. Nos invités me paraissent un peu guindés. Ils n'osent pas se détendre en notre présence.

Henri imita son ami et se mit à l'aise sous l'œil médusé de leurs épouses.

— Charles, voyons ! objecta Thérèse. Un peu de retenue ! Que vont penser nos convives ?

— Je vais les convier à en faire autant. Il fait horriblement chaud. Nous sommes entre amis. Qu'ils ne se gênent pas !

Tous regardaient la scène, goguenards.

L'orchestre, commandé par les Chaptal, entama une chanson à la mode et interrompit les remontrances de Thérèse, qui, de ce fait, se trouva en mal de répliques.

Raphaël et Ariane n'avaient pas entendu la conversation et se précipitèrent sur la piste de danse aménagée au centre des tables. Ils amorcèrent quelques pas d'un tango argentin et se rapprochèrent rapidement l'un de l'autre dans des figures lascives.

— Ah, ces danses modernes ! releva Thérèse. Je ne m'y habituerai jamais.

Maryse sourit et ne dit mot.

Se retournant vers son mari, elle le rappela à son devoir de courtoisie :

— Tu ne m'invites pas à danser ?

Henri s'exécuta aussitôt et, sous l'œil amusé de Charles, entraîna sa femme dans le tourbillon de folie qui avait enflammé la piste.

— Il faudrait te dérider ! plaisanta Charles en se tournant vers son épouse. Aujourd'hui, pensons à la fête. Nos enfants nous en donnent l'occasion. Ne gâchons pas leur joie avec toutes nos convenances surannées.

Thérèse fixa Charles d'un air réprobateur. Puis regarda Ariane dans les bras de Raphaël.

— Elle est si jolie, notre fille ! Elle rayonne de bonheur. Je voudrais tellement qu'elle soit heureuse !

— Mais elle est heureuse ! Alors, cesse de t'inquiéter et accepte les choses comme elles sont et comme elles arriveront à l'avenir.

Thérèse tendit la main à son mari et lui sourit.

— Je ne suis qu'une maman qui tremble pour son enfant, reconnut-elle. Mais c'est toi qui as raison. Invite-moi donc à danser.

La fête se poursuivait dans l'allégresse.

Les convives n'avaient pas envie de partir. L'atmosphère douce de cette nuit d'été rendait les esprits euphoriques. Des fragrances miellées de fleurs sauvages embaumaient les prairies voisines et se mêlaient aux parfums enivrants des femmes et des jeunes filles qui évoluaient sur la piste de danse. Des amoureux s'étaient éclipsés derrière les saules et profitaient de l'inattention des adultes pour s'échapper sur des chemins de rêves et de promesses.

Ariane et Raphaël demeuraient sagement à table et ne se levaient que pour aller danser ou bavarder avec leurs amis. Ils s'étaient juré de ne pas mettre leurs parents dans l'embarras. Main dans la main, tantôt ils se dévoraient des yeux, tantôt ils se caressaient du regard à défaut de pouvoir se laisser submerger librement par leurs sentiments.

Raphaël aimait rappeler à Ariane qu'elle l'avait conquis par son rire. Au cours du repas de retrouvailles organisé par ses parents, elle avait ri aux éclats en entendant Henri plaisanter. C'était un rire communicatif, sensuel, sorti d'elle-même, sans manières. Elle lui avait paru encore plus jolie, plus radieuse, rayonnante de bonheur. Il l'avait regardée comme on regarde un chef-d'œuvre, sans pouvoir détacher ses yeux de son visage ensoleillé. Lorsqu'elle s'en était aperçue, son rire s'était transformé en sourire. Elle avait deviné ce qu'il éprouvait pour elle. A son tour, elle avait été subjuguée. Elle avait compris que Raphaël était tombé sous son charme. Mais, loin d'en abuser, pendant le reste de la soirée elle s'était efforcée de lui paraître la plus naturelle possible, sentant son cœur battre à l'unisson avec le sien. Le peu qu'elle lui avait révélé ce soir-là venait du fond de son âme. Jamais elle ne lui avait affirmé des vérités dont elle n'était pas convaincue. Sa sincérité l'avait touché, sa simplicité l'avait conquis, sa naïveté l'avait ému. Il l'avait trouvée à la fois forte et fragile, prête à affronter la vie d'adulte qui se dessinait devant elle, et intimidée par le regard de celui qui ne dissimulait pas ses sentiments subits.

Depuis ce premier jour, leur amour n'avait cessé de se renforcer.

*

Si les fiancés de l'été ne se préoccupaient pas des menaces de plus en plus tangibles qui planaient au-dessus de l'Europe, le danger était pourtant bien réel. Preuve en était, le nombre de Juifs fuyant l'Allemagne ne cessait d'augmenter. Hitler ne cachait plus son intention de s'emparer du corridor de Dantzig et d'envahir la Pologne. Le péril de guerre se précisait.

Charles se tenait informé, car il craignait qu'en cas de conflit l'économie du pays ne soit gravement affectée. Déjà son chiffre d'affaires avait sensiblement diminué.

— Les gens prennent peur, se plaignit-il un matin. Ils restreignent leurs achats. Le temps est à la prudence.

— Tu devrais peut-être songer à élargir davantage ta gamme, lui conseilla Thérèse. Les modèles que tu fabriques ne s'adressent qu'à une petite catégorie d'acheteurs.

— Tu voudrais que je me lance dans la chaussure bon marché, alors que depuis des années j'ai orienté ma production vers l'article de qualité ?

— Tu y gagnerais de la clientèle et tes bénéfices croîtraient.

— Je ne souhaite pas remplacer la qualité par la quantité. J'ai une marque à défendre. Et si nos plans avec Ariane se concrétisent, je pense passer au stade supérieur en concevant une ligne de chaussures de luxe.

— Tu comptes sur ta fille pour cela ?

— C'est ce dont nous avons convenu entre nous. Auparavant, elle doit faire cette école. C'est un projet sur plus de deux années. Voilà aussi pourquoi je commence à m'inquiéter. La conjoncture n'est pas favorable. Ça tombe mal.

Charles ne se trompait pas. Devant les menées d'Hitler face à la Pologne, le gouvernement venait de rappeler un contingent supplémentaire de réservistes.

Quelques jours plus tard, on apprenait la signature d'un pacte d'assistance entre l'Angleterre et la Pologne, après l'annonce de l'intensification des préparatifs militaires allemands. Le Reich se trouvait en état de mobilisation générale.

— Ça sent vraiment la poudre ! reconnut Charles devant son ami Henri. J'aurais besoin que tu me conseilles afin de préserver au mieux mes intérêts. Je ne voudrais pas m'engager dans des investissements hasardeux si le danger est réel.

— A mon avis, Hitler n'ira pas jusqu'au bout de ses menaces. Ce ne sont que gesticulations de sa part. Il montre sa force, mais il n'osera pas déclencher un conflit armé en Europe. Il n'a rien à y gagner.

— Alors pourquoi a-t-il signé avec Staline un pacte de non-agression, s'il n'a pas une idée derrière la tête ? Il s'est assuré de la neutralité des Russes pour avoir les mains libres en Pologne.

Henri se trompait.

Le 1er septembre, la Wehrmacht envahit la Pologne, provoquant aussitôt les réactions en chaîne des démocraties occidentales. La France décréta sans attendre la mobilisation générale.

Le 3, avec son allié britannique elle déclara la guerre à l'Allemagne.

Raphaël n'avait pas encore rejoint son école d'architecture à Montpellier. Il savourait ses derniers jours de vacances d'été avec Ariane. Il l'emmenait tantôt sur le causse, tantôt dans les Cévennes. Il empruntait la voiture de son père et proposait à sa jeune fiancée de longues échappées sur les routes escarpées de la région. Rien n'avait plus d'importance à leurs yeux que de se sentir libres et heureux. Conscients que la rentrée approchait et qu'ils devraient bientôt se séparer jusqu'à Noël, ils profitaient d'être ensemble sans sombrer dans la tristesse.

Ils ne vivaient que dans l'espoir de se retrouver le plus rapidement possible. Ils édifiaient des châteaux en Espagne, se projetaient plusieurs années en avant, lui architecte à la tête de son propre cabinet, elle créatrice d'une ligne de chaussures de luxe et associée à son père. Ils souhaitaient s'entourer de nombreux enfants et bâtir leur bonheur sur l'entente de leurs deux familles.

Au soir de l'une de leurs longues escapades à pied dans le site ruiniforme de Nîmes-le-Vieux, ils rentraient, fourbus mais heureux. Ils avaient effectué plus de vingt kilomètres par monts et par vaux sous un soleil de plomb. Le causse Méjean pouvait se révéler torride l'été et glacial l'hiver, mais il ravissait toujours les randonneurs qui s'y aventuraient pour leur plus grand plaisir.

Raphaël reconduisit Ariane chez elle, la déposa en bas de l'escalier de la demeure et, après l'avoir embrassée tendrement, lui promit de venir la rechercher le lendemain.

— Ce sera notre dernier jour, lui confia-t-il. Nous resterons à Florac, si tu préfères. Dans deux jours, je retourne à Montpellier pour la rentrée universitaire.

Ariane s'attrista.

Elle sentit quelque chose chavirer en elle.

Elle se blottit dans ses bras. S'attarda au creux de son épaule.

— Ne pars pas.

Il la couvrit de baisers. S'écarta lentement.

— A demain, ma chérie, lui glissa-t-il à l'oreille.

Henri attendait son fils, l'air contrit. Il tenait à la main un pli officiel et ne cessait de l'examiner comme s'il s'agissait d'un faux. Le facteur l'avait déposé dans sa boîte aux lettres le matin, peu après le départ de Raphaël. Depuis, il se faisait un sang d'encre.

Comment va-t-il prendre la chose ? se tourmentait-il. Et Maryse ?

Il n'avait pas encore informé sa femme de la

terrible nouvelle qui lui avait glacé les veines ce matin-là. Il avait remisé l'enveloppe dans la poche de sa veste et n'avait osé la rouvrir, comme pour conjurer le sort et détruire par il ne savait quel subterfuge le contenu de l'injonction. Entendant Raphaël rentrer, il ressortit machinalement l'enveloppe de sa poche pour se prouver qu'il s'était trompé. Que tout cela n'était qu'une erreur, une illusion dont il aurait été victime.

Quand Raphaël pénétra dans son bureau, il comprit au premier regard que son père était particulièrement chagriné.

— Quelque chose te tracasse, papa ? s'enquit-il aussitôt.

Henri, pâle comme un linceul, lui tendit l'enveloppe.

— C'est ton ordre de mobilisation, lui répondit-il, navré. Ça recommence, comme en 14 !

5

Aux Abarines, Charles voyait ses prédictions se réaliser. La catastrophe était imminente.

— Nos troupes ne sont pas prêtes à affronter une guerre ! Hitler nous enverra bientôt ses Panzers et nous n'aurons aucun moyen de les arrêter. Il va se ruer sur nos frontières comme sur celles de la Pologne. Nous serons submergés en un rien de temps.

Thérèse n'avait pas d'arguments pour calmer ses craintes. Mais, comme bon nombre de Français, elle ne voulait pas croire au pire.

— Il hésitera sans doute avant de s'attaquer à nos forces. Notre pays est beaucoup mieux armé que la malheureuse Pologne. La situation n'est pas identique. Et tu oublies la ligne Maginot, qui est un véritable rempart face à l'envahisseur germanique.

Thérèse répétait ce qu'elle avait entendu, dans ses conversations de salon. Mais Charles était moins optimiste.

— Je me pose des questions au sujet d'Ariane…

— Que crains-tu pour elle ? Les femmes ne sont pas appelées à l'armée, que je sache ! De plus, à dix-huit ans, même un garçon ne le serait pas.

— Je pensais à son apprentissage à Paris. Crois-tu que nous devons la laisser partir ?

Thérèse se rembrunit. Pour elle, tous ces événements ne l'affectaient pas encore de près. Certes, dans sa jeunesse, elle avait connu les drames de la Grande Guerre. Son père avait été mobilisé dès la première heure, ainsi que son frère, Albert, tout juste âgé de vingt ans. Sa famille avait durement souffert. Son père n'était pas revenu de Verdun et son frère avait été gravement blessé dans la Somme en 1917. Il en gardait une horrible balafre qui le défigurait et le rangeait parmi ceux qu'on appelait les « gueules cassées ». Mais ayant vécu, comme toutes les femmes, à l'arrière du front, qui plus est loin de la zone d'hostilités, elle n'avait pas pris conscience de la tragédie quotidienne de ceux qui subissaient sur leur sol les assauts répétés des armées belligérantes. Elle n'imaginait pas ce que représentaient l'occupation par l'ennemi de sa ville, de son village, la peur continuelle de rencontrer la soldatesque au hasard d'une promenade ou d'une course, l'angoisse des tirs d'artillerie, les représailles... Elle se souvenait à peine des restrictions dont souffraient la plupart des familles et de la difficile tâche que sa mère avait assumée en l'absence de son mari. Habitant à la campagne, elle n'avait pas connu le manque de nourriture, les privations, les vexations de ceux qui devaient composer avec l'envahisseur. Seule la douleur du deuil l'avait profondément affectée lorsque le maire de sa commune était venu annoncer à sa mère la terrible nouvelle.

La question de Charles la replaça devant la réalité.

— Je n'y pensais plus, à vrai dire. Ariane ne nous a jamais quittés jusqu'à présent. Je ne voulais pas gâcher la joie que ses fiançailles m'ont procurée.

— Il était prévu qu'elle monte à Paris vers le 15 du mois. Je lui ai même déniché une pension sérieuse pour jeunes filles tout près de son école. Tout était réglé.

— Je ne sais que te dire, Charles.

— Je crois qu'il est sage d'attendre. Inutile de s'affoler à l'avance. Tu as peut-être raison, Hitler ne s'attaquera pas à notre pays s'il est très occupé à l'est avec les Polonais. D'ailleurs, il n'a jamais revendiqué des territoires appartenant à la France. Quant à nous, Français, nous n'avons aucune prétention à nous étendre outre-Rhin. Ce n'est pas comme en 14, où il fallait récupérer l'Alsace et la Lorraine.

Charles, à son tour, refusait d'envisager le pire. Malgré l'entrée des troupes françaises en Sarre le lendemain de la déclaration de guerre, il espérait encore que les esprits s'apaiseraient. Hitler n'avait-il pas assuré les Pays-Bas et la Belgique de son amitié, ne leur réclamant que les colonies perdues en 1918 ?

Chez les Soubise, l'heure n'était pas aux réflexions ni aux jérémiades. Raphaël avait reçu sa convocation pour rejoindre le régiment de son affectation. Il était attendu à Metz le surlendemain. Maryse était dans tous ses états. Pour elle, la guerre était imminente. Son fils devrait se battre contre les Allemands sans y avoir été préparé. Il n'avait pas fait son service militaire, ayant bénéficié d'un sursis d'incorporation pour ses études.

« Ils n'ont pas le droit de sacrifier la jeunesse de cette façon ! s'indignait-elle. Ah, les hommes politiques ! Il leur est facile d'envoyer les enfants des autres face au danger ! Pourquoi donc la France a-t-elle déclaré la guerre alors que les Allemands ne nous demandaient rien ? »

Henri avait beau lui expliquer que l'Etat avait signé un accord tripartite d'assistance avec la Pologne et la Grande-Bretagne et que le jeu des alliances nous obligeait à intervenir sans tarder, elle condamnait sans appel l'action du gouvernement qui, selon elle, mettait son fils en danger de mort.

Raphaël, lui, s'inquiétait davantage pour Ariane que pour lui-même. Il aurait à peine le temps de lui faire ses adieux. Certes, il craignait que le pays ne soit entré dans un long conflit dont personne ne pouvait envisager la tournure qu'il prendrait. Il n'affirmait pas, comme ceux de 14, que l'affrontement serait court et que les soldats rentreraient dans leurs foyers pour fêter Noël en famille. Il connaissait la conjoncture politique en Europe. Il ne doutait pas un instant qu'Hitler se préparait depuis longtemps à une lutte armée de longue durée. Il n'en avait jamais parlé avec Ariane, pour ne pas l'effrayer ni ternir leur bonheur. Mais il s'attendait d'un jour à l'autre à ce que la poudrière explose. Pour lui, la Pologne n'était que la première étape d'une sanglante guerre de conquête de la part du Reich. Hitler s'était joué de Staline pour être libre d'opérer en toute impunité.

— Quand il aura détruit complètement la Pologne, assura-t-il à son père, il se retournera vers l'ouest et nous agressera sans vergogne.

— C'est la raison pour laquelle le gouvernement a devancé ses plans. Il faut l'obliger à combattre sur deux fronts en même temps pour affaiblir ses forces. Il est impératif de ne pas tergiverser. Il faut battre le fer quand il est chaud.

Henri et Raphaël étaient du même avis. Père et fils estimaient qu'il fallait surprendre Hitler et attaquer l'Allemagne. Aussi, Raphaël ne refusait pas de s'acquitter de son devoir patriotique.

— Nous vaincrons ! répéta-t-il. Notre armée n'est-elle pas la meilleure d'Europe ?

— C'est ce qu'on dit ! Mais je crains que nous n'ayons perdu un temps fou à ne pas avoir voulu multiplier les divisions de chars d'assaut. Les Panzers allemands sont redoutables. Grâce à eux, Hitler mène une guerre éclair effroyable. Tout va très vite.

Henri avait suivi le débat à ce sujet. Il avait

eu connaissance de ce que le colonel de Gaulle affirmait quant à l'inutilité de la cavalerie. Sur le terrain, la guerre moderne se gagnait avec les blindés appuyés par l'aviation. Il s'était heurté au vieux maréchal Pétain qui, héroïque combattant et stratège de la Grande Guerre, misait toujours sur les moyens conventionnels des forces armées françaises. Les deux hommes, qui par ailleurs s'estimaient à leur juste valeur, avaient fini par se brouiller.

— Si de Gaulle a raison, conclut Henri, je ne donne pas cher de nos capacités à repousser la déferlante qu'Hitler s'apprête à envoyer sur nos frontières !

★

Raphaël était plus optimiste que son père. Il affrontait la réalité avec plus de confiance. Sa jeunesse était son principal atout. Son enthousiasme sa principale force.

Peu avant son départ pour Metz, il se rendit aux Abarines pour voir Ariane une dernière fois. Celle-ci était désemparée à l'idée que son fiancé rejoigne un régiment qui, elle en était certaine, serait en première ligne en cas d'agression de l'armée allemande. Brutalement, elle avait réalisé le danger de la situation.

— Tu pars si loin ! se lamenta-t-elle. Quand pourrons-nous nous retrouver ?

— Ne t'inquiète pas, ma chérie. Ce ne sera pas très long. Je suis persuadé que tout rentrera dans l'ordre plus vite qu'on ne le croit.

Raphaël évitait d'alarmer Ariane en lui communiquant les dernières nouvelles du front. Il se doutait qu'Hitler ne demeurerait pas sans réagir devant l'entrée en guerre de la France et de l'Angleterre. Les deux puissances alliées n'avaient-elles pas l'intention d'intervenir rapidement dans le nord de l'Europe afin de couper la route du fer norvégien aux forces germaniques ? La guerre navale avait déjà commencé. Dix heures à peine après la déclaration des hostilités, un sous-marin allemand avait coulé un paquebot britannique, l'*Athenia*. En réplique, Winston Churchill, premier lord de l'Amirauté, avait préconisé la pose de mines dans les eaux territoriales norvégiennes et suédoises.

— Pour l'instant rien ne bouge sur nos frontières, ajouta-t-il pour la rassurer. Les troupes françaises y sont envoyées par précaution. On ne s'y bat pas. Les armées de la Wehrmacht sont toutes occupées à l'est. Et elles rencontrent beaucoup de résistance. Les Polonais sont de farouches soldats.

En réalité, tout ne se passait pas comme Raphaël l'expliquait à Ariane. Hitler était en train d'écraser la Pologne.

— Je ne peux pas m'attarder trop longtemps, déplora-t-il devant les sanglots d'Ariane. Mon train part ce soir. Je dois regagner Metz demain avant dix-huit heures. Je voyagerai toute la nuit.

Ariane ne parvenait pas à se rendre à la raison.

— Va voir un médecin. Réclame-lui un certificat médical pour prouver que tu n'es pas en état d'aller te battre. Le docteur Ravanel ne refusera pas de te venir en aide. Il nous connaît bien. C'est le médecin de famille de mes parents…

— Tu me demandes de mentir pour échapper à mon devoir ? Ariane, ma chérie, c'est impossible ! Tu voudrais qu'on me considère comme un lâche, comme un poltron ? Il n'en est pas question.

Certes, si Raphaël avait accepté de bonne grâce un sursis d'incorporation pour finir ses études en toute quiétude, à présent la situation du pays était devenue si périlleuse qu'il ne concevait plus un seul instant de vivre comme si de rien n'était.

— Je n'ai pas envie de te perdre ! insista Ariane.

Il la couvrit de baisers. Lui susurra à l'oreille des mots tendres et réconfortants.

— Je t'aime, lui répéta-t-il plusieurs fois. Je reviendrai vite.

— Je veux être à toi avant de nous quitter.

Ariane n'avait pas encore franchi le pas. Elle n'avait pas les idées préconçues de sa mère, mais elle avait tenu à ne pas se précipiter, à se sentir prête pour se donner à Raphaël.

— Es-tu certaine que c'est ce que tu désires ? lui demanda-t-il. Je peux attendre, tu sais. Je ne voudrais pas que tu aies à le regretter.

Elle l'entraîna vers sa chambre.

Ce jour-là, sa mère s'était absentée en ville pour rendre visite à une amie. Son père travaillait dans son usine. Seules la gouvernante et Simone Bastide se trouvaient dans les communs à mettre au point le repas du lendemain. Les Chaptal, en effet, recevaient le sous-préfet et sa femme dans le but non avoué de leur soutirer une faveur.

— Elles ne nous ont pas entendus, chuchota Ariane en prenant la main de Raphaël pour l'attirer vers l'escalier. Attention, la cinquième marche grince...

Dehors, le soleil de septembre resplendissait. Ses rayons illuminaient la chambre. L'été s'éternisait en tièdes langueurs. Le ciel déversait ses douceurs miellées dans les verts pâturages. Le parc se parait peu à peu de ses couleurs d'automne.

Elle tira les rideaux. Ferma le verrou de la porte. Se blottit dans les bras de Raphaël.

Il la serra très fort contre sa poitrine. S'enivra de son parfum qu'il aurait reconnu entre mille.

Elle s'abandonna.

Il la déshabilla. Lentement. Laissa tomber sa robe à ses pieds. Son corps, nu, frémit. Il la couvrit de baisers. La caressa.

Elle le déshabilla à son tour. Maladroitement.

Ils s'allongèrent sur le lit et se donnèrent l'un à l'autre.

Ariane émit un petit cri de douleur, puis se perdit dans le plaisir. Elle l'attira sur elle, ses jambes enserrant ses reins, leurs lèvres soudées par un baiser interminable. Il lui caressa les seins en la prenant doucement, avec mille précautions, en lui murmurant à l'oreille des mots d'amour qui la transportèrent au-delà du réel, au-delà de l'extase partagée. Elle lui répondait par des gestes tendres, parfois maladroits, avec la peur de le perdre. Mais Raphaël la rassurait à chaque étreinte, lui affirmant qu'il n'avait jamais été aussi heureux, qu'il ne le serait jamais avec aucune autre.

Quand ils reprirent leurs esprits, le soleil se couchait à l'horizon.

Ils entendirent soudain un bruit de pas dans le couloir des chambres. Puis deux voix, de plus en plus distinctes. Marie et Simone s'approchaient en discutant du repas du lendemain.

— … vous procurer un bon chapon, conseillait la gouvernante. Je vous aiderai à le farcir. Je connais une excellente recette…

Les deux jeunes amoureux se retinrent de respirer.

— Que viennent-elles faire ici ? murmura Ariane.

En se retournant pour saisir sa robe, elle heurta malencontreusement la table de chevet. Le bruit attira l'attention des deux femmes.

Marie, la première, se demanda d'où cela provenait. Elle se dirigea aussitôt vers la chambre d'Ariane. Frappa à la porte.

— Vous êtes là, mademoiselle ?

Ariane mit la main sur la bouche de Raphaël pour lui signifier de rester immobile.

— Il y a quelqu'un ? poursuivit la gouvernante.

Elle tourna lentement la poignée de la porte. En vain.

— C'est curieux, s'étonna-t-elle. C'est fermé. Pourtant il n'y a personne !

Simone sourit mais ne dit mot.

Marie n'insista pas.

— J'ai pourtant bien cru entendre un bruit dans cette chambre, pas vous, Simone ?

— Ce doit être un chat sur les toits...

A l'intérieur, Ariane et Raphaël demeuraient serrés l'un contre l'autre, leur nudité comme unique parure, bouche contre bouche pour mieux s'imposer le silence. Les deux femmes parties, ils continuèrent de se dévorer du regard, contenant avec peine leurs élans.

Elle le repoussa délicatement sur le dos. S'assit à califourchon sur lui. Le fixa dans les yeux. Du bout des doigts, il caressa ses seins durcis par le plaisir, frôla le galbe de ses hanches, l'attira vers lui, lui ceinturant le creux des reins de ses deux mains jointes. Leurs corps vibraient à l'unisson. Elle ne put retenir un petit gémissement et atteignit une seconde fois le paroxysme de la jouissance, en même temps que lui.

— Tu crois qu'elles nous ont entendus ? lui demanda-t-il un peu plus tard.

— Je ne sais pas. Je m'en fiche. Je suis à toi

maintenant. Je suis ta femme, mon grand amour. Pour toujours.

Ariane perdait la tête. Son bonheur était à son comble. Plus rien n'avait d'importance à présent. Elle se sentait plus forte que jamais, prête à affronter les griefs de ses parents s'il le fallait. Prête à affronter le destin.

Ils se séparèrent, les larmes aux yeux. Ne parvenant pas à se détacher l'un de l'autre. Raphaël sortit le premier de la chambre.

— Personne ne te verra, lui affirma Ariane. Pars vite, mon chéri. Il ne faudrait pas qu'on nous voie ensemble.

Il longea le couloir jusqu'à la porte de service située à l'extrémité. Descendit par l'escalier de secours qui donnait sur la façade nord et disparut.

Lorsqu'il fut à bonne distance de la demeure, Ariane quitta discrètement sa chambre, comme si de rien n'était. Elle tomba nez à nez avec sa mère, de retour de Florac.

— J'ai croisé Raphaël sur le chemin des Abarines, lui apprit-elle. Il t'a fait ses adieux ? Il avait l'air tout bizarre.

— Euh… oui. Il doit rejoindre son régiment demain au plus tard. Il est venu me l'annoncer.

— Ne sois pas triste, ma chérie. Il reviendra bientôt. J'en suis certaine… J'espère que tu as demandé à Marie de vous préparer du thé pour l'occasion.

— Non... Raphaël n'est pas entré dans la maison, mentit Ariane. Il était pressé.

— Alors, passons au salon, nous allons le boire ensemble. Je ne veux pas que tu restes seule et l'âme en peine. Je comprends ce que tu ressens. Mais nous sommes là, ton père et moi. Et pour patienter, tu n'as qu'à penser à vos projets. Ainsi le temps te paraîtra moins long.

Mère et fille s'entendaient à merveille. Thérèse percevait aisément ce qui tracassait Ariane et trouvait toujours la parade pour la distraire de ses soucis passagers.

Quand, le soir même, Raphaël monta dans le train pour Nîmes, Ariane sentit son cœur se serrer dans sa poitrine.

Elle sut dès lors que plus rien ne serait comme avant.

*

Les jours passaient, dans l'inquiétude et la tristesse. Ariane ne se consolait pas de l'absence de Raphaël. Elle avait beau s'efforcer de ne pas penser au pire, elle ne parvenait pas à envisager sereinement son départ pour Paris.

Les événements se précipitaient. La Pologne avait capitulé après des jours interminables de batailles de rues dans Varsovie. Près d'un million de Polonais avaient été faits prisonniers.

« Il ne subsiste rien de la Pologne, se désespérait

Charles. La partie est perdue. L'Angleterre n'est pas prête à combattre au sol à nos côtés. La France est seule contre trois dictatures qui entourent ses frontières. Nous sommes pris en tenailles. Les démocraties, encore une fois, arrivent trop tard. Il faut s'attendre à une attaque imminente des armées du Reich maintenant qu'Hitler en a fini à l'est. »

Charles ne se trompait pas. Début octobre, Hitler et Staline se partagèrent le territoire polonais, provoquant immédiatement à Paris l'arrestation des députés communistes.

« Daladier a repoussé les propositions de paix d'Hitler, regrettait Charles. Nous n'échapperons pas à l'invasion. »

Thérèse dissimulait ses craintes en continuant à vivre comme avant. Elle évitait de discuter avec son mari, qui, lui semblait-il, voyait tout en noir. Mais au fond d'elle-même elle espérait qu'il revienne sur son idée d'envoyer Ariane à Paris. Comme Charles tergiversait, elle prit les devants :

— Finalement, quelles sont tes intentions pour Ariane ? Etant donné la situation je préférerais qu'elle ne parte pas à Paris. Si les Allemands envahissent la France, ils seront vite dans la capitale. Et il sera très difficile d'en sortir.

Charles n'avait pas attendu la demande de sa femme pour arrêter sa décision.

— Je vais la prévenir.

Le soir même, à table, il expliqua à sa fille les raisons qui le poussaient à un tel renoncement.

— J'espère que tu n'es pas trop déçue, lui dit-il. Ce n'est que partie remise. Le temps que l'on voie un peu plus clair dans tous ces événements. Etant donné la conjoncture, ta mère et moi préférons te savoir près de nous. Ici, tu ne risques rien.

— Et nos projets ?

— Ils tiennent toujours. Mais tu feras ton apprentissage sur place, auprès de moi, directement dans mon usine. Le personnel te réservera bon accueil, je n'en doute pas. Et dès que la situation sera plus calme tu partiras te perfectionner chez les plus célèbres chausseurs de France... Ensuite, nous pourrons parler mariage.

A ce mot, Ariane ouvrit grand les yeux. La joie illumina à nouveau son visage. Elle se rapprocha de son père, presque heureuse.

— Vrai ? Nous pourrons nous marier dès que Raphaël rentrera ?

— Ma foi, n'est-ce pas ce que vous désirez tous les deux ? Il ne faudrait pas prolonger vos fiançailles pendant une éternité. J'espère bien te conduire à l'église au prochain printemps.

Ariane sauta au cou de son père, puis se jeta dans les bras de sa mère. Thérèse ne parvenait pas à retenir ses larmes.

— Allez, ajouta cette dernière, tout finira par s'arranger.

6

1939-1940

Ariane accepta avec joie la proposition de son père. Si elle avait envisagé son départ pour Paris sans trop hésiter, elle avait craint cependant la solitude et surtout la séparation avec Raphaël. Elle eût préféré commencer ses premiers pas de styliste dans l'usine familiale, comme elle l'avait d'abord suggéré. Aussi, à l'idée de ne pas quitter les Abarines, fut-elle soulagée d'un gros souci. Certes, Raphaël était parti sur le front. Il se trouvait loin de Florac, loin d'elle. Mais elle gardait confiance. Il reviendrait très vite et la vie retrouverait un cours normal.

Quelques jours après la décision de Charles de lui offrir la possibilité de s'installer à ses côtés, elle prit timidement ses nouvelles fonctions. Son père lui avait préparé un atelier d'études et de création mitoyen à son propre bureau. Il y avait fait aménager le nécessaire pour donner libre cours à son imagination : tables à dessin, chevalets, panneaux, lampadaires, crayons, fusains, pinceaux, gouaches…

Il avait pensé à tout. Aux murs il avait collé des photos des modèles qu'il avait créés à ses débuts. La plupart ne rivalisaient pas avec les standards de la mode parisienne. Il s'agissait pour beaucoup de chaussures pratiques, manquant souvent d'élégance, de légèreté, mais qui dégageaient une impression de confort, de solidité et de qualité.

Charles reconnaissait volontiers qu'il n'avait jamais voulu concurrencer les grands chausseurs nationaux. Il avait conscience qu'il travaillait essentiellement pour une clientèle locale, voire régionale, et qu'ici, dans les Cévennes, hommes et femmes recherchaient d'abord des modèles adaptés à leur mode de vie. Aussi ses collections de chaussures légères étaient-elles peu nombreuses et s'adressaient-elles à peu de gens. Parmi ces derniers, ses principaux clients étaient les fonctionnaires de la préfecture et de la sous-préfecture ainsi que les membres de la petite bourgeoisie, médecins, enseignants, notaires, commerçants…

Il admettait de bonne grâce qu'il avait besoin de renouveler sa gamme, d'y apporter un peu de modernité, sans exagération, afin de redonner un coup de jeune à sa marque. Le seul point sur lequel il ne transigeait pas était son approvisionnement en matière première. Le cuir qu'il utilisait ne provenait en effet que de France, des grandes régions d'élevage bovin, telles que le Charolais, la Normandie et surtout l'Aubrac, qui avait sa préférence.

« La vache aubrac, prétendait-il, est une race

robuste au cuir résistant à tous les temps, adapté aux chaussures solides, faites pour durer. »

Il se méfiait des cuirs trop souples, plus délicats et fragiles, utilisés dans la confection des mocassins ou des escarpins. Les Espagnols et les Italiens étaient passés maîtres dans ce type de souliers légers, plus destinés à la ville qu'à la campagne, aux messieurs et aux dames qui ne marchent guère dans leur journée et qui prennent trop souvent leurs paires de chaussures de jour pour des paires de pantoufles.

Ce qui l'horripilait, Charles Chaptal, c'était ce genre d'exigence de la part de certains de ses clients : « Je désire des chaussures aussi confortables que des pantoufles ! » Mis à part les espadrilles en toile et à semelles de corde que son père fabriquait depuis la création de sa première usine et qu'il continuait à produire lui-même par souci de perpétuer la tradition, Charles refusait de se lancer dans les chaussons et autres charentaises, dont la plupart étaient confectionnés en matière textile et non en cuir. Chez lui, il avait horreur de porter des pantoufles, si confortables et chaudes fussent-elles, et s'évertuait à ne se chausser que de mocassins d'intérieur, plus seyants. « Un homme en pantoufles, affirmait-il, est quelqu'un qui se laisse aller à la facilité ou à la négligence. »

Sans attendre, Ariane prit possession de son atelier au début de novembre et proposa aussitôt à son père une petite collection pour Noël.

— J'imagine qu'en cette saison les clients seront plus attirés par les chaussures chaudes et montantes. Je pense plutôt à des bottillons fourrés ou des bottes pour les femmes ; des souliers à semelles épaisses pour les hommes, dotés de surpiqûres en relief sur l'empeigne. Je bannirai volontiers les talons compensés au profit de talons classiques plus élégants.

— Je constate que tu ne manques pas d'idées.

— Je crois qu'il faudrait s'orienter à l'avenir vers les collections de saison. Certes, il est un peu tard pour préparer une collection d'hiver…

— Et cela ne me laissera pas beaucoup de temps pour la réaliser. Deux mois avant Noël, c'est une course contre la montre !

— Pour parer au plus pressé, nous ne proposerons que quatre séries, deux masculines et deux féminines. Ensuite, je m'attellerai immédiatement à la collection de printemps-été, qui devra être prête pour la fin mars.

Ariane avait déjà dans ses cartons des ébauches de créations. Elle n'était pas prise au dépourvu. Elle sortit quelques esquisses sur feuilles de papier Canson et les présenta à son père.

— Je ne t'avais pas montré ces croquis, lui dit-elle, car je ne les ai pas tout à fait terminés. Mais ils pourraient servir de base pour nos futurs modèles.

Intéressé, Charles examina les dessins avec attention.

— Ça me plaît bien. Tu les conçois selon mes

exigences de qualité et de matière première, cela va de soi.

— Pas de problème. Je connais les critères de fabrication des chaussures Chaptal. Je ne changerai rien à ce qui a toujours fait leur notoriété.

— Alors, je te donne carte blanche. Je suis très satisfait de toi, Ariane. Si tu continues dans cette direction, je te prédis un brillant avenir.

Ariane se mit aussitôt au travail. Elle voulait faire honneur à son père. Mais c'est en songeant à Raphaël qu'elle éprouvait le plus de bonheur. Quand il rentrera, se disait-elle, le soir, une fois seule dans sa chambre, il sera fier de moi. Elle repensait sans cesse à la promesse de son père : dès que la situation se serait calmée, quand Raphaël serait revenu dans ses foyers, ils se marieraient.

C'était compter sans les événements, qui ne s'arrangeaient pas. L'horizon s'obscurcissait. La menace grandissait. Les Russes avaient envahi la Finlande malgré le pacte de non-agression les liant aux Finlandais. La marine allemande portait la guerre navale jusqu'au large de l'Argentine, annonçant les prémices d'un conflit mondial.

— Pourtant, à nos frontières, rien ne se passe, s'étonna Thérèse. Je commence à croire qu'on s'est affolés pour rien !

— A mon avis, Hitler attend que le front soit stabilisé à l'est et d'être sûr des intentions de Staline pour agir à l'ouest. Ce qui ne saurait tarder.

Cette drôle de guerre ne me rassure pas du tout. A force de temporiser et de ne pas combattre, nos soldats risquent de baisser leur garde. Gare à nous quand les Panzers attaqueront !

Pour l'heure, Ariane travaillait en toute quiétude, encouragée par les lettres que Raphaël lui envoyait régulièrement.

Mon régiment est cantonné à Sedan. Tout est calme, lui écrivit-il peu avant Noël. *On s'entraîne beaucoup et on maintient notre armement en état. Le temps me semble long. Mais, en regardant ta photo, je me sens moins triste. Je te sais près de moi. Je ne rentrerai pas pour fêter Noël avec toi et avec les miens. On ne m'a pas accordé de permission. Ne sois pas malheureuse. Ce n'est que partie remise. Personnellement, j'ignore si nous nous battrons un jour ou l'autre. Ici courent les bruits les plus fantaisistes. Je veux pourtant rester optimiste. Certains affirment que nos gouvernants essaient de trouver un compromis qui nous évitera le pire. C'est sans doute la raison pour laquelle le calme plat règne sur le territoire français. Ça doit drôlement parlementer en haut lieu...*

Ariane s'assombrit en apprenant que Raphaël ne reviendrait pas pour Noël. Elle avait tant espéré ce jour de retrouvailles. Certes, cela n'aurait pas été un retour définitif, mais cette permission l'aurait aidée à attendre avec plus de confiance et de patience.

Aussi se plongea-t-elle davantage encore dans le travail.

A Noël, sa première collection fut prête dans les temps. Son père redoubla de célérité afin de présenter ses modèles à sa clientèle, via ses représentants qui démarchaient les principales enseignes de chaussures du Gard et de la Lozère. L'accueil fut très positif dès les premiers jours. Les chaussures Chaptal père et fille étaient exposées dans toutes les vitrines des magasins pour la veille de Noël.

— Jusqu'à Montpellier ! s'enorgueillit Charles.

— Montpellier ! s'étonna Ariane.

— Oui, j'y ai obtenu le marché dans trois boutiques de grande renommée, rue de la Loge, rue de l'Aiguillerie, et la troisième sur la place des Trois-Grâces. Et ton nom apparaît sur les étiquettes. « Création Ariane Chaptal », ai-je fait inscrire.

Ariane était si transportée de joie que sa tristesse se dissipa peu à peu.

Mais, le soir du réveillon, elle ne put retenir ses larmes en pensant que Raphaël fêtait Noël seul, dans sa caserne, face à tous les dangers.

★

Les premiers mois de l'année 1940 ressemblèrent aux précédents. L'hiver régnait en maître sur le pays. Les grands froids avaient commencé à la fin décembre. De fortes gelées paralysaient les routes et persistaient sans discontinuer. A Paris, la Seine charriait des glaçons. D'abondantes chutes de neige s'étaient abattues sur de nombreuses régions. Dans les familles, on se souciait des soldats mobilisés dans le Nord et dans l'Est, où les températures étaient descendues jusqu'à moins quinze, moins vingt degrés. Mais les esprits s'inquiétaient surtout de l'immobilisme dans lequel se trouvaient les troupes, et tous demeuraient dans l'expectative. La « guerre d'hiver » menée par les Soviétiques en Finlande s'était soldée par l'invasion du territoire finlandais malgré la condamnation de la Société des nations. Le 13 mars, par le traité de Moscou, le conflit était entériné.

— J'ai l'impression qu'Hitler a l'intention de s'approprier les pays du nord de l'Europe les uns après les autres, déplora Charles devant son ami Henri quand il prit connaissance des dernières nouvelles du front. Cette annexion remet en cause l'équilibre des forces.

Staline souhaitait créer une zone tampon de protection devant Leningrad, très proche de la nouvelle frontière avec le Reich, en cas d'agression des troupes nazies. Charles ne se doutait pas que les Russes se méfiaient de leur dangereux allié allemand. Aussi n'avait-il que des mots de condamnation sans appel à l'égard des Soviétiques.

— Ces communistes, on ne peut pas s'y fier ! poursuivit-il. Le gouvernement a eu raison d'interdire leur parti et de faire arrêter leurs députés et leurs dirigeants…

— Certains ont fui, comme Thorez, Duclos et Tillon, releva Henri Soubise, qui jugeait moins sévèrement que Charles l'attitude des Russes. A mon avis, c'est plus subtil que ça n'en a l'air... Je suis persuadé que Staline cherche à gagner du temps et à mettre ses forces armées hors de danger.

Les deux hommes, s'ils affichaient une réelle amitié, ne percevaient pas la situation de la même manière.

— En tout cas, dans l'intérêt de ton fils, il vaudrait mieux que Staline ne s'entende pas trop avec Hitler. Sinon, lorsqu'ils auront fini de dépecer la Scandinavie, ce sera à notre tour d'affronter l'armée allemande. Et Raphaël sera en première ligne.

En avril, l'invasion par les nazis de la Norvège et du Danemark, pays neutres, sembla confirmer les craintes de Charles. L'attention mondiale était détournée vers la bataille pour la possession des mines de fer de la Norvège, enjeu stratégique de premier ordre pour la poursuite éventuelle de la guerre.

Raphaël languissait loin des siens et d'Ariane. Les lettres de la jeune fille le consolaient tout en attisant son impatience d'obtenir une permission. Or son lieutenant l'avait prévenu :

« Tant que la situation demeurera aussi incertaine, ne comptez pas rentrer dans vos familles pour les fêtes pascales. Si les nazis nous attaquent par surprise, nous devons pouvoir leur opposer immédiatement toutes nos forces. »

Il ne laissait pas transparaître dans son courrier à sa fiancée le sentiment de tension qui grossissait parmi les soldats mobilisés. Il percevait lui-même chez ses supérieurs une grande fébrilité, preuve qu'ils s'attendaient au pire. Les journaux, cependant, se voulaient encore optimistes. La plupart affichaient des unes rassurantes, narguant Hitler et vantant le courage des troupes franco-britanniques qui avaient débarqué à Narvik.

Ses camarades se montraient plus convaincus que lui et ne cessaient d'affirmer qu'ils regagneraient leurs foyers pour Pâques. Pourtant, l'étau se resserrait. Hitler avait rencontré Mussolini. Franco, de son côté, dévoilait une neutralité de façade mais poursuivait sa chasse sans merci aux républicains. Même si le gouvernement français avait bien signé avec l'Espagne un traité commercial, la tension demeurait entre les deux pays.

Aux Abarines, Ariane se réalisait pleinement dans sa nouvelle tâche. Elle avait mis une touche finale à sa collection printemps-été et l'avait soumise à son père. Ce dernier avait corrigé certains de ses modèles jugés trop fantaisistes à son goût, mais s'était félicité de la confiance qu'il lui avait accordée.

— Certaines chaussures à talons aiguilles me paraissent peu adaptées à notre clientèle habituelle, lui objecta-t-il. Je ne pense pas que nous vendrons beaucoup de ces modèles dans nos campagnes…

— Mais, papa, à Nîmes ou à Montpellier, tes clientes sont des femmes élégantes, des femmes de la ville. Elles porteront volontiers de telles chaussures, beaucoup plus seyantes que les souliers traditionnels à talons plats que nous fabriquons depuis des lustres !

C'était la première fois que le père et la fille s'opposaient depuis le début de leur collaboration. Ariane avait avancé ses idées timidement. Elle connaissait toute la panoplie des modèles créés par son père. Elle les avait classés, répertoriés, en fonction de l'année de leur apparition sur le marché, du type de clientèle à laquelle ils s'adressaient, de leur prix également. Elle en avait conclu qu'il était grand temps de rajeunir la gamme de production afin d'élargir le champ des ventes et de passer à la vitesse supérieure.

— Si nous voulons nous singulariser et concurrencer les marques parisiennes, nous ne devons pas rester cantonnés à ce que nous fabriquons depuis si longtemps, osa-t-elle conseiller. Il faut faire preuve d'originalité et d'audace.

Charles n'était pas du genre à s'aventurer trop rapidement en terrain inconnu. Il connaissait sa clientèle, savait où elle résidait, estimait ses besoins et ses goûts à juste titre. Il ne s'était jamais trompé jusqu'à présent, ce qui lui avait valu de s'en sortir toujours dignement, même dans les périodes difficiles.

Il se souvenait parfaitement de la fin de la décennie précédente. Alors que beaucoup de ses confrères avaient fermé boutique à cause de la grande dépression économique qui s'était abattue sur le monde entier, lui avait résisté plutôt honorablement, grâce à son savoir-faire, son inspiration et ses placements judicieux. Certes, comme tous les patrons, il avait enregistré une baisse importante de son chiffre d'affaires plusieurs années de suite, mais il n'en avait pas été réduit à la faillite comme l'un de ses amis de Nîmes, Jean-Christophe Rochefort, dont l'entreprise de textile avait failli disparaître[1], lui-même ayant tenté, par désespoir, de mettre fin à ses jours. Charles avait échappé à la honte et au drame familial que son ami avait traversés. Son redressement n'en avait été que plus rapide et il s'était repositionné plus facilement dans un contexte où tout était à refaire. Son usine de chaussures avait redémarré. Il avait proposé à sa clientèle les valeurs sûres qu'il fabriquait avant la crise. Tout était reparti progressivement, sans problème.

— Sais-tu pourquoi j'ai évité le pire ? dit-il à Ariane.

Celle-ci ne tenait pas à contrarier son père. Elle connaissait son caractère entier et avait déjà subi son autoritarisme quand elle dépassait certaines limites.

Elle hésita à répondre.

— Eh bien, je vais te le dire. J'ai évité la faillite parce que je ne me suis jamais égaré sur des che-

1. Voir, du même auteur, chez le même éditeur, *Les Rochefort.*

mins périlleux au nom de la modernité, de la mode, ou de je ne sais encore quelles influences avant-gardistes. Il en est dans la chaussure comme dans tous les secteurs économiques. Mon ami Rochefort a voulu se diversifier bien hâtivement et a vu trop grand. Il a racheté une bonneterie à Ganges, qui n'avait rien à voir avec sa production de toile de Nîmes, puis il a louvoyé du côté des Etats-Unis, où il a réalisé de mauvais placements au mauvais moment. Bien mal lui en a pris ! Il a couru à la catastrophe. Moi, je suis prudent. J'avance à petits pas, sans me précipiter. Et je demeure.

Face à ses arguments, Ariane n'était pas de taille à porter la réplique. Elle n'avait pas encore assez d'expérience – surtout dans le domaine commercial – pour contredire son père. Elle devait se contenter d'imaginer de nouveaux modèles de chaussures, montrer sa personnalité sans choquer, et éveiller l'intérêt de la clientèle que son père avait mis des années à fidéliser.

Elle se rendit à ses directives et accepta de revoir certains de ses croquis. Pour autant, elle conserva les originaux, non sans une arrière-pensée.

Un jour ou l'autre, se dit-elle, je les ressortirai.

*

— Ça y est ! s'exclama Charles. Il fallait s'y attendre…

Thérèse s'étonna de l'envolée de son mari. Sur

le moment, elle crut qu'il lui annonçait le retour de Raphaël. Elle allait se réjouir, mais Charles ne lui en laissa pas l'occasion :

— Les Boches ont envahi les Pays-Bas et la Belgique ce matin. Un véritable rouleau compresseur. C'est la panique générale dans ces territoires.

Ariane descendait à l'instant l'escalier, sortant de sa chambre. Elle s'apprêtait à prendre son petit déjeuner avant de se rendre à son atelier pour y achever les premiers modèles de sa future collection automne-hiver.

Charles s'approcha du poste de radio du salon et chercha la station sur laquelle il s'était branché dans son bureau quelques minutes plus tôt. Tout à coup, un speaker annonça ce qu'il avait entendu précédemment :

« ... troupes allemandes sont passées à l'attaque sur le front ouest et ont envahi simultanément la Belgique et les Pays-Bas ce matin, 10 mai, à cinq heures trente-cinq. L'attaque a été précédée d'un largage de parachutistes au cours de la nuit précédente... »

— C'est une catastrophe, se lamenta Charles. Après le Benelux viendra le tour de la France. Hitler ne s'arrêtera pas là !

— Mon Dieu ! fit aussitôt Ariane. Raphaël ! Il est en première ligne.

— Calme-toi, ma chérie, la rassura Thérèse. Nous n'en sommes pas encore à ce stade. Les Allemands n'attaqueront peut-être pas notre pays.

— Tu es complètement inconsciente... ou aveugle, la contredit Charles. Cette fois, la guerre est bien réelle. Dans quelques jours, nous serons envahis à notre tour. Cela ne fait aucun doute.

Charles ne se trompait pas. Le 13 mai, les blindés du général Guderian réussissaient une percée dans la région de Sedan, refoulant les armées françaises vers le nord.

Quand Charles entendit la nouvelle, il s'abstint d'en parler à Ariane, Raphaël se trouvant dans ce secteur.

Il partit vite rejoindre son ami Henri pour obtenir des informations plus précises que les siennes.

— L'unité de Raphaël a été envoyée dans la région de Compiègne depuis quelques jours, lui indiqua Henri. Je crois, pour défendre Paris en cas d'avancée des troupes allemandes. Il n'est donc pas en première ligne.

Charles soupira de soulagement.

— Je cours immédiatement l'apprendre à Ariane. Elle se fait un sang d'encre.

Dans les jours qui suivirent, après la capitulation de la Belgique et des Pays-Bas, commença la terrible bataille de Dunkerque. Les Allemands avaient progressé jusqu'à Compiègne et Châlons-sur-Marne.

Henri n'avait plus de nouvelles de son fils.

7

Ariane était malheureuse. Depuis plusieurs semaines, elle était sans nouvelles de Raphaël. Or, à la mi-juin, les Allemands étaient entrés dans Paris, déclaré ville ouverte. Le gouvernement s'était retranché en Touraine. Paul Reynaud, président du Conseil, se demandait si une capitulation ne serait pas préférable à une proposition d'armistice préconisée par le général Weygand pour ne pas enfreindre le pacte signé avec la Grande-Bretagne et interdisant tout traité de paix séparé.

« Cette fois, c'est la fin, se désespérait Charles. La capitale est tombée. Les politiques ne savent plus où donner de la tête. Le pays n'est plus sous contrôle. Nos armées sont en pleine débandade. »

Tandis que la débâcle et l'exode endeuillaient tous les territoires envahis, les ministres se repliaient sur Bordeaux, preuve que l'avancée des troupes ennemies ne s'arrêtait pas.

Devant l'urgence de la situation, certains journaux envisageaient la possibilité que le gouvernement ne reste pas en métropole. N'aurait-il pas intérêt à se réfugier en Afrique du Nord ?

« Il ne manquerait plus que ça ! s'insurgeait Charles. Qu'on laisse les Français se démerder avec les Boches ! »

Son seul espoir résidait dans la nomination de Philippe Pétain à la présidence du Conseil, à la suite de la démission de Paul Reynaud. Aussi, quand le 17 juin, il entendit le vieux Maréchal annoncer l'armistice, il fut en partie soulagé :

« Mieux vaut déposer les armes que de s'acharner. Pétain saura nous sortir du gouffre. »

Henri n'appréciait pas ces décisions politiques prises devant la défaite militaire. Il tentait en vain de convaincre son ami de garder le moral.

— As-tu écouté l'appel de De Gaulle à la radio ce matin ? lui demanda-t-il au soir du 18 juin.

— Un appel du colonel de Gaulle ?

— Du général, rectifia Henri. Il a été promu général de brigade depuis sa nomination au gouvernement. Il s'est réfugié à Londres. C'est sur la BBC qu'il a lancé un appel à poursuivre la lutte. Il s'oppose aux directives de Pétain.

— Il a tort. Si les Français le suivent, nous irons à la catastrophe. Il faut négocier pendant qu'il est encore temps.

Le souhait de Charles fut vite comblé. Quelques jours après, Pétain signait l'armistice avec Hitler à

Rethondes. Le pays était coupé en deux par une ligne de démarcation.

— Nous échappons au pire, se consola Charles. Seules la moitié nord et la côte atlantique seront occupées. Ici, nous demeurerons libres.

— Je m'inquiète pour mon fils, reconnut Henri. Je n'ai pas de nouvelles depuis que son régiment s'est replié. Il a sans doute été fait prisonnier. Je crains qu'un jour ou l'autre on ne m'annonce qu'il a été transféré en Allemagne.

Des milliers de soldats français, en effet, étaient tombés aux mains des Allemands, notamment après la sanglante bataille de Dunkerque.

Ariane s'angoissait davantage de jour en jour. Thérèse avait beau la tranquilliser, elle n'avait plus goût à son travail.

« Il faut te secouer, ma fille ! la stimulait Charles. Ton fiancé reviendra. Hitler ne gardera pas tous les prisonniers en Allemagne. Ils seront libérés tôt ou tard. Il s'agit d'avoir un peu de patience. Le Maréchal ne les oubliera pas. »

Dans cette attente, la France connaissait la honte et l'humiliation de la défaite. Les réfugiés, de plus en plus nombreux, affluaient dans les régions du Centre et du Midi, en provenance du Nord et de l'Est. Les troupes du Reich avaient défilé sur les Champs-Elysées. Les vainqueurs organisaient leur installation en pays conquis : le drapeau à croix gammée remplaçait le drapeau tricolore, les panneaux indicateurs écrits en allemand étaient plantés sur toutes les routes, des restaurants, des cinémas étaient réquisitionnés pour les soldats du Führer…

Comme tous les soirs, à table, Charles n'eut de cesse de vanter les mérites du Maréchal. Il demeurait à ses yeux le sauveur de la France, le héros de Verdun.

— Il est le seul à pouvoir sortir le pays du chaos et du déshonneur de la défaite, insista-t-il. Comme pendant la Grande Guerre. Il faut lui accorder toute notre confiance.

Thérèse n'avait pas d'opinion à ce sujet. Elle se fiait à son mari. Ariane, elle, ne voyait pas les choses de cette manière :

— Si ton Pétain avait bien négocié avec Hitler, Raphaël aurait déjà été libéré. On ne sait même pas où il se trouve. Or les combats ont cessé.

En effet les troupes étaient démobilisées les unes après les autres. Le pays devait être complètement démilitarisé. Les prisonniers de guerre feraient l'objet d'un marchandage ultérieur.

Aussi, lorsqu'elle apprit par Henri, venu exprès aux Abarines annoncer la nouvelle, que Raphaël était sur le point de rentrer à Florac, Ariane bondit de joie.

— C'est une question de jours, d'une semaine au maximum, expliqua Henri en lui montrant la lettre que son fils lui avait envoyée. Il est vivant et en bonne santé.

— C'est un miracle ! s'émerveilla Thérèse, toujours aussi fervente et encline à remercier Dieu, la Vierge et tous les saints.

— Que s'est-il passé ? s'étonna Charles.

— Son régiment s'est replié petit à petit vers le Centre. Il n'a presque pas combattu. Tout au plus a-t-il essuyé quelques mitraillages de la part de l'aviation allemande. Il raconte dans sa lettre qu'il a failli mourir…

— Mourir ! s'effraya Ariane. Moi, je n'ai pas reçu de lettre !

— Il écrit cependant qu'il t'en a envoyé une. Elle a dû s'égarer… Son unité se reposait du côté de Châteauroux, tout près d'une ferme en ruine, quand tout à coup des Stukas ont fondu sur eux. Son camarade a fui le premier pour se mettre à couvert et l'a repoussé en arrière pour passer devant lui. Raphaël est tombé et s'est tordu la cheville. Une entorse, sans doute. Sur le moment, il n'a pas pu effectuer un pas de plus. Par malheur, son ami s'est retrouvé en face d'un Stuka qui mitraillait en rase-mottes. Il a été fauché. Si Raphaël était sorti le premier, c'est lui qui l'aurait été.

— C'est ce que je disais, insista Thérèse, c'est un miraculé. Je brûlerai un cierge à l'église pour remercier Dieu de son immense bonté.

Charles, dont la foi n'était pas très démonstrative ni profonde, sans vouloir contredire sa femme, rectifia :

— Ce n'est pas un miracle. Seulement de la chance. Si son camarade n'avait pas été aussi égoïste en ne pensant qu'à se mettre à l'abri le premier, cela ne serait pas arrivé !

Ariane n'avait cure des explications de ses parents. Son cœur explosait à se rompre dans sa poitrine. Elle ne trouvait pas de mots pour signifier le bonheur qu'elle éprouvait à l'idée de revoir bientôt son fiancé.

— Raphaël va donc rentrer ! Nous reprendrons notre vie comme avant ! Tout est terminé.

Henri ne tenait pas à assombrir la joie d'Ariane. Il crut bon néanmoins de l'avertir :

— Non, tout n'est pas terminé, hélas ! N'oublions pas que nous sommes toujours en guerre. Les Allemands occupent la moitié du pays. Le gouvernement est à sa botte. A quelle sauce serons-nous mangés à présent ? A celle de la collaboration ? Rien n'est plus pareil.

— Nous ne sommes plus en guerre ! rectifia Charles d'un ton cassant. Grâce au Maréchal, nous sommes à nouveau en paix. Et ton fils rentrera bientôt dans ses foyers. Que demander de plus ?

— Que les Allemands retournent chez eux. Dans leur pays.

Henri et Charles s'opposaient farouchement pour la première fois depuis leurs retrouvailles. Leur différend assombrissait l'heureuse nouvelle.

Thérèse tenta de détendre l'atmosphère :

— L'essentiel n'est-il pas que notre Raphaël soit vivant, en bonne santé, et qu'il revienne vite dans les bras de notre fille ? En fait, d'où a-t-il posté sa lettre ?

Henri expliqua :

— Après Châteauroux, son régiment s'est replié sur Issoire, dans le Puy-de-Dôme. C'est là qu'il a été démobilisé. En réalité, il aurait pu rentrer un peu plus tôt. Mais la consigne lui a été donnée d'attendre avant d'avertir sa famille. J'ignore pour quelles raisons. Il s'est réfugié dans un petit hôtel près de la gare. Puis il a été autorisé à nous écrire. Le temps de terminer les formalités de sa réintégration à la vie civile et il sera chez nous.

Quelques jours plus tard, Raphaël était de retour à Florac, pour le plus grand bonheur des siens et d'Ariane.

*

Avec les beaux jours, Ariane ne mesurait plus sa joie d'avoir enfin retrouvé son fiancé. Chaque soir, ils se donnaient rendez-vous après sa journée de travail, tantôt dans Florac, près de la source du Pêcher, tantôt sur les bords du Tarnon ou de la Mimente. Ils se rappelaient leurs premières rencontres à l'insu de leurs parents, à une époque où ils osaient à peine évoquer leurs sentiments. C'était l'été 36, celui du Front populaire, de la liesse dans les rues et des premiers congés payés. Ils en gardaient d'excellents souvenirs, car ils étaient liés à la naissance de leur amour.

Certes, la situation était devenue plus tendue, plus sombre. Les esprits étaient chagrins. On se méfiait les uns des autres. Beaucoup d'animosité opposait maintenant ceux qui, hier encore, se réjouissaient d'avoir obtenu ensemble des avancées sociales exceptionnelles. Les Français se partageaient entre défenseurs des acquis, farouches partisans des hommes politiques évincés, pour la plupart, par les gouvernants en place, et ceux qui, à l'image de Charles Chaptal, accordaient toute leur confiance au maréchal Pétain. Depuis que la Chambre lui avait donné les pleins pouvoirs, enterrant du même coup la IIIe République, ce dernier demandait toujours plus d'efforts à chacun afin de garantir les droits du travail, de la famille et de la patrie.

Ces valeurs n'étaient pas pour déplaire à Charles. Il voyait en elles les fondements de la société.

« A la tête de l'Etat, il nous faut quelqu'un d'intègre, droit dans ses bottes, ne prêtant pas l'oreille aux sirènes de la première contestation. Un militaire en ces temps difficiles, c'est la meilleure solution. »

Charles évitait ce genre de réflexions devant son ami Henri, partisan du général de Gaulle. Il se les permettait seulement chez lui, quand, à table, avec sa femme et sa fille, il s'écoutait parler. Ni Thérèse ni Ariane n'essayaient de le contredire. Elles le laissaient discourir sans l'interrompre.

Ariane connaissait l'opinion de Raphaël au sujet de la politique menée par Vichy, où le Maréchal avait installé son gouvernement. Elle admettait humblement ne pas avoir d'idée arrêtée sur la question. Entre Pétain et de Gaulle, elle avouait ne pas savoir qui détenait la vérité. Entre accepter la défaite en concédant l'occupation pour sauver ce qui pouvait l'être encore et inciter à la rébellion par la résistance, elle hésitait. Elle devinait que chez les Soubise le choix avait été vite fait, Raphaël ne cachant pas la position des siens.

Son bonheur lui suffisait pour oublier la tragédie que traversaient tous les Français.

Raphaël se remettait rapidement de ses mois passés sous les drapeaux. Il ne donnait pas l'impression d'en avoir souffert, même si physiquement il avait un peu changé. Certes, la longue séparation, les conditions de vie en caserne, l'attente interminable d'une attaque imminente l'avaient soumis à rude épreuve, mais il ne se plaignait pas. Il avait décidé de reprendre au plus tôt ses études à l'école d'architecture de Montpellier. Il envisageait d'ouvrir son propre cabinet dès son diplôme en poche.

« Et nous marier ! » lui rappelait sans cesse Ariane, qui ne vivait que dans cette perspective.

Raphaël n'avait pas oublié sa promesse, d'autant que c'était aussi celle de Charles Chaptal. Or il tardait à en reparler à sa fiancée.

« Puisque nos parents sont d'accord à ce sujet, avançait-elle, proposons-leur une date de mariage… »

Raphaël temporisait. Il retournait fréquemment à Montpellier alors que ses cours n'avaient pas débuté. Il partait parfois plusieurs jours d'affilée sans explications, sans en informer Ariane. La jeune Chaptal finit par croire qu'il lui cachait quelque chose. Lorsqu'ils se revoyaient, elle n'osait pas lui demander la raison de ses absences, ni en parler à ses sœurs, Juliette et Justine. Lui, de son côté, se taisait et retrouvait Ariane comme s'ils s'étaient quittés la veille. Un certain malaise s'établit entre eux, au point qu'Ariane ne parvenait plus à dissimuler ses craintes.

— Tu as changé d'avis ? s'inquiéta-t-elle un soir. Tu ne veux plus te marier ?

Raphaël hésitait.

— Réponds-moi, insista Ariane. Que s'est-il passé ?

Raphaël s'écarta, le regard fuyant.

Ils s'étaient donné rendez-vous devant les bassins à truites de la ville. C'était la fin de la journée. La chaleur s'éternisait. L'onde procurait un peu de fraîcheur. Les poissons se jouaient des derniers rayons de soleil, guettant le moindre moucheron à la surface de l'eau.

— J'ai peur de te faire souffrir, lui confia-t-il.

— Je ne comprends pas. Tu n'es pas sûr de tes sentiments ? Tu crains de me quitter avant même de m'avoir épousée !

Ariane semblait désespérée. Ses yeux s'emplirent de larmes. Elle ne put contenir un sanglot. Elle se détourna de lui, le cœur gros.

— Il ne s'agit pas de cela. Tu n'as pas le droit de mettre en doute mon amour pour toi. Je t'aime, Ariane. A en mourir.

— Alors qu'est-ce qui te retient ?

— Les événements.

— Quels événements ?

— La guerre, les Allemands. Ce que nous sommes obligés de supporter.

— Je ne vois pas en quoi tout cela devrait nous interdire de nous marier.

Ariane ne comprenait pas l'attitude de Raphaël.

— Tu me caches quelque chose. Tu as rencontré quelqu'un d'autre !

— Non, absolument pas. Tu te trompes.

— Dis-moi la vérité !

Raphaël se décida enfin à parler :

— C'est beaucoup plus simple que ça. Je me suis engagé dans un groupe d'opposition au maréchal Pétain. Nous ne sommes pas très nombreux à Montpellier, mais nous sommes déterminés à agir…

— Tu es retourné à Montpellier ! s'étonna Ariane. Mais la rentrée n'est qu'en octobre !

— Des amis, démobilisés comme moi, m'y ont appelé. Ils m'ont informé de leurs intentions. Nous n'avons rien commencé, car nous n'avons aucun contact avec l'extérieur. Les partisans du général de Gaulle ne sont pas légion. Nous attendons que la résistance se précise. Mais nous sommes conscients que nous entrerons dans l'illégalité et que nous serons arrêtés par la police de Vichy si on nous dénonce.

— Mais tu n'as rien fait de mal. Tu peux toujours renoncer.

— Non, j'irai jusqu'au bout de mes idées. Nous devons combattre ces traîtres qui nous gouvernent.

Ariane était dépitée.

— Ça ne doit pas nous empêcher de nous marier, insista-t-elle.

— Je ne veux pas que tu sois veuve avant l'heure.

— Quelles sont les intentions de tes amis ? Un attentat ? Mais c'est de la folie !

— Nous n'en sommes pas là. Mais la police ne nous laissera pas agir impunément. Au nom de la raison d'Etat, tout peut nous arriver. Nous sommes en dictature, avec Pétain. Les Français ne l'ont pas vu venir. Ils l'ont accepté, voire souhaité, mais ils s'apercevront vite de la triste réalité. Ce jour-là, il sera trop tard. Pierre Laval, le dauphin officiel de Pétain, s'en est déjà pris aux Juifs naturalisés en les privant de leur nationalité. Jusqu'où osera-t-il aller dans l'ignominie ? Quand on pourchasse les gens à cause de leurs origines ou de leur religion, le pire est à craindre. Ceux qui refusent cette abomination doivent s'organiser et résister au péril de leur vie, par simple devoir patriotique.

Ariane, stupéfaite, écoutait Raphaël sans bien réaliser ce qu'il s'apprêtait à entreprendre. A ses yeux, s'opposer au maréchal Pétain ne signifiait pas se mettre hors la loi, encore moins être un ennemi de l'Etat, un criminel.

— Tu risquerais ta vie pour tes idées ! Et tu places celles-ci avant… avant…

Elle s'effondra, atterrée. Elle n'avait plus de mots pour exprimer son désarroi.

Raphaël se rapprocha d'elle pour la consoler.

— Laisse-moi ! s'écria-t-elle. Tu n'es qu'un égoïste. Tu ne penses pas à moi. Que deviendrai-je s'il t'arrive malheur ? Tu ne m'aimes pas... Va-t'en... Je ne veux plus te voir.

Navré, Raphaël se taisait. Il n'avait jamais imaginé une telle réaction de la part de sa fiancée.

— Reprends-toi, ma chérie, insista-t-il. Je t'en prie. Ne me juge pas de cette manière. Je sais, c'est dur pour toi. Tu n'étais pas préparée à ce que je m'engage de la sorte. Mais, crois-moi, je ne commettrai rien qui puisse nuire à notre amour.

— Tu as dit que tu agirais au péril de ta vie. Je ne compte donc pas pour toi ?

Il l'enserra dans ses bras.

Elle s'abandonna. Essuya ses larmes. Se calma.

— Tu ne me laisseras pas, n'est-ce pas ? Tu ne prendras pas trop de risques ?

— Je te promets de ne pas me mettre en danger, la rassura-t-il.

Il posa ses lèvres sur ses paupières humides, puis l'attira au creux de son épaule.

— Je t'aime tant, Raphaël.

— Moi aussi, je t'aime ; tu le sais.

Ils se réconcilièrent dans une douce effusion, mêlant caresses, promesses et baisers passionnés.

Ariane se sentit apaisée.

Elle rouvrit les yeux. Le fixa, attendrie.

— Si un jour tu ne devais pas revenir, j'en mourrais.

8

1941-1942

Le temps passait dans la résignation. Les vainqueurs se montraient de plus en plus exigeants et répandaient partout la terreur. Dans la zone non occupée, l'Etat de Vichy restreignait les libertés et appliquait son programme de Révolution nationale avec acharnement. Pétain avait appelé à la collaboration dans un message adressé à tous les Français, sous prétexte de maintenir l'unité de la nation.

Aux Abarines, Charles évitait de discuter de ces événements qui ne rencontraient pas l'assentiment de tous, il en avait conscience. Il se méfiait de Laval, mais il soutenait le maréchal Pétain, et lui accordait toujours sa confiance pour sortir le pays du chaos. Thérèse demeurait assez peu informée, n'écoutant pas la radio et ne lisant jamais les journaux de son mari. Ariane, quant à elle, ne disait mot quand elle avait connaissance d'un fait nouveau. Elle n'avait pas raconté à ses parents ce que Raphaël lui avait révélé. Ce dernier lui avait demandé de garder le silence pour ne pas l'exposer au danger. Elle n'était nullement au courant de ce qu'il manigançait avec ses amis de Montpellier et n'éprouvait aucune envie de le savoir, tant elle tremblait en y pensant.

Ils se revoyaient chaque semaine, sans jamais aborder le sujet qui les avait chagrinés. Ils s'étaient accordés pour prévenir leurs parents qu'ils préféraient patienter avant de se marier, le temps que la situation se décante.

— Raphaël craint qu'un beau jour les Allemands n'envahissent la zone libre, expliqua Henri aux Chaptal, qui ne comprenaient pas l'atermoiement de leurs enfants.

Charles en effet s'attendait à ce que son futur gendre vienne très vite lui reparler mariage.

— Maintenant qu'il est rendu à la vie civile, rien ne s'oppose plus à leur union. Je leur avais donné mon consentement.

Charles était à cent lieues de deviner que Raphaël avait adhéré à un mouvement de résistance et qu'il prenait de gros risques. Pour lui, Pétain assurait la paix. Il n'aurait jamais admis que l'un de ses proches entre en rébellion contre le Maréchal.

— Ils s'épouseront dès que le calme sera revenu, assura Henri. Ils sont jeunes. Ils ont le temps de se mettre le fil à la patte !

Loin de soupçonner quoi que ce soit, Charles accepta les explications de son ami, d'autant plus qu'Ariane elle-même ne s'était pas hâtée de lui demander de fixer une date de mariage.

— Ah, ces enfants ! remarqua-t-il devant Thérèse. Ils n'ont décidément pas les mêmes valeurs que nous à leur âge. Jamais nous n'aurions repoussé la date de nos noces une fois les fiançailles célébrées !

— Soyons modernes, mon chéri, lui répliqua Thérèse en souriant.

Avec ses camarades, Raphaël se posait la question de rejoindre ou non les Forces françaises libres du général de Gaulle en Angleterre. Début novembre, celles-ci avaient remporté leur première victoire, l'un de leurs chasseurs, le sergent Maurice Choron, ayant abattu un Heinkel de l'aviation allemande. Depuis, Raphaël trépignait d'impatience de passer à l'action. A l'école d'architecture, on commentait sous cape l'acte héroïque du sergent français. Certains voulaient lutter avec ceux qui avaient fui le territoire national après la défaite, d'autres préféraient rester pour participer à la lutte intérieure.

« Nous serons plus utiles ici, sur place, objectaient ces derniers. Laissons le combat militaire aux forces armées. »

Raphaël déplorait que la résistance tarde à s'organiser. Mais en songeant à sa promesse faite à Ariane, il n'osait prendre le parti de s'expatrier pour se battre.

Quand il eut connaissance du premier bulletin des résistants du musée de l'Homme à Paris, sa décision devint irrévocable.

« Je rallierai le premier groupe de résistance dès

qu'il verra le jour dans le Midi », affirma-t-il devant ses camarades, divisés sur la question.

De son côté, Charles jubilait. Pétain avait ordonné l'arrestation de Pierre Laval pour sa collaboration trop étroite avec l'Allemagne et sa tentative de contrôler à lui seul le gouvernement de Vichy.

« Quand je vous le disais que le Maréchal est notre meilleur rempart contre tous les excès ! »

Quelques jours plus tard, cependant, il dut déchanter, lorsque le même Laval fut libéré sous la pression d'Hitler.

Plus le temps passait, plus Charles devait admettre, néanmoins, que l'occupation de la zone Nord par les Allemands nuisait à ses affaires. Il en rendait responsable la frilosité des Français qui, selon lui, limitaient beaucoup trop leurs achats. Il refusait de considérer la morosité dans laquelle le pays était plongé, la baisse du niveau de vie qui se généralisait. Pétain avait interdit les augmentations de salaires. Les restrictions touchaient tous les secteurs, le rationnement organisé laissait la porte ouverte au marché noir et suscitait de nombreux mécontentements dans les classes défavorisées.

« Si ça continue, se plaignait-il, je manquerai bientôt de matière première. »

A cause des réquisitions, en effet, le cuir devenait de plus en plus rare et cher sur le marché. Charles s'inquiétait à juste titre pour ses approvisionnements.

— Je vais devoir ralentir ma cadence de production, concéda-t-il, navré.

— Remarque, lui répondit Thérèse, vu l'état de ton carnet de commandes, cela paraît être une sage solution.

— Mon chiffre d'affaires a diminué de moitié en un an ! Encore deux mois à cette allure et je serai obligé de mettre au chômage une partie de mon personnel.

Ariane, tout à ses créations, continuait à dessiner comme si de rien n'était, et ne se préoccupait pas du désintérêt des consommateurs pour la chaussure de luxe. Elle finit par s'en rendre compte quand son père l'avertit de l'impossibilité où il se trouvait de fabriquer tous les modèles qu'elle concevait.

— Je suis désolé, ma fille. Je ne peux pas produire tes nouvelles collections. Non seulement je n'ai plus suffisamment de commandes, mais je manque de cuir. C'est une catastrophe.

— Je garderai mes croquis en attente, décida-t-elle. Nous les ressortirons quand ça ira mieux.

Charles sourit. La détermination de sa fille lui redonnait du baume au cœur.

— Tu sais, lui confia-t-il, si tout va mal dans ce pays, ce n'est pas seulement la faute aux Allemands. C'est aussi celle des Juifs !

Ariane se raidit. Elle n'avait jamais encore entendu son père proférer de telles horreurs. Comme pour la politique, elle n'avait jamais pris parti, reconnaissant volontiers ne pas s'y intéresser. Mais ce genre d'allégation la choquait profondément.

Elle se sentit honteuse pour lui.

En vérité, Charles ne désavouait pas les décisions de Pétain à l'encontre des Juifs de France, en premier lieu le statut d'octobre 1940, qui précisait les professions qui leur étaient désormais interdites, puis la loi relative aux ressortissants étrangers de « race juive » autorisant leur internement. Il approuvait ceux qui jugeaient cette communauté trop influente dans le pays. Sans afficher ouvertement des tendances racistes et xénophobes, il éprouvait une certaine hostilité à l'égard des étrangers, auxquels il assimilait volontiers tous les Juifs.

— J'ignorais que tu étais antisémite ! lâcha Ariane, profondément déçue. Au contraire, je te croyais porté vers autrui. Dans ton usine, tu as toujours été juste avec ton personnel. Tu agis sans faire de distinction. Tu as embauché des Italiens, des Espagnols et même des Arabes ! Alors, pourquoi cette soudaine animosité envers les Juifs ? La plupart d'entre eux sont aussi français que toi et moi !

Charles en resta sans voix. Il ne s'attendait pas à une telle réaction de la part d'Ariane sur ce sujet. Il la voyait indifférente à tout ce qui concernait la politique, les problèmes de société... Jusqu'à présent, elle n'avait montré de l'attention que pour ses études, sa passion pour le dessin, sa petite vie tranquille auprès des siens, une vie de jeune fille de bonne famille ayant reçu une éducation sans faille. Qu'est-ce qui lui prenait soudain de le contredire ?

Charles sentit monter sa colère, se retint pour ne pas perdre contenance devant sa fille.

— Je... je ne voulais pas te froisser, assura-t-il enfin. Je n'ai rien contre les Juifs, rassure-toi. Je voulais seulement dire que certains nuisent aux intérêts de la France, comme certains autres Français d'ailleurs, catholiques ou protestants, dès lors qu'ils refusent d'obéir aux directives du Maréchal. C'est tout. Il n'y a pas de quoi en faire toute une histoire.

Ariane préféra ne pas polémiquer.

Mais ce soir-là, elle avait découvert son père sous un jour qu'elle ne connaissait pas.

*

Entre l'engagement de Raphaël et les prises de position de Charles, Ariane s'interrogeait. Jamais jusqu'à présent elle ne s'était souciée de politique. Entre s'opposer au gouvernement et le soutenir, pour elle, la question ne s'était pas encore posée, laissant ce genre d'initiative aux autres, plus qualifiés qu'elle. Elle avait mal accepté la décision de Raphaël, non pas parce qu'elle ne l'approuvait pas, mais parce qu'elle craignait pour sa vie et pour leur amour. Quant à son père, si elle lui connaissait des idées plutôt conservatrices, elle ne s'était jamais doutée qu'il pût adhérer aux idées les plus réactionnaires de son époque.

Sa surprise n'avait d'égale que sa déconvenue.

Elle se garda d'en parler à Raphaël. Une réplique hostile de sa part l'aurait placée dans l'embarras. Elle ne voulait pas choisir entre son fiancé et son père. En revanche, très discrètement, elle en avisa sa mère :

— Savais-tu que papa soutenait toutes les thèses du maréchal Pétain, notamment ses thèses antisémites ? lui demanda-t-elle, un soir, alors que Charles tardait à rentrer de son usine.

— Ton père considère Philippe Pétain comme un grand homme.

Ariane remarqua que sa mère évitait d'appeler le Maréchal par son grade.

— Par deux fois, t'expliquera-t-il, il a sauvé la France.

— Pas cette fois-ci. Au contraire, il a plutôt entériné la défaite !

Thérèse s'étonna :

— Tu t'intéresses à la politique, maintenant ?

— J'essaie de me forger ma propre opinion. Quel mal y a-t-il à cela ?

— Oh ! Aucun mal, ma chérie. A ton âge, tu as le droit d'avoir tes idées, même si elles sont contraires à celles de ton père.

— Papa a toujours été très à droite.

— Je le reconnais. Mais, pour autant, il ne s'est jamais opposé à ses ouvriers quand ceux-ci revendiquaient. Je me souviens, en 1936, il a montré beaucoup de compréhension et de largeur d'esprit...

Qu'est-ce qui te chagrine à propos de ton père ? Vous vous êtes disputés pour des idées politiques ?

Ariane ne répondit pas franchement, ne souhaitant pas mettre sa mère dans l'embarras.

— Non, mais il m'a un peu surprise, à soutenir le maréchal Pétain sans condamner certaines de ses décisions.

— Tu veux parler de l'interdiction d'augmenter les salaires ?

Ariane n'était pas au courant. Elle biaisa.

— Euh… oui, c'est cela.

Thérèse ne jugeait pas son mari sur ses initiatives. Elle lui faisait confiance. S'il approuvait une directive du gouvernement, c'était, pensait-elle, dans l'intérêt de ses affaires. Elle n'y voyait aucune objection.

— Tu sais, poursuivit-elle, ton père est un homme honnête. Cela, personne ne peut le lui reprocher. Il a ses idées, qui ne sont pas toujours en concordance avec les miennes. J'évite de le contredire. Personne ne détient la vérité.

Ariane songeait à la prise de position de Charles à propos des Juifs. Sans nul doute, Thérèse ne devait pas l'approuver. C'était contraire à ses convictions religieuses. Pourtant, elle n'avait pas réagi !

Quand elle apprit par Raphaël que Vichy avait créé le Commissariat général aux questions juives, elle ne put retenir son indignation :

— Décidément, la France obéit aux directives de l'Allemagne nazie ! L'antisémitisme y est instauré en politique d'Etat. C'est une honte !

— Modère tes propos, l'arrêta Charles. Si l'on t'entendait, tu aurais des comptes à rendre et j'aurais des ennuis.

— Tu admets donc que tes amis du gouvernement sont des fascistes qui ne valent guère mieux que les nazis !

— D'abord, Ariane, je n'ai pas d'amis au gouvernement. Ensuite, je te prie de me parler sur un autre ton. Tu oublies que tu t'adresses à ton père.

Les dissensions entre père et fille allaient grandissantes. Plus Ariane s'affirmait, plus Charles se raidissait devant ses réactions. Au point que leur collaboration devenait de plus en plus difficile. Charles ne fabriquant plus les modèles de sa fille, celle-ci commença à croire qu'il lui tenait rigueur de son attitude.

Ariane ne demeurait pas insensible à ce que lui racontait Raphaël. Cependant, ce dernier l'informait peu de ses actes, ne souhaitant pas divulguer des éléments susceptibles de mettre en péril le groupe d'opposition auquel il adhérait. Petit à petit, elle s'intéressa aux raisons profondes qui motivaient les jeunes étudiants, amis de son fiancé, voire bien d'autres qui s'engageaient avec la même conviction. Quand il lui présenta un numéro du premier journal clandestin fondé par Henri Frenay, *Les Petites Ailes de France*, elle réalisa vraiment que tous les Français ne pensaient pas comme son père et que de plus en plus nombreux étaient ceux qui réprouvaient la politique de collaboration du maréchal Pétain. Elle n'en éprouva que plus de honte à l'égard des idées professées par Charles.

Aussi, quand celui-ci se réjouissait des mesures prises par le gouvernement, préférait-elle se lever de table et aller s'enfermer dans sa chambre afin de ne plus être tentée de porter la polémique.

*

L'année 1941 s'écoula dans la grisaille d'une occupation terrifiante pour les Français de la zone Nord, d'une mise au pas draconienne pour ceux de la zone libre. La guerre à l'est et en Afrique du Nord se poursuivait. Les nouvelles n'étaient pas réconfortantes. Partout les armées du Reich étaient victorieuses et exhibaient leur supériorité. La Wehrmacht déferlait sur la Russie et, depuis la Libye, menaçait la Tunisie et l'Algérie. En juillet 1942, à Paris, la police arrêta des milliers de Juifs et les livra aux Allemands après les avoir enfermés dans le Vélodrome d'Hiver. Dans le pays, la Résistance s'organisait et se renforçait. Les rafles se multipliaient, y compris dans le Sud.

Chez elle, Ariane, qui dorénavant se tenait au courant des événements, demeurait tranquille, de crainte de jeter de l'huile sur le feu.

Un samedi matin, elle se rendit en ville pour effectuer quelques achats en prévision des anniversaires de Thérèse et de Charles, qui tombaient à cinq jours d'écart. Malgré ses dissensions avec son père, elle n'aurait jamais omis de lui offrir un cadeau. Certes, depuis qu'ils s'étaient heurtés l'un à l'autre, elle se tenait sur la réserve. Elle évitait de parler des faits d'actualité qui alimentaient les unes des journaux et les conversations de café.

Entrée dans une parfumerie, elle essayait quelques échantillons en démonstration et hésitait pour Thérèse entre deux flacons de luxe.

— Si votre mère aime les parfums plus soutenus, lui conseilla la vendeuse, je vous proposerai plutôt le Chanel N° 5, sur une note d'aldéhydes, un mélange de jasmin, de rose et de néroli qui réalise un sillage poudré inimitable. C'est un classique qui s'éloigne des soliflores à la mode. Ce N° 5 compose un bouquet abstrait qui mêle les arômes à la perfection tout en dissimulant les senteurs évidentes. Je suis certaine que votre mère appréciera.

— Vous connaissez votre métier ! remarqua gentiment Ariane. Et vous en parlez très bien.

— Si nous voulons garder notre clientèle, nous devons être capables de lui expliquer précisément ce que nous lui vendons. Dans le commerce, il n'y a pas de place pour l'amateurisme !

— Le luxe est une valeur sûre. Mon père en est persuadé.

— Que fait-il, sans indiscrétion ?

— Il fabrique des chaussures. Les Chaussures Chaptal, c'est lui.

La jeune vendeuse se confondit aussitôt en excuses :

— Ah, bien sûr ! Pardonnez-moi, je ne vous avais pas reconnue.

Ariane s'étonna.

— Nous étions ensemble à l'école primaire, expliqua la jeune fille. Je suis Sarah. Sarah Cohen.

— Sarah ! s'exclama Ariane. Evidemment ! Mais... on se tutoyait à l'époque, non ?

Les deux camarades de classe s'étaient perdues de vue depuis de longues années.

— J'ai quitté l'école très tôt, expliqua Sarah, au moment où mes parents se sont installés à Mende. Puis, quand j'ai eu l'âge de travailler, je suis revenue à Florac. La parfumerie me plaît beaucoup. Et toi, que deviens-tu ? Tu étais brillante en classe. Tu as poursuivi tes études ?

— Jusqu'au bac, oui. Depuis, j'aide mon père dans son usine. Je fais mes premiers pas de styliste. Je lui dessine ses collections de chaussures.

Les deux amies ne cachaient pas leur joie de se retrouver.

— On se reverra dans d'autres occasions, proposa Ariane. Pour aujourd'hui, je dois acheter les cadeaux d'anniversaire de mes parents... Et pour un homme, que me conseilles-tu ?

— Les hommes aiment souvent bousculer leurs habitudes olfactives en s'éloignant des classiques, dit Sarah. Aussi, je te conseillerai encore ce Chanel, pour homme, qui marie subtilement des notes de gingembre, de basilic, de cèdre, de patchouli et de mousse de chêne…

Sarah était en train de préparer les deux paquets-cadeaux pour son amie lorsque, soudain, trois individus en civil surgirent dans le magasin. Sans les saluer, ils passèrent rapidement derrière le comptoir où s'affairait Sarah. Lui mirent la main sur l'épaule.

— Vous êtes bien Sarah Cohen ? demanda l'un d'eux.

— Oui, c'est moi. Que me voulez-vous ?

— Police. Ne faites pas d'histoires. Suivez-nous. Vous êtes en état d'arrestation.

Interloquée, Ariane tenta de s'interposer :

— Vous n'avez pas le droit ! s'écria-t-elle. Sarah n'a rien fait !

— Elle est juive. Ça suffit.

— Mais…

— Reculez-vous, mademoiselle. Si vous voulez éviter les problèmes, ne vous mêlez pas de ce qui ne vous regarde pas. Les Juifs doivent être déclarés en préfecture. Cette jeune femme ne l'est pas. Elle est hors la loi. De plus, elle est étrangère.

— Quelqu'un m'aura dénoncée, eut le temps d'expliquer Sarah.

Déjà, les trois policiers l'emmenaient à l'extérieur et la poussaient sans ménagement dans leur Citroën Traction.

Révulsée, Ariane demeura sur place, comme pétrifiée.

Revenue chez elle, elle abandonna sa bicyclette contre un mur sans la ranger et monta se réfugier dans sa chambre.

Quand elle en descendit, le soir avant le repas, elle n'avait plus la tête à la fête. Thérèse s'en aperçut immédiatement. Charles, lui, était plongé dans son journal.

— Tu me parais bien chagrinée, releva Thérèse. Tu as fait une mauvaise rencontre en ville ?

Ariane s'efforça de sourire. Elle s'approcha de sa mère.

— Joyeux anniversaire, maman, lui dit-elle en lui offrant son cadeau.

— Oh ! Tu y as pensé. Comme tu es gentille !

Charles leva les yeux dans leur direction, l'air penaud.

— J'ai oublié, confessa-t-il.

— Tiens, papa, ajouta Ariane. C'est pour toi. Bon anniversaire aussi. Je m'y prends un peu à l'avance, mais…

— Il ne fallait pas… Merci beaucoup, je ne m'y attendais pas si tôt… Nous allons fêter cela comme il se doit.

— Je ne veux rien boire, coupa Ariane. Je… je suis toute retournée.

— Que se passe-t-il, ma chérie ? s'inquiéta Thérèse.

Et Ariane de raconter ce dont elle avait été témoin en ville dans la parfumerie de son amie.

— C'est horrible ! ne put retenir Thérèse. La

malheureuse a été arrêtée comme une criminelle parce qu'elle est juive !

— Oui, uniquement pour cette raison.

Charles demeurait silencieux. Il n'osait commenter ce qu'il venait d'entendre.

— Si elle n'a rien à se reprocher, ajouta-t-il pour rassurer sa fille, ils la relâcheront.

— Je ne crois pas, papa. Elle est juive !

9

Le 8 novembre 1942, les alliés américains débarquèrent en Afrique du Nord. Plus de soixante-quinze mille hommes de troupe prirent possession du sol marocain et algérien. Aussitôt les soldats français restés fidèles au Maréchal opposèrent une vive résistance. Pétain rompit immédiatement les relations diplomatiques avec les Etats-Unis.

« La tension monte, serinait Charles. Je redoute le pire. »

Il ne se trompait pas, Charles Chaptal. Quelques jours plus tard, les Allemands franchissaient la ligne de démarcation et envahissaient la zone libre. Seules quelques garnisons de la Wehrmacht s'installèrent à Florac et dans ses environs. En revanche, la présence ennemie fut beaucoup plus importante à Mende, où le préfet du département ne cachait pas sa sympathie pour le régime de Vichy.

Dès lors, la vie fut bouleversée. L'inquiétude et la crainte de la répression grandirent dans les esprits.

Les partisans du Maréchal ne pavoisaient plus. S'ils soutenaient le pouvoir en place pour avoir sauvé l'honneur et évité l'occupation du pays tout entier, beaucoup se demandaient maintenant quel sort Hitler leur réserverait. Ce dernier n'avait-il pas prévenu que la France devait être considérée comme un territoire assujetti à la puissance du Reich ?

Une semaine après l'invasion de la zone libre, une unité de la Wehrmacht fit irruption aux Abarines. Charles et Ariane travaillaient dans leurs bureaux. Très affairés – ils mettaient au point une collection printemps bon marché –, ils ne la virent pas arriver. Quatre camions militaires, un half-track, trois motos et une voiture particulière de grosse cylindrée prirent possession des allées du parc.

Thérèse, qui vaquait dans les communs en compagnie de la gouvernante et de Simone Bastide, fut la première interpellée par le vacarme des engins motorisés.

— Qu'est-ce qui se passe ? s'inquiéta Marie Chabalier.

La gouvernante n'eut pas le temps d'ouvrir la porte de service donnant au rez-de-chaussée. Quelqu'un frappait vigoureusement à l'entrée de la demeure.

Surprise, elle murmura :

— Les Allemands, madame. Ce sont les Allemands. Ils sont sur la terrasse. Que dois-je faire ?

— Remontez et faites-les patienter.

Une centaine de mètres séparaient le château de la fabrique de chaussures. Thérèse s'éclipsa par une porte dérobée et courut à travers le parc prévenir son mari. Personne ne la vit s'esquiver.

— Charles, s'époumona-t-elle en reprenant son souffle, les Allemands…

— Quoi, les Allemands ?

— Tu ne les as pas entendus ?

Une barrière de cyprès cachait l'usine. Non seulement elle protégeait du vent, mais elle atténuait également les bruits stridents des machines.

— Tu sais bien que d'ici on n'entend pas ce qui se passe à la maison ! Alors ?

— Les Allemands sont chez nous.

— Aux Abarines ?

— Comment dois-je te le dire ? Secoue-toi et viens voir ce qu'ils veulent. J'espère qu'il n'y a rien de grave.

Charles précéda Thérèse, entra chez lui par la porte de service. Puis il remit de l'ordre dans sa tenue et se présenta à ses visiteurs, comme si de rien n'était.

Marie avait introduit deux gradés de l'armée allemande dans le vestibule et leur avait demandé de patienter. L'un d'eux faisait les cent pas, l'air courroucé.

— Messieurs, dit Charles en sortant de son bureau. Que puis-je pour vous ?

L'autre militaire se tenait droit dans ses bottes, la casquette vissée au milieu du front, l'air du parfait Aryen. Charles remarqua immédiatement son attitude hautaine, la froideur de son regard, son port altier.

— Je n'aime pas beaucoup qu'on me fasse attendre, monsieur Chaptal, l'informa l'officier.

Thérèse, toute retournée, était restée dans la cuisine, en compagnie de Marie et de Simone. Elles écoutaient à travers la porte.

— Il connaît le nom de Monsieur ! remarqua Marie.

— Ils savent tout sur tout le monde. Ils m'effraient.

Charles avait invité les deux Allemands à le suivre.

Celui des deux qui paraissait le plus gradé ne le laissa pas s'exprimer :

— Je suis le capitaine Hensler et voici mon aide de camp, l'Oberleutnant Lenach. Nous avons ordre de nous établir dans votre demeure. Celle-ci est réquisitionnée pour loger mon unité de combat.

Interloqué, Charles s'étonna :

— Mais… mais je n'en ai pas été averti !

— Ne vous inquiétez pas, monsieur Chaptal. Nous serons discrets. Seuls mon aide de camp et moi-même avons besoin d'être hébergés sous votre toit. Mes hommes s'installeront à l'extérieur. Ils ont l'habitude de bivouaquer à la dure. Ils ne saccageront pas votre joli parc. Nous ne sommes pas des barbares, comme on voudrait le faire croire !

— Nous avons des chambres d'amis très spacieuses, s'empressa Charles, ma gouvernante vous les préparera.

L'officier claqua les talons et donna un ordre en allemand à son aide de camp.

Celui-ci sortit précipitamment, laissant son supérieur avec Charles.

Il revint quelques minutes plus tard, les bras chargés de lourds bagages.

— Ne changez en rien vos habitudes, précisa le capitaine Hensler. En revanche, vous seriez aimable de nous faire porter notre repas du soir dans la chambre de mon aide de camp. Pour le reste de ma troupe, mon intendance pourvoira à ses besoins. Il ne faut pas abuser de l'hospitalité de ses hôtes, n'est-ce pas ?

— Quel mufle ! murmura Marie, l'oreille collée à la porte du bureau de Charles. Il ose exiger qu'on le nourrisse !

— Nous sommes occupés, chuchota Thérèse. Le vainqueur a tous les droits.

— Je vais lui mijoter de bons petits plats à ma façon ! Il m'en donnera des nouvelles !

Les soldats de Kurt Hensler avaient déjà pris possession des lieux. De hautes tentes vert kaki, floquées de croix gammées, se dressaient sur les pelouses, jusqu'au-dessous du grand saule dont le feuillage semblait courber l'échine comme un vaincu.

— Mon Dieu ! s'exclama Simone en découvrant le spectacle. On dirait un camp de retranchement.

Affairée à terminer un croquis qui lui procurait du fil à retordre, Ariane n'avait rien entendu du charivari qui troublait la tranquillité du parc.

Quand Charles vint la prévenir, elle ne put contenir son atterrement :

— Les Allemands, chez nous ! Quelle honte ! Pour qui passerons-nous à présent ?

— Nous n'avons pas le choix, ma chérie. Cette présence nous est imposée. Il ne tient qu'à nous que tout se déroule dans les meilleures conditions.

*

Lorsque, deux jours plus tard, Charles reçut la visite de deux représentants de la Kommandantur de Mende, il sut très vite que son avenir dépendait de la décision qu'il prendrait en son âme et conscience : accepter l'injonction qu'ils lui apportaient ou entrer en opposition.

Les deux individus avaient exigé d'être reçus immédiatement par le propriétaire de l'usine. La secrétaire de direction de Charles, interloquée, s'était comme liquéfiée sur place. Elle avait deviné, à leur apparence, qu'il s'agissait d'agents de la Gestapo et avait cru qu'ils venaient arrêter son patron. Ils ne lui avaient pas laissé le temps de les introduire, pénétrant dans le bureau de Charles avant même d'y avoir été conviés.

Surpris, Charles eut un mouvement de recul,

puis, comprenant à son tour qui étaient ses visiteurs, préféra s'extraire de sa chaise de travail.

— Nous sommes la police du Reich, lui dit l'un des deux hommes, dans un français très correct. Monsieur Chaptal, nous nous sommes renseignés sur vos activités. Et nous savons tout de vous et de votre famille.

C'était la première fois que Charles Chaptal avait affaire à la police. Il avait des connaissances au commissariat de la ville ainsi qu'à la gendarmerie. Le capitaine Legendre faisait d'ailleurs partie de ses amis intimes. Mais jamais il n'avait eu besoin de se justifier. Au reste, il n'avait rien à se reprocher et aucun des siens n'avait eu de démêlés de près ou de loin avec la justice. Aussi fut-il très surpris de se retrouver, tel un coupable, face aux deux représentants de la Gestapo.

— Que me vaut votre visite ? s'étonna-t-il. Je ne comprends pas la raison de votre présence ici.

Charles tentait de demeurer calme. Mais son appréhension se lisait dans ses yeux. Il savait que les agents de la Gestapo n'étaient pas des policiers comme les autres, qu'ils ne s'encombraient pas de prévenances pour embarquer leurs suspects. Leur triste réputation les précédait.

— Monsieur Chaptal, reprit le second policier, nous ne sommes pas venus vous importuner ni vous arrêter. N'ayez aucune crainte, nous sommes ici en amis... Votre usine fabrique d'excellentes chaussures, n'est-ce pas ? C'est cela qui intéresse notre Führer. Des gens comme vous sont précieux à l'économie du Reich.

Charles comprit aussitôt le but de la visite des deux individus. Il se garda de se mettre en avant et ne releva pas leurs compliments.

— Je ne vois pas en quoi je puis vous être utile, s'étonna-t-il. Je produis surtout des chaussures de qualité et pour femmes. Et je reconnais humblement qu'en ce moment la conjoncture ne m'est pas favorable du tout... Maintenant, si vous venez m'apprendre que vous m'offrez un débouché dans votre pays, après tout, le commerce est le commerce, je ne m'y opposerai pas.

— Il y a de cela, monsieur Chaptal. Il ne s'agit pas de vendre votre marchandise chez nous, mais de nous la fournir, purement et simplement. Dans les villes et les campagnes du Reich, notre population manque de chaussures, pas de chaussures de luxe, vous vous en doutez. En revanche, nos soldats doivent être bien équipés. Aussi notre Führer a-t-il décidé de réquisitionner votre usine. Désormais vous travaillerez pour l'Allemagne. Tout ce qui sortira de vos chaînes de fabrication sera réservé à l'armée allemande. Ce sera votre contribution à l'édification de la Grande Allemagne et à la victoire finale du Reich sur les forces ennemies.

Charles en demeura un instant sans voix. Il ne s'attendait pas à une telle exigence de la part des vainqueurs.

— Je suppose que je n'ai pas le choix, osa-t-il enfin.

— Vous pensez vraiment que nous nous sommes déplacés pour vous demander votre avis ? éructa le gestapiste. Ceci est un ordre ! Dès aujourd'hui, vous mettrez tout en œuvre dans votre usine pour produire ce que nous vous commanderons. Vous serez rétribué en conséquence. Vous pourrez toujours payer votre personnel. Toutefois, l'époque des gros bénéfices est terminée. On vous laissera de quoi ne pas mourir de faim. Cela devrait vous convenir. Après tout, vous étiez au bord de la faillite, non ? Alors remerciez-nous !

Charles s'inclina.

Puis, le temps de régler tous les détails, il raccompagna ses visiteurs jusqu'à leur voiture et leur promit de respecter sa parole.

— C'est dans votre intérêt, menaça par la portière celui qui s'était installé au volant. On se reverra bientôt. *Heil Hitler !*

Ariane s'était tenue à l'écart pendant toute l'entrevue, cloîtrée dans son atelier avoisinant le bureau de son père. Le cœur battant à se rompre, le visage décomposé, elle avait tout entendu, ainsi que la secrétaire de direction. Celle-ci était abasourdie et terrifiée à la fois.

— Mon Dieu, nous allons travailler pour les Allemands ! geignit-elle. Ils seront constamment sur notre dos !

— Tranquillisez-vous, Madeleine. Mon père n'a pas encore dit son dernier mot. Sur le moment, certes, il n'a pas eu le choix. Mais il peut toujours faire marche arrière.

— Je ne vois pas comment ! S'il refuse de collaborer, il sera arrêté et déporté. L'usine sera quand même réquisitionnée. Ils placeront quelqu'un d'autre à sa tête…

Ariane n'envisageait pas les faits aussi cruellement.

Le soir, le calme revenu, Charles expliqua aux siens ce qu'il avait finalement décidé. La gouvernante venait de déposer sur la table une daube de sanglier qu'elle avait longuement préparée avec l'aide de Simone.

— Je crains fort que, dorénavant, nous n'ayons plus les moyens de manger de la viande à tous les repas, prévint-il. Il était déjà difficile d'en trouver sur le marché noir. A présent, avec ce que nous laisseront les autorités allemandes pour vivre, à notre tour nous devrons nous restreindre.

Thérèse regardait son mari, contrite. Elle ne l'avait jamais vu aussi pessimiste. Elle ne se doutait pas encore des dessous des tractations.

— Nous ne serons pas les seuls à nous serrer la ceinture ! répondit-elle. C'est le cas de la plupart des Français. Il faut savoir accepter son sort. Après tout, c'est la guerre.

Ariane osa intervenir sans détour :

— Papa, j'ai entendu les injonctions des policiers

de la Gestapo. Sur le moment, j'ai compris que tu n'étais pas en position de les contredire. Mais on pourrait refuser de leur obéir, par un moyen détourné…

Charles regardait sa fille sans lui prêter attention, visiblement perturbé.

— Papa, tu m'écoutes ! Qu'as-tu décidé ?

Charles réagit enfin :

— Eh bien, c'est tout réfléchi. On n'a pas le choix. Ou bien on collabore, ou bien on met la clé sous la porte.

— Il doit bien y avoir une autre solution… tenta Thérèse.

Ariane craignait le pire. Elle n'envisageait pas de travailler pour les Allemands. Qu'en penserait Raphaël, lui qui prenait tant de risques en s'opposant à l'occupant ?

— J'obéirai aux ordres, se résigna Charles. Après tout, l'essentiel est que notre usine tourne. Peu importe à qui est destinée notre production.

Blanche comme un linge, Ariane se leva de table précipitamment et monta dans sa chambre sans prononcer un mot.

*

La vie aux Abarines reprit son cours. Mais l'atmosphère se faisait chaque jour plus délétère. Il y régnait un parfum de suspicion et de peur perpétuelle. Les ouvriers de l'usine apprirent la nouvelle par Charles en personne. Il leur tint un discours sans ambages, décidé à ne pas travestir la vérité.

— Dorénavant, leur dit-il en conclusion, nous travaillerons pour l'Allemagne. J'ai conscience que cela ne plaira pas à tout le monde. Ceux qui s'y refuseront peuvent me donner leur démission. Je ne leur en tiendrai pas rigueur et personne n'en saura rien, comptez sur moi.

Dans les ateliers, le bruit courut très vite que Charles avait cédé sans vraiment s'opposer aux pressions de la Kommandantur. Certains appuyèrent son choix afin de préserver leur emploi. D'autres, plus réfractaires, s'indignèrent à la pensée qu'en soutenant leur patron eux-mêmes approuvaient la collaboration. Aussi chacun se méfiait de l'autre. Personne n'osait plus avancer ses idées de crainte d'une dénonciation.

Ariane ressentit la distance aussitôt instaurée par les ouvriers de son père à son égard. N'était-elle pas la fille Chaptal, la fille d'un collabo ? Le mot avait été lancé par le contremaître de la chaîne de montage, Ernesto Vivares, un républicain espagnol, réfugié en France depuis la tragédie de la *Retirada*, au cours de l'hiver précédant la guerre.

Ernesto ne pouvait se permettre de renoncer à son emploi. Il avait une femme et trois enfants à nourrir. Sa situation était d'autant plus précaire que, depuis l'invasion de la zone libre, les Espagnols étaient particulièrement surveillés par la Gestapo et, pour beaucoup, envoyés au travail forcé sur le mur de l'Atlantique, voire dans des camps en Allemagne. Néanmoins, attaché à son idéal antifasciste, il refusait de courber l'échine devant les nazis. Dans son atelier, il essayait de convaincre ses camarades de résister, à leur manière.

Ariane le surprit un jour à parler discrètement à ses collègues.

— Il faut ralentir les cadences, leur expliquait-il. Et saboter le boulot. Arrangez-vous pour que les coutures sautent rapidement. Leurs godasses les lâcheront sans crier gare...

Tous n'étaient pas d'accord, craignant des mesures de rétorsion de la part des Allemands.

— Nous risquons gros, s'ils s'en aperçoivent...

Entre les uns et les autres, un fossé se creusait, plus large chaque jour.

Ariane fut saisie par ce qu'elle entendit. De son côté, elle avait fini par accepter avec beaucoup de réticence d'aider son père dans ses tractations avec la Gestapo. Elle ne souhaitait pas lui causer d'ennuis, même si, au fond d'elle-même, elle lui reprochait son attitude. Charles, en effet, l'avait quelque peu choquée en coupant court à toute discussion :

« Après tout, si ce qu'ils exigent de nous permet de maintenir l'usine à flot, je n'ai rien contre. Il faut savoir s'adapter. »

Charles s'était bien vite résigné. Il était assuré d'avoir l'assentiment du préfet. Et, en agissant ainsi, il ne s'opposait pas à la volonté du Maréchal, qui avait lui-même engagé la France dans la voie de la collaboration.

« Je demeure loyal envers ceux qui nous ont sauvés », affirmait-il à qui voulait l'entendre.

Quand Raphaël apprit que les Abarines étaient réquisitionnées et que l'usine de Charles Chaptal travaillait pour l'armée allemande, plutôt que de s'en indigner devant Ariane il eut l'air de s'en réjouir. Ariane en fut la première surprise :

— Je m'attendais à ce que tu condamnes mon père sans appel ! Aurais-tu changé d'opinion ?

— Tranquillise-toi, ma chérie. Au contraire. Je vais t'expliquer… C'est l'occasion parfaite pour aller aux renseignements.

— Je ne comprends pas…

Raphaël hésita. Il se rapprocha d'Ariane afin que personne ne perçoive ses propos. Il la serra dans ses bras. L'embrassa dans le creux de l'épaule, là où il aimait se réfugier pour se sentir en communion avec elle.

— Accepterais-tu de profiter de ta place privilégiée pour… disons… regarder ce qui se passe sous ton toit, écouter à certaines portes, fouiller dans les chambres des officiers qui logent chez toi ?

— En un mot… espionner !

— Pour la bonne cause. Celle de la Résistance.

Raphaël n'avait pas encore avoué à sa fiancée qu'il appartenait au réseau Combat depuis sa création dans le Midi. Il ne pouvait lui révéler les actions dont il était chargé ni lui donner de plus amples renseignements.

— Moins tu en sauras, mieux ça vaudra, lui expliqua-t-il pour répondre à ses questions. Et moins notre réseau sera en danger. C'est tout ce que je suis autorisé à te dire... Alors ?

Ariane se détacha de lui. Evita son regard.

— Tu me demandes beaucoup, Raphaël. Tu voudrais que je mette mon père en difficulté ? Si ça tournait mal, il serait le premier soupçonné.

— C'est la raison pour laquelle il doit continuer à satisfaire aux exigences des Allemands. Il ne doit pas s'y opposer, ni rien tenter.

Ariane se retourna. Sourit. Tendit les bras vers Raphaël.

— Allons chez toi, lui proposa-t-elle d'un air complice. J'ai envie de toi. Tu me manques tant quand tu t'absentes.

— Tu ne m'as pas répondu !

— Je ferai tout ce que tu désires, mon chéri. Tu le sais bien.

10

Printemps 1943

Les Cévennes n'étaient pas épargnées par l'Occupation. Plusieurs maquis s'y étaient levés afin de s'opposer à la terreur que répandaient les miliciens et les soldats du Reich, notamment les unités SS. On comptait déjà plusieurs faits d'armes marquants de la part des résistants. Par l'action de pasteurs protestants, l'accueil des Juifs s'était organisé dans l'arrière-pays montagneux, malgré le danger qu'un tel acte représentait pour l'ensemble des habitants.

Florac n'échappait pas à la règle. Dès la fin de l'année 1940, sous l'influence des pasteurs Gall et Lespinasse, un courant de pensée s'était développé contre le Maréchal et la Révolution nationale. Les idées de la Résistance s'étaient vite propagées. Depuis l'invasion de la zone libre, celle-ci s'était structurée autour de chefs parfois en désaccord les uns avec les autres. De même, n'étant plus en sécurité dans les villes, des familles juives venaient se réfugier dans des communes cévenoles comme

Saint-Germain-de-Calberte, où le pasteur Martin les cachait[1] à ses risques et périls.

Dans le village de Cazeneuve, à proximité des Abarines, une maison isolée demeurait inoccupée. Tous les habitants connaissaient le drame qui s'y était déroulé, une dizaine d'années auparavant. Les propriétaires, les Dufresne, y avaient trouvé la mort dans des conditions tragiques en 1933. Pierre Dufresne, ancien instituteur à la retraite, et sa femme Irène, infirmière à l'hôpital d'Evian, tous deux originaires de Haute-Savoie, s'y étaient retirés pour mener une fin de vie heureuse. Ils recevaient régulièrement la visite de leurs enfants et de leurs petits-enfants. Et quand arrivaient les beaux jours leur petite propriété des Taillades s'animait de cris joyeux et de rires que seul perturbait le bruit des machines agricoles au moment des moissons.

Or, une nuit de décembre, alors que la neige avait recouvert toute la région, les Dufresne s'endormirent en oubliant de se préoccuper de leur poêle à charbon. Ils n'utilisaient jamais leur cheminée ouverte par grand froid. Contrairement aux paysans voisins, ils aimaient le modernisme et avaient investi dans un magnifique fourneau à feu continu. Chaque soir, avant de gagner sa chambre, Pierre tisonnait avec soin son appareil de chauffage, pour

1. Voir, du même auteur, chez le même éditeur, *Dans les yeux d'Ana*.

éviter d'y laisser trop de braises incandescentes pendant la nuit, puis il fermait le tirage.

Ce jour-là, le froid était particulièrement intense. Craignant que le gel n'endommage les canalisations d'eau de la maison, il préféra maintenir du feu dans le fourneau. Au lieu d'étouffer les flammes selon son habitude, il y versa un seau d'anthracite et alla se coucher. Or, avec la neige qui tombait dru, l'atmosphère pesante ralentit le tirage. Le gaz carbonique s'accumula et finit par s'échapper à l'intérieur de la pièce. Il se répandit dans toute l'habitation, à l'insu du couple qui dormait profondément.

Le lendemain matin, voyant leurs volets fermés, Robert Lapierre, dont les terres jouxtaient celles des Taillades, s'inquiéta. N'osant forcer leur porte, il donna l'alerte en prévenant les gendarmes. Ceux-ci s'introduisirent dans la maison et trouvèrent les Dufresne étendus sur leur lit, comme encore plongés dans le sommeil. Les malheureux avaient été asphyxiés au cours de la nuit, sans s'en rendre compte.

Depuis, leur maison était restée inhabitée. Les enfants du couple, deux filles et un garçon, tous les trois résidant loin de Florac, n'avaient pas tenu à retourner sur les lieux du drame et s'étaient désintéressés de la propriété familiale.

Robert et Germaine Lapierre veillaient toutefois sur les Taillades comme s'ils en étaient les gardiens.

« Si c'est pas une honte, de nos jours, de laisser une terre en friche et une maison se délabrer ! » se lamentait Robert.

Paysan dans l'âme, sous aucun prétexte il n'aurait abandonné son bien. Aussi, quand il voyait les ronces gagner sur le bord du chemin qui menait aux Taillades ou dans les fossés qui en délimitaient les terres, il prenait sa faux et sa faucille et partait nettoyer chez son ancien voisin.

« Les enfants n'ont plus le respect de leurs parents ! affirmait-il. Une fois qu'ils les ont enterrés, ils se désintéressent de ce qu'ils ont hérité d'eux quand ça leur donne de la peine ! Dans moins de vingt ans, tout se sera ensauvagé, ici… »

Les deux filles des Dufresne n'étaient jamais revenues aux Taillades. En revanche, le fils, un certain Jacques, avait réapparu une seule fois, quelques années après la tragédie. Robert lui avait parlé et demandé s'il avait l'intention de rouvrir la maison et d'entretenir les terres. Jacques lui avait répondu qu'il n'avait pas le temps de s'en occuper, ses études ne lui permettant pas de s'absenter longtemps de chez lui. Néanmoins il lui avait proposé, moyennant une petite rétribution, de continuer à veiller sur la propriété et de lui signaler le moindre problème.

Depuis, le fils Dufresne n'était plus jamais retourné aux Taillades.

Robert avait tenu parole. Il surveillait les alentours, dégageait les accès et arrachait les mauvaises herbes, plus pour ne pas avoir sous les yeux le spectacle d'une maison abandonnée que par souci de rendre service à son voisin.

Quelle ne fut pas sa surprise quand par un matin d'avril, alors que les beaux jours s'annonçaient, il vit une voiture grise s'arrêter devant la porte des Taillades ! Sur le moment, il crut à l'arrivée de miliciens ou de leurs amis allemands.

Que cherchent-ils ? s'inquiéta-t-il.

Il s'approcha sans se découvrir et observa.

Le conducteur sortit du véhicule, l'air suspicieux. Il alla d'abord à son coffre, y saisit deux lourdes valises et les déposa devant la porte d'entrée, qu'il ouvrit sans attendre.

Robert, intrigué, retenait sa respiration.

Je me suis trompé, se dit-il. Il ne s'agit pas de miliciens, encore moins d'Allemands…

L'homme avait une allure svelte et sportive. Sa tenue décontractée, ses cheveux châtain clair légèrement ébouriffés, sa barbe de trois jours lui donnaient l'aspect d'un étudiant. De là où il se trouvait, Robert ne parvenait pas à distinguer ses traits.

Quand le visiteur eut déposé ses valises dans la maison, il revint près de sa voiture, ouvrit la portière du passager et invita à sortir une jeune femme qu'il emmena sans traîner à l'intérieur de la demeure. Robert eut juste le temps de percevoir son beau visage ourlé d'une magnifique chevelure noir de jais.

Une Méditerranéenne ! imagina-t-il.

Quelques minutes plus tard, l'inconnu poussa les volets les uns après les autres. Visiblement, il s'installait dans la maison des Dufresne.

Trépignant de curiosité, Robert s'autorisa à aller aux renseignements. Il frappa à la porte, patienta.

Le jeune homme lui ouvrit et, le regard sombre, le salua sans hésitation :

— Monsieur Lapierre ! Je ne m'attendais pas si tôt à votre visite.

Surpris, Robert se tut quelques fractions de seconde, puis réagit :

— Oh ! Excusez-moi, je ne vous avais pas reconnu. Vous êtes le fils de M. Dufresne.

— Oui. Vous vous souvenez de moi, n'est-ce pas ?

— Vous avez changé depuis la dernière fois que nous nous sommes rencontrés ! Si j'avais su que vous arriviez aujourd'hui, j'aurais arrangé les abords de votre maison. Les mauvaises herbes ont poussé partout. Je n'ai pas encore eu le temps de les arracher.

Robert tenta une approche maladroite pour être présenté à la jeune personne qu'il avait aperçue dans la voiture :

— Vous n'êtes pas seul, à ce que je vois...

— C'est exact. Entrez donc dire bonjour à ma femme.

Robert accepta volontiers.

— La maison est froide malgré la saison, reprit Jacques en introduisant Robert dans la salle à manger. Il me faudra l'aérer et procéder à un nettoyage en profondeur... Chérie, tu peux venir sans crainte, il s'agit de M. Lapierre, notre voisin.

La jeune femme brune sortit de la pièce mitoyenne où elle s'était réfugiée.

Robert trouva étrange que la compagne de Jacques Dufresne ait eu l'air de se cacher à son arrivée.

— Je vous présente Aliza, ma femme, continua Jacques. Nous sommes mariés depuis six mois.

— Mes félicitations.

Robert fit un pas en avant et se troubla en regardant Aliza dans les yeux. Elle avait une beauté sauvage et une allure d'enfant apeurée. Elle prit la main que Robert lui tendait et balbutia quelques mots de salutation. Robert reconnut immédiatement son accent de l'Est.

— Aliza est d'origine hongroise, se hâta d'expliquer Jacques. Mais elle est française, autant que vous et moi.

— Vous avez l'intention de demeurer aux Taillades ?

— Pendant quelque temps, répondit Jacques de manière évasive.

Robert n'insista pas.

— Si vous souhaitez de l'aide, n'hésitez pas à m'appeler. Nous sommes voisins… J'ai bien connu votre père. C'est la raison pour laquelle, en plus de surveiller votre maison, je me suis permis de nettoyer autour en votre absence. Je me doutais bien qu'un jour ou l'autre vous reviendriez… En fait, vous n'avez pas d'enfants ?

La question était brutale. Jacques parut surpris.

— Euh… non, pas encore.

— Je disais cela au cas où vous auriez besoin qu'on le garde. Ma femme et moi avons une petite fille, Pauline, qui serait ravie d'avoir une petite camarade. Ici, à Cazeneuve, les enfants ne sont pas nombreux, vous comprenez.

Postée derrière son mari, Aliza semblait mal à l'aise.

Robert s'en aperçut et tint à briser la glace :

— Quand vous aurez terminé votre installation, passez à la maison, leur proposa-t-il. Vous verrez Germaine et ferez la connaissance de ma fille. Vous savez où j'habite, dans le village, la ferme juste à côté du mas de Félicien Bastide. Vous vous souvenez de lui et de sa femme Simone ?

— Nous n'y manquerons pas, monsieur Lapierre. Promis.

— Appelez-moi Robert.

— Laissez-nous le temps de tout mettre en ordre, Robert. Merci beaucoup pour l'invitation.

— En fait, vous ne m'avez pas expliqué ce que vous faites dans la vie. Vous étiez encore étudiant à votre dernière visite aux Taillades !

— Je suis médecin. A Montpellier. Nous avons quitté la Haute-Savoie pour le Midi.

Sa curiosité satisfaite, Robert prit congé, heureux que la maison de son ancien voisin fût à nouveau occupée.

*

Très rapidement, Jacques Dufresne entreprit quelques menus travaux dans la maison de ses parents. Mais, manquant d'habileté, il dut demander de l'aide à Robert. Entre la moisson de son blé, les foins et la récolte des fruits, Robert prêta volontiers la main à son jeune voisin, trop content de lui être utile.

Ils remirent en état une ancienne clède[1] abandonnée, où une colonie de fouines avait niché. Puis ils restaurèrent le toit d'une dépendance qui, jadis, servait de bergerie.

— Plus tard, j'en ferai une pièce de détente, expliqua Jacques. Aliza pourra y prendre le frais et lire pendant mes absences. Elle aime beaucoup la lecture.

— Vous n'avez pas l'intention de rentrer tous les deux à Montpellier ? s'étonna Robert.

Jacques prit conscience qu'il avait parlé un peu vite. Il se troubla. Avoua :

— Ma femme a besoin de se reposer. Rien ne l'attend à Montpellier. Elle terminera donc l'été à Florac et me rejoindra aux premiers froids.

Aliza ne se montrait pas beaucoup à l'extérieur. C'était une personne très réservée, qui n'engageait jamais la conversation. Au point que Germaine Lapierre commença à la trouver un peu fière :

— Ces gens ne sont pas de notre monde ! releva-t-elle devant son mari. Lui est médecin et elle, on ne sait pas d'où elle vient. Mais ce qui est certain, c'est qu'elle est étrangère ! Ça s'entend. Je ne crois pas, moi, qu'elle soit française.

1. Séchoir à châtaignes.

— Hongroise, de souche hongroise ! Combien de fois faudra-t-il te le répéter ?

Robert n'avait pas les a priori de sa femme. Il ne se méfiait pas de ceux qui n'appartenaient pas à son milieu ou à sa région.

« Tu es bien une Cévenole ! lui rétorquait-il quand elle émettait un jugement suspicieux sur autrui. Pour toi, on est étranger dès lors qu'on est issu d'une autre vallée ! »

Germaine était née à Sainte-Croix-Vallée-Française, en plein cœur des Cévennes protestantes. Si elle ne pratiquait pas sa religion d'origine, elle restait fidèle à ses racines, et même à Florac, la ville de son mari, elle se considérait comme en « terre étrangère ». Dans le village, elle passait pour une brave personne, un peu bavarde mais dévouée. Après de nombreux efforts infructueux, elle attendait un deuxième enfant pour la fin de l'année. Son âge avancé pour une maternité – elle allait sur ses quarante ans – incitait les mauvaises langues à affirmer que sa grossesse était un accident. Ce que niait Robert, qui n'appréciait pas d'être taquiné sur ses relations avec sa femme.

Plus que son accent, la distance qu'Aliza maintenait avec ses voisins intriguait Germaine.

Elle cache quelque chose, supposait-elle. Ce n'est plus de la froideur qu'elle affiche, mais de la crainte.

De son côté, Jacques évitait de parler d'Aliza. Lorsque Robert tentait de lui soutirer des détails sur la manière dont ils s'étaient connus, il n'obtenait aucune réponse précise. Jacques se montrait d'une grande retenue. Quand les travaux furent terminés, il remercia Robert pour son aide, lui proposa de le payer, mais se garda de l'inviter chez lui, comme s'il redoutait d'importuner son épouse.

Robert jugea étrange son comportement et finit par ne plus s'attarder aux abords des Taillades.

*

Dans la commune, la présence des Allemands, si discrète fût-elle, ne passait pas inaperçue. Certes, la garnison stationnée aux Abarines ne faisait pas parler d'elle, mais personne ne pouvait ignorer sa présence. Depuis son arrivée, le maquis de la région restait sur le qui-vive. Les hommes de l'ombre diffusaient en haut lieu toutes les informations qu'ils glanaient sur les mouvements de troupes ou sur les actions prévisibles des unités SS. Ce qui permettait de prévenir les réfugiés en cas de rafle ou les réfractaires au STO, le Service du travail obligatoire, créé au mois de février précédent.

Devant l'attitude de Jacques Dufresne, Robert se mit à croire qu'il appartenait à un réseau de résistants et qu'il se cachait aux Taillades afin d'agir en toute tranquillité.

— Si c'est le cas, reconnut-il un soir devant sa femme, les Boches risquent de débouler un de ces quatre matins pour l'embarquer. Les connaissant, ils se méfieront de nous sous prétexte qu'on n'a rien signalé à la police, et nous serons interrogés. Or tu sais comment ça se termine, quand les miliciens cuisinent les gens…

— Que faire ? s'inquiéta Germaine. On ne va quand même pas les dénoncer alors qu'on n'a rien vu de suspect !

— Il faut en avoir le cœur net. Demain, j'irai lui causer, à ce Jacques Dufresne.

Robert prétexta la présence d'un nid de frelons dans un arbre situé sur les terres des Taillades – Jacques ne l'avait pas vu – pour lui demander l'autorisation d'agir sans tarder.

— C'est dangereux pour les ruches, expliqua-t-il. Certaines variétés de frelons s'attaquent aux abeilles. Par précaution, il vaut mieux détruire les nids. De plus, même pour nous ces bestioles représentent un risque réel en cas de piqûre.

Jacques laissa volontiers intervenir Robert. Quand le nid fut éradiqué, il l'invita à boire un verre chez lui, sur la terrasse. Aliza demeura à l'intérieur.

Jacques paraissait anxieux et sur ses gardes.

— On ne rencontre pas souvent votre épouse, releva Robert. Elle n'est pas souffrante, au moins ? Remarquez, en tant que médecin, vous êtes bien placé pour la soigner, n'est-ce pas ?

Robert cherchait un moyen pour amener Jacques à parler de lui et de sa femme sans retenue. Il finit par mettre les pieds dans le plat :

— J'ai l'impression que la présence des Allemands dans le secteur vous inquiète. Je me trompe ? Ils sont juste à côté. Aux Abarines, chez nos voisins, les Chaptal.

Jacques tenta d'esquiver la question :

— Les Allemands ! Pourquoi devrions-nous les redouter ? Si l'on n'a rien à se reprocher, il n'y a aucune raison qu'ils viennent nous causer des ennuis.

— Je vais être franc avec vous, Jacques. Depuis un certain temps, je constate que vous m'évitez. Vous m'avez accueilli chaleureusement à votre arrivée, il y a deux mois. Puis, une fois les travaux terminés, vous vous êtes replié sur vous-même. On dirait que vous appréhendez quelque chose. Vous vous méfiez de moi ?

— Absolument pas ! objecta Jacques. Vous vous trompez.

— Alors, il s'agit de votre femme !

Jacques Dufresne s'esquiva sans prévenir à l'intérieur de la maison. Il en ressortit, tenant sa femme par la main.

— N'aie aucune crainte, Aliza. Il vaut mieux s'expliquer, afin que les choses soient claires. De toute façon, nous ne pourrons pas toujours dissimuler la vérité. Je fais confiance à Robert et à son épouse. Ils te protégeront si je le leur demande. J'en suis certain.

Jacques dissimulait donc quelque chose de grave.

— Voilà, poursuivit-il. Aliza est juive. Nous avons quitté Montpellier à cause du danger qu'elle y courait. Elle a échappé de peu aux rafles de février dernier.

Quand j'ai décidé de la cacher aux Taillades, j'ignorais que les Allemands s'étaient installés chez les Chaptal. Florac passe pour un endroit relativement sûr. La pression de la Gestapo et de la Milice y est beaucoup moins forte qu'à Nîmes, Montpellier ou Mende.

Robert ne semblait pas surpris. Il écouta Jacques jusqu'au bout, sans l'interrompre. De temps en temps, il jetait un regard pétillant en direction d'Aliza. Sa beauté le subjuguait.

— Je comprends mieux, à présent… Que voulez-vous de moi ?

— Rien. Sinon de la discrétion, maintenant que je vous ai tout avoué. Je ne peux pas rester constamment à Florac. Mon cabinet et mes patients m'attendent à Montpellier. Je dois laisser Aliza seule, ici. J'espère qu'il ne lui arrivera rien. Elle ne sortira pas de la maison, seulement en cas d'extrême nécessité. Mais je reviendrai. En mon absence, auriez-vous la gentillesse de veiller sur elle ? Elle a une santé fragile depuis qu'elle a quitté la Hongrie. C'est déjà de l'histoire ancienne.

— Elle n'est donc pas française ?

— Si, je vous l'ai déjà dit, par notre mariage elle a obtenu la naturalisation.

Robert crut sur parole les confidences de Jacques.

— Je vous promets de m'occuper de votre épouse, lui dit-il en regardant Aliza. Vous pouvez compter sur moi et sur ma discrétion. Ainsi que sur celle de ma femme.

DEUXIÈME PARTIE

Le temps des tourments

11

1944

Si la situation sur le front commençait à être défavorable aux armées du Reich, l'Occupation n'en demeurait pas moins terrifiante pour les populations sous le joug. La répression s'accentuait et les mesures de représailles menaçaient en tous lieux les habitants des villes et des villages. Partout on vivait dans l'angoisse d'une action des résistants ou d'une réaction des miliciens et des Waffen SS.

Les Cévennes étaient devenues le champ de bataille d'une véritable guérilla entre les différents maquis qui y sévissaient et les unités de la Wehrmacht. Saint-Jean-du-Gard, Saint-Hippolyte-du-Fort, La Rivière s'étaient déjà illustrés par la résistance de combattants acharnés contre l'occupant. Le maquis Bir-Hakeim notamment agissait de manière autonome et donnait beaucoup de difficultés aux Allemands.

Raphaël n'était pas en plein cœur de la lutte armée. Toujours étudiant à Montpellier, où il poursuivait ses cours d'architecture comme si de rien n'était, il appartenait à un petit groupe qui œuvrait dans l'ombre. Il n'en prenait pas moins des risques et s'absentait parfois des journées entières pour remplir des missions souvent très périlleuses. Il revenait régulièrement à Florac et oubliait dans les bras d'Ariane l'angoisse de sa vie secrète. Il n'avait pas rompu sa promesse. Dès que la situation lui permettrait de ne plus s'exposer au danger, il demanderait sa main à Charles Chaptal. Pour l'heure, il l'avait convaincue qu'il n'était toujours pas opportun de se présenter devant monsieur le maire.

Ariane s'était résignée tant bien que mal, comprenant ses hésitations. Mais chez elle, aux Abarines, ses parents commençaient à douter de ses réelles intentions. Charles surtout qui, connaissant les idées contraires aux siennes d'Henri Soubise, ne cachait pas son appréhension.

— Nous ne sommes plus amis comme avant la guerre, reconnut-il un soir pendant le repas. Je constate qu'il se méfie de plus en plus de moi.

— Il te reproche sans doute de travailler pour les Allemands, osa Thérèse.

— Ai-je eu le choix ? C'était ça ou la faillite.

En effet, les relations entre les Chaptal et les Soubise s'étaient distendues. Ariane en était la première contrariée. Personnellement, elle déplorait que son père s'accommode finalement assez bien de la situation. Certes, elle continuait à dessiner des collections qui ne verraient jamais le jour, craignait-elle, mais aussi des chaussures militaires destinées aux Allemands, sur les instances de Charles. Elle y montrait beaucoup de mauvaise volonté, espérant que cela ne durerait pas. Elle répondait en réalité à la demande de Raphaël, qui l'avait exhortée à ne commettre aucun acte susceptible de contrecarrer ses directives. Cela lui permettait de sauver son honneur, à défaut de lutter, comme lui, directement contre l'occupant.

Elle s'aventurait peu dans les chambres des deux officiers, ne dérangeait jamais rien de peur d'être vite confondue. Elle se contentait, une fois ceux-ci partis avec leurs hommes, d'entrer chez eux, de regarder ce qu'ils avaient laissé traîner sur les tables et les commodes, ici de soulever une liasse de papiers, là de consulter un dossier, ou encore d'ouvrir une armoire et de fouiller dans les poches des vestes accrochées aux cintres. Depuis qu'elle s'adonnait à cet exercice dangereux, elle n'avait pourtant pu fournir à Raphaël aucun renseignement sur l'action de l'unité de Kurt Hensler ni sur les mouvements des troupes dans la région.

Elle se méfiait en particulier de Marie Chabalier, la gouvernante. Celle-ci mettait un point d'honneur à ce que les chambres des officiers soient impeccablement tenues. Elle y faisait elle-même le rangement, ayant demandé à Simone Bastide de ne pas y pénétrer. Celle-ci avait trouvé étrange cette décision mais n'avait pas insisté, alors que le ménage était son domaine dans la maison. Ariane n'avait jamais éprouvé pour Marie beaucoup de sympathie.

La quarantaine bien sonnée, c'était une femme austère, peu avenante. Les cheveux tirés en chignon, le front dégagé, la mine sévère sans jamais le moindre sourire, l'habit sobre où le noir dominait, elle remplissait sa tâche à la perfection et n'aurait jamais manqué à ses devoirs à l'égard de ses maîtres. Mais, dépourvue de tendresse envers les enfants, elle n'avait jamais suscité aucun sentiment d'attirance de la part d'Ariane qui, cependant, s'en était toujours accommodée, la connaissant depuis son plus jeune âge.

Un matin, alors qu'elle se croyait seule à l'étage, Ariane fut surprise par Marie dans la chambre du capitaine Hensler. Elle était en train de consulter un dossier qu'elle avait trouvé dissimulé dans une armoire. Bien qu'ayant étudié l'allemand au lycée, elle parvenait mal à en déchiffrer le contenu. Elle comprit néanmoins qu'un groupe de résistants y était mentionné. Elle découvrit aussi des noms de lieux qui lui étaient familiers : Mende, Aire-de-Côte, Vallée-Française. Puis Florac l'interpella. Ainsi que des noms d'hommes, dont un certain Maurice Tour, le contrôleur des postes de la commune, qui ne lui était pas inconnu. D'autres, en revanche, lui étaient totalement étrangers, Emile Peytavin, François Rouan, Antonin Combarmond[1].

1. Membres du réseau AS de la région. Ils se réunissaient au col de Jalcreste, à l'hôtel Nogaret, devenu le poste de commandement du secteur de Florac.

Elle devina entre les lignes qu'il était question d'un rendez-vous à l'hôtel du col de Jalcreste tenu par le couple Nogaret.

Elle écrivait ces quelques renseignements dans le carnet dont elle se munissait à chacune de ses indiscrétions, quand Marie pénétra dans la chambre. Sur le moment, Ariane ne sut quelle attitude adopter.

— Que faites-vous là, mademoiselle ? demanda aussitôt la gouvernante. Si le capitaine venait à vous surprendre, vous auriez de sérieux ennuis.

Interdite, Ariane balbutia :

— Euh… j'ai cru percevoir un bruit… alors que les officiers étaient partis…

— Et vous vous êtes empressée d'entrer dans leurs chambres ! Et pour lire des documents officiels qui leur appartiennent !

Prise en flagrant délit, Ariane tenta de se disculper en travestissant légèrement la vérité :

— Oui, vous avez raison, Marie. J'ai trouvé ce dossier sur la table de travail. Je n'ai pas résisté.

L'air plus sévère que jamais, Marie s'approcha d'Ariane, lui arracha le document des mains, le parcourut des yeux à son tour.

— C'est de l'allemand ! Je n'y entends rien. Mieux vaut les remettre immédiatement à leur place. En espérant qu'ils ne s'apercevront de rien…

Ariane se sentit à moitié soulagée. Pas totalement, cependant.

— Vous ne raconterez rien à mes parents, Marie ?

Mon père ne me pardonnerait pas de l'avoir compromis par simple curiosité…

— Etait-ce seulement de la curiosité ?

— Je ne comprends pas.

— Vous n'étiez pas en train de fouiller dans les affaires du capitaine ?

— Vous me soupçonnez d'espionner ! Mais pour qui donc ? Vous déraisonnez, Marie. Vous vous trompez. Me croyez-vous capable de nuire aux intérêts de mon père en commettant de tels actes ?

— N'en parlons plus, mademoiselle. Un conseil, toutefois : dorénavant, soyez plus prudente… M'avez-vous déjà prise en défaut ?

Ariane ne saisit pas l'allusion de la gouvernante. Celle-ci s'expliqua aussitôt, lui signifiant qu'à ce jeu-là il fallait éviter tout amateurisme.

— En agissant ainsi, sans précautions, vous nous mettez tous en danger, mademoiselle. Vous risquez de faire rater d'importantes opérations menées par les Français qui ne se résignent pas à la soumission. Ce n'est pas la première fois que je passe derrière vous pour remettre un peu d'ordre.

— Mais…

— Je sais ce qu'on vous a demandé. Je suis au courant. Je suis là pour vous protéger. Surtout ne racontez à personne que nous nous sommes parlé. Continuez comme si je ne vous avais pas surprise. Mais, grand Dieu, avec plus de discrétion !

Ariane resta interdite. Elle n'aurait jamais imaginé que la gouvernante de ses parents appartenait à un réseau de résistance. Ses propos ne prêtaient pas à confusion. Elle s'était bien impliquée en affirmant « Vous *nous* mettez tous en danger ! »

Elle n'osa insister. Elle sortit de la chambre, laissant Marie ranger derrière elle.

★

L'incident ne se renouvela plus. Ariane laissa passer plusieurs jours avant de retourner dans les chambres des officiers. Elle méconnut longtemps l'importance des renseignements qu'elle avait déchiffrés. Les personnages dont elle avait découvert les noms échappèrent de peu à une arrestation à l'hôtel Nogaret, où Pierre Marty, l'intendant régional de police à Montpellier, informé d'une réunion des chefs de la Résistance locale, avait dépêché un groupe mobile de réserve (GMR) accompagné d'une trentaine de SS[1].

Quelques jours plus tard, en revanche, à Montpellier, Raphaël tomba, avec plusieurs de ses compagnons, dans les mailles de l'intendant tortionnaire de police.

Tandis qu'il se rendait à l'école d'architecture, il fut appréhendé par trois agents de la Gestapo dans la rue des Etuves. Immédiatement conduit à la Kommandantur, il y fut interrogé par deux miliciens et deux policiers allemands, qui se relayèrent jour

1. Le 28 février 1944.

et nuit pour obtenir de lui l'identité des membres de son réseau. Même sous la torture, il ne passa jamais aux aveux. Alors, il fut incarcéré à la prison de la ville, où il attendit plusieurs semaines avant d'être jugé et condamné.

Inquiète de ne pas le voir rentrer à Florac, Ariane imaginait le pire. Ne connaissant personne pour la rassurer, elle se morfondait en silence. Ses parents ne se doutaient nullement de ce qui la tourmentait. Ariane n'osait leur parler de Raphaël, de crainte de divulguer des renseignements compromettants. A son travail, elle montrait très peu d'entrain, au point que son père finit par s'imaginer qu'elle y mettait intentionnellement de la mauvaise volonté :

— Si tu penses que cela m'amuse de fabriquer des brodequins de bidasses ! lui reprocha-t-il, un jour où Ariane avait renoncé à se rendre à l'usine. Personnellement je préférerais produire les collections que tu dessines et vendre à notre clientèle plutôt qu'aux Boches. Mais on ne fait pas toujours ce qu'on veut, dans la vie !

— Tu n'étais pas obligé de collaborer !

— Mesure tes paroles, Ariane ! Je ne collabore pas. Je travaille sous la contrainte. Tu le sais parfaitement.

— En tout cas, tu perçois l'argent des Allemands.

— Tu ne refuses pas le pain que je te donne en contrepartie ! De quoi vivrais-tu si j'avais fermé l'usine ?

Les accrochages entre le père et la fille se multipliaient. Ariane acceptait de plus en plus mal de se taire et de travailler dans ces conditions, alors que Raphaël prenait tous les risques.

Thérèse devina qu'en réalité, ce qui chagrinait sa fille n'était pas uniquement la soumission de son mari devant les Allemands.

— Il s'agit de Raphaël, n'est-ce pas ? Vous vous êtes disputés ?

Ariane ne retint pas ses larmes. Elle se blottit dans les bras de sa mère.

— Je n'ai plus de nouvelles de lui depuis plus d'un mois. Ce n'est pas normal. Il devait rentrer à Florac la semaine dernière. Il ne m'a pas avertie qu'il ne viendrait pas. J'ai peur qu'il ne lui soit arrivé quelque chose de grave.

— De grave ! Pourquoi donc ?

Ariane avait tenu parole jusque-là et n'avait pas révélé aux siens l'engagement de Raphaël. Elle pensait même que les Soubise l'ignoraient.

Morte d'inquiétude, elle avoua :

— Raphaël fait partie d'un réseau de résistance à Montpellier. Il s'est passé quelque chose.

Abasourdie, Thérèse tenta de consoler sa fille, mais ne trouva pas les mots pour la rassurer.

Marie, qui passait dans le couloir, surprit la conversation. Discrètement, elle attira l'attention de Thérèse, lui fit signe de la suivre dans la cuisine.

Thérèse proposa à Ariane d'aller se reposer dans sa chambre et rejoignit la gouvernante.

— Qu'y a-t-il, Marie ? Vous me paraissez très mystérieuse !

— Madame, j'ai une mauvaise nouvelle à vous annoncer. Surtout pour mademoiselle Ariane.

— Une mauvaise nouvelle ! Pour ma fille ? Parlez, je vous en conjure !

— C'est...

Marie hésitait. Révéler ce qu'elle avait appris revenait à avouer ce qu'elle tenait caché depuis le début de la guerre.

— Parlez !

— Eh bien, c'est à propos de monsieur Raphaël. Il a été arrêté par la Gestapo et vient d'être déporté dans un camp en Allemagne, à Buchenwald...

Thérèse blêmit. Elle ne s'attendait pas à un tel malheur.

— C'est impossible ! Qu'a donc fait le fiancé de ma fille ? Et pourquoi a-t-il été déporté ?

— Il est dans la Résistance et il a été dénoncé. Il a été jugé et envoyé en Allemagne.

— Comment savez-vous cela ?

— Je ne peux rien vous dire, madame. Mais c'est la vérité.

— Mon Dieu ! Comment annoncer cette tragédie à Ariane ?

Marie plaignait sincèrement sa maîtresse. Mais ne voulant pas s'attendrir elle se contenta de se retirer sans rien ajouter, laissant Thérèse à son devoir de mère.

Le soir, au moment du repas, celle-ci s'arma de courage et, tandis que Charles devisait sur les derniers événements du front de l'Est, elle lui coupa la parole :

— Peux-tu me prêter attention, Charles, au lieu de soliloquer ?

— Bigre ! Qu'est-ce qui te prend, tout à coup ?

Ariane ne réagit pas à l'altercation de ses parents.

— Ariane, ma chérie, écoute-moi.

La jeune fille sortit de ses pensées.

— Que se passe-t-il ?

— C'est Raphaël…

— Raphaël ? Il est rentré à Florac ?

— Non, hélas ! La Gestapo l'a arrêté à Montpellier, il y a plusieurs semaines de cela. Il a été déporté à Buchenwald, en Allemagne.

Ariane manqua s'évanouir sur place.

Elle se leva de table précipitamment et monta noyer son chagrin dans sa chambre.

Ariane refusait de confier sa peine à ceux qui l'entouraient. Même sa mère ne lui était plus d'aucun secours. Marie eut beau l'encourager à espérer, elle ne parvenait pas à sortir la jeune fille de sa profonde détresse.

« S'il a été déporté en Allemagne, c'est qu'il est vivant, lui répétait-elle sans réelle conviction. Ils auraient pu le fusiller sur place. C'est un détenu politique. Ils l'obligeront à travailler, mais avec de la volonté il résistera, j'en suis sûre. »

Ariane n'entendait pas les paroles apaisantes de la gouvernante. Marie s'était renseignée auprès des hommes de son réseau. Buchenwald était un camp de la mort. Elle se garda bien d'en avertir Ariane.

Celle-ci avait perdu tout entrain. Charles évitait de la diriger et la laissait agir à sa guise. Ariane s'absentait souvent de l'usine. Et quand elle s'y rendait, elle était incapable de dessiner ou de finaliser ce qu'elle essayait de concevoir.

— Ce n'est plus possible, papa ! renonça-t-elle après plusieurs semaines de tourments. Je ne peux plus travailler pour les bourreaux de mon fiancé. C'est au-dessus de mes forces.

— Je te comprends. Sache que je ne te juge pas mal, ma chérie. Je ne peux pas m'opposer à la volonté de nos hôtes. Ils sont les vainqueurs et ont tous les droits. Je n'ai pas le choix. En ce qui te concerne, rien ne t'oblige. Je me passerai de tes services, le temps que les choses se décantent et que tu retrouves la paix en toi.

— Si Raphaël ne revient pas vivant de cet enfer, la vie, pour moi, n'aura plus de sens.

Malgré le drame qu'elle traversait, Ariane sut gré à son père de ne pas la contraindre à travailler.

Thérèse s'occupait de sa fille en permanence, pour lui éviter de trop penser à Raphaël. De son côté, elle ne cessait de prier pour son futur gendre, tout en se gardant de s'avouer qu'elle craignait le pire.

12

L'hiver traînait en longueur, avec son chapelet de froidure et de grisaille. Le cœur d'Ariane était tout endolori, prisonnier d'une gangue de glace. Depuis qu'elle avait appris que Raphaël avait été déporté, elle ne s'introduisait plus dans les chambres des officiers. Marie la remplaçait dans sa tâche et transmettait les renseignements qu'elle glanait à son chef de groupe à la poste de Florac.

La jeune Chaptal n'était plus que l'ombre d'elle-même. La pensée de Raphaël l'obsédait.

De temps en temps, elle croisait le capitaine Hensler dans l'entrée de la maison ou dans les allées du parc. Elle l'évitait le plus possible, le personnage lui paraissant très antipathique. D'un naturel froid et hautain, l'officier de la Wehrmacht se contentait de la saluer respectueusement d'un bref bonjour sans jamais s'éterniser.

Un matin, alors qu'il s'apprêtait à partir sur le

causse Méjean avec son unité, il l'aborda d'un air plus affable :

— Vous me semblez bien triste depuis quelque temps, mademoiselle Chaptal. J'aimais quand vous arboriez votre joli sourire. Vous êtes très charmante. On doit vous le dire souvent.

Ariane demeura sans voix devant les compliments inattendus de l'officier. Elle pensa sur le moment qu'il se moquait d'elle.

— Puis-je faire quelque chose pour vous ? poursuivit-il.

— Je ne crois pas, lui répondit-elle d'un ton sans complaisance.

— Je vois bien que vous avez de la peine. Ne vous méfiez pas de moi. En dépit des apparences, je ne suis pas votre ennemi.

Ariane sortit lentement de sa torpeur comme si un éclair venait tout à coup d'illuminer son ciel ténébreux.

— Vous m'aideriez vraiment ?

— Si cela est de mon ressort, je ne demanderai pas mieux que de vous satisfaire… J'ai une femme et des enfants en Allemagne. Eux aussi souffrent de cette guerre. Mais celle-ci ne va plus durer longtemps. Nous allons bientôt la gagner et la paix reviendra.

Ariane faillit contredire son interlocuteur, se retint au dernier moment. Elle songea tout à coup que ce capitaine de la Wehrmacht pourrait lui être utile. S'il y avait quelqu'un, près d'elle, en capacité d'intervenir en faveur de Raphaël, c'était bien un officier allemand ! C'était ce Kurt Hensler ! Elle ignorait quelle place il occupait dans l'état-major, mais son grade lui conférait probablement certains droits !

Elle s'affranchit de tous ses scrupules et déclara :

— J'aurais bien une requête...

— Je vous écoute.

— Je suppose que vous êtes satisfait du travail de mon père.

— Je n'ai pas à m'en plaindre. C'est pour lui que vous vous tourmentez ? S'il rencontre des difficultés avec les autorités françaises, je me chargerai d'effacer tout différend qui nuirait à sa tranquillité. N'ayez aucune crainte.

— C'est moi qui lui dessine ses collections de chaussures. Dont celles que vos hommes porteront bientôt...

— Vous m'en voyez ravi, mademoiselle. Au nom de notre Führer, je vous en suis très reconnaissant.

— En fait, il ne s'agit pas de mon père. Mais de moi.

— De vous ! Expliquez-moi donc ce qui vous tracasse.

Ariane hésita à citer le nom de Raphaël. Elle chercha à biaiser mais, n'y parvenant pas, elle se décida à parler sans détour.

— Mon fiancé a été déporté à Buchenwald. Il est innocent, j'en suis sûre. Aidez-le à sortir de là.

Kurt Hensler se raidit. Il ne s'attendait pas à une telle demande. Pensant profiter d'une jeune fille en perdition, il comprit aussitôt que l'affaire à laquelle celle-ci faisait allusion était très sérieuse.

— Votre fiancé a été arrêté par la Gestapo ? Il a donc commis quelque chose de répréhensible. Sinon, il n'aurait pas été envoyé dans un camp en Allemagne… Que lui reproche-t-on, exactement ?

— Je l'ignore, mentit Ariane, qui ne tenait pas à s'avancer sur un terrain dangereux.

L'officier réfléchit, l'air intéressé. Il martelait le sol de ses talons comme pour se donner plus de prestance et impressionner Ariane.

— Comment s'appelle votre fiancé ?

Ariane se taisait.

— Si vous ne me le dites pas, je ne pourrai rien pour lui.

— Il s'appelle… Raphaël.

— Raphaël comment ?

— Raphaël Soubise.

Kurt Hensler nota son nom dans un calepin sorti de sa poche.

— Je vais voir s'il m'est possible d'intercéder en faveur de votre ami. Mais je ne vous garantis rien. Si c'est un terroriste, mon intervention ne servira pas à grand-chose.

Ariane se confondit en remerciements, même si elle avait honte de s'être à ce point compromise avec un officier ennemi.

Pendant plusieurs jours, elle n'eut plus de nouvelles du capitaine Hensler. Elle pensa qu'il s'occupait de sa requête et se reprit à espérer. Elle retourna travailler auprès de son père en s'efforçant de sourire devant les employés et les ouvriers. L'usine avait perdu peu de personnel. Rares étaient ceux qui avaient renoncé à leur place en raison des choix discutables de leur patron. Charles se réjouit de revoir sa fille à son poste. Il pensa sur le moment qu'elle avait enfin surmonté sa peine et qu'elle avait mis de l'ordre dans son esprit.

Les deux officiers allemands pénétraient parfois dans les ateliers. Quand ils s'y autorisaient, ils jetaient un froid glacial autour d'eux. Ariane, quant à elle, évitait de les croiser et laissait volontiers son père en leur compagnie. Kurt Hensler vérifiait alors les chaînes de montage, s'intéressait au travail des ouvriers, leur posait des questions. A ses côtés, le lieutenant Lenach, le regard d'acier derrière ses petites lunettes cerclées, lui aussi bien campé dans ses bottes et la casquette vissée sur le front, donnait l'impression d'être à l'affût de la moindre faille, de tout indice de sabotage. Devant lui, les ouvrières ne levaient pas les yeux tant elles étaient terrorisées. Lorsque Kurt Hensler s'isolait avec Charles dans le bureau, tous ressentaient un vif soulagement, mais n'en pensaient pas moins de leur patron, qui, à leur avis, s'accommodait un peu facilement de la situation. D'aucuns ne se privaient pas d'affirmer qu'il collaborait sans vergogne et commençaient à craindre que des résistants ne viennent un jour dynamiter l'usine.

« C'est tout ce qu'il mériterait ! proclamaient les plus hostiles à Charles Chaptal. Quand sonnera l'heure de la victoire, il paiera sa trahison ! »

L'ambiance de travail se dégradait de plus en plus. Ariane était l'objet d'une certaine méfiance de la part des employés. Aussi évitait-elle de traverser les ateliers pour rejoindre son bureau d'études. Elle s'y rendait directement en passant par l'escalier de service extérieur qui donnait dans le parc. Seule Madeleine, la secrétaire de Charles, lui gardait toute sa sympathie et ne lui tenait pas rigueur du choix de ce dernier. Elle avait appris ce qui était arrivé à Raphaël et plaignait sincèrement Ariane. Son propre mari avait été fait prisonnier lors de la bataille de Dunkerque et était détenu dans un stalag du côté de Dresde. Elle haïssait les Allemands et était prête à tout pour lui venir en aide.

— Si cela lui permettait de retrouver la liberté, je me sacrifierais pour lui, avoua-t-elle à Ariane, tandis que celle-ci s'épanchait sur le sort de son fiancé.

— Que voulez-vous dire, Madeleine ?

— Oh, vous pouvez deviner, non ?

Ariane n'osa insister, de crainte de paraître indiscrète. La conversation devenait gênante. Elle songea à ce qu'elle avait demandé au capitaine Hensler. Au fond d'elle-même, elle se sentit soudain moins coupable. Beaucoup de femmes auraient fait la même chose, pensa-t-elle pour se déculpabiliser. Madeleine en effet ne venait-elle pas de sous-entendre qu'elle aurait agi de la même façon ?

★

Une semaine s'était écoulée depuis qu'Ariane avait rencontré Kurt Hensler. Ce dernier était parti en mission le matin même. Elle en profita pour pénétrer à nouveau dans sa chambre, croyant le champ libre.

Très vite, elle dénicha un dossier au nom de Raphaël Soubise. Son cœur bondit dans sa poitrine. Elle l'ouvrit avec précaution, demeura stupéfaite. Toute l'activité de Raphaël y était décrite dans les moindres détails, ainsi que son identité, ses racines familiales, son appartenance raciale, sa religion, son passé d'étudiant et ses idées politiques. Kurt Hensler savait tout de lui. Puis deux photos apparurent, côte à côte sur une feuille de papier glacé. Ariane manqua défaillir. La première avait été prise sans doute au moment de son arrestation, elle portait la mention du jour et de l'heure. La seconde le présentait le visage tuméfié, sanguinolent, les arcades sourcilières boursouflées. Le malheureux avait été photographié après un interrogatoire pour le moins musclé. Ils l'ont torturé, songea aussitôt Ariane en sanglotant. Sur un autre document, il était indiqué en français que Raphaël Soubise avait été jugé complice de terroristes, qu'il n'avait pas avoué sa culpabilité et qu'il avait été condamné aux travaux forcés puis déporté en Allemagne, au camp de Buchenwald.

Ariane resta horrifiée de longues minutes. Certes, elle n'ignorait pas le sort de Raphaël, mais voir son visage en sang l'avait terrifiée. Elle avait beau détourner les yeux de la maudite photo, elle ne pouvait s'empêcher de la regarder. Au reste, ses traits étaient tellement déformés par les coups et les blessures qu'elle avait peine à le reconnaître.

Elle était assise sur le lit, en pleurs. Le temps s'était arrêté. Plus rien n'existait autour d'elle. Les foudres du ciel lui seraient tombées sur la tête qu'elle n'aurait pas réagi. La maison était plongée dans le calme. C'était le jour de congé de Marie, et Simone Bastide, son ménage terminé, était rentrée chez elle. Thérèse s'était rendue chez Maryse Soubise pour tenter d'obtenir des renseignements sur Raphaël. Contrairement à leurs maris, les deux femmes ne s'étaient pas éloignées l'une de l'autre.

Ariane reprit petit à petit ses esprits. Un rayon de soleil vint illuminer la chambre, perçant à travers les nuages. Elle regardait les grains de poussière voleter dans la lumière, les yeux dans le vague, comme au sortir d'une longue fièvre. Elle avait peine à croire ce qui arrivait. Tout cela n'était qu'un mauvais rêve.

Elle n'entendit pas le bruit de pas dans l'escalier.

La porte s'ouvrit brutalement.

Elle sursauta. Laissa échapper quelques feuilles du dossier.

Le capitaine Hensler se dressait dans l'embrasure de la porte, figé comme une statue de marbre, le regard sombre.

— Que faites-vous dans ma chambre ? lui demanda-t-il sèchement.

Interdite, Ariane se leva, le cœur battant à tout rompre.

— Vous êtes aussi bien renseignée que moi, à présent !

— Je… je ne voulais pas…

— Le sort de votre fiancé ne vous sert donc pas de leçon ? Vous désirez sans doute finir comme lui ! Espionner est un acte de trahison passible de la mort, mademoiselle Chaptal.

— Raphaël est mort ?…

— Pas encore. Mais il y a peu de survivants, dans les camps de déportation. Seuls les plus robustes résistent, quelques mois, une année peut-être.

Ariane était terrorisée. Le capitaine s'en aperçut. Il joua du silence, oppressant, un long instant, puis il reprit, mielleux :

— Malgré vos agissements coupables, je suis prêt à intervenir pour vous… enfin pour votre fiancé.

— Vous… vous allez le sortir de ce camp de la mort ?

— Cela dépend de vous, Ariane.

C'était la première fois que le capitaine allemand appelait Ariane par son prénom.

Elle ne releva pas cette familiarité.

Il s'approcha d'elle. Ota sa casquette et la jeta

sur le lit. Il lui enleva des mains le dossier qu'elle tenait encore. Lui murmura à l'oreille :

— Si vous vous montrez compréhensive, je le serai également.

Il déboutonna sa veste, puis le col de sa chemise.

— Vous… saisissez ?

Ariane réagit brutalement. Elle s'écarta, tétanisée. Elle avait deviné les intentions de l'officier allemand.

Elle le fixa dans les yeux. Se remémora subitement la déclaration de Madeleine. « Je serais prête à me sacrifier… » Elle appréhenda toute la portée d'un tel dévouement, n'en fut que plus écœurée.

— Vous n'êtes qu'un porc ! lâcha-t-elle, incapable de réfréner la violence de ses paroles.

Sans ajouter un mot, elle se précipita hors de la chambre en claquant la porte derrière elle.

Charles rentrait à ce moment précis de l'usine. Entendant du bruit à l'étage, il s'approcha de l'escalier et, voyant sa fille descendre les marches quatre à quatre, noyée de chagrin, lui lança :

— Quelque chose t'est arrivé ?

Ariane le bouscula sans lui répondre et courut se réfugier dans le parc.

Elle rencontra sa mère, de retour de chez les Soubise.

— Tu m'as l'air toute bouleversée, s'inquiéta Thérèse. Ça va ?

— Oui, oui, ça va… Je pensais à Raphaël.

*

Ariane n'osait plus rester seule à la maison. Elle appréhendait de rencontrer Kurt Hensler ou son aide de camp, qui la terrifiait davantage encore, tant son regard était mauvais. Sur le moment, elle refusa de considérer les faits dans toute leur cruelle réalité. Elle ne cessait de s'interroger sur les intentions malsaines du capitaine allemand. Comme si elle essayait de se prouver qu'elle s'était trompée et qu'elle ne risquait rien.

Toutefois elle était profondément choquée. Jamais elle n'avait été menacée de cette manière ni n'avait été l'objet du désir d'un homme malfaisant. Elle ignorait tout des vices et des travers qui transforment les êtres les plus banals en des monstres odieux et dangereux. Elle conservait une fraîcheur d'âme et une innocence qui la rendaient parfois fragile, mais qui magnifiaient sa jeunesse.

Elle se garda bien de raconter à ses parents ce qui lui était arrivé dans la chambre de l'officier. Ni l'un ni l'autre ne la soupçonnaient d'espionner au profit d'un réseau de résistance dont elle ne connaissait aucun membre, hormis Raphaël et Marie.

Celle-ci tenait ses distances. Elle ne lui parlait plus ni de Raphaël ni de la mission qu'il lui avait donnée. Aussi Ariane, sans cesse sur ses gardes, se sentait-elle complètement abandonnée.

Kurt Hensler semblait avoir renoncé. Mais, chaque fois qu'il la croisait dans la maison, il la fixait droit dans les yeux. Il la saluait comme si de rien n'était, d'un geste militaire appuyé. Puis il s'éloignait sans lui adresser un mot.

Charles et Thérèse, de leur côté, s'interrogeaient. Ariane leur paraissait de plus en plus taciturne. A table, elle n'intervenait que par des réponses brèves à leurs questions, ne prenait jamais la première la parole, mangeait sans appétit.

— Ça ne peut plus durer comme ça ! se plaignit un jour Thérèse. Raconte-nous ce qui ne va pas, Ariane. Nous comprenons que tu te fasses du souci pour Raphaël. Mais te morfondre ne sert à rien. Il faut t'armer de patience. Et prier pour qu'il ait la force de tenir.

Mais Ariane n'entendait pas les remarques de sa mère.

Kurt Hensler était un être tenace. Dans les accrochages avec des maquisards, il n'ordonnait jamais à ses hommes de se replier, même lorsqu'ils se trouvaient en difficulté. Malheur à celui qui reculait sans y avoir été autorisé ! Il le traduisait devant son conseil de guerre et le faisait muter sur le front de l'Est. On le respectait, et on le craignait encore davantage. Il passait pour un excellent stratège, mais aussi pour un chef militaire rigide, dépourvu de pitié, prêt à tout pour atteindre ses objectifs.

Avec Ariane, il composa avec le temps et le désarroi de la jeune fille. Il laissa s'écouler quelques semaines, puis revint à la charge.

Sans s'annoncer, il pénétra un jour dans le bureau

de son père, où elle trouvait souvent refuge. Elle était en train de dessiner sans conviction une collection d'automne de chaussures pour hommes. Charles était absent, occupé à régler une machine avec son contremaître, Ernesto Vivares.

Surprise, Ariane cessa son travail, leva les yeux en direction de l'intrus. Attendit, muette.

— Avez-vous réfléchi à ma suggestion ? s'enquit l'officier, d'un ton doucereux, plein de sous-entendus.

— Je n'ai rien à vous dire de plus ! Je crois que j'ai été claire. Je ne pense pas avoir besoin de vous le répéter…

— Vous avez tort de le considérer de cette manière. Je peux vous arrêter sur-le-champ pour complot contre la sûreté du Reich. C'est la pendaison assurée !

Ariane ne pouvait nier avoir été prise sur le fait. Au reste, elle se demandait, depuis ce jour-là, pourquoi le capitaine Hensler la laissait tranquille.

— Je vous le répète une dernière fois. Si vous voulez que votre fiancé sorte de ce camp où personne ne demeure vivant bien longtemps, vous devriez m'écouter…

Ariane faisait la sourde oreille, penchée sur son travail, aveugle à la présence de l'officier.

— Ce soir, à minuit. Dans ma chambre. Vous avez intérêt à venir. Sinon, vous ne reverrez plus votre fiancé.

Terrifiée, Ariane réussit à détacher les yeux de sa

feuille de dessin. Fixa Kurt Hensler, sans pouvoir dire un mot.

Il claqua des talons. Ajouta :

— N'oubliez pas. Minuit.

Le soir, quand l'heure fatidique sonna à l'horloge du salon, alors que tous dans la maison étaient déjà endormis, Ariane, terrifiée à l'idée de ce qu'elle s'apprêtait à faire, se leva de son lit, sur lequel elle était montée s'allonger dès la fin du dîner. Puis elle se dirigea discrètement vers la chambre de Kurt Hensler. S'arrêta devant la porte. Hésita quelques secondes, retenant sa respiration. Entra.

Ce jour-là commença pour elle un long calvaire dont elle ne se remettrait jamais tout à fait. Mais elle se sacrifiait pour sauver son amour. Pour sauver l'homme de sa vie.

13

Depuis que les Dufresne avaient investi les Taillades, peu de gens savaient qu'une jeune femme y résidait à demeure. Seuls les plus proches voisins, les Lapierre et les Bastide, étaient au courant, ainsi que les Chaptal. Simone Bastide en effet, qui ne gardait jamais longtemps pour elle ce qu'elle apprenait, avait annoncé à Thérèse que le fils des Dufresne et son épouse avaient rouvert la maison.

Celle-ci étant distante de plus d'un kilomètre des Abarines, personne chez les Chaptal n'avait remarqué leur présence. En outre, Aliza suivait à la lettre les recommandations de son mari. Elle ne traînait jamais à l'extérieur et évitait tout contact avec autrui. Quand Jacques revenait à Florac le week-end, il lui apportait de la nourriture pour une semaine, de sorte qu'il ne lui était pas nécessaire d'aller s'approvisionner en ville ou dans les fermes avoisinantes. Prudente, Aliza vivait recluse en attendant des jours meilleurs.

Tel était le prix de sa tranquillité et de sa liberté.

Malgré l'installation de l'unité de Kurt Hensler aux Abarines, elle se croyait en sécurité aux Taillades. Robert n'avait-il pas promis de ne pas dévoiler ce que Jacques lui avait révélé sur son épouse ? Il avait tenu parole et, régulièrement, il passait voir Aliza pour lui demander si elle n'avait besoin de rien. Sans qu'elle le lui réclame, il lui apportait tantôt du lait, tantôt des œufs ou encore des légumes et des fruits de sa production. La jeune femme, trop heureuse d'avoir quelqu'un à qui s'adresser pendant les longues absences de son mari, l'invitait à entrer chez elle et le retenait dans sa cuisine, lui offrant une tasse de chicorée ou un verre de vin, selon l'heure à laquelle il frappait à sa porte.

Robert s'était abstenu de parler de ses visites à sa femme. Il connaissait Germaine, elle non plus n'avait pas sa langue dans sa poche. Elle n'aurait jamais gardé le secret confié par Jacques. Et, depuis qu'elle avait accouché de son deuxième enfant, le petit Pierre, six mois auparavant, elle se montrait encore plus volubile, tant elle appréciait son bonheur.

Personne d'autre que Robert ne savait qu'Aliza était juive.

Depuis les rafles du début de l'année précédente, les Juifs étaient l'objet d'une persécution de plus en plus intense de la part des Allemands, des miliciens et des inspecteurs de la police de Vichy. Les trains de la déportation ne cessaient d'encombrer le trafic ferroviaire, et les sabotages de voies ferrées par la Résistance se multipliaient. Aussi la tension était-elle vive chez l'occupant et dans la population, qui craignait des représailles après chaque attentat ou opération de destruction.

Dans les Cévennes, comme en Haute-Loire au Chambon-sur-Lignon, souvent par l'action de pasteurs protestants, le sauvetage de familles juives s'était amplifié. Des filières s'étaient créées sous l'égide de l'OSE, l'Œuvre de secours aux enfants, ou de la Cimade, le Comité intermouvements auprès des évacués[1].

Jacques n'avait pas voulu solliciter ces organismes d'entraide, préférant protéger lui-même son épouse dans la plus grande discrétion, au cœur des Cévennes. Il ne souhaitait pas obliger Aliza à vivre sans lui, ce qui eût été le cas s'il l'avait confiée aux bons soins de pasteurs ou d'autres généreux bienfaiteurs, qui l'auraient mise en sécurité au prix d'un isolement des plus stricts.

Toutefois, depuis qu'elle se cachait aux Taillades, Aliza se méfiait. Elle avait conscience que sa vie dépendait d'un rien. Jacques était parfois retenu à Montpellier par son devoir de médecin. Des malades à visiter, qui exigeaient des soins spéciaux ou urgents. Un imprévu tel qu'une panne de

1. Voir, du même auteur, *Dans les yeux d'Ana*.

voiture. Ou encore une mission à accomplir pour son réseau. Sans le lui avoir confié afin de ne pas l'inquiéter, Jacques, en effet, appartenait aussi aux hommes de l'ombre et parcourait le département sous un faux nom, pour transmettre des consignes de la plus haute importance.

Lorsqu'il rentrait à Florac, il apportait souvent des informations secrètes au contrôleur des postes de la commune, Maurice Tour, son relais dans le secteur. Depuis plusieurs semaines, le bruit courait chez les résistants que les Alliés préparaient un débarquement sur les côtes du Pas-de-Calais[1]. Une certaine fébrilité montait dans les esprits. L'heure de la revanche semblait toute proche.

Pourtant, sur place, les Allemands s'exhibaient toujours en grands vainqueurs et terrorisaient la population.

Profitant des absences de Jacques, Robert rendait à Aliza des visites de plus en plus fréquentes et s'attardait en sa compagnie. La jeune femme trouvait étrange qu'il perde ainsi son temps à de longues discussions alors que, pensait-elle, son travail l'attendait dans ses champs ou à sa ferme. Elle n'osait lui fermer sa porte ni refuser les présents qu'il lui apportait, des produits de première nécessité. Il repoussait son argent, prétextant qu'il désirait lui venir en aide et que c'était sa façon à lui de

1. Opération « Fortitude ».

résister aux Allemands. Aliza lui faisait confiance. Jacques lui avait affirmé qu'il ne la dénoncerait pas. Jamais elle n'avait eu le moindre soupçon sur ses intentions.

Néanmoins, la répétition de ses visites commençait à la gêner. D'autant qu'il lui demandait, au cas où elle rencontrerait sa femme, de ne rien lui dire concernant les faveurs qu'il lui accordait.

— Ce n'est qu'un peu de nourriture, lui avoua-t-il un soir, mais Germaine n'est pas très généreuse. Quand il s'agit des autres, elle trouve toujours de bonnes raisons de s'abstenir. Surtout en ces temps de privation !

Au fil des jours, Robert se montra plus pressant auprès de sa protégée. Il lui tenait des conversations qui la mettaient mal à l'aise, éloignées des préoccupations quotidiennes des gens dans le besoin. Ses paroles devenaient parfois tendancieuses, donnant l'impression qu'il attendait d'elle de dévoiler son intimité avec Jacques. Très prude en ce domaine, Aliza détournait le sujet, rouge de confusion, et prétextait la fatigue pour écourter l'entretien et inviter son étrange visiteur à prendre congé.

Un soir de début avril 1944, Robert frappa à sa porte. Aliza comprit aussitôt qu'il avait bu et tenta de l'arrêter sur le seuil. Il insista, prétendant avoir à lui annoncer quelque chose d'important. Intriguée, elle lui proposa d'entrer. Il réclama sans aucune gêne un verre de vin. Elle s'exécuta en souhaitant qu'il reparte rapidement. Il n'avait pas apporté de victuailles, contrairement aux autres fois. Mais il prit dans sa poche une petite boîte à bijoux de laquelle il sortit un camée ancien.

— Il appartenait à ma grand-mère, lui avoua-t-il. Ma femme ne l'a jamais aimé. Elle refuse de le porter.

— Il est très joli, nota Aliza. Votre grand-mère avait beaucoup de goût.

— Je vous l'offre. Il est à vous.

Surprise, Aliza regarda Robert d'un air incrédule.

— Je ne peux pas accepter, voyons ! Pourquoi m'offririez-vous un tel présent ?

Robert s'approcha. Aliza sentit son souffle sur son visage, son haleine avinée.

Il la saisit tout à coup dans ses bras. Tenta de l'embrasser de force.

Elle recula, le repoussa sans ménagement. Il laissa échapper le bijou de sa boîte.

— Qu'est-ce qui vous prend, Robert ? Vous perdez la raison.

— Vous me plaisez, Aliza. Et ne dites pas que vous ne vous en êtes pas aperçue ni que cela vous laisse indifférente !

— Partez, Robert. Et reprenez votre camée.

Rouge d'excitation, Robert fit un pas en avant dans l'intention de forcer Aliza à se soumettre.

— Je vous veux ! éructa-t-il. Il y a trop longtemps que ça dure. Avouez que vous ne souhaitez que ça.

Votre mari vous délaisse. Mais moi, je suis là. Je peux vous satisfaire.

— Sortez d'ici immédiatement, sinon...

— Sinon quoi ? Vous appellerez au secours ! Personne ne vous entendra.

— Je... je...

— Vous vous plaindrez à qui ? A ma femme ? A moins que vous n'alliez voir le capitaine Hensler... Et vous lui direz sans doute que vous n'êtes qu'une petite youpine en danger !

Robert ne se contrôlait plus. Son visage cramoisi trahissait une très longue frustration. Ses visites, ses cadeaux n'étaient dictés que par son désir d'assouvir ses pulsions refoulées. Aliza lui plaisait et il crevait d'envie de la posséder.

— Fichez le camp, Robert ! Vous n'êtes pas dans votre état normal. Vous reviendrez quand vous aurez dessaoulé. Et uniquement pour me demander pardon.

Vaincu, Robert, l'œil lubrique, n'insista pas.

Il replaça le bijou dans sa boîte, remit de l'ordre dans sa tenue, menaça :

— Vous ne perdez rien pour attendre !

Puis il sortit précipitamment, abandonnant Aliza, tétanisée.

*

Aliza ne s'était pas déclarée juive à la suite du décret pris par Vichy en octobre 1940. Jacques, hostile à toute mesure discriminatoire, s'y était fermement opposé. La très grande majorité des Juifs, respectueux de la légalité par nature, avaient fait le choix contraire et s'étaient enregistrés dans les préfectures et les mairies. Pétain, Vichy, incarnant la République, donc la loi, ils n'avaient qu'obéi à leur devoir de citoyen. D'où leur incroyable soumission à cette loi qui, aux yeux de Jacques, était la plus scélérate de toute la législation française.

Certes, en agissant ainsi, les Dufresne se mettaient en situation illégale et risquaient d'être inquiétés par la police en cas de contrôle inopiné. Ils n'étaient pas à l'abri d'une dénonciation. Avant l'invasion de la zone libre, ils vécurent relativement tranquilles. Les délateurs étaient en réalité peu nombreux. Eux redoublaient d'attention, ne parlaient pas trop, ne faisaient jamais allusion aux origines d'Aliza. Rien ne trahissait son appartenance à la communauté juive, même ses papiers d'identité. De plus, à Montpellier, personne ne les connaissait. Mais, dès l'été 1942, la pression des Allemands se faisant plus forte et le gouvernement de Vichy devançant sans vergogne les directives de l'occupant, la tension monta, et le danger s'accrut avec la disparition de la ligne de démarcation. Aliza ne se sentait plus en sécurité.

A Florac, elle se pensait à l'abri. Si Jacques s'était confié à Robert, rien ne permettait de penser que ce dernier commettrait l'imprudence de divulguer ce qu'il savait. Rien ne prouvait qu'il nourrissait au fond de lui un quelconque sentiment antisémite.

— Tranquillise-toi, tenta de la rassurer Jacques après qu'elle lui eut raconté ce qui s'était passé. Je lui parlerai. Ce n'est pas un mauvais bougre. Il avait un peu trop bu et ne s'est pas contrôlé.

Aliza craignait que Robert ne revienne à l'attaque une fois Jacques reparti à Montpellier. Elle se souvenait parfaitement de ce qu'il avait proféré. Ne l'avait-il pas traitée de *youpine* !

— Ça lui a échappé ! releva Jacques pour minimiser l'incident et apaiser l'appréhension de sa femme. Beaucoup de Français prononcent des mots malheureux à l'égard des immigrés. Mais, au fond d'eux-mêmes, ils ne pensent pas ce qu'ils disent. C'est surtout vrai envers les Juifs. Ne prends pas au pied de la lettre de telles remarques.

Aliza ne fut pas convaincue par les arguments de son mari. Jacques essayait de dissiper ses craintes. Dès lors, elle redoubla de méfiance à l'égard de l'extérieur. Elle vivait de plus en plus recluse, ne sortait dans le jardin que lorsqu'elle s'estimait totalement en sécurité, pour prendre l'air et s'aérer l'esprit. Sa peur de voir débarquer Robert la paralysait. Aussi ne s'éloignait-elle jamais de sa porte, qu'elle laissait ouverte derrière elle, prête à courir s'enfermer à l'intérieur au moindre doute. Jacques commença à la trouver quelque peu paranoïaque et s'en inquiéta. Il dut lui prescrire un médicament pour calmer son angoisse.

Un matin, alors qu'elle paressait encore au lit à neuf heures, elle entendit quelqu'un cogner à la porte. Elle sursauta. Remonta instinctivement la couverture sur ses épaules, comme un enfant effrayé dans le noir. Les tambourinements s'amplifièrent. Elle prêta l'oreille plus attentivement. Perçut le bruit d'un moteur au ralenti.

— Ouvrez ! Je sais que vous êtes là.

Elle se décida à se lever, terrorisée. Descendit l'escalier sans précipitation et s'enquit, une fois dans l'entrée :

— C'est vous, Robert ?

Derrière la porte, le visiteur s'impatientait.

— Je vous ordonne d'ouvrir. Ne me faites pas attendre !

Aliza referma sa robe de chambre sur sa poitrine. Ouvrit.

Le capitaine Hensler se dressait devant elle, droit comme un i, les jambes écartées, le regard d'acier. Derrière lui, trois soldats en armes le couvraient, dos tourné aux murs de la maison.

— Vous êtes bien Aliza Dufresne ? l'interrogea l'officier allemand.

Le cœur de la jeune femme s'arrêta de battre.

— Oui. C'est moi. Que me voulez-vous ?

Sans y être convié, Kurt Hensler pénétra dans la maison, obligeant Aliza à s'écarter devant lui.

— Montrez-moi vos papiers, madame Dufresne.

Aliza s'exécuta sans discuter.

Le capitaine, soupçonneux, les étudia avec soin.

— Ils me paraissent vrais et en règle, reconnut-il.

Aliza soupira discrètement.

— A une exception près... Il n'est pas indiqué que vous êtes juive. Vous êtes totalement hors la loi. Savez-vous que vous risquez la déportation pour vous être soustraite aux ordres de votre gouvernement ? Vous portez l'étoile jaune, n'est-ce pas ?

— Mais je ne suis pas juive ! mentit Aliza.

— Tout finit par se savoir, madame. Prouvez-moi donc le contraire.

— Je possède mon certificat de baptême, si cela peut vous satisfaire.

Jacques avait obtenu de ses amis résistants une preuve formelle que sa femme avait été baptisée un mois après sa naissance, dans une église de Thonon-les-Bains.

— Hum... tous ces certificats sont souvent des faux fournis par des prêtres ennemis du Reich et de connivence avec les terroristes ! Et votre accent, d'où vient-il ?

— J'ai des origines hongroises. Mais je suis française.

Aliza crut sur le moment que l'officier allait l'arrêter. Elle se figea d'effroi à cette pensée.

Il n'en fit rien.

— A bientôt, se contenta-t-il de dire. Nous nous reverrons.

Il lui sourit d'un air cynique et remonta aussitôt

dans sa voiture, accompagné des trois soldats en armes.

Aliza ne vivait plus, terrorisée à l'idée d'une nouvelle visite du capitaine Hensler. Elle se demandait qui lui avait appris qu'une jeune juive s'était réfugiée aux Taillades. Elle songea très vite à Robert. Il était le seul au courant. L'aurait-il dénoncée après l'incident qui les avait opposés ?

Dans l'attente du retour de Jacques, elle se barricada dans la maison, comme pour mieux s'assurer que plus personne ne viendrait la menacer. Une véritable psychose s'empara de son esprit. Elle ne pouvait pas avertir son mari, car elle n'avait pas le téléphone, et lui écrire aurait nécessité de sortir pour poster sa lettre.

Le Hauptmann Hensler revint effectivement à la charge, deux jours plus tard. Il ne s'embarrassa pas de prévenances et alla droit au but :

— Si vous voulez éviter la déportation, madame Dufresne, il faudra coopérer.

Sur le moment, Aliza ne saisit pas le sens de cette injonction.

— Qu'attendez-vous de moi ? s'inquiéta-t-elle, tremblante.

Kurt Hensler avait été subjugué par la beauté ténébreuse d'Aliza. Depuis le premier jour, il n'avait cessé de penser à elle. Certes, il ne pouvait chasser de son esprit l'idée qu'elle était juive, de cette race inférieure et dangereuse. Mais il se sentait irrémédiablement attiré vers elle.

Venu l'arrêter, il se ravisa. Il la gifla violemment. Aliza faillit perdre l'équilibre et se retint au rebord de la table, la joue en feu. Il ne lui laissa pas le temps de réagir. Il la traîna sans ménagement sur le canapé du salon. Lui arracha son corsage. Dévoila ses seins.

Aliza voulut se débattre. Hensler se jeta sur elle, la couvrit de son corps massif, haletant de désir.

Il la prit de force, tel un animal en rut, l'écrasant de tout son poids. Une main plaquée sur sa bouche pour l'empêcher de crier, il lui pétrissait la poitrine de l'autre. A moitié asphyxiée, Aliza finit par s'abandonner, s'efforçant de ne penser qu'à son mari, aux souvenirs des jours heureux passés ensemble sur les bords du lac Léman. Hensler s'activait en elle en grognant des mots inaudibles, prenant son plaisir comme un hussard monte à l'assaut.

Aliza fermait les yeux, priant Dieu de faire cesser son calvaire.

Ce dernier lui parut interminable.

Quand Hensler fut repu, il se retira tout aussi vite, reboutonna son pantalon et son col de chemise, et du bout des doigts remit de l'ordre dans ses cheveux.

Aliza demeurait inerte, totalement meurtrie. De ses yeux coulaient les larmes de la détresse et du dégoût.

— Vous me reverrez, l'avertit Hensler. Si vous

êtes toujours compréhensive, vous resterez libre. Mais, attention, au moindre faux pas, je vous promets l'enfer.

Kurt Hensler tint parole. Il revint régulièrement aux Taillades. La malheureuse se laissait violer dans la plus parfaite soumission, à seule fin qu'il ne s'acharne pas et ne l'envoie pas en déportation. Quand Jacques rentrait de Montpellier, elle taisait ce qu'elle endurait en son absence, de crainte qu'il ne commette un acte dangereux pour leur sécurité commune.

De son côté, Ariane subissait un sort identique, dans le silence des agneaux qu'on mène à l'abattoir. Les deux femmes ne se connaissaient pas, mais elles étaient l'objet des sévices du même homme à quelque distance l'une de l'autre.

14

Ariane et Aliza gardaient leur terrible secret chacune de son côté, éprouvant honte et désespoir de ne pouvoir se confier à personne. Toutes les deux avaient l'impression de s'être livrées trop facilement à Kurt Hensler, se reprochaient de s'être laissé dominer sans tenter de s'opposer. Certes, elles redoutaient à juste titre des mesures de représailles de sa part, au cas où elles se refuseraient à ses volontés tyranniques. Aussi enduraient-elles dans le silence la pire des infamies.

Aux Abarines, les parents d'Ariane ne se doutaient de rien. Ils voyaient leur fille en plein désarroi et mettaient son état sur le compte de son inquiétude pour Raphaël. Depuis qu'ils avaient appris sa déportation en Allemagne, ils n'avaient plus eu d'autres nouvelles de lui. Les Soubise se trouvaient dans le même cas. Ils étaient plongés dans une effrayante angoisse, et Henri avait beau activer tous les membres de son réseau, personne n'était en mesure de lui donner la moindre nouvelle de son fils. Les déportés dans les camps de la mort avaient disparu aux yeux de tous. Il attendait avec impatience un retournement de situation et la libération des camps. Encore faudrait-il que son fils fût encore en vie ! Nul ne pouvait prédire quand cela arriverait. Alors même que les troupes du Reich perdaient pied sur le front de l'Est devant les Soviétiques, que les villes allemandes étaient écrasées sous les bombes alliées, l'acharnement des nazis laissait craindre que le conflit ne soit pas près de se terminer. Quel sort réserveraient-ils aux prisonniers survivants ? Aucune information ne filtrait à ce sujet.

Croyant toujours que Kurt Hensler agirait en faveur de son fiancé, Ariane, dans le plus grand dégoût d'elle-même, se donnait à lui chaque fois qu'il le désirait. Le soir, toujours à la même heure, écœurée à la pensée de ce qui allait se passer, elle se rendait dans la chambre de l'officier en s'efforçant de se convaincre que c'était le prix à payer pour délivrer Raphaël.

Aliza traversait le même enfer, mais plus brutalement. Kurt Hensler la considérait comme une véritable esclave et s'acharnait sur elle avec sauvagerie comme pour mieux lui rappeler son appartenance à cette race inférieure dont l'existence n'avait aucune valeur. Si Ariane se sentait poussée au crime contre son prédateur, contenant la haine qui l'habitait uniquement pour sauver la vie de Raphaël, Aliza quant à elle se soumettait, acceptant son sort comme une fatalité, dans le seul but de survivre.

Ariane continuait à se rendre chaque matin à l'usine comme si de rien n'était. Si elle affichait un visage tendu, jamais souriant, elle voulait néanmoins prouver qu'en dépit de la disparition de son fiancé elle faisait face avec courage. Son travail s'en ressentait, mais Charles ne lui en tenait pas rigueur. Au reste, il n'avait plus besoin de ses croquis. Ses machines ne produisaient plus que des brodequins pour l'armée allemande ainsi que des chaussures ordinaires et bon marché, destinées à la population civile.

Chez elle, Ariane évitait de se retrouver en présence de Marie. La gouvernante était loin d'imaginer qu'elle s'était soumise aux volontés de Kurt Hensler. Elle ne lui adressait la parole que dans le cadre de son service, et en présence de ses parents. Elle craignait qu'elle ne découvre un jour ce qu'elle endurait au nom de son amour. Elle ne vivait que dans l'espoir de revoir Raphaël, de l'épouser sitôt rentré. Au prochain été, se convainquait-elle, comme lorsqu'ils s'étaient fiancés au cours de l'été 39, juste avant la guerre. Cinq longues années s'étaient écoulées depuis ce jour. Que de temps perdu ! songeait-elle avec tristesse. Ses seize ans lui paraissaient si loin !

Aliza, elle, s'enfonçait de plus en plus dans les ténèbres. Elle n'entrevoyait pas la fin de son calvaire. Plusieurs fois, elle fut tentée de parler à

Jacques, pour échapper à la chape de plomb qui l'écrasait. Elle étouffait de devoir se taire. Mais comment réagirait-il en apprenant l'ignominie que Kurt Hensler lui infligeait ? Devant son profond état d'anxiété, il lui prescrivait des médicaments qui avaient pour effet de l'assommer et de la rendre plus docile face à son bourreau. Elle ne refusait pas de les prendre, ils étaient pour elle le seul moyen de ne pas sombrer définitivement.

*

Le 6 juin, les Français reprirent espoir. La nouvelle du débarquement allié sur les plages de Normandie prouvait qu'ils n'étaient pas oubliés. A Florac, des résistants manifestèrent leur joie sur l'Esplanade. Mais, le lendemain, la Gestapo arrêtait le maire de la ville, le docteur Paul Maury, un chef de la Résistance locale, avec lequel Jacques Dufresne et Henri Soubise étaient en relation directe. Rapidement, les différents maquis de la région communiquèrent entre eux avec l'aide des opératrices téléphoniques des PTT. Malgré des interventions sanglantes, notamment à Hures-la-Parade sur le causse Méjean, les troupes allemandes battaient en retraite.

Soudain certains changèrent de discours, approuvant le général de Gaulle qui, de Londres, n'avait cessé d'appeler à la résistance. La lutte intérieure redoublait afin de harceler l'ennemi et de le contraindre à se découvrir. Un peu partout les actes de sabotage et les attentats contre les soldats de la Wehrmacht se multipliaient. Pourtant on ignorait encore que, dans les camps de la mort, l'extermination se poursuivait activement, comme si les bourreaux nazis avaient décidé d'en finir avec leurs prisonniers avant l'arrivée des forces alliées.

Ariane commençait à croire que tout était encore possible.

Et Aliza que son calvaire serait bientôt terminé.

Un mois après le débarquement allié, au petit matin, la compagnie de Kurt Hensler leva le camp en catastrophe et se replia vers le nord sur ordre de l'état-major. De nombreuses unités refluèrent aussi, dont la 2e division SS Das Reich, qui sema l'effroi et la mort sur son passage.

Le bruit des engins motorisés réveilla Ariane. Elle sursauta, bondit hors de son lit pour aller regarder la scène qui se déroulait sous la fenêtre de sa chambre. Elle aperçut Hensler en grande discussion avec son aide de camp, l'Oberleutnant Lenach. La scène ne dura que quelques minutes. En moins de temps qu'il ne lui en avait fallu pour s'installer dans la place, toute l'unité du Hauptmann Hensler embarqua dans les véhicules militaires. Puis, tout aussi rapidement, elle disparut.

Une fois le calme revenu, tous les habitants de la maison se précipitèrent au-dehors, incrédules.

Charles et Thérèse, encore en tenue de nuit, n'en croyaient pas leurs yeux. La gouvernante, déjà levée depuis une bonne heure et habillée, arborait un large sourire.

— Que se passe-t-il ? demanda Ariane à son père, qui ne cachait pas sa surprise.

— Ils ont foutu le camp sans crier gare ! s'exclama Charles dans un élan de joie incontrôlable. Les Boches ont plié bagage !

La jeune femme s'approcha de sa mère, se blottit dans ses bras.

— Est-ce possible ? s'étonna-t-elle, incrédule. Ils sont vraiment partis ? Pour toujours ?

— Espérons-le, ma chérie. Dieu a enfin écouté nos prières.

Charles les précéda dans la maison et se saisit du téléphone.

— Que fais-tu ? dit Thérèse.

— J'avertis Henri. Il ne doit pas être encore informé…

— Henri ! Mais pourquoi donc ? Tu as vu l'heure ! Tu vas le réveiller…

— Il n'y a pas d'heure pour annoncer les bonnes nouvelles. Il doit prévenir son réseau.

Dans l'euphorie, Charles avait parlé trop vite.

— Son réseau ! Quel réseau ?

Ariane comprit immédiatement ce que son père sous-entendait :

— Tu veux dire que le père de Raphaël est engagé dans la Résistance ? Et tu étais au courant ?

Charles se sentit découvert.

Derrière lui, Marie faisait les gros yeux.

— Oh, après tout, maintenant, ça n'a plus grande importance. Puisque les Boches sont partis... Oui, avec Henri, on aide la Résistance locale. Enfin, moi, depuis peu de temps, je l'avoue.

— « On » ? C'est qui, ce « on » ? insista Thérèse en se tournant vers Ariane.

— C'est moi, madame, intervint Marie. Monsieur et moi appartenons à la Résistance. Ainsi que M. Soubise.

Thérèse semblait stupéfaite.

Ariane sourit, visiblement rassurée.

— Et toi, tu étais dans le coup, Ariane ?

— Non, maman, je te jure que j'ignorais tout des activités de papa et d'Henri.

La nouvelle se répandit comme un feu de paille dans toute la commune. Un peu partout, on rapportait que les Allemands se repliaient pour tenter de contrer l'avancée des forces alliées, qu'une pagaille certaine régnait dans leurs troupes. Les résistants redoublaient d'efforts pour ralentir leur progression et les affaiblir. La reconquête était en marche.

Percevant de l'agitation à l'extérieur, Aliza osa sortir de chez elle et apprit par une voisine l'heureux événement. Elle demeura un long moment sans réaction, car elle redoutait que Kurt Hensler ne se venge avant de quitter la région. Ne lui avait-il pas signifié un jour que sa vie ne dépendait que de lui ? Quelles seraient ses intentions, maintenant que les siens étaient sur le point d'être vaincus ? Ne reviendrait-il pas l'éliminer, comme un maître se débarrasse d'un esclave dont il n'a plus besoin ?

*

Malgré l'euphorie ambiante, Ariane broyait du noir. Elle n'avait pas de nouvelles de Raphaël. Kurt Hensler s'était joué d'elle et l'avait trompée. Il n'avait pas tenu parole. La parole d'un ennemi ! se reprochait-elle. Comment ai-je pu y croire ? Il n'avait rien entrepris pour libérer Raphaël. Le malheureux était-il encore vivant ? Quel sort réserveraient les bourreaux nazis aux prisonniers alors que la déroute allemande était de plus en plus évidente ?

Ariane envisageait le pire.

« Tu devrais te secouer, plutôt que de te morfondre, lui conseillait Charles. Les Boches ouvriront les camps dès lors qu'ils auront quelque chose à monnayer pour rendre leur défaite moins dure. Les prisonniers rentreront dans leurs foyers. C'est une question de temps. Dans quelques mois, ils déposeront les armes. »

En réalité, les nazis avaient prévu de soustraire à la vue du monde l'horreur qu'ils créaient dans les camps de la mort. Ils accéléraient l'holocauste pour effacer toute trace de leur impitoyable dessein d'extermination.

Ariane poursuivait son activité dans l'usine de son père, avec un peu plus de conviction. Mais elle demeurait angoissée. Charles, quant à lui, se réjouissait du départ des Allemands.

— Les affaires vont reprendre, affirma-t-il. Il était temps. Fabriquer des chaussures militaires, pour les Boches qui plus est, ça ne me convenait pas du tout.

— Pourtant, tu as accepté de bon gré de te plier à leurs exigences, lui reprocha Ariane.

— Je m'en suis accommodé. Ce n'est pas tout à fait la même chose !

Certes, Charles s'était rallié à la cause de la Résistance. Mais, comme bon nombre de Français, sur le tard. Une fois que le vent avait tourné.

— Je reconnais m'être fourvoyé dans l'erreur en accordant ma confiance à Pétain. Le Maréchal a trahi l'idéal qui l'animait au début de la guerre : sauver le pays du déshonneur de la défaite et alléger les souffrances des Français…

— Il a collaboré dès l'instant où Hitler a triomphé. Il a même pris contre les Juifs des mesures que les nazis ne lui demandaient pas ! s'insurgea Ariane, ne trouvant pas d'excuses à la conduite de son père.

Maintenant que les faits se décantaient dans l'esprit de tous, en son for intérieur elle tenait Charles pour responsable de ce qu'elle avait subi. Lui et tous les inféodés qui avaient approuvé Pétain et capitulé devant les Allemands. Elle ne faisait aucune distinction entre ceux qui, comme Charles, s'étaient laissé leurrer et ceux qui, par conviction, avaient choisi leur camp sans l'ombre d'une hésitation. Certes, elle lui savait gré d'avoir aidé la Résistance. Pour autant, n'était-ce pas là l'attitude d'un égocentrique pris d'une peur soudaine, dès lors que les événements se retournaient contre les Allemands ?

Partout, les partisans des forces de libération se montraient plus nombreux. Les délations d'ailleurs se multipliaient. Les langues se déliaient. On réglait les comptes.

— La victoire des Alliés approche, insista Charles. Et je m'en félicite. J'ai l'intention de remettre en route mes collections. Celles qui ont assuré mes derniers succès. Ce sont les tiennes, Ariane. Ensemble, nous allons retrouver notre place sur le marché de la chaussure, exactement comme si ce que nous avons traversé était effacé. Je compte sur toi.

Charles semblait oublier que le cœur d'Ariane demeurait en berne. Il agissait comme si Raphaël était sur le point de rentrer. Il ajouta, pour remonter le moral de sa fille :

— Prépare-toi à célébrer ton mariage. Dès que la guerre sera terminée et que les prisonniers seront libérés, nous ferons la fête en ton honneur et en celui de Raphaël.

Ariane s'efforça d'acquiescer, mais, sans nouvelles de Raphaël, elle se morfondait en silence.

De son côté, Aliza, soulagée de ne pas voir revenir son bourreau, demeurait dans l'expectative. Chaque matin, au saut du lit, elle était terrorisée à l'idée de l'entendre arriver. Pendant les longues semaines de son calvaire, elle s'était levée de plus en plus tard, n'ouvrant jamais les tentures des fenêtres, restant cloîtrée dans l'obscurité, comme pour mieux cacher aux autres ce qu'elle subissait en silence dès l'instant où Kurt Hensler frappait à sa porte.

Les voisins avaient-ils deviné ce qui se passait sous son toit ? Depuis son différend avec Robert, elle avait rencontré peu de monde. Même ce dernier avait cessé ses visites. Pourtant elle ne l'avait pas définitivement renvoyé, elle l'avait invité à venir lui demander pardon dès qu'il aurait recouvré ses esprits. Aussi était-elle persuadée qu'il l'avait dénoncée par vengeance. La distance qu'il maintenait depuis l'incident prouvait à ses yeux sa trahison.

Elle n'avait toujours pas averti Jacques. Elle voulait le tenir à l'écart de tout cela. A quoi bon lui révéler ce qu'elle avait subi ? Comment réagirait-il maintenant que les Allemands étaient partis ? Ne risquerait-il pas de mal la juger, de la condamner ?

Libérée, Aliza n'en demeurait pas moins tourmentée.

Son angoisse décupla peu de temps après le départ des Allemands. C'était le troisième mois qu'elle n'avait pas ses règles. La première fois que cela s'était produit, elle n'y avait prêté aucune importance. Elle avait mis son aménorrhée passagère sur le compte de la frayeur qu'elle ressentait chaque jour à redouter l'irruption de Kurt Hensler.

Au fil des jours, son attitude jeta le doute dans l'esprit de son mari. Lorsque celui-ci revenait de Montpellier, heureux de savoir qu'elle ne risquait plus rien, il se montrait à nouveau pressant. Mais Aliza se refusait à lui avec de fausses excuses. Jacques crut sur le moment qu'elle n'avait pas tout à fait évacué ses craintes. Or elle repoussait à présent les médicaments qu'il lui prescrivait.

— Je ne te comprends pas, lui avoua-t-il un jour. Je suis là pour te soigner, ma chérie.

Aliza éclata en sanglots.

Jacques prit peur. Tenta de la rassurer.

— Raconte-moi ce qui te chagrine. Soulage-toi.

Alors Aliza, à bout, s'effondra et lui narra tout ce qu'elle avait subi pendant plusieurs mois en son absence.

Jacques fut atterré. Jamais il n'avait soupçonné que sa femme ait pu vivre en silence un tel drame.

— Pourquoi ne m'as-tu rien dit ? Je t'aurais aidée. Nous serions partis.

Aliza ne disait mot. Le plus dur était à venir.

Elle s'écarta de Jacques. Sécha ses larmes et, le regard vague, lui annonça :

— Je suis enceinte. Je porte en moi l'enfant d'un nazi.

Ariane aussi étouffait de conserver pour elle le poids de sa soumission. Si elle reprochait à son père son manque de clairvoyance, voire son manque de courage, elle ne parvenait plus à se dissimuler les sentiments de dégoût qu'elle éprouvait envers elle-même. Que penserait Raphaël s'il apprenait un jour qu'elle s'était donnée à un officier allemand, même si c'était pour lui sauver la vie ? La verrait-il encore avec les yeux de l'amour ? Elle-même, s'abandonnerait-elle encore dans ses bras sans penser aux caresses lubriques de Kurt Hensler, à l'odeur de sa peau, à son regard sadique ?

Elle ne considérait plus la réalité sous le même angle. Si, autour d'elle, l'espoir et la joie avaient repris le dessus, elle n'en finissait pas de se poser de terrifiantes questions.

Thérèse percevait la tristesse de sa fille, mais évitait de lui parler trop souvent de ce qui la tourmentait, se contentant de la rassurer comme elle le pouvait.

« Il reviendra bientôt, lui répétait-elle. Je prie tous les jours pour que Dieu intervienne en sa faveur. Tout s'arrange. Alors, garde toute ta confiance en Lui. »

Mais Ariane n'avait plus la force de se taire.

Un soir, alors que Charles était resté à son bureau pour finaliser une nouvelle commande prometteuse, elle s'effondra et avoua à sa mère ce qu'elle avait été contrainte d'endurer sous leur propre toit pour sauver la vie de Raphaël.

— J'ai été la maîtresse de Kurt Hensler, reconnut-elle. Consentante et servile. Je me suis sacrifiée par amour pour mon fiancé.

15

Sur le moment, Thérèse en fut abasourdie. Elle n'exigea d'Ariane aucune explication supplémentaire, se contentant de lui avouer ne rien comprendre à ce qu'elle lui signifiait. Croyant qu'elle déraisonnait, elle l'adjura de reprendre immédiatement ses esprits.

Devant l'évidence, elle ne se voila pas plus longtemps la face. Sa fille s'était sacrifiée dans l'espoir de sauver son fiancé d'une mort atroce. Mais à quel prix !

— En te prostituant, lui jeta-t-elle au visage sans mesurer le poids de ses paroles. Tu as couché avec cet Allemand, et sous notre toit, pendant que nous étions occupés ailleurs ! Comment as-tu pu commettre une telle horreur ?

Ariane ne s'attendait pas à un jugement si sévère de la part de sa mère. Elle qui lui avait toujours accordé sa clémence, sa compréhension, lorsqu'elle se heurtait à son père, elle lui faisait maintenant les pires reproches...

Seule face à son désarroi, elle se mura dans le silence. Personne autour d'elle ne lui était d'un quelconque secours.

De son côté, Charles, trop préoccupé par la reprise de son travail, n'accordait pas beaucoup d'attention aux états d'âme de sa fille et mettait son attitude sur le compte de l'angoisse qu'elle vivait encore au quotidien dans l'attente de nouvelles de son fiancé. Il la consolait très maladroitement.

« Secoue-toi donc, lui conseillait-il. Raphaël rentrera. »

Thérèse battit froid à sa fille pendant quelques jours, aussi mal à l'aise qu'elle, le temps d'effacer en elle l'horreur que lui inspirait son sacrifice. Quand elle revint à de meilleurs sentiments, elle s'excusa et tenta de l'apaiser :

— Ariane, j'accepte ce que tu as fait. Mais à présent ton calvaire est terminé. Songeons uniquement à Raphaël et espérons qu'il est vivant et qu'il sera bientôt parmi nous.

Ariane demeurait inconsolable.

A l'usine, elle n'était plus que l'ombre d'elle-même. Les ouvriers de Charles s'en étonnaient. Elle évitait de les croiser, s'enfermait dans son bureau sans retrouver goût à son travail.

Thérèse ne tint pas très longtemps par-devers elle le secret de sa fille. Devant les interrogations de Charles sur son comportement, elle décida de lui révéler la vérité. Avec maintes précautions, elle lui annonça, un soir, alors qu'Ariane était montée se coucher :

— J'ai quelque chose de très important à t'apprendre à propos d'Ariane. Elle ne sait comment t'en parler et elle étouffe de devoir se taire.

Comme à son habitude, Charles prêta une oreille distraite aux propos de sa femme.

— Tu m'écoutes ! insista-t-elle. Il s'agit de ta fille. Tu t'es bien aperçu qu'elle souffre, depuis un certain temps !

— Ça lui passera, dès l'instant où nous recevrons des nouvelles rassurantes de Raphaël. D'ailleurs j'ai demandé en haut lieu tous les renseignements sur ce camp de… comment déjà… de Buchenwald. Les Soubise sont optimistes. Henri est persuadé que les prisonniers envoyés en Allemagne sont sous la surveillance de la Croix-Rouge. Ils doivent traverser des moments terribles… l'éloignement, la solitude, la nourriture, la vie de réclusion, ce n'est drôle pour personne. Mais Raphaël est un garçon solide et courageux. Il résistera. Ayons confiance.

L'attitude de Charles frôlait la désinvolture. Il réagissait comme si Raphaël était détenu dans un centre de rétention ordinaire. Certes, les camps n'avaient pas livré à la face du monde toute l'horreur qu'il découvrirait à leur ouverture. Si le sort des Juifs commençait à être connu, pour les autres déportés, droits communs, politiques, prisonniers de guerre, on croyait encore qu'ils en sortiraient tous vivants.

— Ouvre donc les yeux, insista Thérèse. Ta fille va mal parce qu'elle ne peut plus cacher ce qu'elle a subi par la faute des Allemands aux Abarines…

— Nous en avons tous souffert. Moi le premier. Si tu penses que cela m'amusait de travailler pour eux, tu te trompes. D'ailleurs, dans leur dos, je ne me suis pas gêné pour leur jouer quelques mauvais tours. J'ai saboté discrètement le travail. Et surtout j'ai fourni à Henri tous les renseignements que j'ai glanés ici ou là en discutant aimablement avec notre cher capitaine Hensler. Sans se méfier, il m'a révélé quelques petits secrets, persuadé que j'étais de son côté. Je l'ai bien roulé dans la farine !

— Tu as pris des risques, je le reconnais. Mais pendant ce temps, lui s'acharnait sur notre fille.

— « S'acharnait » ? Comment donc ? Explique-toi, je ne saisis pas tes allusions. Il menaçait Ariane dans mon dos ! Pourquoi donc ? Que lui voulait-il ?

— Mon pauvre mari, comme tu es naïf par moments ! Pendant que tu croyais tromper ton capitaine allemand, Ariane était contrainte de se sacrifier pour sauver la vie de Raphaël.

Thérèse se tut. Ses yeux se remplirent de larmes.

— Tu comprends ? reprit-elle.

— Non, je ne comprends rien à ce que tu me racontes.

— Ton Kurt Hensler obligeait Ariane à coucher avec lui. Il lui a fait croire qu'il agirait en faveur de

Raphaël. Il s'est bien moqué d'elle. Il a disparu sans lui fournir l'ombre d'une preuve de sa prétendue intervention. Raphaël est toujours détenu, à moins qu'il ne soit mort au moment même où nous parlons. Ariane s'est perdue pour rien.

Charles était stupéfait. Il n'avait jamais soupçonné une telle infamie dans sa propre maison. Il saisit soudain toute l'horreur de la situation.

— Moi qui croyais sauver notre honneur en informant discrètement la Résistance ! On me disculpera sans doute d'avoir travaillé pour les Allemands, mais ce qu'a commis Ariane, jamais on ne nous le pardonnera. Coucher avec l'ennemi en temps de guerre, pour une femme, c'est la pire des trahisons !

Charles patienta jusqu'au lendemain matin pour parler à sa fille. Il ne trouva pas le sommeil de toute la nuit. Il réfléchit à ce qui s'était passé sous son toit et à son insu. Et plus il y pensait, plus il tenait rigueur à Ariane d'avoir agi dans son dos.

Comment a-t-elle pu ? ne cessait-il de se lamenter.

Une fois levé, il l'attendit avant de partir à l'usine. Il s'y rendait toujours deux heures avant l'arrivée des ouvriers. Il préparait ainsi dans le calme les grandes lignes de sa journée. Ariane ne le rejoignait que vers neuf heures, une heure après la reprise du travail par le personnel.

Quand elle l'aperçut assis à la table de la cuisine, devant sa tasse de café vide, l'air renfrogné, elle devina que Thérèse lui avait parlé. Il ne lui laissa pas le temps de l'embrasser.

— Je sais tout ! lui avoua-t-il. Ta mère m'a tout raconté, hier soir. Ta conduite est inexcusable. Tu t'es comportée comme une... une traînée ! Tu me fais honte. Tu fais honte à toute la famille. Et tu as trahi ton fiancé.

Ariane était anéantie par la réaction de son père. Elle tenta de se disculper :

— Je te supplie de me pardonner, papa. J'ai agi seulement pour venir en aide à Raphaël. Je me suis laissé berner par cet officier allemand. Je me suis fait aussi du souci pour toi. Kurt Hensler menaçait de fermer ton usine si je ne lui obéissais pas...

Charles n'entendait pas sa fille.

— Tu as trahi la confiance que t'accordaient les Soubise. Ils te considéraient déjà comme leur belle-fille. Comment justifieras-tu ton comportement ? Tu as trompé Raphaël, leur fils, alors que le malheureux a risqué sa vie pour notre pays et qu'il est déporté !

Sans lui laisser le temps de s'expliquer, Charles, furieux, sortit précipitamment de la maison et se rendit à l'usine, arborant sa tête des mauvais jours.

Ernesto Vivares, le contremaître, le voyant filer dans son bureau sans saluer ses ouvriers contrairement à son habitude, osa l'interpeller :

— Patron, vous n'êtes pas au courant ? Alès et Nîmes ont été libérées[1]. On va enfin faire le ménage.

1. Le 21 et le 24 août 1944.

Charles se retourna, perdu dans ses pensées.

— Ah, Ernesto, pardonnez-moi, je ne vous avais pas vu. « Faire le ménage » ! Que voulez-vous dire ?

— Eh bien, ça y est, les Boches sont vaincus. Ils sont en train de quitter la région. Maintenant, il est temps de s'occuper de tous les traîtres qui ont basculé de leur côté.

En prononçant ces paroles, Ernesto affichait un sourire narquois. Charles comprit le sous-entendu. Il tourna les talons et partit se réfugier dans son bureau.

Ce maudit Espagnol, il faut que je le renvoie le plus vite possible ! songea-t-il en examinant machinalement les derniers dessins d'Ariane. Dieu qu'elle a du talent ! Pourquoi donc s'est-elle vendue à cet Allemand ?

Charles ne pensait pas que la situation se retournerait contre lui. Il n'avait en tête que la faute d'Ariane et réfléchissait à la manière de sauver les apparences à l'heure des règlements de comptes.

*

Aux Taillades, Aliza endurait les mêmes tourments qu'Ariane. Ses aveux à son mari ne lui ôtaient pas ses remords. Elle revoyait Kurt Hensler s'acharner sur elle. Elle revivait les terribles moments où il la pénétrait de force, comme pour mieux l'avilir. Et, à présent, cet enfant qu'elle portait, qu'elle craignait de mettre au monde ! Aurait-il les traits de son bourreau ?

Jacques, lui, ne l'avait pas condamnée. Au contraire. S'il s'était effondré pendant un bref instant en entendant sa femme lui annoncer son état, il se reprit aussitôt. La rassura par tous les mots tendres qu'il put trouver. Médecin avant tout, il chercha à la soulager du poids qui l'écrasait. Il la pria de lui faire confiance et de cesser de se culpabiliser.

Il avait déjà procédé à des naissances. Dans les campagnes, les femmes enceintes accouchaient rarement dans une maternité. Aliza savait qu'il s'occuperait d'elle le temps que sa grossesse aille à son terme. Mais l'idée d'avoir un enfant à la suite de viols répétés l'horrifiait.

« Je ne veux pas de cet enfant ! répétait-elle. Je ne pourrai jamais le regarder avec amour. Il ne m'inspirera que du dégoût. Je ne serai pas une bonne mère pour lui. Et toi, comment te comporteras-tu ? Tu ne seras jamais son père. C'est impossible ! »

Jacques était conscient en son for intérieur que la situation risquait d'être très difficile. Surtout il craignait le pire pour l'état mental de sa femme.

Quand il procédait à un accouchement dans la région – cela s'était passé plusieurs fois depuis son arrivée à Florac –, il sollicitait l'aide de Simone Bastide. Celle-ci, depuis toujours, aidait les femmes enceintes de son voisinage à donner naissance à leurs enfants. Peu après l'installation du docteur

Dufresne aux Taillades, elle l'avait averti afin de ne pas se retrouver en porte-à-faux. Jacques ne lui avait adressé aucun reproche et lui avait même proposé de l'assister lorsque l'occasion se présenterait.

En parlant avec ses patientes de la commune, il avait compris que Simone n'avait pas que des compétences de sage-femme. On lui révéla sous le couvert de l'anonymat qu'elle était aussi « faiseuse d'anges ». Cet acte était puni par la loi.

Lui-même ne s'y était jamais autorisé. En outre, il n'y avait jamais songé. Mais, maintenant que sa propre femme lui posait le problème de sa grossesse non désirée, il envisageait sérieusement la question.

— Si tu le souhaites, suggéra-t-il à Aliza après avoir longuement hésité, nous interromprons ta grossesse. Je n'ai jamais effectué un tel acte. Je solliciterai Simone Bastide pour qu'elle m'assiste. Elle en a l'habitude et ne refusera pas de nous aider. Nous lui cacherons la vérité. Elle devra croire que c'est moi le père.

Aliza avait déjà songé à cette éventualité. Pourtant, au fond de sa conscience, quelque chose l'avait empêchée d'en parler à son mari. Elle fut à la fois surprise de sa proposition et soulagée. Elle accepta, le cœur lourd.

Lorsque Jacques vint solliciter Simone Bastide, celle-ci s'étonna :

— Ça ne me regarde pas, ajouta-t-elle, mais jeune comme elle est, je me demande pour quelle raison votre femme refuse d'être mère. Vous ne voulez pas d'enfants ?

— Si… mais pas maintenant. Après la guerre, peut-être.

Simone Bastide ne repoussa pas la demande de Jacques, mais exigea de voir Aliza avant de se décider.

— Ce n'est pas une décision qu'on prend à la légère, expliqua-t-elle. Si ça se passe mal, il faut penser à tout. Surtout à masquer le décès de la parturiente en mort naturelle… Vous me suivez, docteur ? Jusqu'à présent, je n'ai jamais été confrontée à ce cas de figure, mais on ne peut exclure un tel drame.

— Ne craignez rien, Simone. En tant que médecin, je serai à vos côtés. Tout se passera bien.

Simone se rendit aux Taillades un soir, à la tombée de la nuit.

Aliza appréhendait son arrivée, allongée sur son lit, déjà prête au sacrifice.

Simone l'examina avec soin et se rembrunit aussitôt. Jacques avait deviné dès le début que la grossesse de sa femme ne se déroulait pas normalement. Il était impossible en effet de deviner qu'elle était enceinte. Elle se plaignait parfois de maux de ventre, mais sans réelle douleur.

— Vous ne m'auriez pas affirmé que votre femme attend un enfant, je ne l'aurais pas remarqué, releva Simone, à l'écart d'Aliza. Elle ne ferait pas un refus de grossesse, par hasard ?

Surpris, Jacques bafouilla :

— Pas… pas du tout ! Aliza est mince de nature. Son état n'est pas encore trop avancé. Pourquoi ferait-elle un refus de grossesse ? C'est absurde. Il arrive parfois que certaines femmes grossissent très tardivement…

Jacques craignit sur le moment que Simone ne se doute de la vérité.

Elle ne semblait pas enthousiaste. Jacques s'en aperçut.

— Vous renoncez ? Vous désirez plus d'argent… Combien ?

— Ce n'est pas une question d'argent, monsieur Dufresne. Je ne peux pas intervenir sur votre femme. Sa grossesse ne me paraît pas normale. Elle pourrait y rester. C'est trop risqué.

Désemparé, Jacques annonça la nouvelle à Aliza, une fois Simone repartie chez elle. Il pensa alors pratiquer l'acte lui-même, mais l'idée de mettre les jours de sa femme en danger l'en dissuada.

Alors, la mort dans l'âme, Aliza accepta de mener sa grossesse à terme.

⋆

Simone ne comprenait pas pour quelles raisons le couple ne souhaitait pas cet enfant. Aliza était en bonne santé, Jacques était médecin. Ils avaient la vie devant eux. La guerre se terminerait bientôt. Ce n'était qu'une question de mois, une année au plus.

En y réfléchissant calmement, elle finit par soupçonner la vérité. Quand Jacques était venu la chercher, elle avait senti qu'il lui mentait.

A plusieurs reprises, elle avait aperçu Kurt Hensler se rendre aux Taillades. L'officier de la Wehrmacht ne se cachait pas pour commettre ses exactions. Son chauffeur l'attendait devant la porte de la maison, fumant une cigarette, l'arme au poing, comme si de rien n'était, pendant que son supérieur abusait de sa victime.

Les allées et venues de l'officier allemand lui avaient mis la puce à l'oreille. Elle s'en confia à son mari.

— J'ignore pourquoi ce Boche allait chez les Dufresne, mais il avait sans doute des arrière-pensées dans la tête. Et c'était toujours pendant les absences du docteur !

Comme à son habitude, Félicien ne releva pas la remarque de sa femme, estimant que cela n'était pas leurs affaires.

— Je suis persuadée qu'il l'a mise enceinte. Et maintenant ils essaient de se débarrasser de cet enfant. Un enfant de la honte !

— Enfant de la honte, enfant de la honte ! bougonnait Félicien. Faut-il encore le prouver. Tu n'imagines quand même pas qu'elle était consentante ! Pour sûr qu'il aura abusé d'elle. Pourquoi ? Il y a une raison, c'est certain !

— Et si elle était juive ? suggéra Simone, pour qui tout devenait clair. Cela expliquerait pourquoi elle avait l'air de se cacher, à toujours rester enfermée chez elle… Le Boche devait la menacer de l'envoyer en déportation. Il profitait d'elle. La pauvre petite ! Qu'est-ce qu'elle a dû endurer ! Je la plains.

Aliza demeura cloîtrée aux Taillades durant toute sa grossesse. Comme pendant la période où l'unité de Kurt Hensler avait investi les Abarines, elle n'osait sortir, de peur, cette fois, que les habitants du village ne devinent son état. Jacques ne pouvait rester constamment avec elle et ne lui proposa pas de l'accompagner à Montpellier, où, après l'euphorie créée par le départ des Allemands, l'heure était aux règlements de comptes. L'atmosphère y était étrange, les langues se déliaient. Une véritable chasse aux sorcières commençait. Aussi, il l'exhorta à ne pas quitter Florac, où, une fois encore, sa tranquillité serait plus assurée.

En décembre, Simone aida Jacques à accoucher Aliza dans le plus grand secret.

Un petit garçon au teint clair naquit, à qui ni l'un ni l'autre n'avaient envisagé de donner un prénom.

Devant le désarroi de sa femme, Jacques prit l'ultime initiative. Il lui suggéra de se séparer de l'enfant.

— On va le confier à une autre maman.

Trop perturbée par l'événement, Aliza acquiesça.

Jacques retourna chez Simone.

Celle-ci n'eut guère besoin de lui demander le motif de sa visite.

— Vous ne désirez pas cet enfant, n'est-ce pas ? Et vous venez encore solliciter mon aide.

Jacques reconnut les faits.

Devant la situation inextricable dans laquelle les Dufresne s'enlisaient, Simone avoua connaître un jeune couple qui serait ravi d'accueillir le bébé sous son toit.

— Ils n'arrivent pas à avoir d'enfants. Si le vôtre n'est pas le bienvenu, je lui offrirai un foyer où il sera choyé. Mais personne ne doit savoir qu'Aliza a accouché.

Jacques ne trouvait pas de mots pour la remercier.

Simone lui coupa la parole :

— Votre femme est juive, n'est-ce pas ? Je l'ai deviné. C'est pour cette raison que vous la cachiez aux Taillades. Alors, je comprends… l'enfant d'un Allemand… vous ne le considérerez jamais comme le vôtre.

Jacques fut soulagé, à la fois par l'acceptation de Simone et par sa clairvoyance. Lui aussi étouffait de se taire et de voiler l'origine de sa femme aux yeux de tous. La fin du calvaire était arrivée. Ils vivraient enfin en toute liberté, dans la lumière, sans se dissimuler. Cet enfant ne serait pas là pour leur rappeler sans cesse la terrible souffrance qu'Aliza avait endurée pour survivre.

— Agissez à votre guise pour que cet enfant trouve un foyer. Mais, s'il vous plaît, éloignez-le au plus vite. Aliza doit oublier. Qu'il disparaisse. Je ne veux pas savoir à qui vous le remettrez. Jamais ! Qu'il vive, c'est tout ce que je vous demande.

Simone emmena le nourrisson chez elle, emmailloté chaudement, car, dehors, l'hiver sévissait dans sa plus grande rigueur. La neige commençait à tomber. Le paysage était comme mort, recouvert d'un linceul immaculé.

Quand Félicien vit arriver sa femme chargée d'un couffin, il grommela :

— Tu t'es encore apitoyée sur le sort des autres ! Tu ferais mieux de te mêler de tes affaires…

Simone s'occupa du bébé pendant toute la nuit. Au moindre pleur, elle se levait pour le calmer, le changer, lui donner le biberon. Elle n'avait pas eu d'enfants et le regrettait. Elle avait toujours accusé son mari d'être stérile, car, sans le lui avoir jamais avoué, avant de le connaître elle avait été enceinte alors qu'elle n'avait pas seize ans. A l'époque, ce fut pour elle une catastrophe qu'elle dissimula à ses parents. Elle avala tant de potions abortives qu'elle finit par faire une fausse couche, à son grand soulagement. Depuis ce jour, elle se jura d'aider toutes les malheureuses qui, comme elle, ne souhaitaient pas donner naissance à un enfant non désiré.

Le lendemain matin, prise de remords, Aliza pria Jacques de courir récupérer son bébé chez les Bastide.

— J'ai fait un horrible cauchemar, expliqua-t-elle en sanglotant. Une partie de moi s'arrachait… Cet enfant n'est pas responsable. Je suis sa mère, que je le veuille ou non. Va vite le rechercher !

Désemparé, Jacques s'exécuta sans attendre.

Il déboula chez les Bastide au moment même où Simone s'apprêtait à partir. Elle avait déjà emmailloté le bébé et préparé le couffin pour affronter le froid. Elle avait cinq kilomètres à parcourir à pied avant de parvenir chez les futurs parents adoptifs.

Jacques tambourina à la porte comme si une catastrophe était imminente. Il ne lui laissa pas le temps de s'étonner de sa présence chez elle de si bon matin :

— Nous avons changé d'avis ! s'époumona-t-il. Je viens reprendre le bébé d'Aliza !

Simone, surprise, l'invita à entrer et lui tendit le couffin, sous l'œil médusé de Félicien qui, en aparté, marmonnait entre ses dents.

Quelques jours plus tard, les Dufresne disparaissaient de Florac, abandonnant derrière eux la maison, fermée comme à leur arrivée, un an et demi plus tôt.

16

1945

Aux Abarines, Ariane se morfondait. Elle sollicitait souvent les Soubise, qui se trouvaient dans le même désarroi. Ils s'efforçaient néanmoins de garder confiance. Des prisonniers parvenaient à s'échapper et rejoignaient leurs familles. Mais il s'agissait surtout de soldats incarcérés dans des stalags et non dans des camps de déportation. Henri restait en relation avec ses amis de la Résistance et ne manquait pas d'informer les Chaptal. Il partait chaque jour aux nouvelles, remuant ciel et terre pour obtenir le moindre renseignement sur les rescapés des camps. En vain. Il revenait découragé, commençait lui aussi à ne plus y croire.

L'attitude intransigeante de Charles à l'égard d'Ariane rendait la situation de la jeune fille encore plus intenable. Il ne lui pardonnait pas son comportement avec le capitaine Hensler. Il ne comprenait pas ce soi-disant sacrifice auquel elle avait consenti. De plus, il craignait qu'on ne lui demande des comptes, au cas où l'affaire viendrait à s'ébruiter. Il avait eu connaissance de l'infamante sanction infligée aux femmes qui avaient fréquenté des Allemands. A Nîmes et dans d'autres grandes villes, plusieurs d'entre elles avaient été tondues en place publique sous les huées de foules en furie.

— Si tu ne veux pas subir un sort identique à celui de ces pauvresses, lui dit-il en contenant sa colère, ne traîne pas à Florac. On aurait vite fait de te mettre la main au collet si, par malheur, quelqu'un était au courant de ta conduite.

— Qui donc pourrait savoir ? s'insurgea Ariane. Toi-même, tu ne soupçonnais rien, alors que cela se déroulait sous ton propre toit !

De violentes disputes opposaient fréquemment le père et la fille. Charles ne montrait aucun sentiment de compassion envers Ariane. Il la condamnait comme si elle avait été consentante. Dans son esprit borné, un sacrifice de ce genre, même au nom de l'amour, était tout à fait impardonnable. Ses principes moraux ne le supportaient pas.

Aussi, ne tenant pas à ce que l'opprobre soit jeté sur sa maison, il ordonna à Ariane de demeurer aux Abarines, le temps que la tempête s'apaise.

Après l'enfer du sacrifice, la jeune fille connaissait celui de la réclusion.

Charles n'avait pas tort de se méfier. Dans la région en effet, depuis le départ des Allemands, les forces de la Résistance ne restaient pas inactives.

Les FTP, les francs-tireurs et partisans, contrôlaient l'ensemble du pays cévenol, de Vialas et du Collet-de-Dèze à Florac. En plus de l'aide aux maquisards, la Milice patriotique, issue de l'organisation des résistants sédentaires, s'occupait de la sécurité, de la police, de la surveillance de la production et de la lutte contre le marché noir. Charles craignait de voir débouler à tout instant une de leurs brigades dans l'enceinte de son usine. Comment justifierait-il son activité au profit de l'occupant, alors que, aux yeux de ces derniers, il n'avait jamais tenté de s'y opposer ? Ne lui reprocherait-on pas d'avoir ouvertement travaillé pour l'Allemagne, même s'il avait fourni à la résistance locale des informations parfois importantes ? Il avait joué sur les deux tableaux pour mieux protéger ses arrières, mais il ne s'en vantait pas. Déjà quelques collaborateurs notoires avaient été arrêtés : le docteur Gosse et le forain Valès, après avoir été dirigés sur le camp de Masméjean, avaient été fusillés. L'avoué Chardenoux, en raison de son âge avancé, avait été relâché. Le sous-préfet Guy Richelet, ami de Charles, avait été suspendu de ses fonctions et remplacé par Jean Huc, responsable MUR – Mouvements unis de la Résistance – du secteur sous le nom de Francis. La mairie de Florac elle-même était passée sous l'égide du Comité local de Libération par la désignation comme maire de Marcel Privat, un résistant de la première heure.

Aussi Charles craignait-il les nouveaux maîtres de

la région. Dans son usine, l'attitude de certains de ses ouvriers, en premier lieu celle d'Ernesto Vivares, lui laissait penser que la suspicion se répandait. Contrairement à ce qu'il avait projeté, il n'avait pas renvoyé son contremaître, de crainte que, dans le cas où il aurait tout deviné, il ne demande à ses amis maquisards d'intervenir pour mettre de l'ordre dans ses affaires. Ernesto avait été très proche du maquis Bir-Hakeim, décimé sur le causse Méjean quelques mois auparavant par une division SS, et entretenait maintenant des relations avec la Milice patriotique.

Thérèse, elle, ne jugeait pas les événements de façon aussi dramatique. A ses yeux, Charles était dans son bon droit quand l'unité de Kurt Hensler s'était installée aux Abarines. Il n'avait pas eu le choix. L'occupation de son domaine et la réquisition de son usine n'étaient pas différentes de l'occupation du pays tout entier et de la réquisition de toutes ses forces vives. Quant à Ariane, elle n'avait été qu'une malheureuse victime dans les mains d'un vainqueur sadique.

— Que se serait-il passé si tu avais refusé de te soumettre et si Ariane avait repoussé les avances de Kurt Hensler ? lui opposa-t-elle un soir pour tenter de minimiser les faits.

Charles ne lui donnait pas tort mais préféra se taire.

— Il t'aurait contraint à fermer ton usine et t'aurait arrêté. Quant à Ariane, je n'ose imaginer ce qui lui serait arrivé. Ces nazis sont impitoyables avec ceux qui leur résistent. Vous n'avez rien à vous reprocher, tous les deux.

— Moi, d'accord, je me suis dédouané en aidant la Résistance. Mais Ariane n'a aucune excuse. Elle aurait dû m'en parler. J'aurais trouvé une solution. Je l'aurais immédiatement éloignée de Florac. J'aurais inventé un prétexte. J'avais le capitaine à ma botte. Je suis certain qu'il aurait admis mes explications...

Charles s'entêtait. Il était trop blessé dans sa fierté et sa morale pour pardonner à sa fille.

— Tu oublies qu'elle aussi a pris des risques au profit des résistants. Elle fournissait à Raphaël les renseignements qu'elle dérobait dans les chambres des officiers allemands.

En réalité, Charles était trop inquiet par la tournure des événements pour montrer un quelconque signe de renoncement à ses principes. Ceux-ci demeuraient pour lui le dernier rempart contre les vicissitudes du lendemain, contre la terrifiante possibilité qu'il termine ses jours en prison ou soit fusillé pour fait de collaboration, comme ceux qui avaient déjà été appréhendés et condamnés par des tribunaux parfois expéditifs. Tant que l'incertitude menaçait son avenir, il ne pouvait agir comme si de rien n'était. Il avait besoin de temps pour reprendre ses esprits et apaiser sa conscience. Après, après seulement, il y verrait plus clair et envisagerait de pardonner.

— Quoi qu'il en soit, elle n'a pas intérêt à ce que tout ce qu'on a vécu aux Abarines s'ébruite. Donc, pour tout le monde, le silence et la discrétion sont de rigueur.

*

Ariane ne survivait que dans ses pensées. Son visage trahissait son désarroi. Elle ne souriait plus, ne parlait plus à personne. Auprès des siens ou à l'usine, elle n'était plus que l'ombre d'elle-même. Son état effrayait sa mère. Elle refusait de manger en compagnie de ses parents, n'acceptait que de maigres collations dans sa chambre, où elle restait enfermée des heures entières, renvoyant Marie, la gouvernante, quand celle-ci lui proposait de lui tenir compagnie un moment.

Elle s'efforçait de conserver intact le souvenir de Raphaël, or son image s'évanouissait peu à peu. Plus d'un an s'était écoulé depuis son arrestation et sa disparition. Elle se remémorait leurs meilleurs moments, depuis leur première rencontre jusqu'au jour où elle s'était donnée à lui, ses gestes délicats, ses caresses sur son corps alangui, prêt à s'offrir. Ils s'étaient juré de ne jamais se quitter, de toujours se respecter, de ne jamais se tromper.

A cette pensée, Ariane s'assombrissait. Son rêve disparaissait. La terrible réalité remontait en surface et lui jetait au visage les actes ignominieux qu'elle avait endurés. Les mains glaciales de Hensler sur sa poitrine, son parfum exhalant des notes de musc et de poivre, la pesanteur de son corps, son regard d'acier, son air sadique, ses gémissements, enfin, quand il parvenait au terme de sa jouissance.

Combien de fois avait-elle subi les assauts répétés du capitaine ? Combien de fois s'était-elle figée devant sa porte, prête à fuir dans la nuit pour ne plus revenir ? Pourquoi n'avait-elle pas eu ce courage ? Pourquoi n'avait-elle pas eu celui d'entrer dans la chambre, munie d'un couteau pour l'égorger comme on saigne un cochon ? Elle ne chassait pas ces images morbides de son esprit, comme si songer au meurtre qu'elle aurait pu commettre la soulageait.

Quand elle reprenait conscience, allongée sur son lit, Ariane pleurait. Ses larmes avaient un goût mêlé de miel et de sel. Raphaël disparaissait petit à petit comme dans un nuage au milieu d'un ciel étoilé. Il lui susurrait à l'oreille qu'il l'attendait. Mais c'était elle qui l'attendait ! Alors, elle souhaitait mourir afin de le retrouver au plus vite dans ce coin de paradis où il devait être heureux, où ils se réfugieraient pour l'éternité.

Un soir, Thérèse, inquiète de ne pas l'avoir aperçue de la journée, grimpa à l'étage et, après avoir frappé à sa porte, entra dans sa chambre. Ariane était étendue sur son lit, comme morte. La jeune fille ne réagit pas aux premières paroles de sa mère.

— Ariane, ma chérie, tu m'entends !

Devant l'état léthargique de sa fille, Thérèse s'affola. Elle la secoua, en vain. Elle appela Charles du haut de l'escalier. Celui-ci bougonna, mécontent d'être dérangé alors qu'il était plongé dans son journal.

— Accours donc ! insista Thérèse. C'est Ariane. Je crois qu'elle a fait un malaise... Il faut prévenir le docteur Ravanel !

Charles monta l'escalier quatre à quatre et constata que sa fille respirait lentement. Il lui prit le pouls.

— Il est faible, reconnut-il. A force de refuser de manger, voilà ce qui arrive.

Il s'apprêtait à téléphoner au plus vite quand Ariane s'éveilla.

Rouvrant les yeux, cllc fut surprise par la présence de ses parents à ses côtés.

— Que se passe-t-il ? demanda-t-elle, hébétée.

— Rien de grave, ma chérie, la rassura aussitôt Thérèse. Tu as eu un petit évanouissement. Tu dois vite reprendre des forces. Ton père va appeler le médecin.

— Non, ce n'est pas la peine.

— Tu es sûre ? Qu'est-ce qui ne va pas ? Parle-nous. Ne reste pas refermée sur toi-même. Tu te fais mal.

— Raphaël est mort ! lança Ariane. Je l'ai vu, là-haut. Il m'attend.

— Mais... voyons, ma chérie. Que dis-tu là ? Tu as fait un mauvais rêve.

— J'en suis sûre, Raphaël est mort.

*

L'étau se resserrait autour des Abarines. Depuis plusieurs jours en effet, le bruit courait que Charles Chaptal avait collaboré ouvertement avec les Allemands. Certains partisans, parmi les plus zélés, chassaient systématiquement tous ceux qui, d'une manière ou d'une autre, s'étaient compromis avec l'occupant. L'usine Chaptal ne fabriquait-elle pas des chaussures pour l'armée ennemie ? Henri Soubise, bien informé, avait prévenu son ami par téléphone.

« Sois sur tes gardes, Charles. Attends-toi à recevoir de la visite. Une bande de FFI sillonne la région pour débusquer tous ceux qui ont quelque chose à se reprocher.

— Mais je n'ai fait qu'agir sous la contrainte !

— Réunis toutes les preuves susceptibles de te disculper. Et surtout, ne dis pas que c'est moi qui t'ai averti. »

Charles s'était préparé à être inquiété un jour ou l'autre. Il savait comment il se justifierait. Il avancerait les noms des contacts auxquels il avait transmis les renseignements dérobés à Kurt Hensler.

Ils ne pourront pas nier que j'aidais la Résistance ! se répétait-il pour ne pas sombrer dans l'angoisse.

En vérité, il escomptait que la chasse aux sorcières ne le toucherait pas. Mais il ne songeait pas aux jaloux qui l'entouraient ou à ceux qui au dernier moment, dans un sursaut de patriotisme, se trouvaient soudain une âme de résistant.

Un matin, quelques jours après la mise en garde d'Henri Soubise, deux Citroën Traction des Forces françaises de l'intérieur, arborant des drapeaux tricolores et sur les portières les trois lettres *FFI*, déboulèrent devant le perron de sa demeure.

Trois individus en tenue paramilitaire sortirent de l'une d'elles, l'arme au poing, tandis que d'autres hommes patientaient dans le second véhicule.

Lorsque Charles entendit cogner vigoureusement à sa porte, il comprit aussitôt. Thérèse, qu'il n'avait pas prévenue, s'inquiéta du vacarme.

— Qui est-ce ? Nous n'attendons personne aujourd'hui.

— Filez au salon ! ordonna Charles. J'ai de la visite.

— A cette heure-ci ? Un dimanche !

Ariane était descendue pour prendre son petit déjeuner. Elle avait fini par accepter de s'alimenter.

Une fois les deux femmes réfugiées au salon, Charles alla ouvrir la porte d'entrée.

Devant lui, les trois hommes s'impatientaient.

— Vous êtes bien Charles Chaptal ? éructa l'un d'eux, le regard menaçant.

Charles dévisagea l'individu.

— Je vous connais ! s'étonna-t-il. Vous habitez la ferme voisine, à Cazeneuve !

Le FFI resta de marbre.

— Répondez-moi, je vous prie. N'essayez pas de faire diversion.

— Vous êtes…

Charles hésitait.

— Ah, ça y est ! Vous êtes Robert Lapierre. On ne se rencontre pas souvent, mais nous sommes mitoyens. Mes terres jouxtent les vôtres.

— Ce n'est pas ce que je vous demande.

Les deux autres FFI souriaient, goguenards. L'un d'eux poussa Robert Lapierre du coude.

— Alors, tu l'embarques, ton voisin ? On va pas passer la journée à faire des politesses.

— Suivez-nous, Chaptal, se décida Robert Lapierre.

— Je peux savoir pourquoi ?

— Vous êtes soupçonné de collaboration avec l'ennemi.

— Ah ! Je m'y attendais, à celle-là… En fait, j'ignorais que vous étiez résistant, monsieur Lapierre. Depuis quand avez-vous rejoint nos rangs, si vous me permettez ?

La scène commençait à devenir ubuesque. Visiblement, Lapierre n'était pas très à l'aise dans son nouveau costume de patriote.

— Pas d'histoires, monsieur Chaptal, intervint

l'un des deux autres FFI. Mes hommes s'impatientent dans leur voiture.

— Laissez-moi le temps d'enfiler une veste. Vous voyez bien que je ne suis pas en tenue pour sortir !

Charles s'écarta pour rassurer sa femme et sa fille. Puis il suivit le petit commando armé.

Par la fenêtre de la cuisine, Thérèse et Ariane le regardèrent, terrifiées, s'engouffrer dans l'une des deux Citroën et disparaître sous la hêtraie du parc.

— C'est une erreur ! se lamenta Thérèse. Une énorme erreur. On ne peut pas l'accuser de collaboration alors qu'il renseignait la Résistance…

Ariane se rua sur-le-champ chez les Soubise. Seul Henri était en mesure de sauver son père, croyait-elle. Malheureusement ce dernier n'avait pas de relations avec les FFI. Il promit néanmoins d'intervenir en personne auprès du nouveau sous-préfet afin d'éclaircir la situation.

— On ne peut pas condamner un homme qui a aidé la Résistance, reconnut-il. Ce Lapierre, qui est venu l'arrêter, sais-tu qui il est vraiment ?

Ariane l'apercevait de temps en temps quand elle se promenait sur les terres du domaine.

— C'est le paysan qui exploite la ferme attenante aux Abarines. Mais je ne lui ai jamais adressé la parole. Mon père n'a jamais eu affaire à lui. Sauf… maintenant que j'y repense…

Ariane se rappela subitement une histoire de limites de propriété entre son père et son voisin quelques années avant la guerre. Elle était jeune à l'époque et ne s'était pas intéressée au différend qui avait opposé les deux hommes. Elle évoqua l'incident pour Henri.

— Je me souviens, en effet, releva ce dernier. C'est moi qui, en tant que notaire de ton père, ai fourni la preuve de son bon droit. Lapierre voulait le traduire devant le tribunal. Je comprends à présent son acharnement contre lui… Un règlement de comptes en bonne et due forme. Tranquillise-toi, Ariane, je vais tout mettre en œuvre pour que Charles ne soit pas inquiété.

Rassurée, Ariane rentra chez elle.

Quelle ne fut pas sa surprise, quand, le lendemain, une autre voiture, identique à celle qui avait embarqué Charles, se gara devant l'usine au moment précis où elle y entrait pour rejoindre son bureau !

Les trois mêmes individus qui avaient emmené Charles la veille firent irruption, l'arme au poing, et exigèrent d'Ariane qu'elle les suive sans faire d'histoires.

17

Thérèse Chaptal était anéantie. Après son mari, sa fille ! Elle ne savait plus à qui s'adresser pour lui venir en aide. Henri avait remué ciel et terre pour obtenir des renseignements. Mais il n'était parvenu qu'à s'entendre répéter les motifs d'arrestation de ses amis.

— Je suis désolé, Thérèse. Pour l'instant je suis incapable de t'assurer quoi que ce soit. Charles a dû être dénoncé par Robert Lapierre. De cela, je suis presque certain. A cause d'un vieux différend qui les a opposés il y a quelques années. Je m'en étais personnellement occupé. Lapierre a voulu se venger… Charles doit passer devant un juge, qui statuera sur son cas. On lui reproche ce qu'il redoutait : avoir collaboré en temps de guerre.

— Mais c'est injuste ! Il n'a fait qu'obéir aux ordres des vainqueurs…

— Je plaiderai en sa faveur. Et je demanderai à

tous ceux avec qui nous étions en relation d'intervenir également pour le disculper.

— Et Ariane ?

— Malheureusement, pour elle, je ne peux rien. Jusqu'à présent en tout cas. Elle a été transférée à Nîmes pour y être incarcérée. On l'accuse d'avoir fréquenté un Allemand. C'est moins grave, mais je crains qu'elle n'échappe pas à la vindicte populaire. D'autres l'ont déjà subie.

Thérèse était effarée d'entendre ces paroles dans la bouche du père de Raphaël. Henri ne montrait cependant aucun signe d'écœurement ni de désapprobation.

— Il ne m'appartient pas de la juger, ajouta-t-il. Ariane avait sans doute ses raisons. Je suppose qu'elle non plus n'a pas eu le choix. Ne t'inquiète pas, Thérèse, Maryse et moi, nous vous gardons notre amitié. Je n'ignore absolument pas le rôle que ton mari et ta fille ont joué dans la Résistance. Un jour, justice leur sera rendue et ils seront lavés de tout soupçon.

Thérèse s'effondra dans les bras de son ami et le remercia.

— Que Dieu t'entende !

— En attendant, rentre chez toi. Continue à vivre.

Thérèse trouvait étrange que son mari et sa fille aient été arrêtés à un jour d'intervalle. Elle s'en ouvrit à Simone Bastide, qui avait assisté à l'arrestation d'Ariane. Simone arrivait aux Abarines pour prendre son service du matin quand les FFI avaient embarqué la jeune Chaptal dans leur Citroën. Au passage, elle avait reconnu parmi eux le mari de son amie Germaine Lapierre et en avait été très étonnée, ne sachant pas qu'il appartenait à la Résistance.

Depuis, elle évitait Thérèse et lui donnait l'impression qu'elle avait quelque chose à se reprocher. Elle qui d'ordinaire n'avait pas sa langue dans sa poche et témoignait d'un optimisme contagieux semblait très perturbée.

— Vous êtes bien taciturne, Simone ! remarqua Thérèse, plusieurs jours après les événements. Vous souffrez de quelque chose ? Ou est-ce votre mari qui vous crée du souci ?

— Il ne s'agit pas de mon mari, madame… mais de moi.

— Si vous êtes malade, restez chez vous à vous soigner. Je me passerai de vos services. Marie vous remplacera à la cuisine.

Simone tergiversait. Thérèse finit par se douter qu'elle n'osait pas lui parler.

— Vous pouvez tout me raconter, je ne vous jugerai pas. Avec ce que j'endure en ce moment, je serais mal placée pour vous reprocher quoi que ce soit.

— Si vous saviez, madame, comme je m'en veux…

— De quoi donc ?

Simone s'affala sur une chaise sans y avoir été invitée.

— Voulez-vous une tasse de café ? Je suis parvenue à m'en procurer chez les Soubise, qui en avaient encore en réserve.

— Du café ! Ce n'est pas de refus.

Thérèse s'exécuta et attendit que Simone recouvre ses esprits pour réitérer sa demande :

— Alors, dites-moi ce qui vous tracasse.

— Eh bien… voilà… J'ai trop parlé… Comme je m'en veux ! répéta-t-elle.

— Trop parlé ! A qui donc et de quoi ? Expliquez-vous.

Simone but sa tasse de café lentement pour en savourer tout le nectar. Reprit son souffle. Avoua :

— J'ai plusieurs fois surpris votre fille Ariane avec l'officier allemand pendant qu'il logeait sous votre toit. Ce n'étaient pas mes affaires. Aussi me suis-je bien gardée de vous en toucher un mot. Quand il la croisait dans les allées du parc ou ici dans la maison avant de sortir, il lui chuchotait à l'oreille. J'ai toujours évité de me montrer, ne tenant pas à passer pour quelqu'un d'indiscret. Ce qu'ils se disaient, je suis incapable de vous le répéter.

Thérèse se demandait jusqu'où Simone irait dans ses confessions tardives.

— Et alors ? Quel lien y a-t-il avec ce qui est arrivé à Ariane ? Car je suppose que c'est de cela qu'il s'agit !

— Oui, madame. Je me sens tellement coupable…

— Coupable ! Mais de quoi, enfin ? Parlez, Simone, vous en avez trop dit ou pas assez !

— J'ai raconté à Germaine Lapierre ce que je voyais ici aux Abarines. Je ne me méfiais pas d'elle. Elle est mon amie… Quand j'ai aperçu son mari, Robert, avec ceux qui sont venus arrêter Ariane, j'ai immédiatement fait le rapprochement. Germaine lui a rapporté mes propos. Vous imaginez la suite.

Thérèse était abasourdie. Comment tous ces gens qui l'entouraient, en qui elle avait confiance, avaient-ils pu ainsi salir l'honneur de son mari et celui de sa fille !

— Si j'avais su ! se lamentait Simone. Comment pourrais-je réparer ?

— Le mal est fait, Simone. Vous ne pouviez pas deviner que Germaine Lapierre n'était pas fiable et que son mari n'était pas un homme respectable. A trop parler, voilà ce qui arrive. On envoie des innocents devant les tribunaux.

Simone n'insista pas.

Thérèse l'invita à demeurer éloignée des Abarines dans l'immédiat, le temps pour elle d'obtenir des nouvelles de son mari et de sa fille.

Simone s'était abstenue de révéler ce qu'elle avait découvert chez ses autres voisins, les Dufresne – les visites inopinées de l'officier allemand. En revanche, elle avait mis son mari Félicien dans la confidence à propos de la jeune Chaptal. Celui-ci, une fois encore, n'avait pas bronché devant de telles révélations, mais lui avait conseillé de se taire.

★

Deux semaines plus tard, à la mi-avril, Henri Soubise vint annoncer à Thérèse une bonne et une mauvaise nouvelle.

Entre-temps, il avait soulevé des montagnes pour obtenir des renseignements sur Charles, Ariane et Raphaël. Il ne s'était accordé aucune minute de répit, sillonnant les routes de la région, forçant les portes de ses connaissances, quémandant des rendez-vous avec les nouveaux responsables de l'Administration et de la Justice pour obtenir l'assurance que les procès de ses amis arrêtés se dérouleraient dans la plus stricte légalité.

Pour son fils, il était monté à Paris et s'était rapproché de la Croix-Rouge et des organismes caritatifs qui s'apprêtaient à accueillir les premiers rescapés des camps de la mort. Ceux-ci, les plus vaillants, commençaient à rentrer. Plusieurs camps avaient été évacués depuis le début de l'année. Les Russes avaient libéré ceux de Majdanek et d'Auschwitz en Pologne et progressaient en direction de l'Allemagne. Le monde découvrait l'horreur à l'état pur. Il faudrait encore de longs mois pour que tous les camps soient définitivement ouverts. Le 11 avril, ce fut le tour de celui de Buchenwald. Un noyau de prisonniers résistants avait réussi à en prendre en partie le contrôle après son évacuation par les SS. Les troupes américaines qui entrèrent dans le camp sept jours plus tard furent accueillies par vingt et un mille détenus encore en vie mais terriblement affaiblis.

Quand Henri apprit la nouvelle, il ne sut s'il devait se réjouir ou s'effondrer. Il n'avait vu aucune image des malheureux rescapés photographiés par les soldats qui avaient procédé eux-mêmes à leur libération. Des scènes insoutenables, que les journaux commençaient à divulguer. Henri espérait toujours que son fils soit parmi eux, mais il n'avait aucun moyen d'en être assuré. Il ignorait ce qui s'y était passé depuis son ouverture, en 1937. Le travail forcé, les expériences médicales, les mauvais traitements, la sous-alimentation et les exécutions sommaires étaient le quotidien des deux cent cinquante mille hommes déportés à Buchenwald, dont seulement cinquante-six mille réussiraient à survivre. C'était une majorité de prisonniers politiques, comme Raphaël, des communistes surtout, mais aussi des Juifs, des Tziganes et des asociaux. Quand Henri avait appris que Léon Blum et Georges Mandel y avaient été incarcérés, et qu'ils étaient vivants, il fut soulagé. Mais lorsqu'on lui précisa qu'ils y étaient détenus à l'écart, dans des maisons confortables réservées aux responsables politiques « prestigieux », il déchanta.

— Par quelle nouvelle veux-tu que je commence ? proposa-t-il à Thérèse.

Celle-ci sourit.

— Deux nouvelles pour nos trois malheureux ! s'étonna-t-elle. La mauvaise d'abord.

Il s'assombrit.

— Je n'ai aucune information concernant Raphaël. Mon fils ne fait pas partie des rescapés de Buchenwald. Mais il est encore trop tôt pour connaître définitivement les noms de tous les disparus. Ce sera long, m'a-t-on expliqué en haut lieu.

— Alors tout n'est pas perdu… Et en ce qui concerne Ariane et Charles ?

— Pour Charles, j'ai une bonne nouvelle. On vient de me téléphoner. Il a été traduit devant un tribunal. Des témoins à décharge ont plaidé en sa faveur. Moi, le premier. Il a été innocenté. On l'a même félicité pour son action en faveur de la Résistance. Le juge a reconnu qu'il avait pris beaucoup de risques en menant un double jeu à la barbe des officiers allemands. Il a salué son courage.

Soulagée, Thérèse retrouva des couleurs.

— Quand sera-t-il libéré ?

— C'est une question d'heures. Afin de régler quelques formalités d'usage. Tu peux préparer son retour. Il dormira avec toi ce soir.

— Et Ariane ?

Henri se rembrunit une seconde fois.

— Je n'ai aucune nouvelle. Comme tu le sais, elle a été transférée à Nîmes, où elle attend d'être jugée. Je n'aime pas ça du tout. Ça traîne beaucoup trop. Je ne comprends pas pourquoi.

— Qu'encourt-elle ?

— La prison, pour un certain temps. Le tribunal est dirigé par un magistrat autoritaire et intransigeant avec ceux qui se sont compromis. J'ai demandé à un ami avocat de s'occuper de la défense de ta fille. Elle aura besoin de ses compétences. Espérons que ce juge usera de sa clémence et admettra qu'Ariane a été abusée. C'est ce que plaidera maître Deschanel.

Thérèse, heureuse de la libération de son mari, s'interrogeait néanmoins sur le sort d'Ariane.

— Son sacrifice n'aura servi à rien si elle est reconnue coupable.

— Quoi qu'il arrive, personne chez moi ne condamnera ta fille. Et si Raphaël revient vivant, il sera le premier à lui pardonner, si elle a quelque chose à se faire pardonner !

*

Ariane attendait son sort, incarcérée depuis plus de deux semaines dans une cellule de la maison centrale de Nîmes. A ses côtés, plusieurs détenues lui tenaient compagnie. Toutes avaient été arrêtées pour des raisons identiques. Mais aucune ne clamait son innocence. Elles reconnaissaient avoir couché avec un Allemand, certaines même être tombées amoureuses, et s'indignaient qu'on leur reproche d'avoir seulement aimé.

— En temps de guerre, expliqua Ariane, l'amour

n'a pas sa place entre les hommes et les femmes de camps adverses. Toute liaison de ce genre est considérée comme un acte de trahison. Nous pourrons toujours tenter de nous justifier, à cor et à cri, personne ne nous pardonnera.

— Toi aussi, tu as aimé un Allemand ? lui demanda Elsa, une jeune fille incarcérée deux jours après elle.

— Non. J'ai accepté les avances de l'officier qui logeait chez mes parents dans le seul but qu'il fasse libérer mon fiancé du camp où il avait été déporté.

— Et alors ?

— Rien. Il n'a rien fait. Il a abusé de moi.

— Tu ne reverras plus ton fiancé.

Ariane était toujours proche de s'effondrer quand elle envisageait une telle éventualité.

— Je m'efforce d'y croire. Mais j'avoue que cela m'est très difficile et pénible. De plus, si nous nous retrouvons un jour, comment réagira-t-il quand il apprendra ce que j'ai commis ?

— Il ne faudra pas le lui dire.

— D'autres s'en chargeront à ma place. Et de toute façon je serai incapable de le lui cacher.

Dans le fond de sa cellule, Ariane se torturait l'esprit quand elle imaginait son destin. Depuis qu'elle avait rêvé de la mort de Raphaël, tout était devenu gris dans ses pensées. Elle ne parvenait plus à entrevoir l'avenir avec sérénité. Elle perdait petit à petit tout espoir que son fiancé puisse encore être vivant.

Elle avait entendu que, dès le lendemain de la libération de Nîmes, plusieurs femmes avaient été tondues en place publique. C'était à ses yeux des images d'une époque révolue. Au Moyen Âge, on exposait ainsi de pauvres suppliciées à la moquerie et aux injures de la foule. C'était souvent pour des actes sans grande gravité, des petits larcins, des infidélités conjugales. Mais cela procédait du même état d'esprit. La justice populaire prenait toujours la tournure de règlements de comptes qui avilissaient les victimes. Elle exacerbait l'envie de vengeance, trahissait la bassesse de ceux qui attendaient de tels spectacles pour se réjouir du malheur d'autrui.

Elsa lui avait raconté le sort terrifiant d'une Nîmoise, une certaine Marcelle Polge, accusée d'avoir entretenu une relation avec un officier allemand. La prévenue avait été condamnée à être tondue avant d'être fusillée en octobre précédent. La foule s'était acharnée plusieurs heures sur son cadavre, qui avait été transpercé avec un manche à balai sur toute sa hauteur et exhibé aux yeux des curieux.

Ariane en avait frissonné d'effroi et en avait perdu le sommeil.

Les unes après les autres, ses compagnes de cellule étaient jugées et condamnées. Parfois à des peines de prison, parfois à de fortes amendes.

Quand vint son tour, elle pensa très fort à Raphaël et à ses parents. Elle n'avait aucune nouvelle de son père, qui avait été relaxé et reconnu non coupable d'un acte autrement plus grave que celui de s'être donnée à un ennemi. Saurait-elle plaider son innocence ? Expliquer à ses juges qu'elle avait subi et accepté les exigences d'un nazi uniquement pour sauver la vie de son fiancé qui se mourait dans un camp ?

En cette époque où les passions étaient exacerbées, où tout le monde avait des griefs envers les autres – parce que c'étaient les autres évidemment qui étaient responsables de tous les maux ! –, les limites de la raison étaient souvent dépassées par ceux-là mêmes qui, peu de temps auparavant, affichaient parfois une attitude délétère, voire de collusion.

La sentence n'étonna personne.

Le président du tribunal, commissaire du gouvernement près de la cour de justice, reconnut, à son corps défendant, que la présence des officiers allemands sous son toit représentait une pression terrifiante, une entrave à sa liberté. Mais, apprenant que son fiancé avait été un résistant de la première heure, il ne trouva plus d'excuses à la prévenue. Il rappela qu'en période de guerre tout bon citoyen doit montrer l'exemple. L'avocat d'Ariane, maître Deschanel, plaida la contrainte, la menace, la barbarie de la conduite de son bourreau. En vain. Il ne parvint pas à toucher la cour.

Quand le président demanda à Ariane si elle avait

quelque chose à ajouter pour sa défense, elle se leva, les yeux secs et le regard clair.

— Monsieur le président, vous me jugez sans vous rendre réellement compte de ce que j'ai subi pendant des mois. Imaginez qu'à ma place il s'agisse de votre fille. Imaginez son corps labouré par le sexe d'un satyre qui ne prenait son plaisir que dans la soumission et l'avilissement de sa victime. Votre fille qui se serait donnée pour sauver la vie de l'être qu'elle aime, au prix de sa propre perte ! La voueriez-vous aux gémonies sans appel ? Je vous le dis en vérité, celui qui n'a pas vécu ce que j'ai supporté en silence, sans aide, dans l'indifférence ou l'ignorance de son entourage le plus proche, ne peut pas comprendre…

Ariane émut les rares auditeurs qui assistèrent à son procès. Son avocat resta confiant jusqu'au dernier moment.

Malheureusement, le commissaire du gouvernement près de la cour de justice n'était pas homme à se laisser attendrir. Il avait déjà condamné plusieurs femmes pour des raisons identiques. Il n'avait pas cherché à connaître les circonstances dans lesquelles elles avaient enfreint toute morale.

Après une brève délibération des jurés, il prononça la sentence.

— Etant donné vos actes avérés en faveur de la Résistance, déclara-t-il, étant donné les conditions particulières dans lesquelles vous vous êtes retrouvée face aux occupants du domaine de votre famille...

Ariane commençait à espérer une décision de clémence. Les paroles du président n'étaient-elles pas encourageantes ? Maître Deschanel se retourna vers elle. Lui effleura le bras. Lui sourit.

— Etant donné que vous avez agi pour sauver un homme qui a mis ses jours en danger et qui l'est peut-être encore à l'heure même où le tribunal rend cette sentence, la cour vous reconnaît coupable de haute trahison avec circonstances atténuantes, et vous condamne à six mois d'emprisonnement avec sursis.

Le verdict tomba comme un couperet. Dépité, maître Deschanel dressa les bras au ciel en signe de désapprobation. Mais le président de la cour déclara la séance levée et ordonna d'évacuer la salle.

Ariane paraissait sidérée. Elle s'attendait à un acquittement.

— Vous n'irez pas en prison, la consola maître Deschanel. Vous serez relaxée. Mais, à votre sortie, je crains fort que vous n'échappiez pas à...

Il n'acheva pas sa phrase, conscient des mots terribles qu'il s'apprêtait à prononcer.

— A être tondue, termina Ariane.

— Je suis désolé, vraiment désolé. Dehors, c'est le peuple qui est souverain.

Ariane fut reconduite dans sa cellule. Quelques heures plus tard, on l'en sortit. Des hommes et des femmes l'attendaient pour l'amener sur-le-champ place des Arènes, en compagnie de plusieurs condamnées au même supplice.

Sous les huées et les crachats de la foule, elles furent rasées sans ménagement. Ariane garda les yeux fermés, ne pensant qu'à Raphaël, dont le souvenir ne l'avait jamais quittée. Il était son soutien dans cette nouvelle tourmente, son ultime planche de salut.

Elle se laissa dépouiller comme un agneau docile. Elle n'écoutait pas les injures de ceux qui assistaient, goguenards et revanchards, à la scène d'humiliation.

Quand elle sentit son crâne mis à nu, elle frissonna. Elle eut l'impression d'avoir été à nouveau violée dans son intimité, mais en public cette fois.

« La croix ! La croix ! » criaient les curieux venus participer au terrible spectacle.

Alors, un homme s'approcha de la suppliciée muni d'un pot de peinture noire et d'un pinceau, et lui barbouilla sur le front et sur l'arrière du crâne une croix gammée.

Ariane ferma les yeux. Ne put retenir ses larmes. L'infamie était trop grande.

Elle tenta en vain de ne pas entendre les quolibets de la foule. Les mêmes mots injurieux que certains adressent aux femmes quand ils ne parviennent pas à obtenir d'elles ce qu'ils désirent, aux prostituées dans leurs moments de frustration. Ces paroles retentirent dans tout son être comme un marteau sur une enclume, ébranlèrent ce qu'elle avait conservé de solide en elle pour affronter le juge et les jurés. Elle crut s'effondrer. Sa tête lui tournait. Elle vacilla. Faillit tomber. L'homme qui avait fini de la tondre la retint de justesse. La secoua en riant aux éclats.

— Alors, ma belle, se moqua-t-il, on essaie de s'échapper ? Dommage pour toi, ce n'est pas tout à fait terminé ! On va aller se promener, maintenant.

Ensuite, tout se précipita. Les femmes furent embarquées dans une camionnette débâchée pour être transportées à travers la ville et exhibées comme des bêtes curieuses au regard de tous. Aucune ne tenta de résister. Elles grimpèrent dans la benne comme des condamnées qu'on mène à la guillotine. Elles restèrent debout, s'accrochant comme elles le pouvaient aux ridelles du véhicule. Quand celui-ci démarra, elles se retinrent les unes aux autres pour ne pas tomber. Deux hommes avaient pris place dans la cabine du conducteur et les surveillaient par la vitre arrière, narquois. Ils n'éprouvaient aucune compassion.

Sur leur passage, l'indifférence était parfois aussi insupportable que les moqueries. Les badauds s'arrêtaient. Certains plaignaient les malheureuses. D'autres, les plus nombreux, n'avaient dans la bouche que des paroles accusatrices :

— Elles n'ont que ce qu'elles méritent...

— C'est bien fait pour elles. Elles n'avaient qu'à pas coucher avec un Boche !...

Au bord du soir, Ariane fut relaxée, sans plus de procédure.

— Vous êtes libre, déclara l'un des deux FFI qui avaient accompagné le convoi de femmes. Disparaissez.

Désemparée, Ariane déambula dans les rues de la cité romaine. Sans savoir où se réfugier, cachant son crâne rasé sous le foulard qu'on lui avait laissé à la sortie du tribunal. Instinctivement, elle se dirigea vers la gare Feuchères après avoir contourné les Arènes. Mais, sans argent, comment prendre le train ? Alors, elle s'éloigna.

Les passants se retournaient sur elle, car, malgré son châle, elle ne pouvait dissimuler sa terreur. Elle ne ressemblait plus à la belle jeune fille qu'elle était encore quelques heures auparavant.

Ariane n'était plus que l'ombre d'elle-même.

Ses pensées s'embrouillaient dans son esprit. Elle erra pendant des heures à travers la ville, perdue. La nuit tombait. Dans ses yeux, un brouillard opaque s'épaississait lentement.

Parvenue devant la porte d'Auguste, elle bifurqua dans une ruelle adjacente et disparut.

18

Tel un paria, Ariane s'évanouit dans la ville, évitant tout contact avec la foule. Elle demeura anéantie pendant plusieurs jours, se nourrissant de rapines, un fruit ou un légume dérobés à l'étalage d'un marchand des quatre-saisons, un saucisson subtilisé à l'étal d'un charcutier sur le marché... Elle mettait un point d'honneur à ne pas se faire remarquer par un comportement douteux, une tenue trop négligée, un regard fuyant. Ainsi parvint-elle à ne pas attirer l'attention sur elle et à ne pas être jugée pour ce qu'on lui reprochait.

Le plus difficile pour elle, dans un premier temps, fut de procéder à sa toilette. Les fontaines de la ville étaient souvent très exposées au public. Elle attendait l'obscurité pour s'y rendre et se laver les mains et le visage, pour se donner un semblant de respectabilité. Dès le premier jour, elle avait effacé, à force de frotter, les humiliantes croix gammées inscrites sur son front et sa nuque. Mais elle conservait toujours son foulard sur la tête afin de dissimuler son crâne dépourvu de sa belle chevelure. Le plus dégradant était de dormir à la belle étoile. Le soir venu, elle quittait les artères principales, où elle passait inaperçue. Elle s'éclipsait dans des lieux retirés afin qu'on ne la prenne pas pour une clocharde vagabondant sur la voie publique. Heureusement, la saison était clémente et les nuits, bien que fraîches encore, supportables. Elle élut domicile au pied de la cathédrale Notre-Dame-et-Saint-Castor, au cœur de la ville antique. Quand les rues devenaient désertes, jamais avant minuit, elle se réfugiait contre la façade ouest, dans un angle près d'une aile extérieure du transept. Elle s'était déniché quelques vieux vêtements, des cartons et une toile de jute à moitié déchirée, qu'elle cachait dans un tonneau métallique abandonné à cet endroit par négligence. Chaque soir, elle regagnait sa couche de fortune et, blottie contre le mur de l'édifice religieux, sur ses cartons et sous sa maigre couverture, elle tâchait de trouver quelques heures de sommeil volées à sa vie errante.

Réveillée tôt à l'aube par les oiseaux qui commençaient à piailler dans les ramures alors que le jour se levait à peine, et par les premiers passants qui longeaient la cathédrale pour se rendre à leur travail de bon matin, elle ne traînait pas à dissimuler ses oripeaux de la nuit dans le bidon, à arranger sa tenue, sans oublier son foulard. Ainsi vêtue, elle ressemblait à une brave Nîmoise se rendant au marché pour débuter sa journée. Elle se dirigeait tous les matins vers les halles couvertes. Elle y trouvait un peu de chaleur, à défaut d'un peu de compassion. Car personne ne la remarquait.

A travers toute la ville, les mendiants s'étaient multipliés, victimes de la nouvelle pauvreté d'un après-guerre qui se révélait déjà terrible pour les plus démunis.

Pour se procurer un peu d'argent, elle se décida, non sans réticence, à demander l'aumône. Postée à l'entrée des halles, elle tendait la main, une main peureuse qui tremblait, le regard fixé sur le trottoir pour ne pas avoir à affronter celui des autres. Puis elle se déplaçait vers la gare où la foule grouillait aux heures d'arrivée et de départ des trains. Le soir, elle se dirigeait vers les boulevards circulaires ou vers le centre de la ville, à la sortie des bureaux. Elle avait inscrit sur un morceau de carton : *S'il vous plaît, pour manger, merci pour votre bon cœur.* Rares étaient les passants charitables qui lui donnaient la pièce. Le peu qu'elle obtenait, elle le mettait de côté, dans une poche profonde de sa jupe, en prévision des jours à venir. Elle n'avait pas l'intention de vivre de mendicité le restant de sa vie. Quand elle serait plus présentable, elle se ressaisirait, rebondirait, repartirait du bon pied. Où ? Elle l'ignorait, mais elle ne se laisserait pas anéantir par la fatalité.

Aux halles, à force de s'attarder devant certains étals, elle finit par attirer l'attention d'une marchande de fruits et légumes. Celle-ci, après sa matinée de vente, pliait boutique aux environs de midi trente. Alors, elle se débarrassait de ses denrées périmées dans les grosses poubelles du marché. A voir Ariane rôder autour de celles-ci, elle l'accosta un jour et engagea la conversation. Sans rien savoir de sa situation, elle avait compris qu'Ariane était l'une des nombreuses victimes de la guerre, sans ressources.

« Ah, ma pauvre dame, lui avait-elle dit en guise de préambule, les temps sont durs pour tout le monde… Tout est encore rationné et les prix ne font qu'augmenter. Comment voulez-vous que les petites gens achètent mes bons fruits et légumes sans se priver ? Or, cela me peine beaucoup de jeter cette nourriture avariée. Si seulement j'avais la possibilité d'utiliser une chambre froide ! Mais ce n'est pas le cas… »

Ariane, se sentant coupable de susciter la pitié, lui répondait succinctement, par des « oui », des « non », des « sans doute », des « peut-être ». Elle craignait que son interlocutrice ne devine ce qu'elle dissimulait.

Un matin, la marchande de primeurs lui proposa gentiment un plateau rempli de fruits et de légumes abîmés.

— Je vois bien que vous n'avez pas les moyens d'en acheter des frais, lui dit-elle. Alors, plutôt que de les jeter à la poubelle, emportez-les.

Ariane ne trouva pas les mots pour la remercier.

Alors qu'elle se baissait pour ramasser la cagette, son foulard se dénoua, découvrant son crâne. Depuis la sanction infamante qu'elle avait subie en public, ses cheveux avaient un peu repoussé mais demeuraient très courts. La bonne femme s'étonna, bafouillant :

— Vous… vous…

Ariane comprit immédiatement qu'elle avait deviné. Elle la devança :

— Oui, j'ai été tondue pour avoir couché avec un Allemand, si c'est cela qui vous reste dans la gorge.

La marchande, très ennuyée, se reprit :

— Ce n'est pas ce que j'allais vous reprocher ! Pardonnez ma surprise. Cela ne change en rien ma proposition. Emportez ces fruits et légumes. Je crois effectivement que vous en avez besoin. Et repassez quand vous voudrez.

Ariane se confondit en excuses et en remerciements. C'était la première fois qu'elle rencontrait une personne compatissante qui ne portait pas de jugement sur elle. Elle saisit la cagette et disparut dans les ruelles de la ville.

Plusieurs semaines s'étaient écoulées depuis son arrestation. Elle n'avait pas informé ses parents de ce qu'elle devenait. Elle se doutait qu'ils se faisaient un sang d'encre à son sujet. Mais c'était plus fort qu'elle, elle ne pouvait pas les prévenir, ni leur écrire, ni leur téléphoner. La honte qu'elle ressentait et le traumatisme causé par ce qu'elle avait subi surpassaient de loin son envie de rentrer aux Abarines. Elle n'oserait jamais plus affronter le regard de sa mère et surtout celui de son père, qui l'avait jugée sans appel, et pas davantage celui des autres. Car – elle s'en était persuadée – on répandrait vite ce qui lui avait été reproché et ce qui lui était arrivé d'infamant. L'opprobre serait jeté sur sa famille.

Désemparée, elle avait conscience de mal agir en demeurant ainsi, dissimulée au sein d'une foule anonyme.

Aux Abarines, Thérèse était morte d'inquiétude. Charles avait remué ciel et terre pour retrouver sa fille. Il avait demandé à son ami Henri de courir aux renseignements. Celui-ci s'était rendu auprès des tribunaux afin d'obtenir de plus amples informations. Ils avaient ainsi appris sa condamnation et sa relaxe, sans pour autant trouver la moindre trace d'elle.

Parfois Ariane était tentée de revenir à Florac, mais quand elle faisait glisser son foulard pour s'examiner dans la devanture d'un magasin et qu'elle découvrait le reflet de son visage, elle se ravisait aussitôt, prise d'angoisse à l'idée qu'on devine la vérité. Lorsqu'un homme l'accostait, elle ne se retournait pas, passait son chemin en pressant le pas, paniquée.

Le temps lui paraissait long à errer toute la journée dans la ville, à regarder les vitrines, à se promener comme bon nombre de femmes accompagnées de leurs enfants en bas âge. Le soleil printanier réchauffait les cœurs, invitait à se dévêtir, à porter des jupes plus courtes, des corsages plus décolletés, des chevelures au vent. Un air de fête se répandait sur les boulevards, dans les ruelles, sur les placettes, aux multiples terrasses des cafés. La guerre n'était pas tout à fait terminée, mais une atmosphère de paix régnait déjà et l'on se risquait à penser à des lendemains enchanteurs. Parfois, elle s'arrêtait devant un kiosque à journaux. Parcourait la une des quotidiens. Il était question maintenant des dernières poches de résistance des troupes allemandes face à l'avancée des Alliés, tandis que sur le front de l'Est les Russes s'approchaient de plus en plus de Berlin. Le 25 avril 1945, Américains et Soviétiques s'étaient rejoints sur l'Elbe. La veille, le maréchal Pétain, réfugié en Suisse, s'était constitué prisonnier auprès du général Kœnig.

Quand Ariane lut l'annonce du retour des premiers rescapés du camp de Buchenwald, son cœur bondit dans sa poitrine. Il y avait donc des survivants !

Tout à coup, la vie lui sembla moins grise. Elle prit conscience de la chaleur printanière qui régnait sur la cité antique. Les visages dans la foule lui parurent moins hostiles, plus ouverts. Elle ne vit plus la haine autour d'elle, mais une grande joie de vivre ensemble, de vivre libre, d'attendre des jours meilleurs. Elle se sentit comme délivrée de son fardeau.

Raphaël aurait-il survécu à l'enfer ? Serait-il parmi ces rescapés de la mort ? Vivant !

Ariane ne dormit pas de la nuit à la pensée que son fiancé avait peut-être été amené à Paris, dans des centres d'accueil ou des hôpitaux, comme tous ceux qui avaient été libérés et transportés aussitôt dans la capitale. Combien étaient-ils ? Et surtout, combien avaient péri dans les camps de déportation et d'extermination ? Combien ne reviendraient pas ? Personne ne pouvait encore le savoir. Mais la liste serait interminable.

*

Le 8 mai, la fin de la guerre fut officiellement proclamée. Comme partout à travers le pays, dans l'euphorie générale, la foule nîmoise envahit l'espace public, improvisant des défilés sur les avenues et les boulevards. La liesse populaire et la fraternisation rassemblèrent une population qui s'était divisée, avait douté, avait parfois renoncé. Les immeubles étaient pavoisés aux couleurs des Alliés alors qu'une marée humaine, digne des cortèges de la grande crise viticole de 1907, se déversait dans les rues de la capitale gardoise. Chacun laissait éclater sa joie. Des cérémonies furent vite organisées devant le monument aux morts de la Grande Guerre, décoré pour l'occasion du V de la victoire et de drapeaux tricolores. Le soir venu, les Nîmois prolongèrent les festivités de la journée par des bals en plein air sur les places illuminées de la ville. Une ambiance de kermesse, qui ne fut pas sans rappeler celle du Front populaire.

Ariane s'était fondue dans la foule. Elle assistait aux manifestations sans y participer, tant elle avait encore le cœur lourd. Certes, elle ne demeurait pas insensible au bonheur qui s'emparait de tous, mais, au fond d'elle-même, ce qu'elle avait injustement subi noircissait la joie qu'elle aurait ressentie en d'autres circonstances.

Ses cheveux n'avaient pas assez repoussé pour qu'elle ose se montrer la tête découverte. Aussi craignait-elle toujours qu'on ne devine ce qui lui était arrivé. Elle songeait à ses parents et se demandait ce qu'ils éprouvaient en ce jour de paix revenue. Ne les endeuillait-elle pas par sa disparition inexpliquée ? Si elle rentrait, son père la cloîtrerait-il une nouvelle fois pour ne pas devoir supporter la honte qu'elle lui inspirerait ? Et les Soubise ? Comment réagissaient-ils à l'absence de leur fils ? Savaient-ils maintenant si Raphaël avait survécu ? Ils avaient peut-être obtenu des nouvelles ! De bonnes nouvelles !

Elle envisagea de rentrer à Florac pour s'en assurer. Mais l'idée de se présenter devant sa famille dans son état l'arrêta net.

Elle leur écrivit une longue lettre pour les tranquilliser et leur annoncer sa décision.

Je ne peux pas les laisser plus longtemps dans

l'ignorance, se culpabilisait-elle. Mais il m'est impossible de rentrer à la maison.

Alors que tous fêtaient la victoire en chantant, en dansant et en buvant plus que de coutume, Ariane prit la plume et se mit à écrire.

Mes chers parents,.

Vous devez vous faire beaucoup de souci à mon sujet et je vous en demande pardon. J'espère que papa s'en est sorti et qu'il a été relaxé sans histoires. Je le connais, il a dû tout mettre en œuvre pour me retrouver. Quant à toi, maman, tu ne vis plus depuis qu'ils m'ont embarquée pour être jugée. Si j'ai autant tardé à vous envoyer de mes nouvelles, c'est qu'il me fallait enfouir ma honte au plus profond de moi-même. Il m'était impossible de revenir et de vivre comme avant, comme s'il ne s'était rien passé. Quel aurait été le regard des autres ? Et le vôtre ? Ici, dissimulée dans la foule, je ne suis plus rien. J'ai perdu mon identité. N'est-ce pas ce qu'ils m'ont infligé en me dépouillant en place publique ? Car tel fut le châtiment auquel j'ai été condamnée, ainsi qu'à une peine de prison avec sursis. Quand ils m'ont remise en liberté, je n'ai plus su où me cacher. J'ai erré dans la ville comme un fantôme en quête d'une porte de salut. J'ai résisté tant bien que mal. Dans la rue. Sans toit pour me protéger. J'ai appris la valeur de l'argent et compris ce que sont la nécessité et la survie. Je ne serai plus jamais la même à présent. Je ne vous ai jamais oubliés. Je garde également dans mon cœur le souvenir de Raphaël, pour qui je me suis sacrifiée. J'ignore s'il est vivant. J'ai rêvé de sa mort, mais rien ne m'assure qu'il n'est plus de ce monde. J'ai lu que le camp de Buchenwald avait été libéré par les soldats américains et que les rescapés avaient été conduits dans des centres de soins à Paris. Je ne veux pas retourner à Florac. Tout m'y ramènerait à ce que l'on me reproche. Aussi ai-je pris la terrible décision de disparaître et de tenter de refaire ma vie ailleurs, de tout recommencer. Quand mon visage ne portera plus les stigmates du mal qu'on m'a infligé, je parviendrai, j'espère, à rebondir, à devenir quelqu'un d'autre. Dans un premier temps, je veux m'assurer que Raphaël se trouve parmi les survivants de Buchenwald. Je vais monter à Paris. J'obtiendrai bien des renseignements. Quelle que soit la réponse qu'on me fournira, je ne reviendrai pas. Je ne pourrai jamais me présenter devant lui après ce qu'on me reproche. Mais je dois avoir la certitude de sa mort ou de sa survie. Peut-être, un jour… un jour viendra, couleur de miel, où j'oserai réapparaître devant vous. Je ne parviens pas à me l'imaginer. Ne soyez pas tristes. Je penserai sans cesse à vous et à ce que vous m'avez offert de plus précieux : la vie.

Votre fille qui vous aime,

Ariane

⋆

Elle patienta quelques mois avant de pouvoir réaliser ce qu'elle avait projeté. Il lui fallait économiser un peu d'argent pour s'acheter un billet de train.

Sa bienfaitrice des halles continuait à lui fournir des fruits et des légumes abîmés ou pas assez frais pour sa clientèle, parmi lesquels elle faisait un tri, récupérant les plus présentables. Elle les revendait à la sauvette dans des quartiers populaires où elle ne rencontrait pas l'hostilité des marchands patentés.

La misère était grande dans la ville de Nîmes. Tout était à reconstruire, les esprits surtout. Les ventres criaient famine chez les plus démunis. Beaucoup de familles étaient détruites par la disparition d'un proche, soldat prisonnier ou mort au champ d'honneur, résistant pris dans les tenailles de la Gestapo, fusillé ou, à l'instar de Raphaël, déporté en Allemagne. Dès juillet, les enfants, nombreux dans les rues en cette saison de vacances scolaires, formaient parfois des groupes de petits chapardeurs, habiles à dérober aux étalages quelques victuailles qu'ils rapportaient chez eux pour améliorer le quotidien. Ariane avait pitié d'eux et, malgré son besoin urgent d'argent, leur offrait tantôt deux ou trois légumes, tantôt une pomme, tantôt une poire, quand ce n'était pas une pièce de monnaie. Sa bonté n'avait d'égale que sa propre détresse, sa générosité que son propre dénuement.

En public, plus personne ne la dévisageait. Elle osait maintenant quitter son horrible foulard. Sa chevelure avait suffisamment repoussé pour qu'elle paraisse au regard des autres sans être remarquée. Sa coiffure, très courte, à la garçonne, aurait-on dit dans les années vingt, lui donnait un petit air canaille. Elle accentuait la finesse de ses traits, la profondeur de ses yeux pervenche, ce sourire qui avait immédiatement conquis Raphaël lors de leur première rencontre. Sa timidité l'empêchait d'entamer la conversation avec ceux qui l'abordaient pour lui acheter sa marchandise. Elle ne discutait pas quand on lui proposait un prix inférieur à celui qu'elle avait fixé. Elle se contentait de ce qu'on lui remettait.

Pour la nuit, elle avait découvert un autre abri, un peu plus confortable et moins exposé. Elle avait élu domicile dans une vieille maison désaffectée, dont elle avait trouvé la porte arrachée, dans le quartier de la gare. Tout un pan de mur s'était effondré à cause d'une explosion consécutive à un sabotage organisé par des résistants dans un local voisin. Ses habitants avaient déserté les lieux par mesure de sécurité. Ariane, inconsciente du danger qu'elle courait en s'y réfugiant, s'y était installée et profitait de ce qu'il restait de mobilier en bon état. Elle avait retrouvé un lit pour dormir, une table et des chaises pour manger et, comble du luxe, deux fauteuils pour se reposer. Certes, l'ouverture béante d'un mur de pignon ne lui permettait pas de préserver entièrement son intimité, mais elle avait l'impression de loger sous un toit bien à elle et de ne plus être condamnée à la rue. Elle avait même déniché dans une vieille armoire quelques vêtements qui lui permirent de paraître plus présentable.

Dans la ville comme partout dans les départements, l'épuration continuait. La chasse aux collaborateurs devenait officielle, les actes isolés de vengeance et les règlements de comptes plus rares. La Résistance avait investi tous les organes administratifs du pays et obéissait au nouveau chef de la Nation, le général de Gaulle. L'ordre était à nouveau assuré et respecté. Ce qui n'excluait pas la poursuite de ceux qui s'étaient compromis avec l'ennemi. Le maréchal Pétain, incarcéré au fort de Montrouge depuis le 26 avril, attendait la fin de son procès dans le mutisme, retranché derrière ses avocats. Quand, le 15 août, lendemain de sa condamnation à mort, Ariane lut l'information à la une d'un quotidien, elle pensa aussitôt à son père. Qu'était-il advenu de lui ? L'avait-on aussi condamné à une lourde peine ? Elle avait toujours été convaincue qu'il avait été relaxé, mais rien ne le lui confirmait. La peine capitale requise pour Pétain la terrifia. Si elle s'était trompée ! songea-t-elle en ne détachant pas ses yeux de la manchette du journal.

Prise de remords, elle hésita à poursuivre son chemin. Dans sa poche, elle tenait, comme un précieux trésor, l'argent nécessaire à l'achat d'un billet de chemin de fer en troisième classe pour Paris. Devant elle se dressaient les façades de la gare Feuchères, flanquée des arceaux portant la voie ferrée.

Elle avait pensé monter dans le premier train pour la capitale le matin même.

Elle marchait sans savoir que décider. Partir sans s'inquiéter davantage de son père ? Sans réapparaître ne serait-ce qu'une seule fois aux Abarines pour rassurer sa mère et obtenir des nouvelles ? Ou rester et retourner à Florac ?

Mise au pied du mur, elle allait fléchir. Quand, devant elle, une jeune femme surgit et l'invectiva :

— Je vous remets ! lui lança-t-elle, hargneuse. On vous a tondue devant les Arènes. Ah, elle est belle, la France !...

Son sang se glaça dans ses veines. La scène humiliante dont elle avait été victime rejaillit devant ses yeux.

Malgré sa nouvelle tenue, on la reconnaissait. On l'injuriait encore. La haine ne s'était pas dissipée. On la jugerait à coup sûr si elle revenait à Florac. Ce qui venait de se passer devant la gare de Nîmes risquait de se reproduire chez elle. Jamais elle n'y vivrait en paix, sans crainte d'être à nouveau traitée comme une criminelle.

Alors, la mort dans l'âme, sans se retourner, elle monta dans le train pour Paris et ferma la porte sur une partie de sa vie.

TROISIÈME PARTIE

Le temps de la reconstruction

19

Paris, 1945

Dans le train qui l'emmenait vers la capitale, Ariane ne pouvait s'empêcher de songer à ce qui l'attendait. Elle était partie pour l'inconnu, elle le reconnaissait volontiers. Personne ne l'aiderait, si elle venait à rencontrer des difficultés. Elle n'avait aucune adresse où se rendre en descendant du train. Et ses maigres économies avaient fondu comme neige au soleil après l'achat de son billet de transport.

A travers la vitre de son compartiment, elle regardait sans le voir le paysage défiler sous ses yeux. Ceux-ci se remplissaient de larmes chaque fois qu'elle pensait à sa famille qu'elle avait abandonnée à Florac, sa mère dans une terrible angoisse, son père dans une totale incompréhension. Mais, en se rapprochant de sa destination, elle songeait aussi à Raphaël, aux nouvelles qu'elle obtiendrait peut-être, et cela lui redonnait le moral.

Le trajet lui parut long jusqu'à la gare de Lyon.

Elle s'assit à côté d'un couple avec trois enfants. Le mari, un homme d'une quarantaine d'années, au teint rougeaud et à la faconde méridionale, entreprit très vite la conversation :

— Nous, on est héraultais, de Saint-Martin-de-Londres, dit-il pour briser la glace. Et vous ?

— De Florac, répondit Ariane sans plus penser qu'elle s'était juré de ne pas révéler au premier venu d'où elle venait.

— Florac ! En Lozère ?

— Oui.

— Un de mes cousins germains y possède une ferme dans un village. Peut-être que vous le connaissez ? Il s'appelle Robert Lapierre. Je l'ai vu dernièrement.

Ariane sursauta. Le hasard était parfois très surprenant.

L'homme reprit :

— Il s'en est passé de bien belles par chez vous pendant la guerre. Vous êtes au courant, je suppose.

Ariane n'avait guère envie de prolonger la discussion. L'homme la poursuivit néanmoins. Mais sa femme lui coupa la parole :

— Tu ennuies la demoiselle avec tes racontars !

— Ce ne sont pas des racontars. C'est la stricte vérité. N'est-ce pas, mademoiselle ?

— Je ne vois pas à quoi vous faites allusion.

— Eh bien, à ces histoires de collabos et de femmes qui ont fricoté avec les Boches. D'après mon cousin, le patron d'une usine de chaussures de la ville a travaillé pour les Allemands, et sa fille a couché avec l'officier qui logeait chez eux. Et pas qu'elle, à ce qu'il paraît. Ah, elle est propre, la France ! Heureusement que tous les Français ne sont pas comme eux ! Moi, j'ai jamais soutenu Pétain. Et encore moins les Boches !

De plus en plus mal à l'aise, Ariane finit par se tourner vers la vitre et par mettre un terme à la conversation :

— J'ignore tout cela. Et ça ne m'intéresse pas.

L'homme n'insista pas. Il sortit un gros pain d'un sac à victuailles, un saucisson et une bouteille de vin, et proposa à ses enfants et à sa femme de commencer à manger.

— Ça ne vous dérange pas ? On va casser une petite graine.

Puis, en aparté, il murmura à sa femme :

— Comment peut-on ne pas être au courant de ce qui s'est passé tout près de chez soi ? C'est impensable comme les gens sont indifférents à tout !

Ariane entendit la remarque désobligeante de son voisin à son égard, mais ne releva pas. En revanche, elle prit conscience que son histoire n'était pas tout à fait remisée aux oubliettes, même en s'éloignant de chez elle. Et qu'il lui faudrait redoubler de prudence dès lors qu'elle s'enhardirait à trop parler.

La fin du voyage se déroula sans autre incident.

Lorsque le train arriva en gare de Lyon, Ariane sentit en elle frémir une certaine appréhension.

L'Héraultais l'aida à descendre sa valise du filet à bagages et lui dit adieu sans insister.

Au sortir de la gare, Ariane fut surprise par l'animation qui régnait sur les avenues et les boulevards. Les Parisiens avaient retrouvé leurs habitudes d'avant-guerre et traînaient dehors jusque tard le soir. L'été resplendissait dans la capitale. On avait vite oublié les heures de couvre-feu qui obligeaient à se tenir enfermés, toutes fenêtres closes alors que les beaux jours incitaient à s'attarder à la nuit tombante dans les parcs de la ville, près des fontaines ou dans les allées gravillonnées bordées de massifs fleuris.

Perdue, sa petite valise à la main, elle se dirigea vers la première bouche de métro, n'ayant pas les moyens de se payer un taxi. Dans la cohue, elle parvint à repérer le plan du réseau et l'examina avec attention. Découragée par la multitude de lignes, elle s'apprêtait à renoncer et à ressortir de la station, quand elle aperçut un homme en uniforme de la RATP. La voyant désemparée, ce dernier vint à son secours :

— Vous arrivez de province, n'est-ce pas ? Et vous ne savez pas où aller ?

Méfiante, Ariane acquiesça néanmoins.

— Si je peux vous renseigner, c'est avec plaisir.

— Je suis un peu perdue, reconnut-elle. Je cherche un endroit où loger pour quelques nuits. Un hôtel pas cher, ou une pension de famille…

L'homme se lissa la barbe qu'il portait longue au menton et lui conseilla :

— Allez dans le secteur du boulevard de Clichy, dans le neuvième. Là-bas vous trouverez ce que vous cherchez.

— C'est loin ?

L'homme sortit de sa poche une feuille de papier et griffonna une adresse.

— Tenez, rue Saint-Lazare, présentez-vous de ma part. Je m'appelle Quentin, Albert Quentin. L'hôtelier vous fera un prix, c'est un parent. Chez lui, ce n'est pas le luxe, mais je crois que ce n'est pas ce que vous souhaitez, n'est-ce pas ?

Ariane se confondit en remerciements.

L'homme poussa l'amabilité jusqu'à la conduire dans le dédale des couloirs du métro et la laissa sur le quai une fois la rame arrivée. Il lui avait expliqué où changer et où descendre.

Ariane se sentit soulagée. La gentillesse de certains effaçait la méchanceté et la suspicion des autres.

Elle se rendit rue Saint-Lazare à l'adresse indiquée par le brave homme et trouva aisément l'enseigne de l'hôtel Saint-Georges. Ce dernier ne payait pas de mine. Visiblement, il s'agissait d'un établissement modeste, pour une clientèle de passage peu exigeante. Il était bientôt vingt et une heures quand elle y pénétra. Derrière son comptoir, le gardien de nuit somnolait déjà, recroquevillé en avant, la tête posée sur ses bras croisés. A l'approche d'Ariane, il ne bougea pas.

Elle se racla la gorge pour manifester sa présence. Appuya sur la sonnette.

L'homme sursauta.

— C'est pour quoi ? demanda-t-il, tout hébété.

— Mais… pour une chambre !

— Il est tard !

— Je viens de loin. Et mon train n'est arrivé qu'à dix-neuf heures trente.

— J'en ai encore une de libre. Elle donne sur la cour, par-derrière. C'est tranquille, à défaut d'y avoir la vue dégagée.

— Je n'ai pas beaucoup d'argent, avoua Ariane. Alors, ça ira.

— Combien de nuits ?

Ariane hésita. Elle ignorait combien de temps elle tiendrait avec le peu qu'elle possédait.

Le gardien lui annonça le prix journalier.

— On paie d'avance, précisa-t-il.

— Trois nuits pour commencer. Je déciderai par la suite si je reste plus longtemps.

La chambre était exiguë, sans confort. Les cabinets se situaient sur le palier et il n'y avait qu'un petit lavabo pour la toilette. De la fenêtre, la vue donnait sur une façade grise délimitant une cour fermée au centre de laquelle poussait un gros platane dont les branches assombrissaient la pièce. Les murs étaient revêtus d'un papier peint qui avait dû connaître la Première Guerre, et le plafond s'écaillait en d'énormes cloques prêtes à tomber sur le lit.

Ariane se garda de se montrer difficile. Dans sa situation, elle n'avait pas le choix.

Assise au bord du lit, sa valise à ses pieds, elle réfléchit, consternée. Que faisait-elle dans cet endroit sordide ? songeait-elle. Seule, loin des siens, perdue dans une grande ville étrangère, sans amis, sans savoir où se réfugier et presque sans argent. Son moral faiblit à nouveau. Elle eut envie de pleurer. Elle se revoyait à sa sortie de prison, au moment où on la conduisait au supplice public et infamant. Puis abandonnée en plein centre de Nîmes. Elle avait puisé en elle la force de ne pas sombrer dans la détresse, de ne pas se donner la mort, comme elle y avait pensé pendant de courts instants de découragement.

Elle se redressa, se passa de l'eau fraîche sur le visage, puis sortit ses quelques vêtements de sa valise.

Elle compta l'argent qui lui restait. Ce n'était pas suffisant pour manger pendant une semaine. Serait-elle encore contrainte de mendier dans les rues, dans les couloirs du métro, comme ces vagabonds et ces clochards, vivant en marge de la société ? Que penserait son père s'il la voyait dans une telle misère ? Sa mère en pleurerait toutes les larmes de son corps. Et Raphaël ! Comment la jugerait-il ? L'aimerait-il comme avant ?

Tout à coup, elle se sentit sale, comme souillée une nouvelle fois, mais par des mains invisibles.

Elle se déshabilla, se lava à l'eau froide du robinet et, se regardant dans le miroir brisé du lavabo, s'efforça de se sourire à elle-même, puis elle se recoiffa, revêtit une tenue propre pour la nuit et s'enfonça dans les draps.

Au petit matin, elle ressortit de l'hôtel, bien décidée à réagir.

*

La liesse de la victoire était encore bien réelle dans les rues de la capitale. Les Parisiens avaient chèrement payé l'Occupation par les troupes allemandes. Les bombardements alliés avaient provoqué de nombreuses destructions et fait plus d'un millier de victimes entre 1942 et 1944. L'installation de l'Abwehr, le service de renseignements et de contre-espionnage de l'état-major allemand, à l'hôtel Lutetia, avait posé une atmosphère pesante sur la vie quotidienne. La présence des soldats de la Wehrmacht partout dans la ville, avec leurs lieux réservés, cinémas, théâtres, restaurants, n'avait pas laissé de très bons souvenirs. Certes, on avait fini par s'y habituer, mais lorsque les chars de la deuxième division blindée du général Leclerc étaient entrés dans Paris, le 25 août 1944, la population avait alors repris courage.

Aussi, en ce mois de juillet, on respirait enfin

la joie de la liberté retrouvée et c'était dans une ambiance de vacances que l'on se promenait sur les quais de la Seine, où les bouquinistes avaient réinvesti leurs kiosques, sur les Champs-Elysées et sur les Grands Boulevards, où la foule se pressait, toujours avide de nouveautés. Les magasins avaient réorganisé leurs vitrines, rempli leurs rayons de produits disparus depuis plus de cinq longues années, et rivalisaient d'ingéniosité pour attirer la clientèle demeurée timorée pendant trop longtemps. Certes, l'argent manquait dans les portefeuilles, mais toute une classe de gens aisés n'hésitait pas à s'exhiber sans vergogne dans les restaurants, dans les cinémas et dans les théâtres, où la vie culturelle fleurissait de plus belle.

Ariane espérait trouver rapidement du travail. Elle déambula aux alentours de la place de Clichy, s'arrêta par curiosité devant le Moulin-Rouge, s'attarda devant les cabarets renommés du quartier. Elle ne se sentait pas très à l'aise dans cette atmosphère de luxe et de plaisirs. Elle s'éloigna, arriva au pied de la butte Montmartre. Elle connaissait le Sacré-Cœur par les livres, mais n'imaginait pas l'endroit aussi majestueux, aussi magique. Elle s'engouffra dans les ruelles de la Butte, passa devant quelques enseignes célèbres qu'elle ne remarqua pas. Elle parvint par hasard sur la place du Tertre.

Quelques peintres y dressaient leurs chevalets. Intéressée, elle s'approcha de l'un d'eux, un vieil homme barbu à la coiffure hirsute, et examina les tableaux qu'il était en train de sortir de ses cartons. L'artiste ne lui prêta pas attention et se mit à peindre devant elle. Elle se souvint aussitôt d'un peintre qui exerçait ses talents près de la fontaine du Pêcher à Florac. Il représentait toujours le même décor, celui de la falaise qui domine la cité lozérienne et borde le causse Méjean. A l'image de Claude Monet et de ses nénuphars, il changeait sans cesse son angle de vue, la palette de ses couleurs en fonction de la luminosité. En définitive, c'étaient des paysages différents qu'il immortalisait sur ses toiles.

— La peinture vous intéresse ? finit par lui demander l'artiste peintre.

— Oui, beaucoup. J'admire les gens qui, comme vous, parviennent à traduire leur ressenti en reproduisant ce qu'ils ont devant les yeux... Ça ne vous dérange pas que je reste près de vous ?

L'homme à l'allure bohème se retourna enfin vers son interlocutrice. Il ne l'avait pas encore regardée en face.

— Vous êtes jeune ! s'étonna-t-il. Vous devriez essayer de peindre. Peut-être possédez-vous un talent caché !

— Je ne crois pas. Je suis tout juste capable de dessiner des chaussures.

— Des chaussures ?

Ariane s'en voulut d'avoir déjà trop parlé. Puis, se ravisant, elle poursuivit :

— Oui, j'étais styliste dans l'usine de mon père avant de débarquer à Paris.

— Et pour quelles raisons l'avez-vous quittée ?

Elle hésita. Mais devant la gentillesse du vieil homme elle se risqua à s'épancher :

— C'est une longue histoire. Disons que je me suis disputée avec mon père. Alors, j'ai préféré m'éloigner de ma famille.

— Et maintenant, vous vous le reprochez !

— Je regrette le différend qui nous a opposés, mais j'espère trouver ici, à Paris, un moyen de lui prouver que je peux me débrouiller par moi-même.

L'artiste continuait de peindre sans se départir de sa concentration. Ariane le regardait avec admiration et envie.

— C'est très joli ce que vous peignez. J'aime beaucoup la façon dont vous transposez la réalité. Vos tableaux ne sont pas des copies conformes de ce que vous percevez. Vous interprétez d'une manière très personnelle que j'apprécie énormément.

Ariane laissa l'artiste à sa passion et fit le tour de la place, où s'étaient installés d'autres peintres. Elle passa un bref moment en leur compagnie et retourna voir le vieil homme à l'allure bohème.

— Je reviendrai, lui dit-elle. Je suis pressée. Je n'ai pas de travail. J'en cherche.

Le brave homme posa son pinceau sur le rebord de son chevalet et releva la tête.

— Vous cherchez du boulot, petite ?

— Oui. Je suis venue à Paris pour cela.

— Je peux vous aider, si vous n'êtes pas difficile.

— Je n'ai pas le choix, car je n'ai pas d'argent. Or il faut bien que je mange !

— Alors, allez à l'hôtel des Arts, rue Tholozé. C'est à deux pas. Ils demandent une serveuse ou une femme de chambre, je ne sais plus. Si cela peut vous dépanner…

— Je ne refuse aucun travail, pourvu qu'il assure mon quotidien.

Ariane remercia vivement le vieil homme et se rendit rue Tholozé sans tarder.

Sur la porte de l'hôtel, effectivement, une pancarte indiquait : *Besoin urgent : femme de chambre libre immédiatement. Logée, nourrie.*

L'établissement présentait bien. Sa façade, malgré sa simplicité, dénotait une certaine classe. Doté de cinq étages, tout en étroitesse, il dégageait une atmosphère de respectabilité qui encouragea Ariane.

A l'intérieur régnait une ambiance feutrée de bon aloi. Quelques marches menaient à la réception, derrière laquelle une jeune femme élégamment vêtue, la gérante, examinait un gros registre.

Lorsqu'elle leva les yeux en direction d'Ariane, elle comprit aussitôt qu'elle n'avait pas affaire à une cliente.

— Vous venez pour la place ? s'enquit-elle.

— Oui. Un peintre sur la place du Tertre m'a donné votre adresse. J'arrive de province et je suis sans emploi.

— Vous avez des références ?

— Euh... des références ? Dans l'hôtellerie ?

— Oui, évidemment.

Au ton cassant de la gérante, Ariane devina que la partie n'était pas gagnée.

— Non. Pas dans l'hôtellerie.

— Dans la restauration, alors ?

— Jusqu'à présent, j'étais styliste dans une usine de chaussures.

— Styliste ! Mais ce que nous avons à vous proposer ne correspond pas du tout à vos compétences !

— J'ai besoin de travailler, madame. Je vous en prie, si la place est encore disponible...

— Vous savez faire un lit ? coupa la jeune femme.

— Oui, bien sûr !

— Suivez-moi.

Ariane se demanda ce qu'elle allait lui demander. La femme l'entraîna dans une chambre inoccupée de l'hôtel.

— Les draps, les couvertures et le dessus-de-lit sont rangés dans l'armoire, lui expliqua-t-elle. Faites-moi ce lit au carré, comme à l'armée.

Ariane s'exécuta.

— C'est parfait. En plus des chambres, vous devrez aussi nettoyer les communs. Vous serez payée au minimum, mais vous serez logée et nourrie. Si ça vous convient, vous êtes engagée.

Ariane se détendit et arbora un large sourire.

— Vrai ? lâcha-t-elle. Vous m'embauchez ?

— Vous commencez cet après-midi. Le temps de vous ressaisir, soyez à l'heure à votre service du soir.

Il débute à quinze heures et se termine à vingt-trois heures. Le matin, vous servirez les petits déjeuners en salle à partir de six heures trente, et vous ferez les chambres et un peu de ménage jusqu'à midi. Vous aurez ensuite trois heures pour vous reposer. La maison ne possède pas de restaurant. Mais il y a une cuisine où l'on vous préparera vos repas. Le mardi sera votre jour de congé, le dimanche après-midi aussi est à vous.

Trop heureuse, Ariane faillit exploser de joie. Elle fut de retour à l'hôtel avec une heure d'avance et prit son poste sur-le-champ.

Le temps des tourments semblait enfin s'éloigner.

20

Ariane laissa passer plusieurs jours avant d'entreprendre ses démarches. Elle espérait toujours obtenir des renseignements sur Raphaël, persuadée qu'il était encore vivant. Quand elle eut trouvé ses marques à l'hôtel des Arts, elle profita de son premier jour de congé, un mardi, pour partir aux nouvelles. Elle ne savait à qui s'adresser et ne tenait pas à s'informer auprès de sa patronne afin de ne pas avoir à se justifier. Puisque Raphaël avait été mobilisé au début du conflit, elle pensa, à tort, que le ministère de la Guerre lui viendrait en aide.

Le boulevard de Clichy s'animait tôt le matin. Elle s'approcha involontairement d'une station de taxis. A son allure hésitante, le chauffeur de la voiture de tête la prit pour une touriste. Les vacanciers de l'été n'étaient pas encore nombreux dans la capitale, en cette première année de paix retrouvée.

— Un taxi, ma p'tite dame ? lui proposa le chauffeur à travers la vitre ouverte de son véhicule.

Surprise, Ariane ne sut quoi répondre, consciente qu'il lui fallait économiser son argent.

— C'est pour aller où ?

Elle bredouilla :

— Euh... au ministère de la Guerre.

— Hôtel de Brienne, 14 rue Saint-Dominique, dans le septième, de l'autre côté de la Seine. Je vous y amène en moins d'une demi-heure. Montez, je suis libre.

Ariane craignit soudain que la distance ne soit très longue et que la course ne lui occasionne une importante dépense.

— Alors ! s'impatienta le chauffeur.

— C'est bon, je prendrai le métro.

L'homme bougonna entre ses dents et remonta la vitre de sa portière.

Elle s'engouffra dans la station la plus proche, tenta de s'orienter. Elle n'y était pas retournée depuis son premier jour à Paris.

Les couloirs interminables, les escaliers innombrables, la foule des voyageurs toujours pressés, l'odeur de renfermé lui donnèrent la nausée. Une fois de plus, elle se fit expliquer la marche à suivre, éprouva une des plus grandes frayeurs de sa vie quand elle s'aperçut qu'elle s'était trompée après être montée dans la rame dans le sens opposé. Contrairement au jour de son arrivée, les voitures étaient bondées. La cohue la surprit. Très vite, elle suffoqua. Coincée entre les passagers, elle resta debout pendant tout le trajet. Devant elle, un homme avait déplié son journal sans se préoccuper de la gêne qu'il occasionnait. A sa droite, une femme surveillait son landau d'un œil vigilant et repoussait les curieux d'un air revêche.

Comment ces gens peuvent-ils vivre ainsi entassés ? se demanda-t-elle.

A chaque arrêt elle devait se retenir de descendre pour courir respirer à l'air libre.

Elle avait noté les noms de toutes les stations dans un carnet et les vérifiait au fur et à mesure qu'elles défilaient sous ses yeux. La ligne 13 était directe depuis la place de Clichy. Elle descendit à Invalides. Sur le quai, elle prit quelques minutes pour s'orienter. Puis elle se faufila dans le dédale des couloirs et ressortit enfin rue de l'Université. Dehors, elle se sentit toute revigorée.

Ne sachant pas quelle direction choisir, elle demanda son chemin à un jeune homme en tenue militaire.

— Je me rends au ministère de la Guerre, lui dit-elle. J'espère que je ne me suis pas trompée de station de métro. Je suis sortie à Invalides.

— Vous êtes dans la bonne direction. Ça tombe bien, j'y allais de ce pas. Si j'osais, je vous accompagnerais volontiers jusqu'à l'entrée des bureaux.

— Je ne voudrais pas abuser de votre temps.

— Je vous en prie. Je travaille à l'état-major. Je me présente : lieutenant Messier. Jean-Philippe Messier.

Le jeune officier lui servit de guide jusqu'à la rue Saint-Dominique, sans l'interroger sur les raisons qui l'amenaient à Paris. Il avait tout de suite deviné qu'elle venait de province. Quand ils arrivèrent devant le ministère, il ôta délicatement le gant de sa main droite, se raidit sans excès.

— Si je peux vous être utile, ce sera avec joie. Le ministère, c'est un peu comme le métro. Quand on ne sait pas à quelle porte frapper, on tourne en rond comme dans un labyrinthe !

Ariane remercia le lieutenant et lui indiqua l'objet de sa démarche :

— Mon fiancé a été envoyé dans un camp, en Allemagne. Depuis, je n'ai plus de nouvelles de lui. Sa famille non plus.

Le lieutenant crut que le fiancé en question avait été fait prisonnier au cours de la campagne de France et dirigé vers un stalag réservé aux militaires. Ariane ne s'aperçut pas du quiproquo créé par ses propos trop peu précis.

Il ne parut pas surpris et l'invita à entrer dans le hall afin d'y être plus tranquille. Il la pria de l'attendre quelques instants et s'éclipsa par un grand escalier, laissant Ariane dans l'expectative.

Autour d'elle, des hommes en uniforme, tous aussi pressés les uns que les autres, s'agitaient en tous sens. A son approche, ils lui décochaient des regards inquisiteurs qui sous-entendaient que sa place n'était pas en cet endroit hautement stratégique. Elle se sentit mal à l'aise dans cette antichambre de la guerre où tout reflétait encore les affres du conflit. Le lieu respirait le luxe : le décorum, le dallage de marbre, les boiseries qui exhalaient une forte odeur d'encaustique, les poignées de cuivre, les lustres qui descendaient du plafond comme des myriades d'étoiles filantes.

Elle hésita à s'asseoir sur un banc qui trônait au centre du hall et qui, visiblement, était placé là davantage pour meubler que pour être utile. Devant elle, elle vit défiler toutes sortes de gradés, tous d'un certain âge, à l'allure martiale, très fiers dans leurs uniformes impeccables de propreté.

Jean-Philippe Messier revint une demi-heure plus tard.

— Pardonnez-moi de vous avoir fait attendre, s'excusa-t-il aussitôt. Mais j'ai dû frapper à plusieurs portes et patienter moi aussi pour que quelqu'un daigne m'écouter. Ils sont tous très affairés. Voilà, je vous explique…

Le lieutenant indiqua à Ariane le nom et le numéro du service où l'on avait accepté d'entendre sa requête et insista :

— Si vous avez besoin de moi, n'hésitez pas à m'appeler. Je travaille au bureau de l'approvisionnement. En tout cas jusqu'à la fin du mois, car, après, je pars en mission en Allemagne, dans la zone d'occupation française.

Ariane remercia chaleureusement son bienfaiteur et monta à son tour à l'étage. Sur la dernière marche de l'escalier, elle se retourna et adressa un petit signe de la main au lieutenant, qui le lui rendit sous la forme d'un discret salut militaire.

*

— Ainsi donc, madame, vous recherchez votre fiancé ! releva le capitaine Dutilleul, le responsable du service des prisonniers de guerre.

Devant l'officier qui se tenait debout derrière son bureau, la badine à la main, elle eut l'impression de passer un examen. Sa voix, entrecoupée par l'émotion, tremblotait. Elle fournit les raisons de sa démarche, sans préciser que Raphaël avait été déporté en tant que résistant. L'homme crut qu'il était dans l'armée, sur le champ de bataille, au moment de sa capture. Il ne disait mot. Ariane ne sut comment interpréter les longs silences dans lesquels le militaire la laissait quand elle s'interrompait. De temps en temps, celui-ci amorçait quelques pas en direction de la porte-fenêtre, semblant montrer de l'indifférence, puis passait devant un grand miroir, s'y regardait comme pour se divertir, rectifiait son apparence, se contentant de quelques : « Hum, hum ! »

Quand elle eut terminé, seulement à ce moment-là, il l'invita à s'asseoir et arbora un air grave. Ariane comprit que son interlocuteur allait lui annoncer une catastrophe. Elle blêmit, faillit avoir un malaise.

L'officier, la voyant pâlir, s'approcha d'elle.

— Vous ne vous sentez pas bien, mademoiselle ?

Désirez-vous que j'appelle une infirmière ? Il y en a toujours une en service dans le ministère.

Ariane se ressaisit :

— Ce n'est rien. Un peu de fatigue.

— Je ne veux pas abuser de votre temps, mademoiselle... Je ne vous cacherai pas que le cas de votre fiancé nous inquiète.

— Il est...

— Nous ignorons s'il est vivant ou mort... ou volatilisé ! Encore que, dans cette éventualité, nos renseignements nous permettraient de connaître la vérité. De toute façon, il n'apparaît pas dans le fichier des rapatriés.

Ariane s'étonna :

— A quelle vérité faites-vous allusion ?

— Un soldat qui disparaît sur un champ de bataille et qui ne réapparaît pas, à nos yeux il y a de grandes chances qu'il soit déserteur. Si on le retrouve vivant, il sera traduit devant le tribunal militaire pour désertion.

Ariane perdait le fil de la discussion. Dans sa tête, les mots s'entrechoquaient et n'avaient plus de sens : soldat, champ de bataille, désertion, déserteur...

— Mais Raphaël n'était plus dans l'armée, au moment de son arrestation !

Le capitaine Dutilleul se raidit, la fixa droit dans les yeux, l'air sévère.

Ariane s'efforçait de se contenir pour ne pas pleurer. Elle entrevoyait le pire.

— Votre fiancé n'était pas incorporé en 1940, pendant la campagne de France ? s'étonna l'officier.

— Si, bien sûr ! Il a été mobilisé à la première heure, en septembre 1939. Et il est aussitôt parti sur le front, dans l'est de la France.

Le capitaine semblait perdre patience. Il s'assit derrière son bureau, consulta un gros dossier.

— Je suis désolé, mais le nom de votre fiancé ne figure pas parmi nos soldats faits prisonniers et libérés des camps allemands depuis la cessation des hostilités.

Ariane ne comprenait plus rien. Elle se leva, prête à partir.

Au dernier moment, elle précisa, en insistant :

— Raphaël n'était plus soldat quand la Gestapo l'a arrêté à Montpellier, insista-t-elle. Il appartenait à la Résistance…

L'officier la regarda en fronçant les sourcils.

— Mademoiselle, dans ce cas, vous me faites perdre mon temps. Or celui-ci est précieux. Si votre fiancé n'était plus soldat, votre démarche ne relève pas du ministère de la Guerre. S'il a été arrêté par la police allemande, il a été déporté dans un camp de concentration, pas dans un camp de prisonniers militaires, un stalag…

— Il était à Buchenwald.

— Vous auriez dû commencer par là ! Ici, mademoiselle, vous êtes au ministère de la Guerre. On n'y traite pas les affaires de la Résistance.

Ariane était complètement dépitée. Elle s'assit de nouveau, sans y être conviée.

— Alors... où puis-je m'adresser ? s'enquit-elle d'une voix hésitante.

La voyant désemparée, l'officier se leva, contourna son bureau, lui tendit la main et l'aida à se redresser.

— Je vous conseille de vous rendre à l'hôtel Lutetia. Depuis la libération de Paris, on y accueille les déportés à leur retour des camps de concentration. Vous y obtiendrez peut-être des renseignements sur votre fiancé. S'il est rentré vivant de cet enfer !

Ariane prit aussitôt congé.

Dans le grand hall, le lieutenant Messier faisait les cent pas.

— Alors, s'enquit-il, que vous a-t-on appris ?

— Rien, hélas ! Mais c'est de ma faute. Je me suis mal exprimée.

Le lieutenant s'étonna :

— On vous a éconduite ? C'est inadmissible !

— Non, pas du tout. Mais j'ai omis de dire que mon fiancé n'était plus soldat quand il a été envoyé en Allemagne. C'était en 1944. Il était résistant.

— Oh. Je comprends. Dans ce cas, on vous a certainement orientée vers l'hôtel Lutetia.

— Oui. J'y cours sans tarder.

— Je ne peux plus rien pour vous, je le regrette.

Plein de prévenance, il la raccompagna jusqu'à la sortie.

Le lieutenant Messier boitait légèrement. Ariane venait seulement de s'en apercevoir. Elle n'osa lui demander les raisons de sa claudication.

Sur le perron du ministère, ils parlèrent de choses et d'autres. Elle lui avoua travailler comme servante dans un petit hôtel de Montmartre. Elle n'avait pas envie de le quitter si vite. En sa présence, elle se sentait rassurée. Aussi, quand il l'invita à boire un verre dans un café, sur le boulevard Saint-Germain tout proche, elle accepta volontiers.

Ils s'installèrent à la terrasse, parmi de nombreux clients. Ariane avait l'impression qu'on l'examinait. Pourtant, sa coiffure ne laissait plus du tout deviner ce qui lui était arrivé quelques mois plus tôt. Elle paraissait radieuse et un sourire illuminait son visage. Autour d'elle, les hommes la dévisageaient. C'était sa beauté, cette fois, qui attirait leur regard.

Jean-Philippe Messier ne semblait pas pressé. Très réservé, il n'avait que des paroles aimables à la bouche et ne critiquait personne dans l'état-major français. Cependant, dans son régiment, il avait beaucoup souffert d'avoir soutenu le général de Gaulle alors qu'il combattait en première ligne. Autour de lui, les partisans du maréchal Pétain, auquel de Gaulle s'était opposé en raison de ses thèses en faveur de la guerre de mouvement, étaient les plus nombreux. A l'époque, il n'était que sous-lieutenant et ses supérieurs hiérarchiques n'appréciaient pas sa prise de position anti-maréchaliste.

— Après la défaite de 40, on m'a relégué au placard, comme on dit dans le civil. On m'a beaucoup reproché d'être un gaulliste de la première heure. Si je n'avais pas été blessé sur le champ de bataille, j'aurais répondu à l'appel du Général à Londres. Malheureusement, cela n'a plus été possible, une fois rétabli.

— Que vous est-il arrivé ? l'interrogea Ariane, qui cette fois, mise en confiance, osa poser la question.

— Mon char d'assaut a sauté sur une mine. Il a littéralement explosé. Tous mes équipiers sont morts sur le coup. J'ai eu la vie sauve par miracle. Mais j'avais la jambe droite en bouillie.

— Pourtant vous ne boitez pas beaucoup !

— J'ai été très bien soigné. Et j'ai suivi une rééducation draconienne pendant plusieurs années. Ce qui m'a empêché de rejoindre les Forces françaises libres. Aujourd'hui, on reconnaît que de Gaulle avait raison. Du coup, j'ai été promu lieutenant.

Ariane n'avait pas envie de quitter Jean-Philippe Messier. Elle était sous le charme. Sa stature athlétique, sa carrure lui en imposaient. Elle l'écoutait parler. La douceur de sa voix, son regard bienveillant la rassuraient. Il faisait preuve de tant de sensibilité, de tolérance, qu'elle avait peine à croire qu'il puisse, lui aussi, avoir été victime de l'acharnement des hommes qui l'entouraient et dont il dépendait.

Elle faillit s'épancher sur son sort, se ravisa aussitôt.

Quand elle eut terminé sa limonade, elle se ressaisit et lui annonça son intention de se rendre sans délai à l'hôtel Lutetia.

— J'ignore où il se trouve, mais je commence à m'habituer au métro. Je me débrouillerai.

— Cette fois, hélas, je ne vous accompagnerai pas, lui répondit le lieutenant. Mon devoir me retient au ministère. On m'y attend dans une demi-heure.

Il sortit de sa poche un petit calepin, griffonna quelques mots et arracha la feuille de papier.

— Tenez, j'ai noté l'adresse. Vous demanderez à rencontrer Sabine Zlatin. Elle est la responsable du centre d'accueil des déportés survivants. Je la connais personnellement. Elle m'a renseigné à propos de mes parents.

— Vos parents ?

— Je ne vous l'ai pas raconté, mais mon père et ma mère, ainsi que mes frères et sœurs, ont été déportés à Auschwitz en 1942, après la rafle du Vélodrome d'Hiver. Ils n'en sont pas revenus.

Ariane avait entendu parler de cette tragédie au cours de laquelle des milliers de Juifs avaient été arrêtés par la police française, puis envoyés dans des camps en Allemagne. Elle s'étonna :

— Vous êtes...

Elle suspendit sa phrase, non par pudeur mais parce qu'elle eut immédiatement conscience que sa surprise pouvait être mal interprétée.

— Oui, je suis juif, par ma mère, précisa Jean-Philippe. Aussi, vous comprenez que j'ai été... comment dire ?... regardé de travers dans mon unité de combat après la défaite. Si je n'avais pas été officier, on m'aurait déporté sans autre formalité. Heureusement, j'ai bénéficié de l'appui de certains membres de ma hiérarchie, qui étaient bien placés à l'état-major. Même en temps d'occupation, cela m'a permis de survivre sans être inquiété. Mais je ne vous explique pas les difficultés que j'ai rencontrées pour cacher mon origine...

Ariane aurait pu passer des heures en compagnie du jeune lieutenant. Ce qu'il lui apprenait la ramenait à ses propres malheurs. Elle se sentait proche de lui. Pour un peu, elle lui aurait raconté sa vie, ses moments d'intense bonheur dans les bras de Raphaël, leurs fiançailles, leurs promesses mutuelles, leur résignation librement consentie de part et d'autre quand la guerre avait éclaté, puis son engagement pour l'aider dans sa mission de résistant...

Malheureusement, le lieutenant Messier devait prendre congé. Son devoir l'appelait.

Ils se quittèrent boulevard Saint-Germain.

Il reprit la direction du ministère de la Guerre.

Elle s'engouffra dans le métro.

21

L'hôtel Lutetia se trouvait en bordure de Saint-Germain-des-Prés, sur la rive gauche de la Seine, près du grand magasin Le Bon Marché. Ariane n'eut que deux stations à attendre avant de sortir à Sèvres-Babylone, juste en face de l'hôtel.

Construit au début du siècle à l'initiative de Mme Boucicaut, la propriétaire du Bon Marché, pour procurer à ses clients aisés de province un hôtel tout proche et correspondant à leur train de vie, ce dernier était aussi prisé par les parlementaires en raison de sa proximité avec l'Assemblée nationale et le Sénat. Il avait été le témoin du renouveau artistique de l'entre-deux-guerres et avait hébergé des peintres et des écrivains célèbres tels que Picasso, Matisse, Gide, André Malraux… Pendant l'Occupation, réquisitionné par l'Abwehr, qui y avait installé son quartier général, il avait acquis une bien triste renommée. Des collaborateurs notoires, Bonny, Lafont, avaient également fréquenté les lieux. A la Libération, en 1944, la propriétaire fut contrainte de remettre son établissement aux autorités françaises, sur exigence du général de Gaulle. Depuis, il accueillait les rescapés des camps de concentration.

Par son aspect majestueux, tout droit sorti de l'influence Art nouveau des années vingt, le Lutetia en imposait au visiteur dès son hall d'entrée. Ariane se sentit encore plus impressionnée qu'au ministère de la Guerre. Beaucoup de monde s'affairait dans les halls et les couloirs. Sans se départir de son courage, elle demanda s'il était possible de rencontrer la responsable du centre d'accueil, Sabine Zlatin.

Elle dut patienter, une fois de plus. Puis une femme à l'air austère la pria de la suivre dans un bureau mitoyen.

— Quelle est votre requête, mademoiselle ?

Ariane crut avoir affaire à celle qu'on surnommait « la dame d'Izieu ». Elle n'avait jamais entendu parler de cette personne, Juive résistante de la première heure et artiste peintre de surcroît.

— On m'a recommandé de m'adresser à vos services.

— Vous venez pour quelqu'un qui a été déporté ?

— Mon fiancé. Il a été arrêté par la Gestapo et déporté au camp de Buchenwald, en 1944.

— Nous ne possédons pas, hélas, l'identité de tous les malheureux survivants des camps. La plupart nous sont envoyés ici, mais beaucoup nous échappent, pour diverses raisons. Comment s'appelle votre fiancé ?

— Raphaël Soubise. Il est né en 1919.

— Je vais entreprendre une recherche. Mme Zlatin mettra tout en œuvre pour retrouver Raphaël s'il est encore vivant. C'est elle qui a fondé ce centre. Elle en est la responsable. Tout passe par elle.

— Vous n'êtes pas Sabine Zlatin ? demanda Ariane, surprise.

— Je la seconde. Je lui transmettrai votre requête. Revenez dans quelques jours. Nous serons alors en mesure de vous répondre.

Ariane prit congé, déçue de ne pas avoir été immédiatement renseignée.

Elle laissa s'écouler une semaine, au cours de laquelle elle s'acharna dans son travail afin de ne pas ressasser le pire. Pendant ses moments de répit, ses pensées allaient naturellement vers le jeune lieutenant Jean-Philippe Messier. Elle se reprochait aussitôt de trahir ainsi le souvenir de Raphaël.

Je suis montée à Paris pour lui et je pense à quelqu'un d'autre ! se culpabilisait-elle alors.

Mais elle reconnaissait qu'à l'évocation du bel officier son esprit s'apaisait, ses angoisses s'estompaient.

Je divague. Je vois Raphaël en Jean-Philippe.

Elle se surprenait à appeler ce dernier par son prénom quand elle songeait à lui, comme si, entre eux, une certaine intimité s'était déjà établie.

Ils ne s'étaient pas revus depuis leur rencontre au ministère de la Guerre. Et elle n'avait pas cherché à le retrouver. En outre, elle ne bénéficiait pas de beaucoup de liberté, hormis le mardi, pour se promener dans Paris. Les trois heures quotidiennes de battement dont elle disposait entre son service du matin et celui du soir ne lui permettaient pas de s'éloigner trop longtemps. Elle se reposait une bonne heure et rejoignait ensuite ceux qui étaient devenus ses familiers, les peintres de la place du Tertre. Auprès d'eux, son esprit s'évadait vers d'autres horizons. Leurs toiles la faisaient rêver. Son imagination s'affûtait et lui procurait toute la sérénité dont elle avait tant besoin.

⋆

Le mardi suivant, elle retourna à l'hôtel Lutetia. Elle y fut accueillie par Sabine Zlatin en personne. Celle-ci la convia dans son bureau, tout rehaussé de meubles Art déco d'époque.

Ariane fut surprise par l'allure de la responsable du centre d'accueil. Elle s'attendait à être reçue par une femme d'âge mûr, à l'aspect autoritaire, à l'image de celle qui l'avait reçue la semaine précédente.

Sabine Zlatin était une petite personne d'une trentaine d'années, à la voix douce et rassurante. Ariane devina en elle à la fois beaucoup de sensibilité et de détermination. Entre gens qui ont enduré de grands maux, la communication s'établit souvent sans qu'il soit nécessaire de s'épancher. Ariane comprit très vite que la femme qu'elle avait devant elle avait aussi beaucoup souffert.

Sabine Zlatin lui parut soucieuse. Elle ne lui demanda pas aussitôt la raison de sa requête. Elle s'enquit de ses occupations et de ses passe-temps favoris.

Ariane s'étonna d'une telle façon de procéder de la part d'un haut responsable d'une cause humanitaire. Elle répondit néanmoins à ses questions, croyant que ces tergiversations les rapprocheraient et l'aideraient à obtenir satisfaction.

— Mon travail ne me laisse pas beaucoup de temps pour mes loisirs, reconnut-elle. Mais, depuis mon installation à Paris, je fréquente les peintres de Montmartre. J'ai moi-même quelques facilités dans le dessin. Auparavant, j'étais styliste dans l'usine de chaussures de mon père, en Lozère.

Sabine Zlatin regarda Ariane avec intérêt.

— Vous avez l'âme d'une artiste ! Comme j'envie votre bonheur quand vous êtes parmi vos amis ! Je peins aussi, à mes heures perdues[1]. Et j'aimerais beaucoup vivre de ma passion… Hélas, la vie

---

1. Après la fermeture du Lutetia, en septembre 1945, Sabine Zlatin (née le 13 janvier 1907 à Varsovie en Pologne, décédée le 21 septembre 1996 à Paris) s'installa définitivement à Paris. Elle s'adonna à la peinture, signant ses toiles du nom de Yanka, le surnom que lui avait donné son père.

prend parfois des détours auxquels on ne s'attend pas, n'est-ce pas ?

Ariane craignit que son interlocutrice n'ait découvert ce qui lui était arrivé. Elle voulut faire diversion, quand Sabine Zlatin poursuivit :

— Pardonnez-moi, je suis un peu troublée. Je viens d'apprendre une terrible nouvelle qui m'affecte énormément à titre personnel.

— Un décès ? osa Ariane.

— Non. Pas un, mais cinquante.

Ariane demeura stupéfiée.

— Cinquante personnes de votre famille sont mortes ! En déportation ?

— Oui, en déportation, à Auschwitz. Elles n'étaient pas de ma famille, mais je les considérais comme telles. Si vous me permettez, je vais vous raconter...

Ariane comprit que la responsable du centre d'accueil éprouvait un urgent besoin de s'épancher. Alors qu'elle-même s'était retenue de se livrer jusqu'à présent, plus par peur d'être jugée que par pudeur, Sabine Zlatin osa dévoiler tout un pan de sa propre histoire.

— Je suis juive d'origine polonaise. En 1940, avec mon mari, je suis partie à Montpellier pour fuir Lille et la zone occupée. J'y exerçais comme infirmière...

— Montpellier ! la coupa Ariane. C'est dans cette ville que mon fiancé a été arrêté par la Gestapo !

Ce détail rapprocha immédiatement les deux femmes.

— C'est une très belle ville, reprit Sabine Zlatin. J'en garde un excellent souvenir. Malheureusement, je n'y suis pas restée très longtemps. Nous nous sommes ensuite installés à Izieu, dans l'Ain. Et nous sommes entrés dans la clandestinité. Nous avons fondé la colonie des Enfants d'Izieu afin d'abriter des enfants juifs. C'était le moins que je pouvais entreprendre pour sauver ces pauvres innocents. Nous étions en relation avec un réseau de sauvetage composé de plusieurs maisons d'accueil, comme le Collège cévenol au Chambon-sur-Lignon[1], et de filières de passage vers la Suisse. L'Ain était bien placé pour cela…

Ariane écoutait, attentive et émue, prête à entendre le plus dramatique. Une fin tragique. Elle avait lu dans les journaux que les Juifs par milliers avaient été exterminés dans les camps de la mort, en Allemagne et en Pologne. Mais elle n'avait pas tout à fait conscience de la démesure de l'événement.

— Nous avons accueilli plus de cent enfants juifs à partir de 1943. C'était pour nous une vraie gageure de les soustraire aux mains des bourreaux nazis. Mais ce qui devait arriver arriva. Nous avons été dénoncés. Le 6 avril de l'année dernière, la Gestapo de Lyon, sur ordre d'un certain Klaus Barbie,

1. Voir, du même auteur, *Dans les yeux d'Ana.*

a débarqué et arrêté nos petits réfugiés. Ils étaient quarante-quatre ce jour-là, à la colonie, encadrés par leurs sept éducateurs...

Sabine Zlatin interrompit ses confidences, les yeux remplis de larmes. Son émotion l'empêchait de poursuivre. Ariane crut bon de lui proposer de cesser ses confidences.

— Je comprends ce qui vous affecte. Vous vous torturez à me raconter votre terrifiante histoire...

— Cela me soulage, au contraire. Mais ce que je viens d'apprendre est encore plus terrifiant... J'étais absente au moment où ils ont été emmenés. J'étais partie à Montpellier solliciter l'aide de l'abbé Prévost pour disperser au plus vite la colonie. Je pressentais le danger... Après cette tragédie, je suis montée à Paris et me suis engagée pleinement dans la Résistance. Puis, à la Libération, on m'a confié ce centre d'accueil.

— Qu'est-il advenu des enfants de votre colonie ?

Sabine Zlatin s'effondra littéralement.

— Pardonnez-moi, je ne voulais pas... s'excusa Ariane, toute retournée à son tour par l'immense chagrin de la jeune femme.

— On vient de m'informer qu'ils ont tous été exterminés à Auschwitz, ainsi que six de leurs éducateurs. Je ne m'habituerai jamais à cette horreur ! Comment des êtres, qui ont un cœur d'homme dans la poitrine, ont-ils pu mener à terme un dessein si diabolique ? Comment le peuple le plus cultivé d'Europe, celui de Goethe, de Kant et de Schiller, a-t-il pu engendrer de tels monstres ?

Pour Ariane, c'était tout aussi incompréhensible. A vrai dire, elle ne s'était jamais révoltée contre cette abomination, elle n'en avait pas beaucoup entendu parler, ni dans les journaux, qui demeuraient discrets sur la question, ni sur les ondes de la radio, qu'elle n'écoutait pas souvent.

Sabine Zlatin se reprit au bout de quelques instants.

— En ce qui vous concerne, mademoiselle Chaptal, je ne vais pas vous mentir. Nous n'avons pas de nouvelles de votre fiancé. Il n'a pas été dirigé vers notre centre d'accueil.

Ariane se décomposa.

— Cela signifie-t-il que lui aussi aurait été victime des nazis, comme vos enfants juifs ?

— Nous n'en avons pas l'assurance. Tant que nous ne recevrons pas la confirmation de son décès, nous n'affirmerons rien. Dans l'ignorance, tout espoir est permis.

Ariane ne retint pas ses larmes. Sabine Zlatin ne lui disait pas toute la vérité. Elle s'essuya les yeux d'un revers de la main. Se reprit :

— Excusez-moi, je suis moins forte que vous. Je dois donc faire le deuil de mon fiancé ? S'il n'est pas revenu de Buchenwald, alors que les détenus ont été libérés en avril, c'est qu'il y est mort, que son corps a disparu, réduit en cendres… On ne saura jamais ce qui lui est arrivé !

— Peu avant l'arrivée des troupes américaines, il y a eu une révolte dans le camp. Des armes y étaient dissimulées. Un réseau interne de résistance s'y était organisé parmi les détenus politiques. Si votre fiancé n'était pas parmi les derniers survivants, il a peut-être été évacué au moment où les SS ont tenté de vider le camp en entraînant de force un certain nombre de déportés avec eux. Ils ont été stoppés par les Russes. Ne vous découragez pas. Attendons d'avoir des renseignements plus précis de la part des Soviétiques. D'autres prisonniers ont pu également se disperser dans la nature.

Ariane ne croyait pas au miracle. Elle se retint de contredire son interlocutrice.

Ne souhaitant pas abuser de son temps, elle prit congé. Sabine Zlatin lui proposa néanmoins de revenir régulièrement sur place pour se tenir informée.

En septembre, son centre d'accueil fermerait ses portes.

*

Ariane était désemparée. Une fois de plus, elle s'immergea dans son travail pour tenter d'oublier sa peine. Chaque jour, elle retrouvait ses amis peintres sur la butte Montmartre. Le vieil artiste qu'elle avait abordé le premier jour lui faisait toujours la conversation sans jamais lui demander des précisions sur sa vie. Elle appréciait sa discrétion. Entre eux, une certaine complicité s'était établie. Joseph Duverger avait non seulement beaucoup de talent aux yeux d'Ariane, mais aussi une faculté réelle pour adoucir ses états d'âme.

Un jour, elle lui parla avec tant de spontanéité du jeune lieutenant qu'elle avait rencontré au ministère de la Guerre qu'il lui conseilla d'essayer de le revoir.

— Faites-vous des amis. Ne restez pas seule. Ma compagnie ne doit pas vous empêcher d'aller vers les autres. Sortez. Amusez-vous. Profitez de votre jeunesse.

Depuis son arrivée, Ariane ne s'était jamais autorisée à s'éloigner de Montmartre, où elle avait trouvé ses marques. Le quartier lui faisait penser à un village calme et serein. Il lui rappelait ses racines, avec son cimetière verdoyant et son petit carré de vigne, ses ruelles pentues et ses maisons basses.

Quelle ne fut pas sa surprise quand un lundi après-midi, tandis qu'elle tardait à regagner son poste en se dorant au soleil devant l'entrée de son hôtel, elle aperçut le lieutenant Messier !

— J'espérais bien vous rencontrer, lui dit-il en lui tendant une main chaleureuse. Vous m'aviez dit que vous travailliez à l'hôtel des Arts.

Le cœur battant la chamade, Ariane s'étonna.

— Vous... vous avez obtenu de nouveaux renseignements ?

— Non. A vrai dire, c'est vous que je viens voir.

— Je suis de service. Je ne peux pas m'absenter plus longtemps. Mais demain est mon jour de congé…

— Alors je vous rejoindrai ici même un peu avant midi. Je vous invite à déjeuner.

Ariane, intimidée, n'osa pas refuser la proposition du lieutenant.

Jean-Philippe Messier fut ponctuel à son rendez-vous. Dès qu'Ariane apparut, il l'entraîna vers une station de taxis et l'emmena à la Tour d'Argent, quai de la Tournelle, en bordure du Quartier latin. Ariane n'était pas habituée au luxe. Aussi ne se sentit-elle pas très à l'aise dans le décor cossu de ce restaurant huppé de la capitale. Jouissant d'un panorama unique sur la Seine et Notre-Dame, l'établissement, datant du seizième siècle, avait conservé son lustre d'antan. La table y était raffinée, le service de premier ordre, la clientèle choisie.

Il y avait peu de monde en ce mardi midi. Le maître d'hôtel, les prenant pour un couple d'amoureux, leur proposa une table à l'écart mais bien placée, avec vue sur la cathédrale.

Ariane se taisait, très intimidée. Jean-Philippe s'en aperçut et brisa la glace le premier :

— J'avais envie de vous revoir, lui avoua-t-il. Depuis que nous nous sommes rencontrés, je n'ai pas cessé de penser à vous.

Ariane rougit. Balbutia, baissant le regard :

— Nous… nous nous connaissons à peine !

— Le hasard vous a mise sur ma route. Mais il

ne m'a pas fallu longtemps pour réaliser que vous m'aviez… comment dire ?… ému. Le mot n'est pas juste. Conquis, oui, conquis serait plus exact.

Le maître d'hôtel s'approcha discrètement pour leur proposer la carte et donna quelques recommandations à Jean-Philippe.

Le repas se déroula dans une intimité que rien ne vint troubler. Légèrement grisée par le vin, Ariane s'abandonna à quelques confidences. Très vite, ses premières appréhensions se dissipèrent. Au moment du dessert, elle osa ouvrir son cœur meurtri devant le jeune lieutenant qui tentait, de son côté, d'obtenir sa confiance.

— Je devine que vous portez en vous une terrible blessure, lui dit-il en posant sa main sur la sienne par-dessus la table. La disparition de votre fiancé n'est pas la seule cause de votre chagrin.

Alors Ariane, pour la première fois, se confia :

— Quand je vous aurai raconté ce que je cache en moi depuis bientôt six mois, vous ne m'inviterez plus jamais au restaurant.

— Je ne vous force pas. Si cela vous est pénible, gardez le silence. Mais il faut reconnaître que parler, parfois, fait du bien. Vous souffrez et vous n'êtes pas très heureuse.

Ariane, les yeux brillants de larmes, dégagea sa main de celle du lieutenant, le regarda fixement, avoua :

— On m'a tondue à la Libération… Pour la raison que vous devinez.

Jean-Philippe demeura sans réaction quelques secondes. Puis :

— Je… je ne sais que vous répondre. Je comprends ce que vous ressentez…

— Non, vous ne pouvez pas.

— Je ne vous juge pas, Ariane. Et je ne veux pas en apprendre davantage.

— Maintenant que j'ai confiance en vous, laissez-moi terminer.

Jean-Philippe se tut. Reprit la main d'Ariane, la caressa. L'invita à poursuivre.

Ariane raconta.

Quand elle eut terminé, ses yeux étaient secs. Sa voix ne tremblait plus. Elle se sentit délestée d'un lourd fardeau.

— Votre histoire ne change en rien aux sentiments que j'éprouve pour vous, ajouta Jean-Philippe. Ce que vous avez consenti pour Raphaël est très noble. Votre sacrifice vous honore. Peu de femmes auraient agi comme vous.

Alors Ariane se ressaisit.

— Je suis aussi montée à Paris pour mon fiancé. Vous vous méprenez. Après ce que j'ai commis, il m'est impossible de le tromper à nouveau en acceptant une aventure sans lendemain. Il est peut-être vivant. Quelque part en Allemagne !

— Je ne désire pas vous décourager, mais si au Lutetia on ne vous a pas rassurée, c'est qu'il y a peu de chances que Raphaël s'en soit sorti.

Ariane fusilla Jean-Philippe du regard.

— Et moi, je ne voudrais pas vous décevoir en vous donnant de faux espoirs. J'ai promis à Raphaël de lui rester fidèle. Tant que je n'ai pas la certitude de sa mort, il demeure dans mon cœur l'homme de ma vie.

Ariane s'emporta. Elle exigea de mettre fin à la conversation et demanda à Jean-Philippe de la ramener à son hôtel.

Le lieutenant s'exécuta, navré de s'être mal conduit.

— Pardonnez-moi, je ne souhaitais pas me montrer si pressant...

— En d'autres circonstances, reconnut Ariane, je ne vous aurais pas repoussé de cette manière. Mais le souvenir de Raphaël est encore trop présent. Je ne peux l'oublier.

Jean-Philippe Messier n'insista pas.

Il raccompagna Ariane à l'hôtel des Arts.

Elle venait de vivre une aventure sans lendemain. Mais s'être confiée lui avait permis de se libérer.

22

1945-1946

Le temps apaisait les souffrances d'Ariane. Elle se sentait assez forte et déterminée, à présent, pour affronter l'avenir, son avenir, avec sérénité.

Elle était retournée plusieurs fois à l'hôtel Lutetia, jusqu'à la fermeture du centre d'accueil en septembre. En vain. Elle ne reçut aucune information susceptible de la rassurer. Alors, dans son esprit et dans son cœur, l'idée de la mort de Raphaël traça lentement son chemin. Le Lutetia rendu à ses fonctions hôtelières, elle ne sut plus à qui s'adresser pour obtenir des nouvelles. On lui signifia que tous les rescapés étaient dorénavant rentrés, que les disparus n'avaient plus aucune chance de réapparaître… ou si peu.

« Il faudrait un miracle », lui avait-on objecté quand elle s'était insurgée de ne plus trouver d'aide.

Ariane ne croyait pas aux miracles. Aussi, plutôt que de se nourrir d'illusions, elle affronta la réalité avec courage. Sans oublier ce qu'elle avait vécu avec

Raphaël, sans tirer un trait sur sa famille, sur Florac, sur ses racines cévenoles, elle décida de donner un nouveau sens à son existence. Elle n'avait que vingt-cinq ans. Elle était jeune. Elle avait tout l'avenir devant elle.

Reviendrait-elle un jour aux Abarines ? Travaillerait-elle à nouveau auprès de son père ? A ces questions, elle était incapable de répondre par l'affirmative, tant cela lui paraissait improbable.

Peut-être, un jour, quand je serai devenue quelqu'un d'autre et que je serai certaine que tout est oublié, se disait-elle pour ôter de son esprit l'ombre d'un remords. Toutefois elle se tourmentait encore quand elle songeait à sa mère qui devait se faire des cheveux gris de ne plus avoir de ses nouvelles, à son père aussi, malgré le différend qui les avait opposés peu avant son arrestation.

Son travail ne la comblait pas de bonheur. Il n'y avait rien d'exaltant à préparer les lits chaque matin, à nettoyer les salles de bains et les toilettes de clients qui ne témoignaient aucun égard pour les femmes de chambre. Elle n'était qu'une bonne au service de gens de passage, et ce n'était pas la gentillesse de sa patronne qui effaçait les humiliations d'un autre genre qu'elle endurait parfois de la part de pensionnaires sans scrupules dépourvus de la plus petite once d'empathie envers autrui.

Ce travail ingrat lui permettait pourtant de ne pas se soucier du lendemain. Avec ce qu'elle gagnait et les maigres pourboires qu'elle recevait, elle s'en sortait. Elle ne payait ni pour se nourrir ni pour se loger. Attentive à ne pas dépenser inconsidérément son argent, elle parvenait donc à faire des économies qui la protégeraient en cas de besoin.

Elle n'avait plus cherché à revoir Jean-Philippe Messier. Ne souhaitant pas mettre son cœur à l'épreuve aussi rapidement, elle jugea préférable de se méfier des hommes qui, de près ou de loin, lui témoignaient un peu trop vite leur sympathie. Et ils étaient nombreux, surtout à l'hôtel. Des clients qui tentaient leur chance auprès d'une jeune soubrette ! pensait-elle.

Elle connaissait bien maintenant les hauts lieux de la capitale. Ne craignant plus d'affronter la cohue du métro, elle se promenait souvent sur les boulevards, sur les Champs-Elysées, flânait dans les grands magasins, où elle découvrait tout un univers nouveau pour elle, la petite provinciale. Dans certaines rues renommées, elle s'attardait devant les vitrines de luxe et s'extasiait comme une enfant devant bijoux, montres, parfums et autres objets précieux des créateurs célèbres du moment. Elle ne pouvait s'empêcher de rechercher les enseignes de chaussures réputées, espérant trouver sur un présentoir celles de son père, dont la marque porterait son nom – du moins le croyait-elle encore. Mais il lui fallait se rendre à la raison, les Chaussures Chaptal père et fille n'avaient certainement pas survécu à la guerre. Que fabriquait Charles, à présent qu'elle n'était plus auprès de lui pour garder sa production au goût du jour ? Probablement avait-il repris ses bons vieux modèles pratiques et solides, faits pour les gens de la campagne soucieux d'acquérir des chaussures qui durent dans le temps.

Quand elle repensait à l'époque où elle avait essayé de dynamiser son entreprise en lui proposant des collections assurément plus modernes, plus diversifiées, elle regrettait d'avoir renoncé à consacrer son talent à la création.

Aussi continuait-elle de fréquenter les peintres de la Butte, auprès de qui elle laissait son esprit s'envoler vers d'autres horizons, son imagination la transporter là où les contingences matérielles du quotidien s'évanouissent. Elle s'asseyait à côté d'eux, leur faisait la conversation, osait parfois un avis. Certains l'écoutaient, rectifiaient leur toile en fonction de ses conseils de néophyte. Le mardi, disposant de plus de temps libre, elle partageait leur repas de midi, prenait place sur un pliant ou une caisse en bois qu'ils lui prêtaient, buvait un verre de vin en leur compagnie ou acceptait un petit calva, dont elle n'abusait pas.

Joseph Duverger était comme un père pour elle. Il l'avait prise en sympathie. Quand elle ne venait pas au rendez-vous du mardi, devenu rituel, il s'inquiétait, craignant qu'elle ne soit tombée malade. En cet hiver 1946, une forte épidémie de grippe sévissait. Les victimes se comptaient déjà par plusieurs centaines dans la capitale.

— J'ai perdu ma mère en 1918, elle est morte de la grippe espagnole, lui expliqua-t-il, un matin où elle avait ressurgi après deux semaines d'absence. Avec les cochonneries de virus qui courent depuis plusieurs mois, je me faisais du souci.

Rassuré, le vieux peintre l'invita à boire un café bien chaud dans un petit bistrot de la place.

— Aujourd'hui, je n'insiste pas. Il gèle. Je plie bagage.

Tandis qu'ils finissaient leur tasse de café, Joseph proposa à Ariane de peindre à ses côtés.

— Tu ne m'avais pas dit que tu aimais dessiner quand tu étais plus jeune ?

— Si, et je voulais en faire mon métier auprès de mon père en créant pour lui des collections de chaussures.

— Les chaussures, ce n'est pas très artistique !

— Détrompez-vous, Joseph. Leur conception demande tout un savoir-faire mais aussi beaucoup d'imagination. C'est comme la mode.

— Si le cœur t'en dit, installe-toi à côté de moi sur la place. Je te prêterai un chevalet, des pinceaux et de la peinture. Tu verras ainsi si ça te plaît.

Ariane hésita. L'idée de peindre lui avait déjà traversé l'esprit, mais, peu sûre d'elle, elle l'avait vite remisée aux oubliettes.

— Je me sentirai ridicule auprès de vous tous.

Vous êtes des artistes confirmés. Je ne vous égalerai jamais.

— « Aux âmes bien nées, la valeur n'attend point le nombre des années ! »

— Corneille, *Le Cid.* Belles références !

— Les anciens me servent de modèles... Petite, n'attends pas tes années de maturité pour exprimer ton talent. Je t'ai encouragée à profiter de ta jeunesse, de la vie qui est devant toi. Ose. Envole-toi. Prends-toi en main et tu t'apercevras que tu es maîtresse de ton destin. Il n'y a pas de place pour la fatalité en ce bas monde. Nous sommes tous les acteurs de notre présent et de notre avenir.

Ce matin-là, le vieux sage convainquit Ariane. Elle avait tant besoin d'être confortée, tant envie de prouver qui elle était vraiment. Si son père lui avait un jour donné sa chance, si elle l'avait perdue à cause de son amour pour Raphaël, elle devait refuser de se fondre dans l'anonymat sous prétexte qu'elle avait commis, aux yeux des autres, un acte impardonnable.

Confiante en elle comme elle ne l'avait pas été depuis longtemps, elle accepta l'offre de Joseph :

— Je peindrai à côté de vous tous les mardis, lui dit-elle en arborant un large sourire.

— Et le dimanche aussi ! C'est le jour où tu toucheras le plus les amateurs d'art venus découvrir nos toiles.

— Et le dimanche après-midi. D'accord.

Le mois de mars commençant annonçait le printemps. Après le froid de l'hiver, la place du Tertre explosait de lumière. Les peintres avaient ressorti leurs chevalets et envahi le moindre espace. Et, à défaut de touristes, de nombreux curieux s'approchaient d'eux, certains en quête de la perle rare.

Au lycée, Ariane aimait croquer des natures mortes et surtout des paysages, ceux qui lui étaient les plus familiers : la falaise du causse Méjean dominant Florac, la fontaine du Pêcher au centre de la ville, le mas de ses parents… Comme tous ses camarades de classe, et sur la demande de son professeur de dessin, elle n'utilisait que de la gouache et des feuilles de papier Canson. Au fil des années, elle avait acquis de l'assurance, de la précision, de l'originalité dans l'interprétation de ce qu'elle représentait.

Quand Joseph lui confia tout un assortiment de pots de peinture à l'huile, elle crut ne pas s'en sortir. Le mélange des teintes, la préparation de la toile avant d'amorcer la première ébauche, les retouches, les temps de séchage… tous ces éléments lui étaient totalement inconnus. Mais elle apprit vite les secrets de cet art nouveau pour elle et qui exigeait une période d'adaptation.

Joseph lui prodiguait des conseils judicieux, ne rechignait pas à la corriger, à émettre un avis sur ce qu'elle réalisait.

Après deux semaines d'apprentissage, elle revint, munie de tout un nécessaire de peintre.

— Tenez, Joseph, voici votre matériel.

— Tu abandonnes déjà ! s'étonna le vieil homme.

— Au contraire. J'aime beaucoup peindre. La peinture me change complètement les idées et me permet de m'affirmer. Je vous rends au complet tout ce que vous m'avez prêté pour débuter. J'ai acheté sur mes propres deniers ce qui m'est indispensable pour continuer... Si vous acceptez encore de me servir de maître !

Joseph fut soulagé.

— Je vais faire de toi une vraie artiste.

*

Avec l'arrivée de l'été, les touristes et les simples promeneurs se faisaient chaque jour plus nombreux sur la butte Montmartre. Le Sacré-Cœur demeurait une visite incontournable pour tous les amoureux de Paris. Une découverte des lieux mythiques du quartier s'imposait aux amateurs d'art, avec les endroits où avaient séjourné les peintres célèbres du dix-neuvième siècle et du début du vingtième, les restaurants où ils avaient leurs habitudes, les cabarets où d'autres avaient dressé leurs chevalets pour immortaliser des scènes parfois cocasses. Ariane avait appris son histoire et commençait à ressentir vibrer en elle l'âme de Montmartre. Elle avait noué de profonds liens d'amitié avec les artistes de la place du Tertre. Elle appartenait maintenant à leur famille. Habillée comme un garçon, d'un pantalon, d'une chemise et d'une veste trop ample pour sa taille, les cheveux délibérément courts – elle ne les avait jamais reportés longs depuis Nîmes –, une casquette à la Gavroche sur la tête, elle se complaisait dans sa vie de bohème. Elle avait suivi scrupuleusement les conseils de Joseph, puis s'en était peu à peu affranchie pour acquérir un style personnel en phase avec son inspiration et son propre talent. Car Ariane était dotée d'un don certain qui suscitait l'admiration de ses nouveaux compagnons. Ses toiles ne ressemblaient à aucune autre. Elle y mêlait réalisme et surréalisme, qui la démarquaient de ses amis, au registre impressionniste plus ou moins original. Quand on lui demandait ce qu'elle voulait montrer à travers sa peinture, elle répondait toujours :

« La beauté et la cruauté du monde. »

Ariane se complaisait à témoigner du sort des femmes dans la société : femmes dominées, battues, exploitées, humiliées, mais aussi femmes courageuses, dévouées, libérées, amoureuses. Ses personnages étaient à l'image de toutes celles qu'elle avait rencontrées dans sa vie ou dans ses lectures, ou qu'elle avait été elle-même. Elle s'identifiait à chacune d'elles. De temps en temps, elle esquissait des paysages, de mémoire ou d'après des cartes postales, des endroits incontournables de Paris. Joseph lui avait recommandé de ne pas négliger ce type de tableaux, dont les touristes étaient friands :

« Si tu veux susciter l'intérêt pour tes œuvres

plus personnelles, attire d'abord les regards sur ce que viennent voir les curieux. Le touriste désire d'abord des souvenirs de la capitale. Propose-lui la tour Eiffel, l'Arc de triomphe, Notre-Dame ou le Sacré-Cœur. Les vrais amateurs d'art seront aussi intrigués par tes autres créations, et ce sera alors l'occasion de leur montrer ton originalité. »

Ecoutant les conseils avisés de Joseph, Ariane fut très vite surprise de vendre ses premières toiles. Surtout les petits formats, facilement emportés et moins chers.

— N'espère pas t'enrichir avec la peinture, la mit en garde Joseph. Ce que tu vends, ce sera souvent ce que j'appelle de l'alimentaire. Les toiles qui te permettront de ne pas mourir de faim. Encore que, dans ton cas, ton boulot à l'hôtel des Arts t'en préserve.

Loin de considérer cette remarque comme désobligeante, Ariane s'évertuait à réaliser des tableaux que personne ne lui achetait jamais mais qui témoignaient davantage de sa personnalité. Elle se surprenait elle-même à s'enthousiasmer pour des sujets sérieux et avait l'impression, en figurant le sort des femmes dans la société, de prendre sa revanche sur son passé.

Petit à petit, elle changea de sources d'inspiration. Les enfants devinrent le centre de son œuvre.

Elle s'était rendue un dimanche après-midi dans un arrondissement pauvre au nord de Paris. Elle y avait été invitée par Yvette, une collègue de l'hôtel. Dans les rues, elle avait rencontré des gamins dépenaillés, aux visages marqués par le malheur, dépourvus du moindre sourire.

« Ce sont les séquelles de la guerre, lui avait expliqué Yvette. La misère n'a pas disparu. Dans certains quartiers déshérités de la capitale, beaucoup de familles vivent dans l'indigence. Les enfants sont laissés à eux-mêmes. Certains mendient leur nourriture, échappent à l'école. Ils sont les premières victimes de la grippe, de la tuberculose et de la malnutrition… »

Ensuite, elle s'était intéressée au sort des hommes qui, comme Raphaël, avaient sacrifié leur vie pour la patrie. Elle représentait leurs souffrances dans les geôles, dans les camps. A l'image du célèbre tableau de Picasso, *Guernica*, dont elle avait découvert une reproduction dans une revue d'art, elle avait réalisé ces dernières toiles en nuances de gris afin d'accroître l'aspect angoissant de ces scènes.

— Tu me parais bien tourmentée, remarqua Joseph, qui s'inquiétait parfois de la santé de sa jeune protégée.

Quand elle peignait, Ariane, en effet, ne parlait plus, semblait plongée dans un autre monde. Peu à peu, elle s'isolait dans un silence qui trahissait son état d'âme du moment.

— Quand je t'ai rencontrée, tu avais l'air plus épanouie, plus réceptive à ce que je te disais.

Joseph avait deviné à son tour qu'elle portait en elle une profonde blessure.

— Raconte-moi, petite. Ne demeure pas seule avec tes démons. Je t'aiderai à les chasser.

Alors, comme elle s'était abandonnée à la confidence en présence de Jean-Philippe Messier, elle s'épancha sans sensiblerie, sans larmoyer, sans éprouver l'ombre d'un remords.

Joseph comprit que la peinture était devenue son unique moyen de guérir du mal qui la rongeait.

— Laisse libre cours à ton imagination, lui conseilla-t-il. Personne ne te jugera à travers ton œuvre.

Ariane réalisa encore deux ou trois toiles sur lesquelles elle figura des reflets de ses propres cauchemars. Quand elle passa un jour à un sujet plus optimiste, Joseph fut soulagé de la voir apaisée.

*

L'année 1946 touchait à sa fin. Noël approchait. Sur la place du Tertre, ce mardi matin, le vent s'était levé. Les peintres quittaient leurs emplacements les uns après les autres pour se réfugier dans les cafés avoisinants et se réchauffer en attendant les heures les plus clémentes de la journée. Joseph et Ariane hésitaient à les suivre. Les doigts raidis par le froid glacial, Ariane ne parvenait plus à tenir ses pinceaux correctement. Sur sa palette, sa peinture commençait à se figer. Emmitouflée dans une vareuse de suédine trop grande pour elle, elle s'apprêtait à renoncer à son tour. Joseph lui signifia qu'il pliait bagage.

— Fais comme moi, lui conseilla-t-il. Ne prends pas mal avec ce froid. On reviendra plus tard.

Elle ne l'écouta pas, car elle voulait absolument terminer avant midi une toile représentant « le bonheur retrouvé », une scène abstraite où elle figurait le retour de l'enfant prodigue, la célèbre parabole de l'Evangile dans laquelle on fête la repentance de l'enfant qui avait abandonné la maison familiale depuis longtemps. Etait-ce de sa part une vision de ce qu'elle espérait au plus profond d'elle-même ? A vrai dire, elle s'identifiait souvent à ses personnages, tel un romancier, maître de l'échiquier sur lequel il dispose ses héros, leur donne vie ou la leur retire au gré de son imagination et de sa volonté.

Elle tardait donc à rejoindre Joseph et ses autres amis peintres, quand un homme élégant dans son manteau raffiné l'accosta.

— Je vous regarde depuis plusieurs minutes, lui dit-il, sans que vous le sachiez. J'adore ce que vous peignez.

Surprise, Ariane se retourna dans sa direction. Leva les yeux. Se figea. Sa main demeura en suspens sur son chevalet.

— Vous... vous me regardiez travailler ? demanda-t-elle assez stupidement.

— Cela vous étonne ?

— Euh... non. En réalité, nous exposons pour expliquer aux gens ce que nous créons.

Les yeux d'Ariane ne pouvaient dissimuler son trouble.

L'inconnu était un homme d'une petite trentaine d'années, grand et élancé, aux cheveux bruns légèrement ondulés, aux yeux bleu clair qui conféraient à son regard une profondeur vertigineuse. Ariane ne voyait qu'eux.

Très intimidée, elle n'osa plus toucher sa toile.

— Pourriez-vous me montrer d'autres tableaux que vous avez terminés ?

— Oui, bien sûr. Avec ce froid, je les avais rangés dans leurs cartons. Je m'apprêtais à me replier et à me réfugier dans un café avec mes amis.

— Je suis désolé de vous retenir. Je repasserai plus tard. Quand le temps se sera radouci. Nous serons mieux alors pour discuter. Mais sachez déjà que j'ai la ferme intention de vous acheter une toile. Vous avez un réel talent.

L'inconnu allait s'éloigner quand il se reprit :

— Je m'appelle Hervé Latour. Vous vous souviendrez ?

Intimidée, Ariane acquiesça :

— Je n'oublierai pas. Je peins ici tous les mardis et quasiment tous les dimanches.

Hervé Latour s'éclipsa comme il était arrivé. Très discrètement.

Intriguée, Ariane rejoignit Joseph.

— Qui était-ce ? demanda ce dernier, curieux.

— Un futur client.

A sa mine, Joseph comprit qu'Ariane était toute retournée.

23

1947

Une nouvelle année s'amorçait. Ariane était bien décidée à changer le cours de sa vie. La découverte de la peinture lui ouvrait un autre horizon, vers un ailleurs qu'elle n'avait jamais soupçonné jusqu'à présent. Et, si elle ne croyait pas vivre un jour de ses créations, elle se permettait néanmoins tous les possibles. Le fait que des clients lui achetaient ses toiles lui ouvrait de réelles perspectives.

« Ne te décourage pas, lui répétait sans cesse Joseph. Le temps où tu seras acceptée uniquement pour tes œuvres originales arrivera plus vite que tu ne le penses. »

De fait, elle vendait de temps en temps ses tableaux surréalistes à des amateurs, rares mais connaisseurs, qui appréciaient en elle son anticonformisme, sa vision du monde et sa grande sincérité.

Comme il le lui avait promis, Hervé Latour revint la voir un beau matin.

Janvier sévissait dans la froidure d'un hiver rigoureux. Mais, fidèles à eux-mêmes, la plupart des amis d'Ariane étaient à leur poste. Elle terminait une toile dont le sujet lui était cher et qu'elle avait intitulée : *Les Fiancés de l'été*. Elle s'apprêtait à signer son œuvre, quand elle vit Hervé Latour s'approcher, de l'autre extrémité de la place. Nullement surprise, elle eut le loisir de l'examiner avant qu'il ne parvienne près d'elle. Bel homme, il portait avec élégance un manteau long de laine gris perle, autour du cou une écharpe en cachemire bordeaux et anthracite du plus bel effet et aux pieds des richelieus noirs pleine peau qu'Ariane remarqua immédiatement. Les mains protégées par des gants de cuir souple, il arborait un classique chapeau de feutre sur la tête.

Le sourire aux lèvres, il l'accosta sans la saluer, comme s'ils s'étaient quittés peu de temps auparavant.

— Je vous avais promis de revenir. Je tiens toujours mes promesses.

Intimidée, Ariane se leva pour lui tendre la main, s'excusa aussitôt :

— Oh, pardonnez-moi, j'ai les mains pleines de peinture.

— C'est la preuve de votre travail ! Je ne saurais vous en blâmer !

Il la contourna, vint se placer devant son chevalet, s'extasia :

— C'est encore plus beau que ce que vous

m'avez montré la dernière fois. Quelle sensibilité et quelle profondeur se dégagent de cette toile ! Vous peignez avec votre âme, c'est une évidence.

Devant les compliments appuyés d'Hervé Latour, Ariane se sentait extrêmement gênée. Elle n'osa lui révéler ce qu'elle aimait transcrire à travers sa peinture. Cela appartenait à son jardin secret. Elle se contenta de banalités :

— Tous les artistes essaient de transposer leurs sentiments dans leurs œuvres, même dans un simple paysage ou dans une nature morte. Avant de choisir un sujet, il faut d'abord que votre cœur vous parle. Sinon, vous restez au seul niveau de la technique.

Ariane manquait d'expérience en la matière, mais ses progrès avaient été fulgurants. Elle avait un don, lui avait affirmé le vieux Joseph.

— Si nous discutions de votre talent et de vos créations autour d'un verre ? lui proposa son admirateur. Permettez-moi de vous inviter. Vous préféreriez sans doute continuer à peindre, mais…

Ariane l'interrompit :

— J'avais terminé pour ce matin. Juste le temps d'apposer ma signature et je suis à vous.

Elle s'étonna elle-même d'avoir accepté si rapidement l'invitation d'un inconnu.

Il la regarda avec intérêt dessiner sa griffe au bas du tableau.

— « A. Chaptal » ? s'enquit-il. A comme Andrée… ou Anémone ?

Ariane ne put s'empêcher de rire.

— Anémone est un bien joli prénom, mais ce n'est pas le mien ! A comme Ariane.

— Alors, Ariane – vous m'autorisez à vous appeler ainsi ? –, chose promise, chose due. Je vous achète cette toile, qui est une vraie merveille. Votre prix sera le mien.

Prise au dépourvu, elle ne sut que répondre sur le moment.

— Je n'en connais pas la valeur, reconnut-elle. Je dois demander l'avis de Joseph. C'est mon maître. C'est lui qui m'a initiée à la peinture. Arrangez-vous avec lui. Vous le trouverez dans ce café, là-bas, sur la place. Je range mon matériel et je suis à vous. Vous avez largement le temps d'aller le consulter.

De retour quelques minutes plus tard, Hervé Latour déclara d'un air très satisfait :

— Voici la somme qui vous revient. J'ai multiplié par trois ce que proposait votre mentor. Son prix ne me paraissait pas correspondre à votre talent.

Hervé tendit à Ariane plusieurs gros billets de banque.

— Non, c'est trop, voyons ! Ma toile ne vaut pas autant. Je ne suis pas une artiste confirmée, lui répondit-elle, surprise.

Hervé Latour insista. Il glissa l'argent sous sa boîte de peintures et s'empara du tableau.

— Il sera du plus bel effet dans mon salon, se réjouit-il. Je vais créer des envieux parmi mes amis. Je leur donnerai vos coordonnées.

Ariane ramassa son matériel et s'éloigna pour le confier à Joseph.

— Où t'enfuis-tu ? lui demanda ce dernier.

— Mon client m'invite à boire un verre.

— Ici, ce n'est pas assez bien pour lui ?

— Il désire m'emmener dans l'un de ses endroits préférés.

— Allez, petite, sois heureuse ! Ne perds pas ton temps avec un vieux débris comme moi.

— Joseph !

— Je plaisantais. Cours donc le rejoindre. Profite de l'instant présent.

— Ce n'est pas ce que vous pensez ! Cet homme m'est indifférent.

— Je ne pense rien !

Ariane semblait redevenir la jeune fille qu'elle était avant ses malheurs. Son cœur s'envolait. Elle se sentait enfin libre pour la première fois. Sa vie lui appartenait. Elle n'agissait pas en fonction de son passé. Ce qui lui arrivait ouvrait un autre chapitre de son destin.

*

Hervé Latour l'entraîna derrière la place du Tertre, où il avait garé sa voiture. Ariane s'extasia en montant à l'intérieur.

— Studebaker Commander, série 1941, lui expliqua Hervé. J'aime beaucoup les américaines. Elles sont beaucoup plus originales que nos modèles français. Et elles développent une puissance inégalable !

Vêtue modestement, Ariane avait l'air déplacée dans ce véhicule de luxe. Elle n'osait parler la première, trop intimidée.

Hervé Latour faisait la conversation pour deux.

— Le café de Flore, lui indiqua-t-il. Vous connaissez ?

— Non, reconnut Ariane. Je ne fréquente pas ce genre d'établissement.

— Il est très célèbre. C'est un café-restaurant historique dans le quartier Saint-Germain. Une véritable institution, le haut lieu du Tout-Paris littéraire, philosophique et artistique. Vous qui êtes peintre, sachez que Pablo Picasso prisait beaucoup cet établissement.

Ariane n'était pas très à l'aise.

— Je... je ne suis pas habillée correctement pour un tel endroit ! Que penseront vos amis en me voyant à vos côtés ?

— Oh ! Saint-Germain-des-Prés est l'univers des artistes. Tout le monde y trouve sa place. Ce n'est pas le centre de la mode ! J'aime y traîner mes guêtres. Cela me change du milieu où je travaille.

Hervé Latour n'avait pas encore parlé de lui. Il ne s'était intéressé qu'à elle, ce qu'elle avait fait, d'où elle venait, qui étaient ses parents... Il avait beaucoup apprécié de découvrir en elle une jeune provinciale animée d'un profond désir de gravir les échelons de la société. C'était du moins ce qu'Ariane avait suggéré à demi-mot, sans entrer dans les détails de sa vie antérieure. Elle ne s'était pas trop étendue, plus par pudeur que par méfiance. Il ne s'étonna pas quand elle lui avoua s'occuper des chambres et du ménage d'un petit hôtel de quartier.

— A mes yeux, vous êtes d'abord une artiste. Un jour, j'en suis certain, vous vivrez de votre talent.

Ariane ne le démentit pas. Il ajouta :

— Je suis très parisien, je ne m'en défends pas. Et je méconnais la France profonde, celle de la province. Mais je suis persuadé que c'est la vraie France, celle de nos valeurs, des gens authentiques, sans faux-semblants.

— Et vous, quel est votre métier ? se lança enfin Ariane, qui commençait à acquérir un peu plus d'assurance.

A proximité du café de Flore, une automobile surgit tout à coup sur la gauche refusant la priorité. Hervé écrasa le frein de sa voiture. Klaxonna de colère.

— Ah, ces taxis ! Ils roulent trop vite et prennent leurs aises !

Omettant de répondre à sa passagère, il se gara au bord du trottoir du boulevard Saint-Germain et invita celle-ci à le suivre.

— Nous voici arrivés.

Malgré le froid, des clients buvaient à la terrasse, très animée. Curieuse, Ariane examinait les lieux comme une enfant faisant une merveilleuse découverte. Hervé la convia à s'installer à l'intérieur et pria le serveur de leur apporter deux coupes de champagne.

Une fois assise confortablement à l'une des tables les plus discrètes de l'établissement où Hervé avait ses habitudes, elle réitéra sa question :

— Vous ne m'avez toujours pas dit ce que vous faisiez, en dehors d'acheter des tableaux à d'illustres inconnues !

— Pardonnez-moi, ce taxi m'a perturbé... Je travaille dans une maison de haute couture. J'en suis le directeur du personnel et de la communication. Le responsable des différents services, tels que les ateliers, la vente, la manutention, les relations publiques, la comptabilité. Bref tout le côté humain, financier et relationnel de la maison.

— Une maison de haute couture ! s'étonna Ariane.

— Christian Dior, pour être plus précis. Vous avez entendu parler de ce couturier ?

— J'avoue que non.

— Il a d'abord été galeriste dans les années trente. Cela devrait vous intéresser. Il a beaucoup exposé les peintres surréalistes, comme Picasso, Dalí, Magritte, Giacometti, Miró et j'en passe. C'était un grand amateur d'art.

— Pourquoi dites-vous cela au passé ?

— Sa galerie a fait faillite en 1934, à la suite de la crise économique. Alors, il s'est mis à dessiner, surtout des robes et des chapeaux. Remarqué dans le milieu, il est parvenu à vendre ses croquis chez Nina Ricci, Balenciaga et Schiaparelli, et a ainsi débuté sa carrière dans la haute couture. Chez Robert Piguet pour commencer, avant la guerre, puis chez Lucien Lelong en 1941.

Très à l'écoute, Ariane découvrait un autre monde. Un monde qui lui paraissait tellement lointain et irréel quand, petite, elle feuilletait les revues que sa mère achetait de temps en temps et qu'elle abandonnait sur la table du salon. Elle buvait littéralement les paroles d'Hervé Latour.

Ce dernier, s'apercevant qu'il captivait sa jeune invitée, se lança dans les détails, désirant rompre totalement la distance qu'elle maintenait depuis leur première rencontre.

— Je ne vous ennuie pas, au moins, avec cette histoire ? s'enquit-il dans l'attente qu'elle le supplie de poursuivre.

— Au contraire. Le milieu de la mode m'intéresse beaucoup. Je ne vous ai toujours pas précisé quelle était ma profession avant de m'installer à Paris.

— Vous m'avez raconté que vous viviez à Florac, en Lozère…

— J'étais styliste dans l'usine de mon père. Je dessinais ses collections de chaussures. Aussi, vous comprenez pourquoi vos explications m'interpellent.

Hervé parut surpris par la révélation d'Ariane.

— Je ne vous demande pas les raisons qui vous

ont poussée à monter à Paris et à accepter la vie que vous menez aujourd'hui…

— Je préfère en effet ne pas m'étendre sur ce sujet.

Très courtois, Hervé n'insista pas et poursuivit son historique :

— Il y a deux ans, Christian Dior a fait la connaissance d'un important industriel du textile, Marcel Boussac, « le roi du coton », comme l'appellent ses amis. Lequel lui a proposé de créer pour lui une maison de haute couture et de lui donner son nom. Dior a hésité…

— Pourquoi ? C'était une chance inouïe !

— Christian Dior a une sœur qui a été déportée à Ravensbrück en 44 puis libérée en 45…

Le cœur d'Ariane se serra. Les souvenirs de la guerre, son passé avec Raphaël reviendraient donc chaque fois qu'elle penserait avoir tourné la page, à chacune de ses nouvelles rencontres !

Elle s'assombrit. Hervé Latour le remarqua.

— Je vois bien que je vous ennuie, s'inquiéta-t-il à nouveau.

— Non, pas du tout. Continuez. C'est le champagne qui me monte un peu à la tête. Je n'ai pas l'habitude.

Hervé reprit donc :

— Je serai bref. Si l'on m'évoque ce sujet, je deviens intarissable ! Voilà : Catherine – la sœur de Christian Dior – était résistante pendant la guerre. Elle a été dénoncée, puis arrêtée par la Gestapo et déportée. Vous savez aussi bien que moi ce qui arrivait à ces hommes et femmes victimes de la délation d'autres Français...

— Je le sais, hélas ! releva Ariane sans se trahir. Mais quel rapport avec ce que vous disiez à propos de votre couturier ?

— Boussac a travaillé pour les Allemands sous l'Occupation. Il a aussi participé au Conseil national instauré par Vichy. Ses bonnes relations avec des officiers supérieurs allemands et avec le ministre de la Production industrielle du gouvernement lui ont permis de sauvegarder ses usines.

Ariane se sentait de plus en plus mal. Elle ne pouvait s'empêcher de penser à son père. Ce Boussac avait donc suivi un itinéraire semblable au sien ! Avait-il également tenté de sauver son honneur en renseignant la Résistance ?

— Il a même fourni la marine allemande en tissus provenant de ses usines...

Tout comme mon père a fourni des chaussures à la Wehrmacht ! songea-t-elle.

— ... Une instruction pour collaboration a été ouverte à son encontre à la Libération...

— Et alors, que s'est-il passé ? Il a été disculpé, comme mon père ? se trahit soudain Ariane.

Hervé arrêta net ses explications.

— Comme votre père ?

Ariane eut envie de s'enfouir trois pieds sous terre. Rouge de confusion et de honte, elle se leva de sa chaise, saisit son sac, prête à s'enfuir.

— Où allez-vous si vite ? s'étonna Hervé. Rasseyez-vous donc. Pardonnez-moi si je vous ai choquée par ma question. Je la retire. Vous n'avez pas à vous justifier devant moi. Je ne voulais pas me montrer indiscret.

Ariane se rassit et reprit ses esprits.

— C'est moi qui vous demande pardon pour ma réaction. Je ne peux pas vous expliquer. On ne se connaît pas suffisamment, vous comprenez. Plus tard… peut-être… Terminez ce que vous étiez en train de me raconter. Votre récit, même s'il réveille en moi de terribles souvenirs, m'intéresse beaucoup.

Alors, avec beaucoup de précautions, Hervé Latour poursuivit :

— L'instruction est toujours en cours[1]… Mais Boussac ne s'est pas découragé. Pour rebondir, il a eu l'idée de se lancer dans la mode. Il a beaucoup investi dans l'affaire et c'est ainsi qu'il a proposé à Christian Dior d'attribuer son nom à sa maison de couture… Celui-ci a hésité à donner son aval, comme je vous le disais, très probablement à cause du passé sulfureux de son généreux mécène et de sa sœur, victime des nazis. Mais cette hypothèse n'engage que moi ! Voilà, vous connaissez toute l'histoire.

1. Elle sera close le 2 juillet 1947 par un non-lieu. Marcel Boussac n'a pas été inquiété, notamment grâce aux témoignages des rescapés déportés de son usine, aux familles desquels il n'avait pas cessé de verser leurs salaires pendant leur déportation.

Ariane retrouvait des couleurs. Ce qu'elle venait d'entendre la rassura. Les destins de Boussac et de son père se ressemblaient et aucun des deux ne se terminait en drame. Elle se remit du même coup à nourrir un petit espoir concernant Raphaël. Si Catherine, la sœur de Christian Dior, s'en était sortie, pourquoi pas son fiancé ? se dit-elle. Ne serait-il pas vivant… quelque part ? Tout n'était-il pas encore possible ?

Hervé Latour se rendit compte qu'il avait beaucoup perturbé son invitée. Ce soir-là, il demeura sur sa réserve. Il la raccompagna à son hôtel. Lorsqu'ils furent sur le point de se séparer sur le trottoir, alors que la nuit tombait, il lui prit la main.

— Je vous reverrai ? s'inquiéta-t-il. Cela me ferait énormément plaisir.

Ariane hésita. Elle avait passé un agréable moment en sa compagnie, même si elle avait ressenti un certain malaise lors de l'évocation des années de cendres qu'elle avait traversées.

— Je ne sais pas si je dois accepter. Je n'appartiens pas à votre milieu, reconnut-elle humblement. Vous m'avez introduite dans un monde de luxe auquel je suis totalement étrangère. Moi, je vis à la bohème. Je me contente de peu. Mes amis ne sont pas riches. Mais ils ont le cœur sur la main.

— Je reviendrai vous voir peindre sur la place du Tertre, insista Hervé. Maintenant que je vous ai découverte, je ne vous abandonnerai pas. Vous méritez mieux que l'anonymat.

Quand Hervé disparut au coin de la rue, Ariane se sentit tout attristée.

Elle s'en voulait de réagir de cette manière, comme si elle refusait ce que le destin lui offrait soudain.

« Ose ! Envole-toi ! lui avait gentiment conseillé Joseph. Prends ton destin en main. »

Elle ne trouva pas le sommeil facilement cette nuit-là.

Au petit matin, reprenant son service, elle avait fait toute la lumière en elle.

24

Le dimanche suivant, Ariane dressa son chevalet à l'écart de celui de Joseph. Ce dernier s'étonna, car, depuis qu'elle peignait, elle s'était toujours installée à ses côtés. Il crut sur le moment qu'elle le boudait et n'en comprit pas la raison.

Elle commença une toile de grande dimension sur laquelle elle avait déjà ébauché en fond la fontaine du Pêcher à Florac, l'endroit où elle avait coutume de rencontrer Raphaël. Cette fois, elle abandonna son style surréaliste au profit d'un impressionnisme plus conventionnel. On y reconnaissait parfaitement les détails du lieu, même si elle les avait interprétés à sa façon. Elle y ajouta deux personnages tendrement enlacés, tous deux assis sur un muret. Audessus d'eux, un soleil radieux reflétait ses rayons dans l'eau claire qui s'échappait de la résurgence et illuminait le rocher de Rochefort en arrière-plan.

Intrigué, Joseph s'approcha d'Ariane.

— Tu me fais la tête, petite ? Pourquoi ne t'es-tu pas installée près de moi, à ta place habituelle ?

Ariane le rassura aussitôt :

— Pardonnez-moi, Joseph, de ne pas vous avoir salué. J'avais l'esprit ailleurs, ce matin.

Joseph se permit un regard discret sur sa toile et s'étonna :

— Tu te remets au figuratif ?

— J'avais envie de me replonger dans l'univers qui m'a vue naître.

— Et qui sont ces deux personnages au centre de la scène ?

Ariane parut gênée. Elle avait reproduit un jeune homme et une jeune fille, mais sans préciser leurs traits. Comme le reste du tableau, ils n'étaient qu'à peine esquissés, par des touches aux contours flous.

Joseph n'eut guère besoin d'explications pour deviner que sa petite protégée était revenue à ses premières amours.

— Tu penses encore à ton fiancé, n'est-ce pas ? Et tu as voulu l'immortaliser sur ta nouvelle toile ?

— Ce n'est pas ce que vous croyez, Joseph. En choisissant ce sujet, j'avais simplement envie de me ressourcer. Le pays me manque parfois.

— Continue. C'est très réussi jusqu'à présent.

Pendant toute la matinée, plongée dans ses souvenirs, Ariane se surprit à garder sa sérénité, à n'éprouver aucune tristesse, aucune nostalgie. L'évocation de Raphaël – car c'était bien de lui et d'elle qu'il s'agissait – la rendait plus forte et déterminée. Elle avait besoin pour bâtir son avenir de s'appuyer sur ses racines, pour ne pas avoir l'impression de fuir sans cesse en avant, pour mieux éradiquer le passé. Elle assumait pleinement, à présent, ce qu'elle avait vécu, qui elle était, ce qu'elle était devenue.

Ariane avait fait son deuil de Raphaël et s'en trouvait soulagée. L'idée qu'il pût encore être de ce monde, quelque part, perdu, soigné, retenu dans un camp soviétique, comme on le lui avait suggéré dernièrement, ne hantait plus ses nuits. Elle ne voulait plus y songer, afin de ne pas continuer à espérer vainement et à gâcher les belles années qui se profilaient devant elle.

Hervé Latour ne tarda pas à revenir la voir sur la place du Tertre. Toujours aussi élégant en costume de tweed et manteau de laine alpaga, il savait la mettre à l'aise et, malgré son langage châtié, ne cherchait pas à se distinguer. Il avait d'ailleurs avoué être d'origine modeste, ce qui avait immédiatement rassuré Ariane.

Il la regardait travailler sans la déranger, demeurant discret, respectant une certaine distance afin de ne pas la troubler. Elle se prêtait volontiers au jeu. En sa présence, elle oubliait sa condition, ne ressentait plus aucune honte ni aucun scrupule d'être habillée comme un véritable poulbot parisien. Il s'en amusait et ne se privait pas de lui affirmer qu'il la trouvait extrêmement séduisante car sans artifices.

Il l'entraînait souvent au Lapin agile, rue des Saules.

« Savez-vous que cet établissement se situe dans la doyenne des rues de Montmartre ? lui avait-il demandé, la première fois qu'il l'y avait conviée. C'est le plus ancien cabaret de la capitale. »

Ariane, bien qu'habituée à la Butte, ne connaissait pas ce détail.

« Il domine Montmartre depuis près de deux cents ans. C'était le repaire de Verlaine, Renoir, Modigliani, Apollinaire, et plus récemment de Picasso, encore lui. »

Avec Hervé, Ariane approfondissait ses connaissances sur l'histoire de Paris, sur ses hôtes célèbres, sur les grandes tendances du monde artistique et littéraire. Hervé était un puits de science, mais avait le don de ne se montrer ni prétentieux ni présomptueux. En sa présence, Ariane se sentait de plus en plus en phase avec sa nouvelle vie d'artiste. Certes, elle n'avait pas abandonné sa place de femme de chambre et ne dédaignait pas le travail qu'elle exerçait, mais son esprit était dorénavant totalement accaparé par sa peinture.

Hervé, quant à lui, ne cessait de lui vanter tous les aspects de la haute couture parisienne. Ariane paraissant très intéressée, il se réjouissait de lui en dévoiler tous les rouages, les enjeux, de lui dépeindre un univers qui, pour elle, se trouvait à mille lieues de ses préoccupations quotidiennes. Le luxe, les paillettes, le décorum, les mannequins à la une des magazines de mode ne la faisaient pas rêver mais attisaient sa curiosité.

Un jour, au moment de la quitter devant la porte de son hôtel, il lui proposa de visiter les ateliers de Christian Dior.

— Je vous ai beaucoup parlé de notre prestigieuse maison. Venez la découvrir, je vous servirai de guide. Vous serez étonnée de constater comme nous formons une grande famille. Ce n'est pas du tout ce que vous imaginez. Le milieu de la mode n'a son pareil dans aucun autre domaine.

Ariane hésita. Elle avait conscience qu'elle ne serait pas à sa place dans ce monde si particulier.

— De quoi aurais-je l'air, habillée comme je suis ? objecta-t-elle.

Hervé sourit, lui prit la main. Insista :

— Je vous en prie. Vous me feriez tellement plaisir.

Ariane éprouvait pour Hervé Latour plus que de l'amitié. Chaque fois qu'il se présentait devant elle, elle ressentait une bouffée de joie, son ciel s'illuminait. Elle était heureuse.

Au point que Joseph, qui la surveillait du coin de l'œil, ne se privait pas de l'avertir :

« Attention, petite. Tu finiras par tomber amoureuse !

— Oh, ça ne risque plus de m'arriver de sitôt ! » lui répliquait-elle alors, pour se dédouaner.

Ariane refusait d'admettre ce qui se passait en

elle. Elle ne souhaitait pas, en effet, remettre son cœur à l'épreuve. Ses souvenirs de Raphaël étaient encore trop vivaces, même si elle avait délibérément décidé de ne plus vivre au passé.

Ce soir-là, pourtant, elle accepta l'invitation d'Hervé.

*

Il lui fixa rendez-vous pour le mardi suivant, son jour de congé.

Pour l'occasion, elle emprunta une robe seyante et un manteau à sa collègue de travail. Yvette était une jeune femme très élégante qui arborait des tenues soignées chaque fois qu'elle sortait. Elle ne fréquentait pas le beau monde du Tout-Paris, mais elle aimait se vêtir selon les tendances de la mode. Si ses moyens ne lui permettaient de s'acheter que du prêt-à-porter, elle le choisissait toujours avec beaucoup de goût.

Quand Ariane lui annonça qu'elle était invitée à visiter la maison Christian Dior en compagnie de son directeur du personnel, Yvette la dévora des yeux.

— Comme je t'envie ! Quelle chance tu as !

Elle lui prêta les habits les plus chics de sa garde-robe.

— Et pour les chaussures, tu as ce qu'il faut ?

Ariane ne se retint pas de remarquer :

— Les cordonniers sont les plus mal chaussés, c'est bien connu !

Yvette s'en étonna.

— Je n'ai rien de bien à me mettre, ajouta Ariane. Seulement de vieux mocassins.

Yvette sortit d'un carton une paire d'escarpins à talons aiguilles.

— Ils te plaisent ?

— Magnifiques ! Et c'est une spécialiste qui te l'affirme. Mais je crains de ne pouvoir marcher avec. Je n'ai pas l'habitude.

Elle les passa aux pieds, amorça quelques pas, chancela.

— Ils te vont parfaitement ! complimenta Yvette.

— Ça me convient, conclut Ariane.

— Que signifiaient tes sous-entendus à propos des cordonniers ?

— Rien. Je ne peux pas t'expliquer.

Avant de partir, Ariane changea encore sa coiffure. Elle donna du volume à ses cheveux mi-longs et les balaya sur le côté gauche tout en laissant une mèche rebelle s'échapper.

— Ouah ! s'extasia Yvette. On dirait une starlette. Tu vas plaire à ton directeur de maison de couture ! Tu as envie de devenir mannequin ?

Ariane rit aux éclats.

— Ah non ! Ce milieu n'est pas pour moi.

Hervé l'enleva devant son hôtel. Ariane ne rechignait plus à monter dans sa belle américaine. Elle avait gommé tout scrupule, bien décidée à saisir l'opportunité, oubliant a priori, idées préconçues et fausses convenances.

Quand Hervé l'aperçut dans sa nouvelle tenue, il la complimenta.

— Vous êtes très élégante, Ariane. Vous m'aviez caché cela.

Intimidée comme le jour où il l'avait entraînée au café de Flore, elle préféra ne pas relever ses paroles flatteuses.

Ils se rendirent sans tarder au 30, avenue Montaigne, dans le huitième arrondissement. Christian Dior y avait fondé sa maison le 8 octobre de l'année précédente et l'avait inaugurée le 16 décembre. L'établissement était un ancien hôtel particulier qui avait pignon sur rue. Tout y respirait le luxe et l'élégance. Ariane n'avait aucune idée de ce qu'elle allait découvrir.

— Nous sommes encore très jeunes sur la place, admit Hervé, tandis qu'ils arrivaient à destination. Tu verras, ajouta-t-il pour la rassurer, notre maison est comme une ruche. L'esprit d'équipe est indispensable. Et si le personnel est très hiérarchisé, chacun est conscient de la fonction qu'il occupe et que de sa tâche dépend celle des autres.

Tout à son étonnement, Ariane ne remarqua pas qu'Hervé l'avait tutoyée.

— J'avais orienté mon père vers la chaussure de luxe, mais je reconnais que j'étais loin d'imaginer que la haute couture était un univers à ce point complexe et besogneux…

— Les petites mains, les couturières, sont aussi importantes que les premières d'atelier. Sans elles, rien ne se réaliserait.

Hervé présenta Ariane à tous ses collaborateurs en poste ce jour-là. Il l'emmena visiter les ateliers, lui décrivit leur rôle et leur place dans l'organigramme de la maison.

— Pour être simple, toute maison de haute couture fonctionne en deux ateliers. Ici, nous nous trouvons dans l'atelier de « tailleur », qui crée les vêtements structurés, les vestes, les pantalons, les jupes droites, les manteaux. Plus loin, nous verrons l'atelier du « flou », qui produit les robes fluides, robes du soir et de cocktail, ainsi que les jupons évanescents aux courbes légères et souples.

Autour d'eux, une équipe d'ouvrières était à l'œuvre. Les unes cousaient, les autres faufilaient des éléments d'une veste disposée sur un mannequin Stockman en bois.

— Elles appliquent la technique du picotage pour réaliser un tailleur, expliqua Hervé. C'est une ancienne opération, très longue, qui consiste à coudre l'intérieur du col et le revers de la veste pour apporter la tenue et le bon tombé de la pièce. On ne peut pas tricher avec un tailleur. L'assemblage doit être rigoureux.

Ariane semblait subjuguée par ce qu'elle découvrait.

— Combien y a-t-il d'ouvrières dans vos ateliers ?

— Une soixantaine. Mais nous n'en sommes

qu'au commencement de notre aventure. En plus, il faut ajouter le personnel d'encadrement, les premières d'atelier et les secondes. Les premières sont en quelque sorte les contremaîtres. Elles sont chargées de la discipline du groupe, mais elles ont aussi des fonctions d'essayeuses auprès des clientes, et de modélistes.

— Ce qui signifie ?

— Elles conçoivent les modèles en matérialisant les croquis du créateur ou l'une de ses idées. Elles définissent le patronage et assurent la réalisation technique avec l'aide de leur équipe.

— Et les secondes ?

— Elles coordonnent la fabrication du vêtement et participent à la gestion administrative de l'atelier.

Tandis qu'Hervé discourait, une femme d'un certain âge accompagnée d'une autre plus jeune s'avança vers lui.

— Je te présente Marguerite Carré, notre célèbre première d'atelier, et Mlle Tisserand, sa seconde. Toutes deux travaillaient chez Patou avant de nous faire l'honneur de nous rejoindre à l'ouverture de notre maison, l'année dernière[1].

Ariane n'osa pas tendre la main et se contenta d'un léger dodelinement de la tête.

---

1. Après un accord entre Dior et Patou, la maison concurrente, onze premières et secondes d'atelier sont passées chez Dior en décembre 1946, dont Marguerite Carré et Christiane Tisserand.

— Mesdames, je vous présente Ariane Chaptal, artiste peintre.

Les deux femmes saluèrent Ariane, et Marguerite s'enquit aussitôt :

— Vous exposez à Paris ?

— Non. Pas encore, intervint Hervé. Mais ça ne saurait tarder, car Ariane a beaucoup de talent.

Marguerite Carré arbora un petit sourire et flatta son chef du personnel :

— Vous avez bon goût, Hervé. Comme toujours !

Ariane ne saisit pas l'allusion. Elle se taisait, tant elle craignait de commettre un impair. La première d'atelier l'intimidait. Très élégante, dans sa robe sombre, elle arborait discrètement un double collier de perles et un large bracelet d'argent au poignet gauche. Les cheveux tirés en arrière lui découvraient le front et les tempes, lui conférant un air qui inspirait le respect.

— Marguerite est en charge du modèle phare de notre future collection printemps-été, poursuivit Hervé pour détourner la conversation, le tailleur Bar, comme nous l'avons baptisé. Je n'ai pas le droit de te le dévoiler. Mais notre premier tailleur, Pierre Cardin, a redessiné avec Christian Dior une silhouette féminine à l'opposé de ce qui a prévalu avant-guerre : taille cintrée, poitrine haute et ronde, épaules étroites, jambes couvertes jusqu'à quarante centimètres du sol. Fini les jupes trop courtes…

— Hervé ! l'arrêta Marguerite. Ces détails ne doivent pas être divulgués avant le défilé !

— Vous avez raison, Marguerite. Mais Ariane sera une tombe.

Ariane ne disait mot. Elle examinait tout avec beaucoup d'intérêt, écoutait attentivement, essayait de comprendre ce monde qui ne vivait que pour satisfaire les désirs d'une clientèle fortunée. Elle se sentait si loin de ses racines. Dans sa tête, tout s'embrouillait. Elle n'entendait plus Hervé ni la première d'atelier.

Hervé la ramena à la réalité :

— Ariane ! Tu me sembles ailleurs, tout à coup.

— Excusez-moi, je suis un peu perdue dans cet univers si… si merveilleux. Je n'aurais jamais imaginé pénétrer un jour dans le monde de la haute couture. Toutes les femmes en rêvent !

Marguerite ne cessait de sourire. Elle pensait que la relation de son directeur avec la jeune visiteuse n'était pas purement platonique.

— Et si vous ameniez votre amie au défilé du 12 février ? suggéra-t-elle à Hervé. Je suis sûre que vous la combleriez de bonheur.

Hervé regarda Ariane droit dans les yeux.

— J'allais te le proposer. Qu'en penses-tu ?

— Un défilé de mode ?

— Oui, le 12 février prochain, Christian Dior présentera son premier défilé de mode. Le tailleur Bar en sera le point d'orgue. C'est la raison pour laquelle toutes les équipes sont en effervescence. Nous n'avons plus qu'un mois pour tout organiser. Ce défilé marquera pour notre maison le début de sa réussite. Ou de son échec. Alors, tu acceptes l'invitation ?

Ariane sentit monter en elle une grande fierté.

Si l'on m'avait prédit il y a deux ans, alors qu'on me vouait aux gémonies sur la place publique, que je serais invitée à un défilé de Christian Dior, je ne l'aurais jamais cru !

— Avec grand plaisir, répondit-elle, enchantée.

Hervé ne cacha pas sa joie.

— Je t'emmène au restaurant, lui proposa-t-il. Nous devons fêter ça.

*

Ariane était sur son petit nuage. Les événements se précipitaient. Elle avait peine à réaliser ce qui lui arrivait. Hervé Latour se faisait de plus en plus pressant à son égard. Et ce n'était pas pour lui déplaire. Elle retenait ses sentiments, de peur de s'emballer et de souffrir encore alors qu'elle venait tout juste de retrouver la paix et la sérénité propices à sa vie nouvelle.

Elle ne niait pas, en son âme et conscience, qu'Hervé l'attirait. Il émanait de sa personne un tel charisme, une telle gentillesse, il montrait tant de prévenance et de simplicité malgré son rang et sa fonction, qu'elle refoulait de plus en plus difficilement ce qu'elle ressentait pour lui.

Auprès de ses amis peintres, elle ne cachait pas sa bonne humeur, souriait en permanence, peignait des sujets assurément plus gais que ceux qu'elle avait jusqu'à présent réalisés. Joseph ne tarda pas à s'apercevoir du changement radical qui s'opérait chez sa petite protégée.

— Tu ne serais pas tombée amoureuse, au moins ? plaisanta-t-il, une semaine après sa visite chez Christian Dior.

Joseph ne manquait pas de perspicacité. Il avait remarqué qu'à chaque venue d'Hervé Latour Ariane se transfigurait. Son visage s'illuminait, ses yeux se transformaient en deux diamants brillant de bonheur, sa main sur sa toile tremblait d'émotion. Elle répondait de façon évasive à ses questions, parfois de manière incohérente, comme si son cœur était profondément perturbé.

Ariane ne releva pas ses paroles, tout à ses pensées.

Joseph réitéra sa demande. Se moqua d'elle :

— Alors, je ne me trompe pas. Tu es amoureuse ! Tu es ailleurs tout en étant là !

— Que dites-vous, Joseph ? fit Ariane.

— Je disais que tu es amoureuse et que ça se lit dans tes yeux comme dans un livre ouvert.

Ariane rougit. Elle ne parvenait plus à feindre.

— Vous avez raison, Joseph. Je n'ai plus l'esprit à peindre.

— Ce n'était pas une critique. Je t'ai déjà conseillé de vivre pleinement ta vie. Profite de l'instant présent. Tu es amoureuse de ton chevalier servant, n'est-ce pas ? De cet Hervé Latour qui te courtise depuis le jour de votre première rencontre ?

Ariane ne put contredire Joseph. Mais elle n'osait poser un nom sur ses sentiments, de crainte de se fourvoyer.

Joseph le fit à sa place :

— Quand l'amour vous tient, il ne faut pas lui fermer la porte au nez. Laisse parler ton cœur. Ecoute-le. Et agis en conséquence.

Forte des bonnes paroles de son mentor, Ariane décida de briser les derniers liens qui l'attachaient à son passé, et de marcher sans plus hésiter vers son destin.

Quand Hervé l'invita à nouveau au café de Flore, c'est en femme libérée qu'elle accepta. Elle n'eut pas à attendre longtemps avant qu'il rompe la distance qui les séparait encore :

— Je t'aime, Ariane, lui déclara-t-il en lui prenant la main. Je n'ai pas cessé de penser à toi depuis le premier jour où je t'ai rencontrée. Chacune de mes visites était guidée par les sentiments que j'éprouve pour toi.

Ariane, le cœur cognant d'émotion, garda le silence. Hervé crut qu'elle allait l'éconduire. Elle releva les yeux timidement, serra sa main dans la sienne.

— Je t'aime aussi, lui avoua-t-elle enfin, en le tutoyant pour la première fois.

Le soir même, Hervé emmena Ariane chez lui, dans le luxueux appartement qu'il occupait sur l'avenue Montaigne, à deux pas de chez Christian Dior.

Elle s'offrit à lui sans aucune appréhension, sans réticence, effaçant les heures semblables qui l'avaient rendue heureuse dans les bras de Raphaël. Oubliant qu'elle s'était arrêtée de vivre.

Au petit matin, se réveillant tout alanguie d'une nuit d'ivresse, elle sursauta, affolée.

— Quelle heure est-il ?

Hervé peina à ouvrir les yeux. Consulta sa montre.

— Six heures. Pourquoi ? Il est tôt… Le jour n'est pas encore levé…

— Je vais être en retard à mon travail ! Mon service commence dans une demi-heure. Je n'y serai jamais.

Hervé l'attira vers lui pour l'embrasser. Elle se dégagea de son étreinte.

— Ne t'inquiète pas, ma chérie. Laisse tomber ton service pour aujourd'hui.

— Mais ma patronne n'admettra pas mon retard ! Elle est très à cheval sur la ponctualité. Lève-toi vite et habille-toi. Tu me ramènes à Montmartre ?

— Non, pas ce matin !

Ariane pensa qu'Hervé se moquait d'elle.

— S'il te plaît, Hervé. Je n'ai pas envie de perdre ma place. J'en ai trop besoin.

— Bientôt, tu n'auras plus besoin de préparer

les chambres dans ton hôtel. J'ai beaucoup mieux à te proposer.

Ariane ne comprenait pas.

— Que veux-tu dire ?

— Si tu acceptes, et j'espère que ce sera le cas, je t'engage chez Christian Dior. Nous recherchons des dessinatrices pour modéliser nos futures créations. Nous avons deux collections à assurer par an, dont la collection printemps-été, qui se déroule en janvier ou février. C'est celle à laquelle tu assisteras, le 12 février prochain. Et la collection automne-hiver, au mois de juillet. Celle pour laquelle je te convie à rejoindre notre maison.

Ariane ne s'attendait pas à une telle proposition.

— Tu te moques de moi, Hervé ! Je n'ai pas ma place dans une maison de haute couture...

— Tu m'as bien expliqué que tu étais styliste dans l'usine de chaussures de ton père ? Donc tu sais parfaitement dessiner des modèles. Ton talent de peintre t'aidera beaucoup dans cette nouvelle fonction. Tu es dotée d'un sens artistique que j'ai deviné au premier coup d'œil. Tu possèdes un don, une sensibilité qui s'exerceraient admirablement chez nous. Nous avons besoin de gens comme toi, de véritables artistes. Christian Dior lui-même est un artiste dans l'âme. Son passé de galeriste le prouve.

Ariane demeura sans réponse devant les arguments convaincants d'Hervé.

— Plus tard, poursuivit ce dernier, si tu le désires, tu pourras devenir première d'atelier. Une fois que tu auras assimilé tous les aspects de la haute couture.

Le temps pressait.

— Cette fois-ci, je suis vraiment en retard, remarqua Ariane. Je suis bonne pour la réprimande.

— Que décides-tu ? Je ne veux pas te mettre le couteau sous la gorge. Mais, sincèrement, tu devrais m'écouter. C'est la chance de ta vie. Tu n'es vraiment pas à ta place dans l'emploi que tu occupes, ajouta-t-il pour finir de la persuader. Tu as beaucoup de talent. Viens l'exercer chez Dior. Tu retrouveras l'ambiance de création que tu as connue dans l'usine de ton père.

Ariane demanda le temps de la réflexion.

Ce jour-là, elle commença son service avec une heure de retard.

Sa patronne ne lui en tint pas rigueur. C'était la première fois que cela se produisait.

Le lendemain, un mardi, Hervé revint à la charge. Ariane avait à peine installé son chevalet sur la place du Tertre qu'elle vit débouler Hervé, le regard grave.

— Que se passe-t-il ? s'enquit-elle aussitôt.

— J'ai besoin de ta réponse aujourd'hui même. Il y a quelqu'un d'autre sur les rangs.

Ariane n'avait pas dormi de la nuit, trop préoccupée par les paroles d'Hervé. Mais en se levant, tôt le matin, elle avait pris sa décision.

— J'accepte, lui annonça-t-elle, rayonnante.

25

Ariane n'avait pas encore commencé son nouvel emploi de styliste, car, à la demande du grand couturier lui-même, les équipes étant déjà constituées, Marguerite Carré l'avait avertie qu'elle désirait patienter jusqu'au défilé. Elle n'avait pas non plus prévenu sa patronne qu'elle s'apprêtait à la quitter. Hormis Yvette, personne ne savait que son destin était en train de prendre un autre tournant qui l'introduirait dans un monde de luxe inaccessible pour beaucoup.

Hervé, très accaparé par la préparation de l'événement, lui signifia qu'il serait moins disponible.

— Ne t'inquiète surtout pas. Je dois me rendre à l'étranger pendant quelques jours afin de rencontrer les journalistes qui font la une de la presse internationale. C'est d'une extrême importance. Nous voulons surtout toucher les Etats-Unis, qui ont acquis la première place dans la haute couture pendant la guerre, tandis que nous subissions des restrictions de tissus peu propices à notre métier.

— Les Américains ne sont pas très bien habillés, pourtant ! s'étonna Ariane. La mode a toujours été l'apanage de la France !

— Il a suffi que nous soyons occupés par les Allemands – qui, en plus, ont tenté en vain de transférer la capitale de la mode de Paris à Berlin – pour que nous perdions notre suprématie dans un domaine où nous excellions. Beaucoup de maisons de haute couture ont chuté à cause du conflit. C'est peut-être, pour nous, une chance inespérée de prendre la relève. Nous ne devons pas rater cette opportunité.

— Tu restes absent longtemps ?

— Une petite semaine. Le temps de me rendre à Londres, où je rencontrerai des journalistes américains, puis à Rome. Je serai de retour pour le défilé.

Ariane s'assombrit. Depuis qu'Hervé lui avait déclaré sa flamme, elle n'avait pas contenu ses sentiments, résolue à vivre pleinement son nouvel amour.

— Ne sois pas triste, ma chérie. Je t'appellerai tous les jours.

— Mais je n'ai pas le téléphone, dans ma chambre ! Et à l'hôtel ce ne sera pas possible…

Hervé la serra dans ses bras, l'embrassa avec tendresse.

Elle s'abandonna.

— J'ai pris une grande et sage décision pour toi.

— Pour moi ?

— Fais tes adieux à ton hôtel et viens t'installer chez moi, avenue Montaigne. Ainsi, tu auras le téléphone à portée de main.

— Mais je ne suis pas encore tout à fait embauchée dans ta maison de couture !

— Tu oublies que c'est moi le directeur du personnel ! Je n'ai qu'une parole et je tiens toujours mes engagements. Dans une semaine, le défilé sera derrière nous. Nous nous attellerons aussitôt à la future collection automne-hiver. Ta place sera parmi nous. Alors, tu peux d'ores et déjà donner ta démission à ta patronne. Explique-lui les raisons de ton départ. Elle ne te retiendra pas.

Ariane éprouvait des scrupules à revenir sur ses obligations. Or elle avait signé un contrat de travail d'un an renouvelable à l'hôtel des Arts.

— J'enverrai mon homme de loi pour arranger l'affaire avec elle, si cela te rassure.

Ariane accepta la proposition d'Hervé. Le lendemain après-midi, après son premier service de la journée, elle prépara sa valise, rassembla ses tableaux et son matériel de peinture, puis appela un taxi et se rendit chez son amant.

Hervé l'accueillit sans s'attarder.

— J'ai un train pour Calais à seize heures, lui annonça-t-il. Je pars pour l'Angleterre par ferry. Installe-toi comme chez toi. J'ai prévenu la concierge de ta présence. Si tu as besoin de quelque chose, adresse-toi à elle. Je t'appelle demain matin, dès mon arrivée à Londres.

Ariane tenta de retenir Hervé quelques secondes de plus. Il l'embrassa sans effusion et s'esquiva.

— Je t'aime, lui souffla-t-elle à l'oreille.

— Mon taxi m'attend en bas de l'immeuble. Je me sauve.

Attristée, Ariane se précipita à la baie vitrée du séjour pour voir Hervé s'éloigner. Elle tira le rideau et le regarda monter dans le véhicule. A côté de lui, elle distingua une silhouette féminine.

Pourquoi ne m'a-t-il pas avoué qu'il ne partait pas seul ? s'étonna-t-elle. Une de ses collaboratrices est donc du voyage !

Elle revint à sa valise et n'eut aucun mal à ranger ses affaires dans l'armoire de la chambre.

— Je n'ai vraiment pas grand-chose à me mettre, déplora-t-elle à voix haute, comme pour faire diversion à ses subites interrogations.

Dans son nouvel univers, Ariane ne trouva pas ses marques immédiatement. L'appartement d'Hervé était vaste et luxueux. Sis au deuxième étage d'un immeuble de caractère construit au siècle précédent à l'époque du baron Haussmann, il avait été rénové selon le goût de son propriétaire et les grandes tendances de la décoration intérieure contemporaine.

Le hall d'entrée – une véritable pièce à lui seul – donnait sur un immense séjour prolongé d'un large balcon dominant l'avenue Montaigne. Au centre du salon, un piano à queue Pleyel attendait son virtuose, le clavier grand ouvert.

Hervé ne m'a pas dit qu'il était musicien ! s'étonna Ariane en frôlant les touches du bout des doigts.

Sur un mur, elle découvrit le tableau qu'il lui avait acheté, placé en évidence et mis en valeur par un éclairage indirect. Elle en fut tout émue.

La cuisine n'était séparée de la salle à manger que par un simple comptoir, façon bar, et était dotée d'appareils ménagers modernes. Ariane fut ébahie par l'énorme réfrigérateur qui trônait dans un angle, juste à côté d'un fourneau à gaz des plus sophistiqués, et par un lave-vaisselle d'origine américaine. Quatre chambres, toutes équipées d'une salle de bains, s'alignaient le long d'un couloir débouchant dans le hall d'entrée.

Tout au bout de ce corridor, une énième porte attira son attention. Curieuse, elle la poussa et se retrouva dans un bureau rempli de mannequins en bois comme ceux qu'elle avait vus dans l'atelier de tailleur lors de sa visite chez Dior. Certains étaient nus, d'autres à moitié revêtus de morceaux de tissu. Pourtant Hervé n'était ni couturier ni dessinateur. Qui travaillait donc là ? se demanda-t-elle, intriguée. Elle s'attarda parmi les étoffes et les patrons qui traînaient sur la table de confection, examina avec étonnement les croquis. Visiblement, cette pièce servait à l'ébauche de modèles.

Peut-être qu'Hervé dessine en secret sans oser montrer ses projets à son patron ? s'interrogea-t-elle.

Elle réalisa soudain qu'elle connaissait peu son amant. Il ne lui avait dévoilé jusqu'à présent que certains pans de sa vie : ses parents, qui vivaient près de Lille ; sa sœur, handicapée à la suite d'une chute malencontreuse alors qu'elle n'avait pas douze ans ; son enfance heureuse malgré la modestie de son milieu familial. Il ne lui avait jamais parlé de ce qu'il faisait avant de travailler chez Dior, ni de ses amis en dehors de ses collaborateurs. Pourquoi lui avait-il dissimulé qu'il jouait du piano et qu'il dessinait des modèles de collection ?

Ariane hésitait à poursuivre sa visite des lieux. Qu'allait-elle encore découvrir qui révélerait peut-être d'autres aspects cachés de l'homme qu'elle aimait ?

Elle éprouva alors un sentiment de honte à fouiller ainsi dans ses affaires personnelles.

Elle se prépara un repas rapide et passa la soirée à lire. *Le Rouge et le Noir* de Stendhal. Son âme romantique la poussait toujours vers les auteurs du dix-neuvième siècle dont les héros traversaient les tourments de la vie avec noblesse. Elle se retrouvait dans ces personnages torturés, qui affrontaient leur destin avec courage et abnégation sans jamais se résigner.

Réveillée tôt le lendemain matin, par habitude de commencer son service à six heures trente, elle flâna au lit. Les draps de soie portaient encore l'odeur de son amant et elle s'en délecta.

Je vis un rêve ! songea-t-elle en examinant la décoration de la chambre d'Hervé.

A peine séparée de lui, elle avait déjà envie de se blottir dans ses bras, de retrouver la chaleur de son corps, la douceur de ses caresses, le goût de ses baisers.

Ariane était une femme amoureuse et accomplie. Ce sentiment la remplissait de certitudes et de bonheur. Enfin, elle était redevenue elle-même.

*

Comme il le lui avait promis, Hervé l'appela le lendemain de son départ, mais le soir seulement. Ariane s'était inquiétée toute la journée, rivée au téléphone du salon. Elle ignorait où il était descendu. Dans un hôtel de Londres, lui avait-il seulement indiqué sans préciser lequel. Si elle ne s'était pas retenue, elle aurait remué ciel et terre pour en savoir davantage. Mais à qui s'adresser ? A la concierge ? Elle ne devait pas être au courant ! A ses collaboratrices ? Elle repoussa cette idée. Elle n'aurait jamais osé demander des nouvelles d'Hervé, au risque de trahir leur liaison. Ne lui avait-il pas conseillé, avant de partir, de ne pas la divulguer ? Il préférait attendre que le défilé soit terminé et qu'elle ait pris officiellement ses fonctions dans la maison.

« Rien ne sert de se précipiter, lui avait-il expliqué. Je ne voudrais pas te mettre en porte-à-faux. Si l'on sait que tu es ma maîtresse, on te reprochera d'avoir bénéficié d'une mesure de faveur de ma part. Cela ne pourrait que te nuire. »

Ariane n'avait rien objecté. Elle estimait cette décision tout à fait justifiée. Elle ne souhaitait pas, en effet, passer pour une privilégiée, la petite protégée du chef du personnel.

Aux premiers jours de la semaine, elle guetta la sonnerie du téléphone. Elle se rassurait comme elle le pouvait, en se persuadant qu'Hervé devait être très occupé. Elle n'avait pas oublié qu'après Londres il s'envolerait pour Rome. Mais elle espérait qu'il ferait une brève escale à Paris avant de reprendre l'avion et qu'ils se reverraient l'espace d'une nuit, de quelques heures.

Sa déception fut à l'aune de ses espérances.

Le cinquième jour, Hervé la rappela. Il n'était pas loin de huit heures du soir. Dans le combiné, Ariane entendait mal. Il y avait un bruit de fond incessant.

— Ariane, ma chérie, c'est moi…

— Hervé ! coupa-t-elle. Je me suis fait du souci. Pourquoi ne m'as-tu pas appelée plus tôt ?

— Je n'ai pas eu le temps. Pas un moment à moi. Mais ne t'inquiète pas. Tout va bien.

— Tu es encore à Londres ?

— Mais non, voyons. Je suis à Rome depuis hier. Je te l'ai dit avant de partir.

— Tu ne t'es pas arrêté à Paris ? J'espérais qu'on se retrouverait entre tes deux voyages.

— Tu m'as mal compris.

Ariane perçut des rires étouffés.

— Où es-tu ? demanda-t-elle. Dans ta chambre ? Je ne t'entends pas bien.

— Euh... non. Dans un restaurant. Un dîner d'affaires avec des journalistes.

Ariane ne fut pas dupe. Les voix étaient féminines. Hervé semblait se trouver en bonne compagnie. Elle ne crut pas à ses explications.

— Eh bien, osa-t-elle, c'est la fête autour de toi ! Tes affaires marchent comme tu le souhaites ?

— Qu'insinues-tu ? Je ne suis pas ici pour la rigolade, mais pour le boulot. Et pourquoi me parles-tu sur ce ton ?

Ariane regrettait déjà ses paroles. Une femme amoureuse n'est-elle pas forcément une femme jalouse ? se reprocha-t-elle en écoutant les arguments d'Hervé. Elle s'en voulut. Essaya de réparer son impair :

— Reviens vite, mon chéri. Je me languis sans toi. Je t'aime.

— Moi aussi, mon bébé. Je serai bientôt de retour. Après-demain, tout rentrera dans l'ordre.

Ce soir-là, Ariane se coucha bourrelée de remords. Que lui avait-il pris de tenir de tels propos à l'homme qu'elle aimait ? Ne trouvant pas le sommeil, elle se leva. Passa sous une douche froide pour se ressaisir. S'assoupit enfin en plein milieu de la nuit.

C'était le premier accroc à sa belle aventure. Et elle s'en sentait coupable.

Hervé rentra à Paris comme prévu, l'avant-veille du grand jour. Ariane l'attendait avec fébrilité. Elle ne s'appartenait plus. Hervé la possédait sans qu'elle ait la moindre envie de réagir, sans qu'elle soit capable de redevenir la fille libre et déterminée qu'elle était. Elle ne se reconnaissait plus.

Elle se jeta dans ses bras avant même qu'il ait eu le temps de poser sa valise et l'entraîna dans la chambre avec une rage de vivre et d'aimer qu'elle ne contenait pas. Surpris par sa frénésie, Hervé ne la repoussa pas, flatté au contraire de susciter chez sa maîtresse une telle réaction. Ils firent l'amour comme jamais ils ne l'avaient fait, tout juste prirent-ils le temps de se déshabiller. Puis, retrouvant ses esprits, il lui parla enfin. Elle ne l'écoutait pas, tout à son excitation. Elle le désirait tout à elle. Ne voulait plus qu'il l'abandonne et la laisse seule des journées entières.

— Je ne peux plus me passer de toi. Jure-moi que tu m'aimes, le supplia-t-elle.

— Tu le sais bien. Pourquoi tant d'inquiétude ?

Ariane ne se contrôlait plus. Sa passion devenait dévorante. Elle avait trop souffert jusqu'à présent pour se contenter d'une liaison éphémère. Avec Hervé, elle avait soif d'aimer sans limites, sans barrières, sans contraintes. Mais, au fond d'elle-même, elle attendait toujours qu'il lui susurre les mots qui faisaient à ses yeux toute la différence, ces mots dont elle ne se privait pas et qu'il n'avait encore jamais prononcés. Pour elle, il n'y avait pas d'amour sans preuve d'amour. Et ces mots banals, mais tellement pleins de signification selon la manière dont ils étaient offerts en partage, ces mots représentaient pour elle la plus belle preuve d'amour.

— Alors, dis-le-moi. Dis-moi que tu m'aimes ! s'obstina-t-elle.

Hervé s'écarta, l'air énervé. Se leva.

— Qu'est-ce qui te prend ? Tu es bizarre…

Ariane se calma aussitôt. Sans doute avait-elle trop demandé à l'homme de son cœur.

— Passons à la cuisine, lui proposa-t-elle, déçue. Je t'ai préparé un de tes plats préférés.

Ils revêtirent chacun un peignoir.

Elle s'éclipsa dans la salle de bains. Se regarda dans le miroir comme si elle dévisageait une étrangère.

*

L'événement tant attendu approchait. Hervé était dans tous ses états. Il avait convoqué la presse, prévenu les directeurs des stations de radio et de la toute jeune télévision, mobilisé toutes ses équipes afin que rien ne soit laissé au hasard. L'enjeu était de taille. Si Christian Dior jouait sa notoriété, lui engageait sa place. En cas d'échec, il lui serait difficile de prétendre à un poste équivalent dans une maison concurrente. Dans le milieu de l'excellence, on rejetait les vaincus. Aussi était-il particulièrement sur les nerfs depuis son retour d'Italie.

Délaissant le style bohème qu'elle arborait toujours dès qu'elle sortait peindre sur la Butte, Ariane s'était acheté, sur ses économies, une paire de souliers élégants, une robe de jour qui lui allait à ravir et une veste en cachemire dans un magasin de prêt-à-porter. Elle reconnaissait que sa nouvelle tenue ne conviendrait pas pour le défilé et espérait qu'Hervé lui proposerait des vêtements plus seyants et surtout plus en adéquation avec la cérémonie à laquelle il l'avait conviée.

Aussi parvint-elle difficilement à masquer sa déception quand il lui avoua :

— Je ne peux pas t'autoriser à porter du Christian Dior devant tout le monde. Que penseraient les membres du personnel ? Il est encore trop tôt pour t'afficher à mon bras comme si notre relation était officielle.

Sur le moment, Ariane accusa le coup et n'opposa aucune objection. Mais elle commençait à se demander pour quelles raisons Hervé tardait tant à rendre publique leur liaison.

On dirait qu'il a honte de moi, se souciait-elle. Je ne suis peut-être pas assez bien pour lui !

Une fois de plus, pour ce jour-là, Ariane eut donc recours à Yvette, qui lui ouvrit volontiers sa garde-robe. Celle-ci s'étonna d'avoir à le faire, estimant non sans raison qu'Hervé aurait dû l'habiller comme une princesse, s'il tenait vraiment à elle. Ariane ne souhaitait pas ternir ses sentiments avec des pensées désagréables. Elle la pria de ne pas insister.

— Prête-moi ce que tu as de plus élégant. Sans paraître extravagante, j'aimerais qu'Hervé n'ait d'yeux que pour moi. Je crois qu'autour de moi il y aura une forte concurrence. Je ne voudrais pas passer pour une pauvre provinciale fraîchement débarquée de sa campagne.

Yvette lui présenta une tenue plus appropriée avec l'événement auquel Ariane était invitée.

— Je me suis fait un petit plaisir, lui avoua-t-elle. Je suis allée aux Galeries Lafayette et me suis offert un tailleur des plus chics. Une veste droite qui tombe à la perfection sur une jupe un peu courte qui descend juste sous le genou et qui laisse découvrir les jambes. Avec cela, tu porteras une paire de bas nylon et des escarpins à talons aiguilles comme ceux que je t'ai déjà prêtés. Sous la veste, un corsage en soie, couleur aubergine pour trancher avec le gris souris du tailleur, et te voilà parée pour ton défilé.

Yvette n'avait aucune idée des dernières tendances de la haute couture. Le prêt-à-porter ne reflétait qu'avec retard ce qui sortait des ateliers des grands créateurs. Depuis quelques années, les vitrines de la mode féminine montraient plutôt ce qui était en vogue outre-Atlantique, où les lignes vestimentaires traduisaient une préférence pour la décontraction, la vie au grand air, voire le négligé volontairement affiché.

Ariane ne se souvenait plus des détails qu'Hervé lui avait révélés lors de sa visite chez Dior. Aussi crut-elle être au goût du jour en essayant la tenue de son amie.

— C'est parfait. Je serai à la hauteur de l'événement, vêtue de cette manière.

La veille du défilé, elle apporta les habits prêtés par Yvette à l'appartement d'Hervé et, sans le prévenir, les enfila pour lui faire la surprise.

— Qu'en penses-tu, mon chéri ? lui demanda-t-elle. Suis-je à ton goût pour paraître dans le beau monde ?

Hervé était très soucieux, l'enjeu était d'importance. Il n'avait pas l'esprit aux compliments. Il releva à peine l'élégance d'Ariane.

— Oui, c'est pas mal, se contenta-t-il de remarquer. C'est la tenue que tu portais quand je t'ai emmenée la dernière fois au café de Flore ?

Vexée, Ariane lui tourna le dos. Bouda de longues secondes.

— J'étais en robe et je portais un manteau… Tu ne t'en souviens même pas ! D'ailleurs, ce tailleur provient lui aussi de la garde-robe de mon amie Yvette. Heureusement qu'elle est là pour me dépanner, sinon j'y aurais laissé toutes mes économies…

— C'est un reproche ? s'étonna Hervé.

— Non. Une simple constatation.

Hervé revint à de meilleurs sentiments.

Il sortit une liasse de billets de banque de sa poche et la déposa sur la table.

— Excuse-moi, j'aurais dû y penser plus tôt. Prends cet argent et va t'acheter quelque chose de plus seyant. Ce que ton amie t'a prêté n'est plus au goût du jour. Ta jupe est beaucoup trop courte. Elle sera démodée à partir de demain. Et ta poitrine est trop basse, pas assez mise en valeur. Tes hanches paraissent étriquées. Ta veste trop ample. On dirait un sac !

Ariane était au bord des larmes.

— Tu es méchant, Hervé. Ce tailleur, Yvette vient à peine de l'acquérir. Comment oses-tu affirmer qu'il n'est déjà plus à la mode ? Il provient des Galeries Lafayette.

— C'est bien ce que je pensais. Ces grands magasins ne sont pas au courant des dernières tendances… Allez, ne fais pas d'histoires, cours t'acheter une tenue correcte. Va chez une modiste. Elle te proposera du prêt-à-porter retouchable. J'ai une bonne adresse, boulevard Saint-Germain. Une jeune femme qui a travaillé dans ma maison de couture précédente. Dis-lui que tu es pressée et que tu viens de ma part.

Ariane ne releva pas ce détail. Elle ne voulut pas contredire Hervé. Il lui restait seulement l'après-midi pour s'exécuter. Elle se précipita boulevard Saint-Germain et se choisit sans conviction une tenue de gala. Son prix lui parut exorbitant. Elle fut sur le point d'abandonner. Puis, se ravisant, elle sortit de son sac les billets d'Hervé.

J'ai l'impression de me faire entretenir ! songeat-elle en acquittant la somme.

Le 12 février, avenue Montaigne, toute la maison Dior était en effervescence. Le maître d'œuvre présentait au public sa première collection printemps-été. Le nom du nouveau couturier était sur toutes les lèvres depuis plusieurs jours. Âgé de quarante-deux ans, Dior n'était pas tout à fait un inconnu. Son passé de galeriste, proche des milieux artistiques et littéraires, l'avait déjà propulsé sur le devant de la scène. Pourtant il tenait à ce que le gotha de la mode perçoive en lui un autre aspect de sa personne, le précurseur d'une tendance inédite qui révolutionnerait les archétypes de la haute couture qui avaient prévalu jusqu'alors.

Le Tout-Paris était présent, averti par voie de presse et par cartons d'invitation. Les politiques se partageaient la place avec les patrons du textile, avides de découvrir le créateur et son talent. Les gens du spectacle avaient accouru. Et, parmi tout ce beau monde, les femmes de la riche bourgeoisie parisienne rivalisaient d'élégance et de paroles affables. Quand Ariane, conduite discrètement par Hervé, fit son entrée dans le salon où avait lieu le défilé, elle se trouva mal à l'aise. Hervé la confia à Mlle Tisserand, la seconde d'atelier.

— Vous vous êtes déjà rencontrées. Je ne vous présente pas. Vous vous occuperez d'Ariane, n'est-ce pas ? Elle ne connaît personne. Je compte sur vous.

Rassurée, Ariane s'assit en retrait, au bord de la longue estrade où les mannequins, pour l'heure encore en coulisse, s'apprêtaient à parader devant des centaines d'yeux avides de nouveautés et de luxe.

Le spectacle la ravit. Elle n'avait jamais imaginé qu'on puisse créer de telles œuvres d'art avec du tissu, du fil et des aiguilles. Elle reconnut ses a priori, son erreur de jugement quant à ce monde qu'elle qualifiait de superficiel et de frivole. Les mannequins passaient devant elle comme des danseuses et des danseurs d'un ballet où l'habit déterminait le personnage. La chorégraphie était minutieusement orchestrée, les temps de pause étudiés, les gestes précis. La beauté et la majesté régnaient en maîtresses des lieux.

Le succès fut à la mesure de l'enjeu. A l'issue du défilé, la journaliste américaine Carmel Snow, rédactrice en chef du magazine *Harper's Bazaar*, enchantée par ce qu'elle avait découvert chez Christian Dior, lui déclara :

— *It's quite a revolution, dear Christian ! Your dresses are wonderful, they have such a new look !*[1]

L'expression « New Look » devait rapidement passer à la postérité.

---

1. « C'est une vraie révolution, cher Christian ! Vos robes sont magnifiques, elles sont tellement nouvelles ! »

Dès le lendemain, toute la presse définissait les nouvelles tendances de la mode lancée par le grand couturier. La ligne floue des années de guerre était abandonnée au profit d'une silhouette corsetée, avantagée par des vêtements de coupe cintrée mettant en valeur la poitrine et les hanches, et complétée par une jupe plus longue, large dans le bas ou plus étroite et tubulaire. « A l'orée de ce printemps 1947, écrivit Jeanne Stéphane dans *L'Officiel*, nous abandonnons les robes trop courtes, les vestes trop longues, les jupes de petite fille, ce style conçu pour l'époque difficile de la bicyclette[1]... » Assurément, grâce à son génie, Dior était propulsé au firmament de la haute couture.

Après le défilé, toute la maison se réunit pour fêter l'événement. Remise de son émotion, Ariane patientait, ne sachant pas avec qui parler. Au fond de la salle, elle vit Hervé, entouré de trois jolies femmes qu'elle avait aperçues parmi les invités du premier rang. L'une d'elles s'approcha très près de lui, une coupe de champagne à la main. Il l'étreignit tendrement. Elle l'embrassa sur la bouche, sans se soucier des gens qui les entouraient. Choquée, Ariane voulut s'esquiver. Mais elle fut happée par Marguerite Carré, qui la convia à s'avancer.

— Ne restez pas seule, Ariane. Venez fêter notre

1. « De l'élégance, de la ligne, de l'audace », *L'Officiel*, n°s 301-302, 1947.

succès en notre compagnie. Décidément, Hervé manque à tous ses devoirs !

Elle l'entraîna malgré elle vers le petit groupe de convives dont Hervé semblait être le roi.

— Tu ne t'occupes pas beaucoup d'Ariane, lui reprocha-t-elle.

Surpris et gêné, il prit Ariane par les épaules d'un geste affectueux et se tourna vers ses amies.

— Je vous présente notre nouvelle styliste, leur annonça-t-il. Ariane va bientôt nous rejoindre. Elle a énormément de talent…

Ariane s'aperçut qu'Hervé avait bu et n'était pas dans son état normal.

— J'aimerais rentrer, lui dit-elle. Appelle-moi un taxi.

— Oh, mais vous paraissez bien vous connaître… releva l'une des trois femmes. Tu es un petit cachottier, Hervé !

Ariane se sentait de plus en plus mal à l'aise.

Hervé l'emmena à l'écart, l'air courroucé.

— Qu'est-ce qui t'arrive ? Tu pourrais rester parmi nous ! Je ne t'ai pas invitée pour que tu t'éclipses si vite !

— Je ne suis pas à ma place, ici. Tu as mieux à faire que de t'occuper de moi. Retourne vers tes amies. Il y en a une qui s'impatiente…

— Qu'est-ce que tu me chantes là ? Tu me fais une crise de jalousie ? Mais, ma chérie, toutes ces femmes ne sont que de vieilles connaissances. Tu n'as rien à craindre, voyons. Qu'est-ce que tu t'imagines ?

Ce soir-là, Hervé ne sut convaincre Ariane. Celle-ci regagna l'appartement sans attendre la fin de la fête donnée en l'honneur du succès de la collection.

Hervé rentra tard dans la nuit.

Elle était couchée dans le noir, les yeux fermés. Elle feignit de dormir quand il se glissa dans les draps. Ne retint pas ses larmes.

26

Christian Dior avait réussi son pari, devenir un maître incontournable de la haute couture. Son ami et financier Marcel Boussac se réjouissait de son choix. En l'espace de quelques jours, leurs noms étaient sur toutes les lèvres du gotha parisien. De plus, grâce à la présence de la presse internationale le jour du défilé, l'impact à l'étranger s'annonçait encourageant, tant les éloges avaient fusé dès la fin de l'événement.

Pourtant, Ariane ne ressentait pas le bonheur qu'elle espérait. Hervé ne s'était pas conduit avec elle à l'aune de ses sentiments. Chagrinée et dubitative, elle se ressaisit néanmoins afin de ne pas sombrer dans l'angoisse alors même que sa nouvelle vie commençait à peine. Au reste, à son réveil le lendemain matin, Hervé n'avait eu à son égard que des mots d'amour et des gestes tendres, comme s'il voulait effacer le point de friction qui les avait opposés la veille. Il s'était confondu en excuses, conscient qu'il ne lui avait pas accordé beaucoup d'attention alors qu'elle était son invitée.

« J'étais un peu éméché. Pris dans le flot de la fête, je t'ai un peu négligée. Cela n'arrivera plus. »

Ariane, trop amoureuse pour douter de sa parole, lui avait pardonné. Ils passèrent une grande partie de la matinée au lit, dans un tourbillon de folles déclarations et d'intentions délirantes.

— Je ferai de toi la reine de chez Dior, lui répéta-t-il pour la énième fois.

— Je ne te décevrai jamais, lui promit-elle en gage de son amour.

— Pour me rattraper, en fin de semaine, je t'emmène à Deauville. Tu connais ?

Ariane retrouva vite le sourire. Elle oublia sa déconvenue, la galante compagnie d'Hervé, les mots susurrés à l'oreille de ses multiples amies, les baisers volés par certaines, les roucoulements d'autres en sa présence. Elle comprit qu'Hervé était adulé. Bel homme, plein de charme, constamment entouré de jolies femmes, il n'allait quand même pas repousser ses courtisanes du jour au lendemain pour l'unique motif qu'il l'avait choisie, qu'il s'était épris d'elle, la petite artiste peintre de la Butte, sans le sou et au passé obscur !

Elle revint donc à de meilleurs sentiments et accepta volontiers la proposition de son amant :

— Deauville, la ville des stars ! Non, je ne connais pas.

— Alors, nous marcherons ensemble sur les

célèbres planches de la plage et descendrons dans le plus chic hôtel de la région. Je te présenterai à tous mes amis. Nous y rencontrerons du beau monde. Ce sera pour toi l'occasion de te mettre en avant.

Ariane ne comprenait pas la raison d'une telle sollicitude.

— Me mettre en avant ! Pourquoi ?

— Tu oublies que dans une semaine tu seras définitivement engagée comme dessinatrice-styliste chez Dior. Au firmament de son succès, tu as toutes les chances de te créer une place de choix auprès de lui. Tu travailleras dans son ombre, mais tu acquerras très vite une certaine notoriété, si tes croquis lui plaisent. Lui-même a débuté comme dessinateur chez un grand couturier, avant la guerre.

Ariane recommença à rêver.

Elle se remémora son parcours depuis l'usine de chaussures de son père, si peu de temps s'étant écoulé qu'elle avait l'impression d'avoir sauté des étapes. Et pourtant, qu'elle lui paraissait longue, cette période où sa vie avait basculé ! Régulièrement, les images des heures les plus sombres qu'elle avait traversées lui revenaient en tête. Aux souvenirs des jours heureux se mêlaient ceux des malheurs qui s'étaient abattus sur elle. Elle se sentait plus forte à présent et ne regrettait pas d'avoir souffert pour en arriver là.

A la pensée de travailler bientôt dans un atelier de haute couture, aux côtés d'un nouveau maître reconnu et déjà courtisé, elle songeait que tout cela ne se serait pas réalisé si elle ne s'était pas sacrifiée pour Raphaël, si elle n'avait pas été humiliée comme jamais une femme ne pourrait souhaiter l'être, si elle ne s'était pas éloignée des siens au prix d'un terrible déchirement.

A quelque chose malheur est bon ! se persuadait-elle pour balayer ces tristes souvenirs.

*

Le vendredi suivant, Hervé l'emmena donc à Deauville. Ils partirent tôt le matin pour arriver vers dix heures. Assise dans la somptueuse voiture américaine, Ariane éprouvait le plaisir de l'enfant à qui l'on a promis une surprise. L'odeur du cuir, le confort, la vitesse la grisaient. Hervé conduisait à vive allure mais prudemment. Il avait revêtu pour l'occasion une élégante tenue décontractée, qui le changeait de l'apparence classique et sérieuse qu'il arborait tous les jours à Paris.

— C'est une tendance qui nous vient des Etats-Unis, expliqua-t-il à Ariane, qui ne cessait de le complimenter. Le *sportswear* inondera la France plus rapidement qu'on ne le croit. Sans être négligé, c'est un style fait pour la détente et le sport, très adapté aux week-ends. Je t'achèterai une tenue de ce genre à Deauville. Il y a de très bons magasins de vêtements féminins dans cette ville. En hiver, on trouve déjà toute la mode d'été.

Dès qu'ils arrivèrent à destination, il la convia à visiter la cité en voiture.

— Je vais te montrer tous les endroits remarquables de cette station balnéaire, puis nous nous rendrons à l'hôtel.

Ils passèrent devant les belles villas appartenant à la riche bourgeoisie parisienne, le casino, lieu de rencontres et de mondanités, les palaces fréquentés par les souverains de l'Europe entière et les hommes d'Etat, l'établissement thermal à l'extrémité de la digue. Etant donné la saison, Hervé préféra repousser la promenade en bord de mer à l'après-midi.

— Il faudrait y revenir en été, suggéra Ariane, qui trépignait d'impatience de marcher sur les célèbres planches bordées de cabines. Aujourd'hui le vent souffle et il fait trop froid pour apprécier.

Hervé s'arrêta sur la route de la plage, devant la façade d'un grand hôtel, à proximité du centre-ville. Immédiatement, un groom s'approcha du véhicule. Ariane s'étonna, ébahie.

— C'est ici que nous descendons ?

— Oui, j'ai réservé une suite.

Le groom ouvrit la portière d'Ariane et l'invita à sortir.

Une fois dans le hall d'entrée, Hervé avoua :

— J'ai choisi ce palace, car, un an après son inauguration, en 1912, Gabrielle Chanel a installé son magasin dans l'enceinte même de l'hôtel.

— Coco Chanel ! La célèbre couturière ?

— Parfaitement. J'ai travaillé dans sa maison de couture avant de rejoindre Dior.

— Tu ne me l'avais pas dit !

— Mais, ma chérie, tu ne sais pas encore tout de moi, répliqua-t-il, énigmatique. Moi aussi, j'ai mon jardin secret.

Ariane trouva cette remarque étrange. S'adressait-elle à elle ? Que connaissait Hervé de son passé ?

Elle préféra éluder. S'extasia :

— C'est magnifique ! Je n'ai jamais vu un tel luxe dans un hôtel !

— Il n'est pas le seul dans la ville. Deauville est un haut lieu de villégiature pour la riche bourgeoisie, célèbre pour ses palaces depuis plus d'un siècle.

Le réceptionniste écoutait ses nouveaux clients discuter, guettant un signe d'Hervé pour lui demander s'il avait fait une réservation.

Il se permit d'intervenir dans la conversation :

— Notre établissement est construit dans une architecture traditionnelle régionale de style manoir anglo-normand, assorti de colombages et de damiers de pierre. Il possède deux cent soixante et onze chambres, dont vingt-huit suites décorées par Jacques Garcia. La plupart des chambres ont vue sur la mer. Dix-neuf salons accueillent des conférences, des cocktails ou des soirées de gala…

— Je vous ai réservé une suite, le coupa Hervé, ne cachant pas son impatience. Au nom d'Hervé Latour.

— Bien sûr, monsieur Latour. Toujours la même !

Ariane s'étonna mais ne releva pas. Hervé avait donc ses habitudes dans ce palace ! songea-t-elle, intriguée.

Une fois dans leurs appartements, Hervé voulut entraîner Ariane dans la chambre. Ce qu'elle venait d'apprendre lui donnait l'impression de ne pas être la première qu'il amenait à Deauville.

Elle se rembrunit.

— Pas maintenant, lui opposa-t-elle. C'est un peu tôt, non, pour se mettre au lit ?

Hervé n'insista pas. Il l'invita à faire les boutiques de luxe de la ville avant le déjeuner. Il lui offrit un collier de perles serties d'or et d'argent, puis une écharpe de soie portant la griffe d'un grand couturier. Elle s'émerveilla devant une vitrine de chaussures de marque. Il lui proposa d'entrer dans le magasin. Mais elle refusa, consciente qu'Hervé cherchait à l'étourdir par ses cadeaux.

Gardons la tête froide ! tenta-t-elle de se convaincre, se méfiant d'elle-même.

Après le repas, où le caviar rivalisa avec les mets les plus raffinés proposés par le chef du restaurant, ils sortirent enfin se promener sur la plage. Ariane était rarement allée au bord de la mer. Se balader sur une longue estrade de planches près de l'eau la transporta de joie. Malgré le froid, elle en oublia la saison. Le cœur joyeux, à chaque respiration, elle gonflait ses poumons d'un air vivifiant qui la revigorait.

Le week-end se déroula comme dans un rêve. Hervé se montra prévenant, plein de gentillesse et de petites attentions. Il ne compta pas son argent pour satisfaire Ariane, qui pourtant ne lui demandait rien. Flattée de ses attentions et de son comportement, elle ne lui refusa ni ses cadeaux ni son amour effréné. De plus, Hervé témoigna au lit d'une ardeur au diapason de la sienne. Ce qui la rassurait quand elle se laissait aller à se poser des questions.

★

Le lundi, de retour à Paris, Hervé la réveilla vers sept heures. Elle dormait à poings fermés, fatiguée par son escapade normande.

— Ma chérie, il faut te lever. Aujourd'hui, c'est le grand jour.

Ariane sortit difficilement de son sommeil.

— Laisse-moi encore dormir…

— Tu as rendez-vous avec ta nouvelle vie. Ne te mets pas en retard. J'ai promis à Christian Dior d'être à l'heure à l'ouverture. Il ne faut pas le faire attendre. Lève-toi !

— Oh, j'avais presque oublié ! Je dormais si bien…

Tout alanguie, Ariane s'exécuta, revêtit une chemise de nuit transparente sur son corps nu et s'approcha d'Hervé pour l'embrasser. Elle s'accrocha à son cou. Mais il ne répondit pas à son avance.

— Dépêche-toi, se contenta-t-il de lui signifier un peu sèchement.

C'était la première fois qu'Ariane pénétrait dans la maison de couture en tant qu'employée. Quand elle traversa les divers ateliers qu'elle avait visités en compagnie de Marguerite Carré, elle fut très impressionnée. Le personnel, déjà à la tâche, ne lui prêta aucune attention particulière. Marguerite jugea nécessaire de la présenter.

— Voici Ariane Chaptal, notre nouvelle styliste. Elle débute aujourd'hui. Auparavant, elle a exercé son art dans le domaine de la chaussure avec son père. Qui plus est, elle est aussi une artiste peintre de talent.

Ariane entendit en sourdine commenter les mots de la première d'atelier. Tous les regards étaient maintenant fixés sur elle. On la dévisageait comme une bête curieuse. Derrière elle, Hervé, silencieux, se contentait de sourire et de flatter telle ou telle petite main sur son passage :

— Vous êtes rayonnante ce matin, Annie… Et vous, Agnès, j'ignorais que vous portiez si bien le pantalon ! Il vous sied à ravir…

Les jeunes femmes semblaient aux anges devant les compliments de leur directeur du personnel. C'était à celle qui se rapprocherait le plus de lui pour obtenir ses louanges.

Hervé emmena ensuite Ariane chez le grand patron.

— Détends-toi, lui dit-il devant la porte de son bureau. Dior n'est pas un ogre !

Ariane était morte de trac. Sa gorge se noua. Elle faillit renoncer mais se reprit aussitôt.

— Ça ira, affirma-t-elle.

Christian Dior la reçut seule, en tête à tête, et eut avec elle un long entretien.

Lorsqu'elle ressortit de son bureau, une demi-heure plus tard, elle arborait un air de satisfaction.

— Ça s'est bien passé ? s'enquit aussitôt Hervé.

— Très bien. M. Dior est un homme charmant et très compréhensif. Il m'a tout de suite rassurée.

Marguerite Carré s'apprêtait à conduire Ariane dans l'atelier de dessin où elle devait prendre ses fonctions, quand Christian Dior rouvrit la porte de son bureau.

— Marguerite, vous accompagnerez d'abord Ariane à l'atelier de flou, pour qu'elle assiste à la confection d'une robe.

Hervé s'était déjà éclipsé, après avoir remis Ariane aux bons soins de Marguerite.

Dans l'atelier de flou régnait une ambiance bon enfant. Les bavardages ne s'arrêtaient pas, même s'ils se calmèrent légèrement en présence de Marguerite. Les ouvrières œuvraient sous l'œil vigilant de Christophe, le formateur, un homme d'une trentaine d'années, barbe soignée et cheveux courts. Elles exécutaient une robe en jersey blanc, appropriée aux sorties de plein air.

— Les différents éléments sont assemblés sur un mannequin Stockman, lui expliqua aussitôt Marguerite. Plus tard, ils le seront sur un mannequin vivant pour la phase d'essayage. Chacun est l'objet d'une attention minutieuse. Le rôle du dessinateur est primordial, c'est lui qui conçoit le futur vêtement en fonction du croquis du créateur.

Christophe ne se privait pas de reprendre ses petites mains débutantes. Il les corrigeait, les conseillait, les réprimandait quand elles ajustaient mal une pièce.

— Il fait souvent recommencer le travail, nota Margucrite, même lorsque celui-ci est quasiment terminé. Il a raison d'être rigoureux. L'excellence ne tolère pas l'à-peu-près. La haute couture, c'est comme l'horlogerie suisse. Elle exige beaucoup de précision. Tout doit être parfait.

Ariane ne perdait rien de ce que Marguerite lui montrait. Son cœur battait à se rompre dans sa poitrine, tant elle se sentait intimidée dans ce milieu.

Après l'avoir laissée observer les ouvrières pendant une bonne demi-heure, Marguerite lui proposa de se mettre à l'ouvrage.

— Suivez-moi. Vous savez parfaitement dessiner. Que ce soit des chaussures ou des vêtements, vous êtes capable d'imaginer, d'autant que, de surcroît, vous êtes un peintre de talent. Donc vous allez vous lancer.

Ariane se demandait ce qu'elle exigerait d'elle pour une première fois.

— Vous me réaliserez l'esquisse d'un tailleur à porter sur une jupe droite. Vous avez carte blanche. Mais attention, vous avez découvert au cours du défilé la tendance insufflée par le maître. La ligne « Corolle » et la ligne « en 8 » doivent prévaloir dans tous nos futurs modèles. Pour créer ses robes, Christian Dior s'est inspiré de la courbe des fleurs pour la première et du chiffre 8 pour la seconde.

Ariane ne semblait pas tout comprendre.

— La silhouette, avec sa taille bien marquée et ses formes arrondies, notamment au niveau des hanches et de la poitrine, rappelle le chiffre 8, précisa Marguerite, la légèreté du bas des robes et des jupes la délicatesse des fleurs... A vous de jouer et de nous prouver vos capacités. Vous avez le choix du tissu et des couleurs. Le but est de sublimer l'élégance de la femme. Evidemment, je ne m'attends pas à ce que vous réussissiez du premier coup !

Ariane se mit à la tâche sans tarder. Autour d'elle, toutes les collaboratrices avaient le regard braqué sur sa personne. Visiblement, elle était l'objet d'une grande curiosité et d'une certaine méfiance. Derrière les tables, on s'interrogeait sur la petite nouvelle qui paraissait bénéficier d'un traitement de faveur. Alors Ariane se promit d'épater ses collègues. Elle leur adressa la première la parole afin de briser la glace et leur avoua souhaiter apprendre en leur compagnie les rudiments du métier.

Devant son humilité naturelle, plusieurs filles vinrent vers elle pour lui montrer le projet sur lequel elles travaillaient.

— Nous sommes déjà sur la future collection automne-hiver qui sera le clou du prochain défilé, lui précisa Carole, une jeune et talentueuse styliste. Nous avons reçu les consignes. A l'automne 1947, la tendance initiée en ce début d'année sera confirmée. Donc les robes seront plus longues ; les épaules dépouillées de paddings, de rembourrages si tu préfères ; le buste droit, les seins mis en évidence, la taille resserrée et les hanches arrondies.

Forte de ces conseils avisés, Ariane amorça ses premières esquisses.

Le soir, rentrée tard à l'appartement d'Hervé, elle s'écroula littéralement dans le canapé.

— Je suis éreintée, avoua-t-elle. Quelle journée ! Je n'ai pas arrêté une minute.

Hervé sortait de la pièce où Ariane avait découvert des mannequins. Elle réagit aussitôt.

— En fait, mon chéri, pourquoi y a-t-il des mannequins et des croquis dans ce bureau ?

Hervé parut gêné.

— Je pensais te l'avoir dit…

— Tu dessines et tu confectionnes des modèles à tes heures perdues ?

Hervé éclata de rire.

— Moi ! J'en suis tout à fait incapable.

— Tu joues bien du piano, alors tu pourrais très bien réaliser des dessins de mode !

— Je ne joue pas du piano ! Je ne sais pas déchiffrer la moindre note de musique.

Ariane ne cacha pas sa surprise.

— Voudrais-tu m'expliquer ?

Hervé bafouilla :

— C'est-à-dire... le piano, c'est pour l'apparat. Ça fait classe dans un salon. Tu ne trouves pas ? Et lorsque j'invite des amis musiciens, ça leur fournit l'occasion de me prouver leur talent.

— Et les mannequins ?

Hervé se troubla, demeura évasif.

— Oh, ce n'est que de la récupération. Je les ai stockés là avant de m'en dessaisir.

Elle se contenta de sa réponse, mais sans parvenir à se persuader qu'elle reflétait la vérité. Elle n'insista pas.

⋆

Quelques jours plus tard, Ariane acheva son travail. Personne n'était venu l'aider ni même la conseiller. Marguerite Carré avait passé la consigne à Jean-René, son chef d'atelier, de la laisser se débrouiller seule afin de ne pas l'influencer ni de travestir sa capacité de création.

« Je veux qu'elle donne tout ce qu'elle possède en elle, lui avait-elle indiqué. Cette fille est un diamant à l'état brut. Il ne faut pas détourner son talent primitif. Ensuite, elle devra se plier aux exigences de la maison. »

Malgré les recommandations, Ariane avait pris quelques libertés. Croyant bien faire, et s'inspirant de ce qu'elle voyait tous les jours dans la rue et dans les revues qu'elle s'était procurées, elle avait croqué un ensemble tailleur très élégant en pied-de-poule noir et blanc, confectionné dans un tweed de laine souple et soyeux. Elle avait consacré beaucoup de temps à étudier les magazines féminins. Elle avait découvert les couturiers qui avaient marqué la première moitié du siècle et qui avaient libéré le corps de la femme, Patou, Coco Chanel, l'Espagnol Cristóbal Balenciaga… Ce dernier était aux antipodes du New Look, avec sa ligne « tonneau ». Pourtant Christian Dior reconnaissait qu'il était le meilleur, le surnommant « Notre maître à tous », et Gabrielle Chanel affirmait qu'il était le seul couturier existant, considérant tous les autres comme de simples dessinateurs de mode.

Pour Ariane, ce fut une véritable révélation.

Durant son travail, Jean-René ne l'avait pas reprise, alors qu'il s'était très vite aperçu qu'elle ne répondait pas exactement au style de la maison. Malgré son allure efféminée, il se dégageait de sa personne une grande fermeté. Quand il rabrouait l'une de ses collaboratrices pour ne pas avoir respecté les consignes, personne dans l'atelier n'osait le contredire.

Avant d'appeler Marguerite, il examina les dessins d'Ariane avec attention.

— Ma chérie, lui dit-il d'un air affable mais déterminé, voudrais-tu me présenter ton œuvre dans tous ses détails ?

Surprise, Ariane tenta de justifier ses choix :

— Ces vêtements offrent une liberté de mouvement absolue, car, à mes yeux, il faut libérer la femme de ses carcans…

— Peux-tu préciser ?

— J'ai imaginé un ensemble constitué d'une petite veste à coupe droite sans artifices, dotée de quatre poches pour le côté pratique, d'une ganse ton sur ton, le tout avec des boutons frappés du symbole de la maison. La doublure est en soie, agrémentée d'une fine chaînette pour assurer un tombé parfait. J'ai vu cela dans une revue spécialisée, osa-t-elle reconnaître. Quant à la jupe, je l'ai conçue droite, comme la veste, s'arrêtant juste sous le genou…

Jean-René demeurait dans l'expectative. Son visage ne trahissait aucune expression. Il se frictionna le menton, se passa la main dans les cheveux, longs et soignés, tenus en arrière par une pince généralement utilisée par les femmes pour maintenir leur queue de cheval.

Ariane attendait sa réaction. Celle-ci ne tarda pas :

— Eh bien, ma chérie, tu as tout faux !

Ariane se décomposa. Rougit de confusion.

— Pourtant, j'ai essayé de respecter les consignes...

— Alors c'est que tu as mal compris. Ta jupe est trop courte. Elle doit flirter avec le mollet. Elle est trop ajustée autour des cuisses. Ce qui enlève du mouvement. La taille, bon sang ! La taille ! Tu n'as pas retenu les nouvelles règles de l'élégance féminine selon Dior ? Une taille de guêpe ! Examine ton croquis, on dirait que tu habilles une mémé en jupe courte, prête à monter sur un vélo !

Ariane se taisait, ne trouvant plus d'arguments pour se justifier.

— Eh ta veste, poursuivit Jean-René, regarde l'allure de ta veste ! On dirait un sac. Elle n'est pas assez cintrée.

— C'est pour que la femme se sente à l'aise dans son vêtement. Si la taille la serre trop, elle étouffera, elle sera corsetée comme nos grand-mères !

Ariane était au bord des larmes. Jean-René s'en aperçut.

— Ne t'offusque pas, ma chérie. Je ne te juge pas. Tu as du talent, tes idées sont originales et tu as un beau coup de crayon. Pour un galop d'essai, je dois reconnaître que tu t'en es très bien tirée. Ton dessin est juste, précis. Il y a de la cohérence dans ce que tu as conçu. Tu défends bien tes choix. Mais ceux-ci ne correspondent pas à ce qu'on attend de toi. Dorénavant, tu appartiens à une maison de couture qui a sa propre griffe. Les canons de Christian Dior ne peuvent pas être transgressés ni interprétés. Sinon, on lui reprochera de se renier ou d'être une girouette. Seul le maître insuffle la ligne nouvelle, le New Look, comme l'a qualifiée la presse. Tu dois suivre ses consignes, te fondre dans son moule, oublier qui tu es.

Ariane était complètement dépitée.

— Je suis nulle ! s'écria-t-elle. Je ne serai jamais à la hauteur…

— Ma chérie, tu vas te reprendre. Et la prochaine fois, tu me présenteras une robe selon les conseils que nous t'avons donnés. Ne te décourage pas.

— Vous allez montrer mon travail à Marguerite ?

— Evidemment. Et aussi à Christian Dior en personne. Mais ne crains rien. Comme moi, ils percevront en toi quelqu'un de sensible et déterminé. Ce que tu as dessiné n'est pas mauvais, seulement en dehors des rails !

Le soir, en rentrant à l'appartement, Ariane n'osa parler à Hervé du résultat de son travail. Il lui laissa à peine la parole, très préoccupé par sa future mission.

— Ça s'est passé comment avec Jean-René ? Bien, je suppose. C'est un garçon très compétent. Un peu… comment dire… tu vois ce que je veux dire ! Au moins avec lui, je ne m'inquiète pas. Il ne te détournera pas de moi.

— Parce qu'il est homosexuel ? objecta Ariane, agacée et désappointée par l'attitude détachée d'Hervé.

— Alors, tu me racontes ?

— Ça s'est très bien passé, mentit-elle, vexée. Jean-René a été très satisfait. Je m'entends parfaitement avec lui et avec mes nouvelles collègues, rassure-toi.

— Je ne me faisais pas de souci. Ah, je ne t'ai pas encore avertie, je pars demain pour les Etats-Unis. Je me rends à New York pour investir le marché américain. C'est un enjeu très important.

— Tu t'absentes longtemps ?

— Une petite quinzaine.

Ariane se rembrunit. Une fois de plus, Hervé la délaissait.

Cette nuit-là, elle se refusa à lui, prétextant une forte migraine.

27

Ariane prenait lentement ses marques. Peu habituée à côtoyer un monde de luxe et d'élégance, elle eut l'impression les premières semaines qu'on l'observait, qu'on la jaugeait, voire parfois qu'on la critiquait. Dans les différents ateliers en effet, elle passa vite pour la nouvelle petite amie du directeur du personnel. Si aucune de ses collègues ne le lui avait reproché, elle sentait que certaines la jalousaient. Aussi préféra-t-elle maintenir ses distances avec la plupart, ne se liant qu'avec Carole, qui était venue lui offrir son aide dès le premier jour.

Jean-René avait été clair. Il était un peu tôt pour sa collaboration à la future collection automne-hiver qui serait présentée au début de l'été. En revanche, il lui demanda de concevoir des modèles pour le printemps suivant.

— Notre philosophie, lui précisa-t-il, est de permettre à la femme d'être constamment bien habillée. Son émancipation vestimentaire acquise durant la guerre est révolue. La maîtresse de maison de demain sera toujours élégante, même au foyer, y compris pour les tâches domestiques.

Il lui proposa d'imaginer une série de tenues adaptées à chaque instant de la journée.

— Pour le ménage, pour les courses quotidiennes ou le shopping du week-end, pour les moments de détente... La femme doit être parfaite, selon les grandes tendances actuelles de la maison. Je te les rappelle : taille fine, hanches marquées, jupes et robes à quarante centimètres du sol, talons hauts.

Ariane se mit aussitôt à l'ouvrage sans se préoccuper des commentaires et des insinuations de ses collègues. C'était surtout dans les ateliers d'assemblage qu'elle ressentait de l'animosité à son égard.

Un jour, Carole la prévint :

— Prends garde à ce que tu dis. On pourrait t'adresser des remarques désobligeantes. Certaines ouvrières sont passées dans le lit d'Hervé Latour. Entre elles, elles étouffent de jalousie.

— Tu sous-entends que...

Stupéfaite, Ariane ne termina pas sa phrase.

— Oui, ce n'est un secret pour personne, poursuivit Carole. Tout le monde sait que Latour est un homme à femmes. Moi, je me suis toujours tenue à l'écart. Et je crois qu'il a saisi, car il ne m'a jamais fait d'avances. Sauf une fois.

— Tu as couché avec lui ?

— Non, Dieu merci ! Mais il m'a invitée chez

lui, en toute amitié, à l'en croire, et m'a conviée à concevoir des modèles sortis de mon imagination, comme ça, à l'improviste. J'ai trouvé ça bizarre, mais je n'ai pas refusé. Dans son bureau, il y avait une table à dessin et des mannequins en bois. Il a prétendu que c'était pour donner leur chance aux petites mains qui débutaient. Il leur prêtait, sous le couvert, un espace pour s'entraîner, en dehors de la maison. Tu parles, je n'ai pas été dupe ! Toutes ces filles devenaient ses maîtresses après avoir accepté ce qu'il leur promettait.

Ariane était de plus en plus effarée. Ainsi s'expliquait la présence de cet attirail de confection dans son appartement ! Et le piano était sans doute pour les jeunes mélomanes qu'il amenait également chez lui après un concert ou une soirée de gala.

Certes, Hervé ne laissait pas le personnel féminin de marbre quand il traversait les ateliers. Mais de là à imaginer qu'il était le Don Juan du palais, elle était loin du compte !

Elle se garda de tout commentaire, se demandant si Carole avait deviné la nature de sa relation avec Hervé. Elle se remit à la tâche avec acharnement afin d'éloigner de son esprit toute mauvaise pensée.

Le soir venu, elle se retrouva seule, une fois de plus. Hervé était absent depuis trois semaines. Devant le succès immédiat rencontré par Christian Dior aux Etats-Unis, il avait dû prolonger son séjour à New York. Il avait une surprise pour elle, mais ne s'était pas étendu au téléphone.

« Je suis certain que tu apprécieras », s'était-il contenté de lui affirmer.

Entre les promesses d'Hervé et les révélations de Carole, son cœur s'en trouvait bouleversé. Elle s'interrogeait, cherchait à comprendre, passait en revue les moindres détails de leur relation, avant son emménagement avenue Montaigne, et depuis qu'elle s'y était installée. Hervé lui avait toujours paru honnête. Elle n'avait jamais remarqué chez lui un jeu pervers, une face cachée de sa personnalité. Elle éprouvait même une certaine fierté d'avoir été choisie parmi tant d'autres, elle lui était reconnaissante de l'avoir sortie du milieu où elle avait décidé de refaire sa vie.

Quel avenir avais-je en demeurant artiste peintre à Montmartre ? s'interrogeait-elle pour se conforter et se convaincre qu'elle ne s'était pas trompée.

Elle réagit. Chassa les mauvaises pensées de son esprit. Carole était peut-être jalouse d'elle. Peut-être en voulait-elle à Hervé de ne pas l'avoir retenue.

Chaque fois que ce dernier l'appelait au téléphone, il ne cessait de lui clamer son amour. Elle lui manquait. Il était impatient de la retrouver à Paris, de vivre d'autres nuits torrides dans ses bras. Ses paroles avaient la puissance d'une drogue dont elle voulait user pour mieux perdre la tête et ne plus croire les commérages de son entourage.

— Si j'avais su, je t'aurais emmenée à New York,

lui avoua-t-il un soir. J'aurais été si fier de te présenter à tous ceux qui me font l'honneur de me recevoir…

Comment demeurer insensible à ses promesses, à son empressement, à la sincérité qu'elle percevait en lui quand il jurait ne plus pouvoir se passer d'elle ?

Ariane décida de ne plus prêter l'oreille aux sous-entendus et aux recommandations de son amie Carole. Au reste, ni Marguerite, ni Mlle Tisserand, ni Jean-René ne lui adressaient jamais la moindre réflexion, se contentant de remarques quant à son travail. Elle voulait s'affirmer par sa créativité, satisfaire ceux qui lui accordaient leur confiance, se donner entièrement à sa nouvelle passion.

Elle imagina des tenues originales très élégantes, respectant cette fois les critères de la mode New Look. Elle avait retenu la leçon de Jean-René. Même si elle n'était pas toujours d'accord avec les directives, elle se fondit dans le moule et réalisa des ensembles tels qu'on les lui demandait, dans des tissus doux et soyeux. Elle dessina des robes de jour très étudiées dans des satins luisants, dans des moires ondées. Des robes pour le quotidien dans des étoffes de laine à peine moins luxueuses mais plus pratiques à porter. Elle n'oubliait pas la consigne : concevoir des tenues pour aller aux courses ou pour demeurer à la maison sans paraître négligée.

Jean-René lui conseilla d'assortir ses modèles

avec des chaussures issues des collections des grands chausseurs du moment. Le cœur d'Ariane vibra quand il l'invita à examiner ce que créaient Charles Jourdan et Roger Vivier. Elle connaissait leurs noms célèbres, mais n'avait jamais vu de près leur production. Jean-René lui en fournit quelques exemplaires afin qu'elle s'en inspire.

« Pense aux accessoires, Ariane. Chaussures, ceintures, écharpes, bijoux, tout doit être en harmonie avec ce que tu imagines. Bientôt nous lancerons notre ligne de parfums. Christian Dior se démarquera également dans ce nouvel univers. D'ici la fin de l'année, notre maison possédera sa propre fragrance, spécialement conçue pour notre clientèle. Elle en sera la griffe olfactive. »

Ariane se remettait à rêver. La beauté régnait dans ce lieu magique où la haute couture côtoyait les autres domaines de l'élégance et du luxe. Certes, quand elle songeait que la peinture ne permettait pas toujours aux talentueux artistes de vivre décemment, elle jugeait cet art de l'habillement quelque peu artificiel et élitiste. Mais elle admettait volontiers qu'il s'agissait d'un art à part entière et qu'il n'était pas juste qu'il n'ait pas été reconnu comme tel, à l'instar de l'architecture, de la sculpture, de la peinture, de la musique, de la danse, de la poésie et du cinéma. De la création du maître au travail des petites mains, en passant par celui des tailleurs et des mannequins, tout un labeur se réalisait petit à petit au fil de l'aiguille, touche par touche, pour donner naissance à des chefs-d'œuvre.

Il en est de la haute couture, songeait Ariane avec raison, comme de la peinture à l'époque des grands maîtres de la Renaissance, dont les ateliers avaient produit des merveilles et des richesses inestimables.

⋆

La fin du mois de mars approchait. Ariane n'avait pas eu ses règles pour la troisième fois consécutive. Jusqu'alors, elle ne s'en était pas souciée. Plus jeune, il lui arrivait d'avoir une aménorrhée. Cela ne durait jamais. Tout revenait dans l'ordre rapidement. Cette fois, elle s'inquiéta. Elle avait des nausées inexplicables. Pourtant elle prêtait attention à ce qu'elle mangeait, ne buvait jamais d'alcool, évitait les mets trop gras ou trop sucrés. Ses doutes se transformèrent bientôt en obsession.

Je suis enceinte ! Au moins depuis deux mois…

Elle n'osa se confier à personne, dissimula son appréhension. A l'approche du retour d'Hervé, elle décida d'en avoir la certitude. Elle consulta un médecin, dans un quartier éloigné de l'avenue Montaigne.

L'homme de l'art fut formel :

— Eh bien, mademoiselle, c'est une heureuse nouvelle ! Vous attendez un bébé depuis plus de deux mois.

Voyant qu'elle ne se réjouissait pas, il la questionna :

— Vous ne le désirez pas ?

Ariane tarda à répondre. Elle ne s'était jamais posé la question jusqu'à présent. Avoir un enfant lui paraissait un objectif lointain. Elle vivait le moment présent, comme lui avait si gentiment conseillé Joseph. Ce qui lui arrivait depuis son arrivée à Paris se précipitait tellement qu'elle n'avait pas eu le temps de penser à devenir une femme rangée, avec mari et enfants, comme la plupart de ses collègues de travail. Quand elle songeait à sa situation, elle reconnaissait volontiers que celle-ci ne durerait pas éternellement. Etre la maîtresse d'Hervé Latour ne serait que passager, elle en avait conscience. Un jour viendrait où il lui trouverait une remplaçante. Mais elle avait toujours chassé cette réflexion, n'envisageant que son bonheur présent, refusant de se projeter dans l'avenir.

Devant ses hésitations, le médecin devina le problème :

— Vous n'êtes pas mariée, c'est ce qui vous gêne ? Rassurez-vous, dans mon cabinet j'en vois défiler, des jeunes filles dans votre cas... Pour certaines, c'est un drame, surtout quand la famille n'est pas au courant. Mais, dans votre situation... Vous avez quel âge ?

— Vingt-six ans, docteur.

— Alors, vous n'êtes plus une enfant. Personne ne vous jugera. A notre époque, les femmes sont libres d'assumer pleinement leur vie comme elles l'entendent. La guerre les a libérées de certains carcans que nos pères leur imposaient encore. Vous avez obtenu le droit de vote, affirmez donc à présent celui de faire de votre corps ce que vous voulez. Y compris de concevoir un enfant toute seule, si je puis dire.

Le médecin essayait de remonter le moral de sa patiente, laquelle ne semblait pas réagir à l'information qu'elle était venue chercher chez lui.

— Maintenant, si vraiment vous ne désirez pas cet enfant, je peux vous diriger vers… vous comprenez ! Je ne le pratique pas moi-même, mais je connais des confrères qui n'ont pas autant de principes éthiques que moi. Tout cela n'est pas légal… il y a toujours des risques…

— Je n'avorterai pas ! s'insurgea Ariane, que l'idée horrifiait. Je suis enceinte, j'assumerai.

Hervé ne lui reprocherait pas de porter son enfant… elle l'espérait, en tout cas.

Elle quitta le médecin, non sans avoir écouté ses conseils pour les mois à venir.

— Prenez soin de vous, mademoiselle Chaptal. Repassez me voir si vous en éprouvez le besoin. Votre grossesse a bien débuté. Vous n'avez aucune raison de vous tourmenter.

Forte de ces recommandations, elle retourna chez elle, l'esprit troublé.

Hervé revint de New York quelques jours plus tard, l'air ravi. Son séjour avait été très bénéfique.

Il avait planté les premiers jalons de la maison Dior en Amérique. Christian Dior devait s'y rendre d'ici la fin de l'année pour concrétiser la conquête du marché américain[1].

Ariane était impatiente de savoir ce qu'il avait de si pressant à lui dire. Elle alla le chercher à l'aéroport et, tout à leurs retrouvailles, ne lui posa aucune question. Une fois rentrés avenue Montaigne, ils se jetèrent aussitôt dans les bras l'un de l'autre. Hervé montra la fougue d'un homme séparé de sa femme depuis trop longtemps, ce qui rassura Ariane. Sans attendre, il l'entraîna dans leur chambre et, sans même lui demander comment elle avait vécu cette si longue absence, lui fit l'amour plusieurs fois de suite. Ariane s'abandonna, oubliant dans la volupté les craintes qui hantaient son esprit.

Quand leurs corps furent rassasiés de caresses et de chaudes étreintes, elle revint à la promesse qu'il lui avait faite :

— Qu'as-tu de si pressant à m'apprendre ? Au téléphone, tu m'as parlé d'une surprise sans m'en dévoiler le contenu... Tu m'as rapporté de New York un autre sublime présent, une rivière de diamants, un manteau de vison ?... Je plaisante !

Hervé la reprit dans ses bras, l'embrassa tendrement.

1. Invité à Dallas par la maison Neiman Marcus, qui lui décerna un oscar, il lança sa première collection aux Etats-Unis dès 1947 et ouvrit plus tard Christian Dior New York Inc.

— J'ai beaucoup mieux à t'offrir, ma chérie. Mais cela dépend de toi. Je ne te forcerai pas à accepter.

Ariane était à cent lieues de se douter de ce qu'Hervé s'apprêtait à lui proposer.

— Je t'écoute, le pressa-t-elle.

Hervé se leva, l'entraîna à l'écart du lit, la para d'un voile de satin transparent et, sans même se rhabiller lui-même, lui déclara :

— Veux-tu être ma femme ? Veux-tu m'épouser ?

Sur le coup, Ariane ne sut que répondre. Laissa involontairement tomber ses bras de chaque côté de son corps. Le voile de satin glissa de ses épaules. Elle plongea son visage dans ses mains, tout à sa surprise. Des images défilèrent devant ses yeux, comme un kaléidoscope de sa vie. Elle sentit un frémissement dans son ventre. Qui la ramena à la réalité.

« Tu es enceinte ! » murmurait une petite voix dans sa tête.

Elle rouvrit les paupières. Des larmes coulaient sur ses joues.

Hervé crut qu'elle était très touchée par sa demande et qu'elle pleurait de joie. Il ne se trompait pas. En même temps, Ariane ressentait une peur terrible. Devait-elle lui avouer la vérité avant d'accepter ? Devait-elle lui annoncer qu'il serait bientôt père ? Comment réagirait-il en apprenant si soudainement ce qui ne pouvait que perturber ses projets ? Hervé souhaitait l'épouser. Désirait-il pour autant des enfants ?

— Alors ? Que me réponds-tu ? Tu me fais attendre ! C'est oui ?

Ariane se jeta à nouveau dans ses bras. S'effondra, la gorge nouée.

Il la consola de mots tendres, de caresses délicates, de baisers dans le cou.

— Si tu refuses, je ne te le reprocherai pas. Je croyais que tu serais ravie de m'épouser. Moi, en tout cas, je serais le plus heureux des hommes. J'ai envie de mettre fin à ma vie de célibataire. De mettre un peu d'ordre et de calme dans mon existence. Avec toi, j'ai trouvé mon port d'attache. Je suis certain de ne pas me tromper.

Elle s'essuya les yeux. Se lova au creux de son épaule.

— Je veux être ta femme, lui répondit-elle enfin. Pour toujours.

*

Dépassée par les événements, Ariane n'avait pas osé révéler son état. Tout se précipitait. Quelques mois encore auparavant, elle n'était qu'une petite femme de chambre dans un hôtel de passage, sans le sou, vivant façon bohème de rêves qui n'allaient pas au-delà de l'horizon des toiles qu'elle peignait. Elle était devenue styliste dans une maison de haute couture connue jusqu'en Amérique et on lui prédisait un brillant avenir. Et maintenant, l'un des hommes influents de cette maison la demandait en mariage ! Elle vivait un véritable conte de fées. Elle se réveillerait bientôt et se retrouverait dans sa chambre, dans son lit, à Florac, chez ses parents !

Elle s'assombrissait cependant quand elle songeait qu'elle ne parviendrait pas longtemps à dissimuler son état. Hervé finirait bien par s'en rendre compte. Elle avait déjà l'impression que son ventre s'arrondissait, que ses hanches s'épaississaient. Quel regard porterait-on sur elle à son travail ?

Depuis qu'elle lui avait donné son consentement, Hervé se montrait plus attentionné que jamais à son égard. Il avait avancé une date qu'il rendrait officielle dès qu'il aurait la certitude de ne plus avoir à s'absenter. Il était de plus en plus sollicité, notamment par le lancement de la future société de parfum que le maître avait souhaité avant la fin de l'année. Ariane était au courant, informée à demi-mot par Jean-René.

— Ce parfum sera l'emblème olfactif de la maison, lui confirma Hervé après Jean-René. Dior juge le parfum un élément indispensable de la personnalité féminine. Cette première fragrance s'appellera...

Il s'arrêta. Hésita.

— Je n'ai pas le droit de te le dire. Pas encore.

Hervé jouait volontiers avec la curiosité d'Ariane. Celle-ci insista :

— Je serai muette comme une tombe.

— Il a été décidé de l'appeler *Miss Dior*, en hommage à la sœur de Christian Dior, Catherine, qui a été résistante et déportée. Je compte sur toi pour n'en parler à personne. Il y va de ma crédibilité.

Ariane le rassura.

— Quelle date as-tu envisagée pour notre mariage ?

— Le premier jour de l'été. Ce sera comme une double fête.

Ariane se rembrunit. Tout à coup, la promesse de Raphaël lui revint à la mémoire. Lui aussi lui avait proposé de l'épouser au début de l'été, avant de renoncer à cause de la guerre.

Elle se ressaisit.

— C'est dans trois mois !

— Je ne veux plus tarder davantage.

Ariane réfléchit, prise de court.

Elle ne pouvait plus attendre pour avouer le secret qu'elle dissimulait.

Alors, elle osa :

— J'ai une confession à te faire, mon chéri. J'espère qu'elle te comblera de joie.

Hervé arbora un large sourire.

— Toi aussi, tu as une surprise pour moi ?

— Oui… Je suis enceinte… Tu vas bientôt être papa.

Hervé s'assombrit aussitôt.

28

Dans les ateliers, Ariane se sentait de plus en plus épiée. Au point qu'elle évitait de s'y rendre et se contentait de demeurer à sa place dans son bureau d'études, en compagnie de Jean-René et de Carole, qui dessinait juste en face d'elle et lui donnait de précieux conseils.

Néanmoins, elle était contrainte d'aller dans les ateliers de flou ou de tailleur pour la mise sur mannequin des différentes pièces de ses modèles. Elle y rencontrait parfois le maître, qui venait s'assurer que tout se déroulait selon ses directives. En tant que nouvelle, elle n'avait que peu de contacts avec lui. Avec prudence, elle se gardait de toute remarque aux couturières expérimentées qui, avec patience et beaucoup de dextérité, confectionnaient les prochains modèles. Tout son travail dépendait de Jean-René et, pour l'assemblage, de la première d'atelier.

Dans son dos, elle croyait entendre les commentaires sur sa personne. Elle devinait qu'on jasait derrière elle et s'en trouvait très mal à l'aise.

Un après-midi, alors qu'Hervé avait déjà quitté la maison, elle sentit la pression monter. Comme à son habitude, Hervé ne s'était pas privé de complimenter les ouvrières. Telles des abeilles dans une ruche, certaines d'entre elles tournaient toujours autour de lui, avides de se démarquer pour susciter un regard enjôleur, une parole aimable, espérant obtenir ses faveurs. Cette attitude agaçait Ariane, mais elle se contenait, de crainte de s'exposer à de violentes critiques.

Ses croquis à la main, elle voulut vérifier si le vêtement qu'elle avait conçu ne présentait pas de problèmes au moment de sa réalisation. Elle constata aussitôt que Cathy, chargée de son projet, n'avait pas respecté ce qu'elle avait imaginé. D'elle-même, elle rectifia l'emplacement des poches de la veste.

— Je les ai dessinées plus haut, releva-t-elle en décousant les pièces de tissu faufilées de chaque côté de l'habit.

C'était la première fois qu'elle osait contester le travail d'une couturière.

Surprise, Cathy rétorqua aussitôt :

— C'est pas parce que tu couches avec le directeur que tu dois te croire tout permis ! Je sais ce que je fais. Tes poches ne sont pas à leur place.

Tout l'atelier regardait avec curiosité les deux

femmes s'opposer. La plupart des petites mains souriaient de voir Ariane aux prises avec l'une des leurs.

Elle se trouva dépourvue d'arguments devant une telle allégation.

— Ma vie privée n'appartient qu'à moi, se contenta-t-elle de lui objecter.

Cathy prit à témoin ses collègues :

— Dites-lui que ce n'est pas parce qu'elle est la maîtresse du dirlo qu'elle vaut mieux que nous toutes ! Elle n'est pas la première et ne sera pas la dernière à profiter de ses faveurs !

Ariane était prête à capituler. Elle ne souhaitait pas exposer sa relation en public.

— Jean-René ne m'a rien reproché, tenta-t-elle néanmoins. Respecte la coupe comme je l'ai imaginée. Sinon, tu dénatures mon ensemble.

— Mais pour qui tu te prends ? Tu me donnes des leçons, à présent ?

Le ton montait. Ariane ne cédait pas. Cathy ne cessait de la contredire.

Attirée par le bruit de leur dispute, Marguerite Carré arriva sur ces entrefaites.

— Que se passe-t-il ? s'enquit-elle. Vous n'êtes pas à votre travail. Ressaisissez-vous, mesdemoiselles.

Elle s'approcha du mannequin où était assemblé le tailleur d'Ariane, évalua ce dernier dans sa globalité.

Ariane lui expliqua ses choix :

— J'ai imaginé la veste dans une flanelle gris anthracite, rehaussée de satin noir pour le revers du col et les finitions. Un tissu gris perle pour la jupe. Un chemisier en soie violine agrémenté de touches blanches sur le buste et les manches. Aux pieds, des mocassins à talons compensés également gris anthracite pour rappeler le ton de la veste et affirmer un air plus décontracté. C'est un ensemble de jour, approprié pour le shopping en ville.

Marguerite examina la tenue sous toutes ses coutures, ajusta quelques menus détails et reconnut :

— Ça me semble correct, Ariane. Vous avez parfaitement compris ce qu'on vous demande.

— Et pour les poches ? osa Ariane.

— Je vous donne raison. Elles sont à leur place.

Désavouée, Cathy se renfrogna.

— En revanche, poursuivit Marguerite, vous avez encore conçu la jupe trop courte. C'est une fâcheuse habitude chez vous. Quand admettrez-vous que la mode courte est révolue ? Aujourd'hui, il faut vingt mètres de tissu pour effectuer une tenue et non plus quatre ou cinq comme jadis, quand les jupes montaient au-dessus du genou.

Ariane se tut, comme prise en faute. Elle se doutait qu'on lui adresserait ce reproche. Entêtée, elle avait volontairement dessiné une jupe qui procurerait de l'aisance à celle qui la porterait. Elle tenta quand même de se justifier.

— C'est dommage de ne pas montrer les jambes de la femme. C'est le plus attirant chez elle, ce que les hommes regardent en premier. De plus, à condition de ne pas être trop resserrée sur les cuisses, la jupe courte lui permet plus de liberté dans ses mouvements. Elle se sent moins prisonnière de son vêtement.

Marguerite fixa Ariane droit dans les yeux.

— Ma petite Ariane, vous n'êtes pas ici pour réfléchir, mais pour exécuter ce qu'on vous ordonne de concevoir. Quand vous vous serez hissée au niveau de nos grands couturiers, vous pourrez créer votre ligne personnelle. Pour cela, il vous faudrait encore quelques années de travail… et beaucoup de talent.

Derrière son dos, Cathy jubilait. Marguerite s'en aperçut.

— Quant à vous, vous n'avez pas à prendre des initiatives. Appliquez le patron tel qu'on vous le confie. Si cela ne convient pas, ce n'est pas à vous de le rectifier.

Un silence glacial s'abattit sur l'atelier. Toutes les petites mains se remirent à la tâche sans plus se préoccuper de l'incident.

— Vous me rallongerez votre jupe jusqu'à…

— Quarante centimètres du sol, fit Ariane.

— Parfaitement. Vous avez tout compris.

Ariane rassembla ses croquis et retourna à son bureau, déterminée à se plier aux ordres. Mais, au fond d'elle-même, elle regrettait que la tendance soit de nouveau à la mode des robes et des jupes d'une certaine longueur.

★

Le soir, Hervé rentra tard du travail. Il avait dîné en ville en compagnie d'un homme d'affaires italien qui désirait offrir à sa femme une tenue de gala qu'il avait retenue au cours du défilé de février. Les tractations s'étaient révélées compliquées, le richissime entrepreneur avait essayé d'imposer ses conditions. Or Hervé ne discutait jamais lors d'une vente. A ses yeux, le client acquérait un modèle tel que Dior l'avait conçu et non tel qu'il souhaitait l'adapter.

Aussi n'était-il pas de bonne humeur.

Lorsque Ariane tenta de lui raconter le différend qui l'avait opposée à Cathy, puis à Marguerite, il la coupa très vite :

— Je suis au courant. Je suis passé à l'atelier avant de rentrer. Marguerite m'a tout expliqué. Je ne t'approuve pas.

Ariane s'offusqua :

— On me reproche de coucher avec toi, et c'est tout ce que ça te fait !

— Je te parle de ton projet de tailleur. Tu en prends trop à ton aise. Jean-René t'a fourni toutes les directives. Tu n'as pas à décider ce qui est bon ou mauvais. Une maison de couture, c'est une grande famille, dans laquelle tout le monde obéit au patron. C'est lui qui définit la ligne à suivre. Quand l'admettras-tu ?

— Il ne s'agit pas de ce problème. Celui-là est

résolu. J'ai bien compris. Moi, je te parle des allégations à mon égard. Tu acceptes donc qu'on me traite de courtisane... Et je reste polie ! On me reproche ouvertement d'être ta maîtresse et tu ne réagis pas ?

Hervé ne semblait pas touché par la révélation d'Ariane.

— Ce n'est que la vérité. Je ne vois pas en quoi cela te gêne !

— Mon honorabilité ! C'est de mon honorabilité qu'il est question. Et par là, de la tienne et de ton autorité dans la maison.

Hervé ne souhaitait pas polémiquer.

— Je suis crevé. On discutera de cela plus tard. De toute façon, cette situation ne durera plus longtemps. J'avance la date du mariage.

Ariane ne cacha pas son étonnement.

— Tu m'annonces ça sans préalable !

— Je ne veux pas qu'on s'aperçoive que tu es enceinte le jour des noces. Cela ferait mauvais effet. J'ai décidé de nous marier dans deux semaines, le temps de publier les bans et de respecter le délai imposé de dix jours. Cela ne te convient pas ?

Hervé s'adressait à Ariane sur un ton autoritaire et déplaisant. Au lieu de se réjouir, celle-ci ne dissimula pas sa déconvenue.

— J'aurais préféré attendre pour ne pas donner l'impression de se précipiter. Mais tu as raison, dans un mois je ne pourrai plus cacher mon état...

— J'espérais que tu bondirais de joie ! Ça n'a pas

l'air de t'enchanter ! Ainsi tous les commérages cesseront d'eux-mêmes. Tu seras la femme du directeur. Personne n'osera plus te faire des remarques désobligeantes.

Depuis qu'Ariane lui avait révélé sa grossesse, Hervé ne lui témoignait plus autant d'attention qu'avant. Il s'arrangeait toujours pour rentrer tard, sous prétexte de clients à rencontrer ou d'un travail à finir au bureau. Il se montrait distant et n'avait plus la même fougue au lit quand elle se rapprochait de lui. Ariane mettait cette froideur sur le compte de son état.

Faire l'amour à une femme enceinte ne doit pas lui convenir ! songeait-elle pour se rassurer.

Pourtant, son corps ne laissait rien transparaître, même si elle sentait la vie battre en elle. Chaque soir, avant de se coucher, elle s'attardait dans la salle de bains et examinait son ventre, le palpait, le mesurait à l'aide d'un mètre de couturière. Elle avait constaté seulement quelques centimètres supplémentaires de tour de taille et sa balance n'accusait aucune prise de poids. Au point qu'elle en venait à douter de ce qui lui arrivait. Néanmoins, le médecin avait été formel.

Elle s'en inquiéta devant Hervé. Ce dernier réagit aussitôt, mais pas comme elle s'y attendait.

— Si seulement tu t'étais trompée, je serais soulagé ! Un enfant entre nous, ce n'est vraiment pas ce que je souhaitais.

— « Entre nous » ! s'offusqua Ariane. Cet enfant ne sera pas un obstacle à notre bonheur ! Comment oses-tu proférer une telle horreur ?

— Je ne t'ai pas caché que je n'en désirais pas. Les gosses, ce n'est pas pour moi.

— Avoue plutôt que tu as honte de moi. Je ne suis pas assez bien pour toi !

Hervé s'énerva :

— Ecoute, ma chérie. Je t'ai promis le mariage. Que demandes-tu de plus ? J'aurais pu renoncer à tous nos projets sous prétexte que cet enfant n'était pas prévu et que je n'en voulais pas.

Ariane s'effondra, ne retenant pas ses larmes de déception.

Hervé revint aussitôt à de meilleurs sentiments :

— Pardonne-moi. Je suis très fatigué ce soir. J'ai eu une rude journée. Et toi, tu arrives avec tes petits problèmes de boulot. Pense que dans deux semaines tu seras Mme Latour, et que tu seras respectée par toute la maison Dior.

Alors, elle se reprit.

Pourtant au fond de son âme, une fêlure avait fragilisé son bonheur.

*

Le mariage eut lieu comme prévu, deux semaines plus tard, à la mi-avril 1947.

Auparavant, Ariane reçut les félicitations de Christian Dior en personne, qui lui promit de lui dessiner sa robe de mariée. Elle eut peine à réaliser ce qui lui arrivait. Même si cette robe n'était pas un modèle de haute couture mais plutôt un exemple de prêt-à-porter sur mesure rapidement conçu, elle n'en éprouva pas moins de joie à l'idée d'être habillée par le maître.

Elle en oublia ses différends avec ses collègues et la froideur d'Hervé. Une fois de plus, ce dernier se rattrapa et lui témoigna tout son amour, comme si rien ne s'était dit entre eux. Il paraissait accepter l'enfant qui naîtrait dans six mois, en octobre, sans toutefois montrer beaucoup d'empressement à devenir père.

Il fut décidé de se rendre à la mairie du huitième arrondissement le matin du 19 avril, puis à la chapelle Notre-Dame-de-la-Consolation pour la cérémonie religieuse. Hervé n'était pas spécialement croyant, mais Ariane tenait au mariage à l'église, comme ses parents l'auraient souhaité. En songeant à eux, à leur absence, elle s'attrista. Jamais elle n'aurait imaginé se marier un jour en se passant du consentement des siens et sans leur présence à ses côtés. Elle ne put s'empêcher de repenser aux promesses de Raphaël, à leurs fiançailles, à leur mariage qui aurait célébré l'éclosion de l'été... Elle ressentit soudain une profonde solitude, un déchirement au fond de son cœur, comme si, tout à coup, se réveillait en elle sa jeunesse pleine d'espoirs déçus.

Elle se ressaisit aussitôt. Elle ne voulait pas assombrir ce grand jour par des pensées nostalgiques.

Emue comme jamais elle ne l'avait été, elle passa un temps fou à se préparer. Carole s'était proposée pour l'aider à s'habiller et à mettre une touche finale à sa coiffure et à son maquillage. Quand elle lui enfila sa robe de mariée, elle remarqua que sa taille s'était légèrement élargie. Elle devina sans hésitation que son amie ne lui avait pas avoué la vérité.

— Tu ne serais pas enceinte ? lui demanda-t-elle sans détour. Ton petit ventre rond te trahit !

Gênée, Ariane ne put nier.

— Tu ne te trompes pas. Mais, je t'en conjure, n'en parle à personne. Je n'ai pas envie d'être la risée de tous les ateliers.

— Promis. Et c'est pour quand ?

— Octobre. Je suis enceinte depuis janvier.

Carole s'étonna :

— Depuis le début de votre liaison ! Tu n'as pas traîné !

— Je ne me suis pas méfiée, surtout.

— Qu'en pense Hervé ?

Ariane s'assombrit. Carole comprit aussitôt.

— Je vois. Il n'a pas apprécié. Le contraire m'eût étonnée.

— Pourquoi donc ?

— Je connais ses idées. C'est un célibataire-né. Mais tu n'as pas à t'inquiéter. S'il t'épouse dans ton état, c'est qu'il accepte d'être père.

— A moins qu'il ne songe qu'à régulariser la situation ! objecta Ariane, qui, depuis le jour de ses aveux, n'avait jamais perçu en Hervé une once de sentiment paternel à l'égard de son futur enfant.

— Je te trouve bien morose !

— Non. Je suis réaliste.

Ariane semblait désabusée. Parfois elle se demandait si elle ne se fourvoyait pas, si elle ne commettait pas la plus grosse erreur de sa vie. Heureusement, Carole l'encourageait à envisager l'avenir avec optimisme.

— Un enfant, lui affirma-t-elle, c'est le plus beau cadeau qu'une épouse puisse offrir à son mari. Je suis certaine qu'Hervé changera d'avis, quand il sera père.

Ariane s'efforçait de croire son amie, mais dans son cœur la fêlure demeurait.

Le jour de la cérémonie, tous ses collègues étaient présents, ainsi que les artistes peintres de la Butte. Ceux-ci détonnèrent par leur accoutrement, au milieu des hommes et des femmes invités par Hervé. Même si la plupart avaient mis un point d'honneur à s'habiller convenablement, ils étaient loin de rivaliser d'élégance avec ceux et celles qui, travaillant dans une maison de haute couture, étaient habitués aux belles tenues. Ariane se réjouit de leur venue. Ils lui rappelaient l'époque où elle vivait avec eux des heures d'intimité et de convivialité inoubliables.

Le vieux Joseph fut le premier à la féliciter à la sortie de l'église.

— Tu es magnifique, petite ! Le blanc te va à ravir. On dirait une vraie princesse. J'espère que tu es comblée. Tu es parvenue au firmament de ta vie. Tu m'as écouté. Tu as suivi ce que te susurrait ton cœur. Je suis heureux pour toi.

Ariane tomba dans ses bras. Tout en l'embrassant chaleureusement, elle ne put éviter de penser à son père. C'est lui qui aurait dû se trouver là à ce moment précis. Puis elle songea à sa mère, qui ignorait que sa fille s'était mariée. Elle s'attrista, mais se garda de montrer ses sentiments.

Hervé, dont la famille, très prise par sa sœur handicapée, n'avait pas fait le déplacement, discutait à proximité avec des connaissances qui le félicitaient également. Elle entendit une femme d'une petite quarantaine d'années le sermonner :

— Eh bien, mon chéri, tu m'avais caché que tu étais amoureux ! J'espère que ton épouse sera à la hauteur. Décidément, tu m'étonneras toujours !

Ariane détourna la tête pour ne plus écouter.

La fête dura toute la nuit. Ariane s'étourdit en dansant éperdument, avec Hervé mais aussi avec ses amis qui, pressés de l'inviter, ne cessaient de l'attirer vers eux comme par jeu. Elle s'en amusa elle-même, voyant Hervé répondre aux amabilités de la gent féminine qui tournait autour de lui.

Le soir, quand ils se retirèrent dans leurs appartements, il lui déclara :

— Demain matin, je t'emmène à Venise en voyage de noces. C'est ma surprise.

Ils firent l'amour avec beaucoup de fougue, comme avant, et comme chaque fois qu'Hervé avait quelque chose à se faire pardonner.

Quand ils recouvrèrent leurs esprits, Ariane laissa échapper une larme en songeant à Raphaël.

Tout ce qu'elle avait vécu depuis le jour de leurs fiançailles lui paraissait tellement irréel !

*

Ariane accoucha sans problème, fin octobre 1947, d'une petite fille qu'elle appela Emma. Hervé s'était montré indifférent aux prénoms qu'elle lui avait soumis, alléguant qu'il aurait préféré un garçon. Entre eux, désormais, rien n'était plus comme avant.

Le jour de l'accouchement, il arriva en retard à la maternité, prétextant un ennui de dernière minute au travail. En apercevant le nouveau-né dans les bras de sa maman, il n'eut qu'une réflexion :

— C'est un garçon, j'espère !

Quand la sage-femme lui indiqua qu'il s'agissait d'une splendide petite fille de trois kilos, il ne cacha pas sa déception :

— C'était à craindre !

Il resta auprès d'Ariane le temps que celle-ci allaite son bébé pour la première fois et le rendorme. Puis, sans même se pencher sur le berceau, il repartit au bureau sans s'attarder.

— Un autre rendez-vous m'attend, lui mentit-il.

Il fila comme s'il redoutait de devoir assumer tout à coup son nouveau rôle de père.

Tout à son bonheur d'avoir donné la vie, Ariane ne le retint pas. Mais, comme pour l'excuser et ne pas paraître bafouée, elle expliqua à la sage-femme que son mari était quelqu'un de très occupé et toujours très pressé.

29

1948

Une année nouvelle s'amorçait. Deux mois s'étaient écoulés. Ariane s'attristait de constater à quel point Hervé se montrait détaché. Elle ne supportait plus son attitude. Elle avait espéré que, devant la réalité, il changerait d'attitude et de sentiments, que sa fibre paternelle se réveillerait. Elle ne fut pas longue à comprendre que sa petite fille serait la source de leur désunion. Elle ne la chérit que plus, estimant qu'Emma n'avait pas à souffrir de leur désamour.

Elle reprochait souvent à Hervé de ne pas s'intéresser à son enfant. Il lui répliquait que c'était aux mères de s'occuper de leurs bébés.

« L'homme travaille, la femme élève les enfants ! » se justifiait-il.

Afin d'allaiter son nouveau-né sans contrainte, Ariane n'avait pas encore repris son poste. De temps en temps, Carole lui rendait visite. Elle ne s'étonnait pas du comportement d'Hervé, mais évitait de le critiquer. Au contraire, elle encourageait Ariane à se ressaisir.

— C'est une période difficile pour lui, sans doute. Il accepte mal son nouveau rôle de père, alors qu'il ne l'avait pas souhaité. Laisse-lui du temps. Quand Emma commencera à le reconnaître comme son papa, il changera. Un homme ne reste pas insensible aux sourires de son enfant !

Ariane ne demandait qu'à croire son amie, mais perdait parfois confiance, car Hervé la délaissait. Depuis qu'elle avait accouché, il ne l'avait plus touchée. Au lit, il lui tournait le dos et éteignait rapidement la lampe de chevet, sans s'attarder à discuter un peu avec elle ou à lire comme il en avait l'habitude.

⋆

Au printemps suivant, quand Emma eut atteint ses six mois, Ariane voulut reprendre le travail. Elle décida de confier sa fille à une nourrice.

— Je garderai mon enfant tous les matins, l'avertit-elle. Et je vous l'amènerai l'après-midi avant de partir à la maison de couture.

Hervé la laissa libre de son choix. Mais il releva qu'en l'embauchant chez Christian Dior il n'avait jamais été prévu qu'elle travaille à mi-temps.

— Toutes nos employées doivent se consacrer entièrement à leur tâche, lui expliqua-t-il. Quand arrive le moment de préparer la future collection, on ne permet ni retards ni absences. Néanmoins, pour toi, je ferai une exception.

— Pour ton enfant ! rectifia Ariane intentionnellement.

Hervé ne sourcilla pas.

Depuis la naissance de sa fille, Ariane avait manqué la collection printemps-été et il était trop tard pour la suivante, celle d'automne-hiver. Tous les projets étant déjà dans les cartons, il ne restait plus qu'à les concrétiser, ce qui était l'œuvre des petites mains et des tailleurs.

— Si tu le désires, je te mets à la coupe, lui proposa Jean-René. Tu découvriras ainsi un autre aspect de la haute couture. Tu suivras les recommandations de Christophe.

Ariane réfléchit. Jusqu'à présent, elle n'avait prouvé son talent que dans son domaine de prédilection, le dessin.

— J'hésite, car je ne voudrais pas ne plus dessiner. Je suis styliste avant tout.

— Rien ne t'empêche de te partager. Le matin avec moi, l'après-midi avec Christophe. Les deux tâches sont étroitement liées. La coupe est le prolongement direct du dessin.

— Le matin, je m'occupe d'Emma.

— C'est toi qui vois, ma chérie.

Ariane finit par accepter. Exercer une autre activité était pour elle une manière de s'affirmer, de démontrer qu'elle s'affranchissait de la tutelle d'Hervé.

Quand elle lui annonça sa décision, il la remercia pour son bon sens, ajoutant :

— Le boulot, c'est aussi important que les enfants.

Elle retrouva l'ambiance de la maison de couture avec beaucoup de plaisir. Ses démêlés avec Cathy étaient déjà loin, elle n'y pensait plus. Au reste, la couturière était partie dans une maison concurrente. Personne ne s'en plaignait, car elle avait mauvaise réputation.

— Une vraie langue de vipère ! avoua Carole à Ariane, heureuse de revoir son amie à son poste.

Tout le monde la félicita pour la naissance de sa fille, même celles qui avaient soutenu Cathy lors de leur altercation. Devenue officiellement la femme du directeur du personnel, il lui sembla tout à coup qu'on s'adressait à elle avec plus de respect, de gentillesse. Certaines la flattèrent, d'autres s'enquirent aussitôt de son enfant, s'intéressant à sa santé, à sa ressemblance avec l'un ou l'autre de ses parents.

Ariane se réjouit d'un tel changement à son égard. Mais elle n'était pas dupe. Elle se doutait que beaucoup s'ingéniaient à demeurer en bons termes avec elle pour conserver leurs relations privilégiées avec son mari. Hervé n'avait pas perdu son habitude de passer parmi elles en les complimentant et en les aguichant.

Il s'en amusait.

Les filles continuaient à espérer.

Ariane s'en agaçait.

— Tu vas bientôt te retrouver dans ton élément, lui annonça Carole dès le premier jour de sa reprise. Nous avons déjà reçu la consigne d'explorer des pistes pour la collection automne-hiver de l'année prochaine.

Ariane s'étonna. Demanda plus de précisions.

— Tu n'ignores pas que Christian Dior apprécie énormément la peinture…

— On me l'a raconté. Avant d'être couturier, il était galeriste et avait de nombreux amis parmi les artistes.

— Notamment parmi les surréalistes et certains impressionnistes. Eh bien, ceux-ci l'inspirent toujours. Nous avons pour mission de préparer le travail.

— C'est-à-dire ?

— Cette collection fera référence à l'impressionnisme et au cubisme. Il faudrait défricher le terrain avec des peintres tels que Matisse ou Braque, pourquoi pas Picasso. Personnellement, j'ai une préférence pour les impressionnistes. Si cela te convient, je te laisse plancher sur les surréalistes. Je crois que c'était ton domaine de prédilection quand tu peignais à Montmartre, non ?

— C'est exact. Je me suis vite éloignée du figuratif, et même de l'impressionnisme classique, celui né au dix-neuvième siècle. Mes dernières toiles s'inscrivaient totalement dans l'art abstrait.

— Alors, tu devrais te régaler. Nous avons carte blanche.

Forte de la nouvelle, Ariane se mit aussitôt à l'ouvrage.

Mais avant de se lancer dans le dessin de robes, de tailleurs, de chemisiers et autres tenues vestimentaires, selon les consignes que Jean-René lui donna dès le lendemain, elle jugea judicieux de se documenter. Elle consulta à nouveau les revues féminines de mode d'avant-guerre, afin d'étudier précisément ce que portaient les femmes pendant cette période qui avait été si riche en événements marquants. Les années vingt n'avaient-elles pas été « les années folles », celles de la première libération de la femme ?

Tous les soirs, après avoir couché sa fille dans sa chambre, elle s'affalait dans le canapé et dévorait les magazines. Plus rien autour d'elle n'avait d'importance. Elle griffonnait des notes, esquissait des formes dans ses carnets à dessins, demeurait éveillée jusque tard dans la nuit. Hervé évitait de la blâmer, car, de son côté, il ne rentrait jamais directement du bureau après sa journée. Il prétextait toujours un client à démarcher, un dîner d'affaires à subir, une réception à honorer. Leur relation se délitait petit à petit sans qu'aucun des deux tente d'y remédier. Trop déçue de l'attitude de son mari,

Ariane semblait se résigner, ne songeant plus qu'à son travail et à son enfant.

Ce qu'elle découvrait ne lui convenait pas. Elle s'en ouvrit à Marguerite. Celle-ci lui conseilla alors d'aller à la découverte de Robert Piguet[1], celui qu'on surnommait « le prince de la mode ».

— En 1938, lui révéla-t-elle, Christian Dior a été engagé par Robert Piguet en tant que dessinateur et modéliste. Ce dernier aimait aussi beaucoup les peintres. Christian Bérard était l'un de ses amis, et ils ont souvent collaboré. Dior a aussitôt signé chez Piguet trois collections et a connu son premier succès avec un tailleur pied-de-poule noir et blanc. Tu pourrais en tirer parti…

Ariane songea à celui qu'elle avait conçu, mais évita de se mettre en avant.

— … sans omettre les principes de la tendance actuelle de la maison, bien sûr ! Je te les rappelle…

— Non, ce n'est plus la peine, Marguerite ! la coupa Ariane en souriant. Cette fois, j'ai parfaitement compris. Comptez sur moi pour m'en souvenir.

Marguerite maintenait toujours ses distances avec ses subordonnés. Pourtant, elle reconnaissait ressentir pour Ariane une tendresse particulière. Sa carapace se fissurait en sa présence. Elle la sentait

1. Ce grand couturier et créateur de parfums (1898-1953) fut l'ami de nombreux artistes de théâtre et de cinéma.

si fragile qu'elle aurait souhaité parfois la prendre dans ses bras et la rassurer. Elle avait très vite deviné qu'entre elle et Hervé l'amour n'était plus à son firmament. La froideur de son directeur du personnel vis-à-vis de sa propre femme tranchait tellement avec les compliments dont il gratifiait ses employées qu'elle finit par plaindre sa petite protégée.

Ariane suivit ses conseils. Elle n'osa pas se rendre en personne à la maison de couture de Robert Piguet, qui avait pignon sur rue au rond-point des Champs-Elysées. Elle craignit qu'on ne la repousse pour espionnage. Dans ce milieu de la haute couture, on se méfiait les uns des autres, même si la plupart des grands couturiers avaient effectué leur apprentissage – c'était le cas de Christian Dior – chez d'autres maîtres et gardaient entre eux de bonnes relations.

Elle se renseigna, lut beaucoup, se fit une idée de ce génie de la haute couture. Elle fut surprise par la sobriété de ses créations, sa rigueur, son goût pour le raffinement et la distinction. Elle découvrit en lui un homme racé, soucieux d'élégance, pétri d'humilité devant son personnel mais redouté. Elle s'extasia sur le choix des tissus qu'il utilisait, sa manière de les façonner, ses coupes très techniques mais toujours très classiques, qui visaient à réaliser des robes modernes et simples, destinées à embellir naturellement la femme.

Elle saisissait mieux à présent les consignes de Christian Dior.

Un jour qu'elle esquissait un ensemble tailleur selon les règles décelées chez « le prince de la mode », Christian Dior passa dans le bureau d'études afin de constater l'avancement du travail de ses dessinatrices et remarqua gentiment :

— Je vois que Robert Piguet vous inspire, Ariane. Ce n'est pas une critique. Au contraire. Piguet était un formidable pédagogue, un homme extraordinaire. A la fois timide et sarcastique, qui savait merveilleusement guider les jeunes pour les obliger à exprimer les idées créatives qui étaient en eux. Il m'a appris qu'un dessin c'était bien, mais qu'un vêtement c'était un tissu, des couleurs, des formes, une femme qui vit à l'intérieur, et que l'important ce sont les essayages[1]. Retenez-en la leçon, comme je l'ai fait moi-même.

Ariane se sentit soulagée. Elle craignait en effet que le maître ne lui reproche de s'inspirer des autres couturiers. Aussitôt, elle esquissa de nouveaux projets de petites jupes noires, de tailleurs de flanelle grise, de robes de bal et de cocktail colorées, dans la ligne de Piguet mais selon les critères imposés par Jean-René quant à la référence au cubisme.

⋆

1. Paroles réellement prononcées par Christian Dior lui-même à propos de Robert Piguet.

Ariane s'acharnait à la tâche. Autant pour oublier ses déceptions conjugales que par passion pour son travail. C'était pour elle un véritable enrichissement, et une vraie consécration quand, après avoir dessiné ses modèles et les avoir soumis au maître, elle aidait à la confection du patron et à la mise en place des pièces de tissu sur les mannequins. Sous l'œil amusé des petites mains de l'atelier, elle osait même utiliser le fil et l'aiguille pour faufiler des éléments de sa conception. Elle réalisait la portée de ses efforts. Certes, ses esquisses ne seraient pas toutes acceptées, ce qu'elle élaborait ne servirait que de base de départ pour d'éventuels modèles façonnés et réinventés par le couturier. Mais elle avait vraiment l'impression de collaborer pleinement à une œuvre collective sous l'égide du grand homme. Elle en ressentait une fierté bien méritée.

Elle ne négligeait pas pour autant l'éducation de sa fille. Emma demeurait le centre de sa vie. C'était pour elle qu'elle s'acharnait au travail, qu'elle tenait à tout prix à réussir. Sans se l'avouer, elle prenait sa revanche sur le destin.

Elle avait beaucoup changé, la jeune Ariane Chaptal, depuis Florac, depuis l'époque où elle ne rêvait que d'aider son père dans son usine, à créer des collections de chaussures. Elle n'éprouvait plus de nostalgie ni de regrets. Sur les recommandations de Joseph, elle regardait sans cesse devant elle, en appréciant le moment présent comme un cadeau du ciel.

Et, à chaque seconde, Emma représentait ce merveilleux cadeau.

L'enfant grandissait dans la quiétude d'un foyer apparemment paisible. A son âge, elle n'était pas consciente que ses parents ne vivaient que côte à côte, dans une sérénité de façade. Ils n'avaient plus l'un pour l'autre que des sentiments étranges, mélange d'un amour rapidement disparu et de convenances. A la maison, Hervé ne s'occupait pas d'elle, se contentant de quelques baisers vite donnés, de jouets coûteux qu'il apportait comme pour justifier son rôle de père. Emma le gratifiait de ses sourires, de ses gazouillis de joie. Elle n'exigeait pas plus d'un père constamment absent.

Ariane, elle, souffrait en silence de cette situation. Elle n'avait pas écouté Carole lorsque celle-ci lui avait affirmé qu'Hervé était un homme volage. Elle était encore éperdument sous son emprise. Amoureuse ? Elle n'en était plus certaine. Comment peut-on être amoureuse d'un être qui joue avec vos sentiments ? se demandait-elle, maintenant qu'elle se trouvait au pied du mur.

Bizarrement, Hervé finit par lui reprocher de ne plus exister que pour son travail. Lorsque le soir, au lit, il s'approchait d'elle – car il la désirait toujours –, elle le repoussait de plus en plus souvent. Et, quand elle lui cédait, elle feignait d'éprouver du plaisir, ne tenant pas à détériorer davantage leur relation. Ariane avait été élevée selon certains principes. Même si elle avait pris d'énormes libertés avec ce que lui avaient inculqué ses parents, elle ne concevait pas l'idée de priver son enfant de son père.

Une fois de plus, elle se sacrifiait, comme elle s'était sacrifiée pour sauver la vie de Raphaël.

Influencée par Carole, elle décida de ne plus rien attendre d'Hervé.

— De deux choses l'une, lui expliqua son amie. Soit il rentre dans le rang et s'intéresse à toi et à son enfant. Dans ce cas, tout est encore possible. Vous ne seriez pas le premier couple à rebondir après un passage à vide. Soit il s'éloigne de plus en plus et délaisse ses obligations de père et d'époux. Et, dans ce cas, tu en tireras les conséquences en fonction de ce que tu souhaites pour ta fille : être déchirée entre deux parents qui ne s'aiment plus, ou connaître plus de sérénité en étant élevée seulement par sa mère. C'est à toi de choisir.

Ariane n'avait pas envisagé de quitter Hervé. Elle s'accommodait de sa situation, évitant de se poser trop de questions.

Ecoutant son amie, elle décida de tourner une page. L'épouse rangée, conjugalement correcte, soumise aux caprices d'un mari volage, ferait place à une femme plus moderne, plus libre, plus en phase avec son milieu. Elle se mit en tête de repartir à la conquête d'Hervé. Pour cela, elle devait cesser d'apparaître surtout comme la mère de leur enfant et redevenir sa maîtresse pour ranimer son amour. A vouloir trop jouer à la mère de famille, beaucoup d'épouses perdaient leurs maris, essaya-t-elle de se persuader.

Du jour au lendemain, elle modifia son apparence. Elle soigna sa tenue en choisissant des vêtements plus seyants, surtout plus chers et sortis des grands magasins de mode à défaut de pouvoir s'offrir du Christian Dior. Elle se maquilla plus élégamment, selon les conseils des revues qu'elle consultait. Elle allongea son regard en libérant ses cils et en apportant de l'intensité à ses paupières par un fard approprié et un discret trait de crayon. Elle donna de la vivacité à son visage en s'appliquant légèrement du fond de teint sur les joues et en accentuant les contours de sa bouche à l'aide d'un rouge à lèvres vif en harmonie avec le hâle de sa peau. Elle se laissa pousser les cheveux, qu'elle déploya sur ses épaules. Elle assortit ses chemisiers à ses jupes ou à ses pantalons, osa des décolletés sans provocation jusqu'à la naissance de sa poitrine. Au travail, elle arborait plus volontiers une veste de tailleur sur un pantalon serré aux cuisses et étroit sur les chevilles. Sa taille de guêpe trahissait la touche New Look qu'elle adopta pour certains de ses vêtements. Enfin, elle porta un soin particulier au choix de ses chaussures et se paya le luxe de s'offrir deux paires de Charles Jourdan dans un magasin des Champs-Elysées, des escarpins à talons aiguilles pour les tenues élégantes, des mocassins à talons compensés pour les tenues plus décontractées.

Lorsque Hervé la découvrit la première fois dans sa nouvelle apparence, il ne retint pas son étonnement.

— Tu es très en beauté, ma chérie, lui déclara-t-il. Il y a longtemps que je ne t'ai pas adressé de tels compliments. Crois-moi, ça te va à ravir !

Ariane avait réussi son pari : attirer à nouveau le regard de son mari.

30

1949

Depuis plusieurs années, la haute couture connaissait de profonds bouleversements, un véritable âge d'or qui marquerait la décennie. Christian Dior en était l'un des maîtres d'œuvre. Mais la concurrence était rude, comme dans de nombreux secteurs. De nouvelles enseignes s'étaient ouvertes depuis la guerre, comme celles de Pierre Balmain ou de Carmen de Tommaso. D'autres, après plusieurs années de fermeture, avaient refait surface, à l'image de Schiaparelli et Molyneux. D'autres créateurs enfin, à l'inverse de Coco Chanel, qui avait clos sa maison de couture en 1939, avaient traversé les tourments du conflit sans encombre et poursuivaient leurs activités, tel Robert Piguet, chez qui Ariane s'était documentée, ou encore Balenciaga. La maison Dior était sans nul doute l'une des plus convoitées.

Ariane se trouvait au cœur de cette effervescence. Elle ne jouait qu'un tout petit rôle dans cette fièvre qui s'emparait également des médias de l'époque. Aussi fut-elle surprise quand Hélène Lazareff, la rédactrice du magazine *Elle*, visitant les ateliers Dior en compagnie du maître lui-même en vue d'un futur article, s'arrêta devant ses dessins et lui demanda :

— Que pensez-vous de l'évolution de la *mode nouvelle*[1], mademoiselle ? Vous êtes l'une parmi tant d'autres à œuvrer à la consécration de la mode française dans le monde. Vous devez ressentir une certaine fierté à concourir à un tel défi !

Ariane avait lu les numéros du magazine *Elle*. Elle se souvenait des commentaires de sa rédactrice. Elle osa lui rappeler ce qu'elle avait écrit, quelques mois plus tôt :

— Comme vous l'avez si bien noté vous-même, les collections de Christian Dior ont bouleversé l'univers de la haute couture. Je suis particulièrement fière et honorée d'appartenir à cette maison.

— Vos idées ont-elles trouvé leur place dans l'inspiration de notre grand couturier ?

— Je l'espère. En tout cas, M. Dior accorde toujours beaucoup d'attention à ce que ses stylistes lui suggèrent.

Ariane se sentait de plus en plus à l'aise dans son travail. Elle s'y accomplissait pleinement. Elle avait enfin tracé sa voie. Son goût pour le dessin, son choix d'être styliste auprès de son père avaient

1. Titre de la couverture du magazine *Elle* de septembre 1947, résumant l'année écoulée.

acquis leur consécration. Elle ne se contentait plus de dessiner des projets. Elle donnait son avis lors de l'interprétation de croquis dont elle n'était pas l'auteur. Elle supervisait aussi la fabrication de ses propres patrons, participait à l'essayage et au calage de la toile sur les mannequins, et même parfois, à la demande de Marguerite, qui ne cessait de la pousser en avant, à la prise des mesures nécessaires à la réalisation des modèles.

Marguerite avait rapidement estimé la valeur de sa jeune protégée. Elle exigeait d'elle toujours plus, lui affirmant :

« Votre avenir n'est pas seulement dans le dessin. Vous possédez des qualités de discernement et de création qui dépassent de loin votre seul talent de styliste. C'est pourquoi je désire vous mettre à l'épreuve dans d'autres domaines. »

Encouragée mais redoutant en même temps de décevoir les attentes de la première d'atelier, Ariane obéit. Elle n'hésita pas à prolonger ses journées de travail tard le soir au détriment de sa fille. La nourrice s'occupait d'Emma jusqu'au moment où elle venait la récupérer. Alors, elle n'avait plus d'attention que pour elle, consciente qu'elle lui avait manqué et qu'elle ne devait pas éternellement lui infliger ses absences répétées.

Ariane s'étourdissait à la tâche. Ses tentatives pour reconquérir le cœur d'Hervé avaient échoué. Elle ne fut pas longue à s'apercevoir que ses efforts ne portaient pas leurs fruits. Hervé semblait jouer avec elle comme avec les petites mains des ateliers. Tantôt il se montrait prévenant, tantôt il la délaissait ou lui adressait des griefs injustifiés. Ariane en vint même à se demander s'il ne la trompait pas sans vergogne. Pendant longtemps elle avait rejeté cette pensée, alors que Carole lui avait laissé entendre qu'avant elle il avait eu de nombreuses maîtresses. Comment un homme aussi volage pourrait-il rentrer dans le rang une fois marié ?

Ariane ne tenait pas à discuter de ce sujet avec son amie. Et si elle gardait son intimité secrète, elle ne désirait pas non plus exposer ses craintes.

Au travail, Hervé lui adressait rarement la parole. Cantonné dans ses fonctions de directeur du personnel et de la communication, il se souciait surtout de la cohésion de l'équipe et privilégiait davantage son rôle d'intermédiaire avec la clientèle et les fournisseurs. Sa vie professionnelle était surtout publique.

Emma grandissait sans se douter que ses parents n'entretenaient plus entre eux qu'une union de façade. A deux ans, elle était une petite fille étonnante qui comblait sa maman de bonheur. Ariane l'emmenait parfois à la maison de couture, quand la nourrice se décommandait. L'enfant gambadait librement dans les allées des ateliers, suscitant les sourires des ouvrières, qui l'avaient adoptée comme mascotte. Seul Hervé s'en courrouçait. Il estimait qu'un enfant n'avait pas sa place dans un lieu de travail. Ses remontrances publiques envers sa femme jetaient un froid parmi le personnel. Ariane tâchait de ne pas y prêter attention et se retenait de lui répliquer devant tout le monde, mais, le soir, une fois rentrée, elle osait de plus en plus souvent le reprendre.

« Tu m'as encore humiliée, lui reprochait-elle. Mes collègues n'ont pas à être témoins de nos querelles. Au reste, je te signale que tu es le seul à trouver à redire à la présence d'Emma auprès de moi. Ça n'arrive quand même pas tous les jours ! »

Hervé ne discutait jamais longtemps quand Ariane s'autorisait à lui parler sans détour. Entre eux, les silences en disaient parfois plus long que les paroles. L'atmosphère devenait rapidement délétère. Mais Ariane, ne souhaitant pas que sa fille assiste au déchirement de ses parents, évitait qu'elle soit mêlée à leurs disputes et la maintenait éloignée chaque fois qu'elle pressentait l'arrivée d'un orage.

★

La société Christian Dior était au firmament de la gloire. Hervé était parvenu à instaurer une politique active de relations publiques et de concession de licences. Pour la première fois une maison de haute couture possédait un service de communication intégré.

Hervé pavoisait. Son pouvoir s'en trouvait renforcé. Son aura dans la gent féminine ne cessait de s'accentuer, tant auprès des collaboratrices du couturier qu'auprès de sa clientèle huppée, qu'il rencontrait dans les salons d'essayage ou à domicile. En contrepartie, ses absences se multipliaient. Souvent parti aux quatre coins du monde pour poser les fondations d'un véritable empire international en gestation, il n'entretenait plus que des rapports distants avec les siens.

« Nous avons déjà lancé notre ligne de parfums, se vantait-il, laissant croire qu'il était à la base de cette réussite, puis, cette année, les bas Dior. Nous allons maintenant étendre les franchises et le dépôt de marque en louant notre nom pour griffer de nombreux articles industriels fabriqués à grande échelle. »

Ariane demeurait de marbre devant ses fanfaronnades. Hervé aimait se mettre en avant et s'attribuer des mérites et des succès qui n'étaient pas les siens. Certes, elle reconnaissait le rôle important de son mari dans l'ascension de la maison, mais, au fond d'elle-même, elle aurait préféré être mariée avec le père de son enfant plutôt qu'avec un fantôme toujours entre deux avions.

Eprouvait-elle encore des sentiments pour l'homme qui l'avait si rapidement séduite à l'époque où elle peignait, bohème, sur la place du Tertre ? Que restait-il de leur attirance réciproque ?

Comment avait-elle pu être aussi naïve et inconsciente, croire qu'il passerait sa vie entière à ses côtés et se rangerait comme la plupart des hommes ? Emma s'épanouissait dans l'ombre d'un père distant et souvent absent, dans l'amour inconditionnel d'une mère désabusée et déroutée.

L'année touchait à sa fin. Hervé était parti à New York pour superviser le lancement des bas Dior par une mise en scène publicitaire où Marlene Dietrich apposerait sa signature. Cette nouvelle avait fait le tour des ateliers. Partout on qualifiait l'événement d'exceptionnel, le point de départ du mariage de la maison Dior avec les grands noms du cinéma américain. Hervé avait déjà pris contact avec les agents d'Olivia de Havilland, de Rita Hayworth, d'Ava Gardner et de Marilyn Monroe pour rencontrer ces célèbres stars du grand écran et leur proposer des contrats, dans l'espoir qu'elles acceptent d'être habillées par Christian Dior dans leurs prochains films.

Ariane ne se plaignait plus quand il s'absentait. Au contraire, pendant ce temps elle se sentait libre. Elle n'avait plus de comptes à lui rendre, de raisons de lui en vouloir. Elle redevenait pleinement elle-même, celle qu'elle était avant de le connaître. Elle n'entendait plus ses reproches, ses sarcasmes lorsqu'il rentrait de mauvaise humeur, comme c'était de plus en plus souvent le cas.

Carole n'était pas aveugle. Même si Ariane évitait de lui parler de son couple, elle comprenait sans mot dire que son amie s'acharnait au travail pour oublier ses déboires.

Un soir, elle s'invita chez elle. Emma n'était pas encore couchée. Quand elle sonna à la porte de l'appartement, Ariane sursauta. Elle n'attendait personne et s'apprêtait à mettre Emma au lit, puis à passer le reste de la soirée à lire ou à écouter de la musique sur le tourne-disque qu'Hervé lui avait offert pour son anniversaire.

— Ma chérie, s'enhardit aussitôt Carole, j'espère que tu n'as pas dîné. J'ai apporté de quoi satisfaire ta gourmandise…

Elle s'était arrêtée chez un traiteur et avait acheté le plat préparé préféré d'Ariane. Puis, chez un pâtissier, une tarte Tatin bien caramélisée.

— J'ai aussi une bouteille de chianti dont tu me donneras des nouvelles. Avec ça, on a de quoi tenir un bon moment.

Ariane n'appréciait pas trop d'être prise à l'improviste. Elle accueillit néanmoins son amie chaleureusement et l'invita à s'asseoir au salon.

— Je te sers à boire ?

— Va pour l'apéro. Pour moi, ce sera un whisky, sans glace.

Emma, entendant du bruit, sortit de sa chambre où elle jouait dans le calme. Reconnaissant Carole, elle se jeta dans ses bras.

— Comme elle est charmante, ta petite ! s'extasia Carole.

Elle souleva l'enfant et l'étreignit. Emma eut une réaction de recul.

— Elle est de plus en plus sauvage, avoua Ariane. J'ignore ce qu'elle a en ce moment, mais elle n'accepte plus d'être embrassée que par moi. Même avec son père, elle se cabre. C'est nouveau.

— Ça lui fait quel âge ?

— Elle a eu deux ans en octobre.

Ariane demanda à sa fille de dire au revoir à son amie avant d'aller se coucher.

— Il est tard, ma chérie. Fais-moi plaisir, fais un bisou à tata Carole.

L'enfant s'approcha à nouveau, mais au lieu d'obéir à sa mère déclara tout de go :

— Mon papa ne vient jamais me faire des câlins dans mon lit et il ne me raconte jamais des histoires.

Gênée, Carole lui passa la main dans les cheveux.

Ariane entraîna Emma dans sa chambre et, après lui avoir raconté son histoire du soir, revint vers Carole.

— La vérité sort de la bouche des enfants, reconnut-elle, navrée.

— Tu dis ça comme si tu le déplorais. Après tout, si Hervé ne joue pas son rôle de père auprès d'Emma, tu n'as pas à te culpabiliser. Il serait temps que tu réfléchisses à ce qui est le mieux pour vous deux.

Ariane jeta un regard noir à son amie.

— Qu'est-ce que cela signifie ?

— Tu m'as très bien comprise. Combien de fois

encore te voileras-tu la face pour ne pas voir ce qui est évident ? Hervé se moque de toi, il te trompe et tu ne veux pas l'admettre.

Ariane ne répondit pas, butée. Elle apporta les pizzas sur la table du salon, déboucha la bouteille de vin et s'affala dans un fauteuil.

— As-tu des preuves de ce que tu avances ?

— Il n'y a que toi, au travail, pour ne pas t'en apercevoir. Tu refuses de reconnaître que tu es une femme bafouée. Ton amour-propre t'aveugle.

— Pourquoi es-tu si dure avec moi, ce soir ? Je te croyais mon amie, Carole. Si tu es venue pour remuer le couteau dans la plaie, ou simplement pour me sermonner, tu pouvais rester chez toi...

— Ne te mets pas en colère, ma chérie. Je ne supporte plus qu'on te fasse du mal. Même s'il s'agit de ton mari, le père de ton enfant. Tu es une fille formidable, bourrée de talent. Tu veux savoir ce que je pense de votre couple ? Eh bien, Hervé ne te mérite pas. Dès le premier jour, quand tu m'as annoncé que tu allais l'épouser, je n'ai pas imaginé une seule seconde que votre mariage durerait longtemps. J'ai connu Hervé avant toi. Il n'a jamais été fiable. Cet homme est un coureur de jupons. Et toi, tu es tombée aveuglément dans ses filets.

Ariane était effondrée. C'était la première fois que son amie lui tenait ce genre de discours, sans mâcher ses mots, sans chercher à minimiser les défauts d'Hervé et à la rassurer.

— Il serait temps que tu réagisses, appuya Carole.

— Comment ? En lui criant ses quatre vérités ? En le menaçant ? J'ai déjà essayé de faire appel à la raison. Ça ne dure jamais. Il revient pendant quelques jours à de meilleurs sentiments, se montre plus attentionné envers Emma. Puis, dès qu'il est à nouveau pris par son travail ou qu'il repart en voyage, il oublie ses belles promesses et tout recommence comme avant. Je ne sais plus quoi faire. Du coup, j'ai décidé de ne plus m'inquiéter et de ne penser qu'à ma fille. De plus, je me réalise tellement dans mon boulot ! C'est mon exutoire.

Ariane hésitait à prononcer le mot fatidique. Celui que Carole avait sur le bout des lèvres et qu'elle attendait dans la bouche de son amie. Voyant qu'elle éludait la question, celle-ci ne temporisa pas davantage :

— Demande le divorce, ma chérie. Ta situation deviendra bientôt insupportable. Avant qu'elle ne dégénère, pour le bien d'Emma, tu devrais prendre les devants.

Ariane essuya sur ses joues les larmes de son chagrin.

— Co… comment en suis-je arrivée là ? hoqueta-t-elle. En si peu de temps ! Je croyais que tous mes ennuis étaient terminés, que j'avais tourné définitivement la page de mes malheurs…

Carole s'étonna. Ariane ne lui avait jamais parlé de ce qui l'avait marquée dans les années précédentes. Discrètement, elle essaya d'amener Ariane à de plus longues confessions.

— Raconte-moi ce que tu dissimules si mal. Je perçois en toi une grande souffrance. Je ne t'ai jamais interrogée sur ton passé, mais j'ai vite compris que tu enfouissais au fond de toi un terrible secret.

Ariane éprouvait un énorme besoin de s'épancher. Toutes ces années à s'efforcer d'oublier, à paraître, commençaient à lui peser. Elle n'avait jamais évoqué ses parents devant son amie, sa jeunesse à Florac, ses premières amours. C'étaient pourtant ces confidences qui alimentaient souvent les soirées entre amies. En retour, Carole ne lui avait jamais posé de questions, estimant que sa discrétion était la meilleure preuve de son amitié pour Ariane.

Alors, celle-ci s'abandonna, livra ce qu'elle n'avait encore révélé à personne dans son nouveau milieu, pas même à Hervé dans leurs moments d'intimité. Elle lui ouvrit sans détour son jardin secret, jusqu'à ce jour effroyable où elle avait été tondue en place publique sous les quolibets d'une foule déchaînée. Elle ne cacha pas avoir vécu comme une sans-abri, de petites rapines et de mendicité pendant plusieurs mois. Plus elle se confiait, plus elle se sentait soulagée, plus elle retrouvait la lumière qui lui manquait à l'intérieur.

Carole en demeura sans voix. Jamais elle n'aurait soupçonné pour son amie une telle descente aux enfers. Elle ne la jugea pas. Elle ne la plaignit pas non plus. Par respect. Mais aussi pour éviter de s'apitoyer.

Toutefois, devant la souffrance d'Ariane, elle ne voulait plus lui mentir en se taisant, en lui dissimulant ce qu'elle avait appris sur son mari. Alors elle lui confirma qu'Hervé menait une double vie et profitait de ses voyages à l'étranger pour emmener ses jeunes maîtresses dans les luxueux hôtels où il descendait.

— Je ne souhaitais pas en arriver là, lui avoua-t-elle à la fin de ses révélations. J'espérais que tu t'en apercevrais par toi-même et que tu réagirais.

Ariane ne disait mot, interdite. Elle refusait de croire à un tel scénario. Celui de l'épouse trompée, ridiculisée, humiliée, celle que tout le monde plaint en secret mais devant laquelle on se retire pour ne pas s'immiscer dans son couple et passer pour une mauvaise langue.

Devant son abattement, Carole éprouva des remords :

— Je n'aurais pas dû te raconter tout cela. Je le regrette. Tu n'étais pas prête à entendre la vérité.

Alors, Ariane se leva, sécha ses yeux larmoyants, déclara :

— Non, tu as bien fait. Je sais maintenant ce qu'il me reste à faire.

31

1950-1953

Ariane ajourna sa décision. Elle préféra offrir une dernière chance à Hervé. Non pour elle-même mais pour Emma, qui, pensait-elle à juste titre, avait besoin de son père. Comment l'enfant réagirait-elle en effet si elle lui expliquait brutalement que son papa et sa maman, dorénavant, vivraient séparément ?

En outre, son travail l'accaparait beaucoup. Elle ne souhaitait pas que ses histoires de couple déteignent sur sa vie professionnelle. Depuis trois ans maintenant, elle avait acquis une place de choix dans la maison Dior, une expérience approfondie non seulement en tant que styliste mais aussi comme modéliste. Grâce à la confiance que lui témoignait Marguerite, on lui avait attribué une responsabilité qui l'avait hissée parmi les éléments indispensables de l'atelier de flou, où allait sa préférence.

Hervé l'avait félicitée, ne se privant pas de flatteries à son égard, comme il en réservait toujours pour toutes ses employées. Il éprouvait une certaine fierté de lui avoir permis de se réaliser et ne se gênait pas de lui rappeler d'où il l'avait sortie.

« Dire que si je n'avais pas traîné du côté de Montmartre je ne t'aurais pas repérée et tu serais restée peintre bohème sur la Butte ! insistait-il non sans jubilation. A quoi ça tient, le destin ? »

Ariane évitait de le contredire quand il prenait plaisir à la rabaisser tout en la complimentant. Elle ne voulait pas rentrer dans son jeu et se contentait de lui rétorquer :

« Tu désirais tellement coucher avec moi que tu étais prêt à tout pour y parvenir ! Je suis une ligne de ton palmarès. »

Alors il se taisait, reconnaissant les faits par son silence.

Il lui arrivait encore d'inviter Ariane en week-end, n'hésitant pas à l'emmener là où la bonne société se retrouvait et festoyait sous les lustres des hôtels luxueux. L'année précédente, en septembre, il l'avait conduite à Nice au Negresco, puis à Cannes au Carlton, pour la troisième édition du festival du cinéma inauguré par le secrétaire d'Etat à l'Information, François Mitterrand. Il aimait se frayer une place parmi les grands afin de paraître plus important qu'il ne l'était, affichant une fierté outrancière qui indisposait Ariane. Elle n'osait toutefois pas refuser ses invitations. Elle souhaitait toujours que tout s'arrange entre eux. Mais il lui fallait bien admettre qu'il ne s'amendait nullement et qu'avec le temps elle se détachait de lui.

Dans les ateliers de la maison, Ariane n'exprimait pas ses états d'âme. Elle se jetait à corps perdu dans tous les projets et n'hésitait pas à donner son avis quand Marguerite ou une autre première d'atelier la consultaient. Christian Dior avait conceptualisé la notion de « lignes nouvelles » en modifiant celles-ci pour chaque collection. Aussi les prochains défilés étaient-ils annoncés comme des événements exceptionnels. Après les lignes Corolle, Zig-Zag, Envol, Ailée, et Trompe-l'œil, Ariane avait travaillé sur une ligne plus épurée, baptisée Verticale, pour la saison printemps-été 1950.

En lui expliquant les consignes, Marguerite avait été très claire :

« Nous abordons une seconde phase dans l'évolution de nos collections, lui avait-elle précisé afin qu'elle se mette au diapason du grand couturier. Après la tendance New Look marquée par les courbes et l'ampleur, nous entamons une seconde période, au cours de laquelle nous insisterons moins sur les hanches et la taille, les courbes seront moins voluptueuses. Réfléchissez en ce sens. Et faites-moi des propositions. Je vous donne toute latitude pour innover. »

Un autre défi se présentait pour Ariane. Influencée jusqu'à maintenant par ce que le maître avait produit depuis ses débuts, elle dut renouveler son inspiration, tout en respectant le style de la maison. Elle contribua ainsi à « la nouvelle silhouette », telle que le magazine *Vogue* l'avait définie en ce début d'année : *une poitrine affirmée mais sans excès, une taille concave, des hanches bien dessinées, de longues jambes...*

Si Christian Dior était toujours très influent, il n'exerçait plus le monopole sur la mode qu'il avait connu depuis ses débuts. Balenciaga, Fath occupaient aussi le devant de la scène. La concurrence s'affirmait.

Dans ce contexte, Ariane ressentait beaucoup de fébrilité autour d'elle. Mais n'étant pas dans les allées du pouvoir, elle ignorait les tractations des uns, les tentatives de débauchage des autres. Le moindre défilé, le moindre article de presse étaient prétextes à toutes formes d'espionnage. Hervé, lui, se tenait informé de tout ce qui se passait dans les maisons rivales, plaçait ses antennes partout, gardait pour lui certains renseignements. Il n'en parlait jamais à sa femme.

La décennie qui commençait s'annonçait cruciale pour la haute couture. Les affres de la guerre s'éloignaient. La mode était en train de devenir une industrie de luxe à part entière, les couturiers des hommes d'affaires et leurs maisons des entreprises internationales.

Hervé se dépensait sans compter. Ses voyages à l'étranger se multipliaient. Il procéda à l'ouverture de bureaux de relations publiques à travers le monde et contribua à l'image de couturier des stars de Christian Dior. L'empire Dior s'étendait sur plus de douze pays et employait des milliers de personnes.

Ariane se sentait de plus en plus délaissée.

— Ça ne peut plus durer ! se plaignit-elle à Carole. J'ai l'impression d'être mariée à un courant d'air !

Ariane avait une fois de plus affirmé qu'elle ne désirait pas traumatiser sa fille.

— J'y réfléchis. Je me déciderai quand j'estimerai le moment opportun pour Emma.

— Plus tu attendras, plus elle souffrira, lui objecta Carole. Avec l'âge, elle sera de plus en plus consciente de ce qui vous oppose et ne comprendra pas pourquoi vous vous séparez. Même si elle reproche à son père de ne pas la câliner, Hervé reste son papa à ses yeux. Et un enfant partagé entre ses deux parents est malheureux.

Alors, écoutant les conseils avisés de son amie, Ariane ne temporisa plus davantage. Elle n'avait plus le courage de lutter, de mentir à sa fille, à son entourage. Elle n'avait plus envie de feindre devant Hervé, d'accepter d'être une épouse humiliée.

La veille du défilé printemps-été, alors qu'elle venait de border Emma dans son lit, elle déclara à Hervé :

— Je demande le divorce.

★

Leur séparation fut effective quelques mois plus tard, le temps de régler les suites du défilé de la collection printemps-été. Hervé ne fit aucune objection et ne s'en trouva pas surpris. Il admit s'être douté que cela arriverait un jour. En revanche, il ne reconnut pas ses torts.

— Je n'aurais pas dû t'intégrer dans mon personnel, regretta-t-il. Ton travail t'est monté à la tête. Tu as cru que tu deviendrais quelqu'un d'important dans la maison. Tu te leurres. Si tu as d'autres ambitions, je peux t'assurer dès à présent que tu n'obtiendras rien de plus. Tu oublies que c'est grâce à moi que tu es parvenue à ce niveau.

Au cours de leurs affrontements, Ariane évitait de répliquer, mais, au fond d'elle-même, elle estimait qu'Hervé ne manquait pas de toupet. Elle craignait surtout qu'au dernier moment il ne s'acharne à récupérer la garde de leur fille. Jamais Emma ne s'habituerait à vivre éloignée de sa mère.

L'enfant, pressentant sans doute l'inéluctable, commençait à montrer des signes d'angoisse. Au moment du coucher, elle refusait de rester seule dans le noir, même après son histoire du soir. Elle exigeait qu'Ariane demeure avec elle jusqu'à son total endormissement. Parfois, elle s'oubliait à nouveau pendant la nuit et se réveillait en pleurant, toute mouillée. A table, en présence de son père, elle repoussait son assiette, prétextant qu'elle n'avait pas faim ou que le plat ne lui plaisait pas.

Ariane avait consulté un pédiatre, qui l'avait rassurée : « Votre enfant se porte bien. Tant que vous n'aurez pas réglé votre situation de couple, son esprit sera perturbé. Votre fille a besoin de stabilité, de ne plus entendre ses parents se déchirer. Plus vite vous vous séparerez, plus vite elle retrouvera une vie normale... disons une certaine sérénité. »

Contrairement à ses craintes, Hervé ne s'opposa nullement à laisser Emma aux soins de sa mère. Devant le juge qui prononça le divorce, il joua même les grands cœurs pour le plus grand bien de son enfant, prétendit-il. Une fois de plus, il feignit de paraître celui qui se dévouait, un mari compréhensif. Sans culpabiliser Ariane, il releva que ce n'était pas lui qui désirait divorcer mais sa femme, alors qu'il lui avait offert une voie royale quand il l'avait rencontrée. Ecœurée, Ariane se défendit sans détailler tout ce qu'elle lui reprochait. Elle argumenta seulement sur l'avenir de sa fille dans le cas où on la lui enlèverait. Le juge estima qu'Hervé, en raison de son travail, n'était pas un père assez disponible pour assumer pleinement l'éducation de sa fille et décida de confier celle-ci à la garde unique de sa mère.

Soulagée, Ariane ressortit du palais de justice en pleurant. Carole patientait, sur les marches, tenant Emma par la main. Hervé attendit que les deux femmes s'éloignent pour sortir à son tour. Il ne souhaitait pas leur parler. La confrontation avait été tendue. Des mots avaient été lancés, des détails de leur vie intime dévoilés, des reproches échangés.

Ariane plus qu'Hervé en avait souffert. Elle n'était pas de celles qui étalent au grand jour leurs ressentiments.

— Alors ? s'enquit aussitôt Carole.

— C'est terminé. J'ai obtenu la garde, soupira Ariane, soulagée.

— Pourquoi tu pleures, maman ? demanda naïvement Emma. Tu es triste ?

Ariane aperçut Hervé sur le perron. Il discutait avec son avocat. Elle détourna l'attention de sa fille et la tira par la main.

— Non, la rassura-t-elle. Je suis trop heureuse d'être avec toi. Allez, je t'emmène au zoo et je t'offrirai une glace si tu es gentille.

— Mais je suis gentille !

Emma ne remarqua pas son père à la sortie du palais de justice. Elle ne comprit pas ce que sa mère était venue y régler.

Pour elle, la vie continuait, comme si de rien n'était. Certes, elle finit par trouver étrange que son papa ne rentre plus le soir. Quand Ariane lui en eut expliqué la raison, avec des mots simples et bien choisis mais le cœur triste, elle se consola très vite.

La séparation ne traumatisa pas Emma. La présence de sa mère à ses côtés lui suffisait pour se sentir entourée, aimée, comme en ont besoin tous les enfants. Seul le changement de logement la perturba. Elle avait ses habitudes dans l'appartement de l'avenue Montaigne. Ariane, en effet, avait déménagé la veille du divorce. Carole lui avait proposé d'habiter chez elle avant qu'elle se trouve une nouvelle adresse.

Une semaine plus tard, Ariane s'installa à nouveau à Montmartre, rue Lepic, pour être plus près de ses amis peintres, avec qui elle n'avait jamais coupé les ponts. Sur la Butte, elle se considérait comme chez elle, dans un village accueillant, loin de la cohue, des embouteillages, des bruits de la capitale. Elle y retrouva Joseph avec un immense bonheur.

Avec le temps, elle refit surface. Cette fois, la blessure ne laissa pas de cicatrice en elle. Emma lui apportait son soleil quotidien, sa joie permanente, le sel de sa vie. Elle était devenue une magnifique petite fille aux longs cheveux auburn ondulés, aux yeux noisette brillants d'éclats, qui faisait la fierté de sa maman.

Chez Christian Dior, Ariane participa à toutes les évolutions que le grand couturier imposait à la mode de la décennie. Lorsqu'en 1953 on lui demanda de concevoir des robes et des jupes plus courtes, elle exulta.

— Désormais, on montre les genoux, lui signifia Marguerite, fidèle au poste. Les jambes se découvrent. Vous étiez en avance sur nous !

Ariane, en effet, n'avait jamais sacrifié au port des jupes au mollet. Elle pensait, non sans raison, que les jeunes de l'âge de sa fille révolutionneraient leur manière de s'habiller afin de s'affranchir totalement des carcans de leurs aînés. Elle n'imaginait pas que cette libération exploserait une douzaine d'années plus tard.

— Vous me flattez, releva Ariane. Je cours me mettre au travail !

La jeunesse des années cinquante était attirée par des styles vestimentaires nouveaux, parfois directement issus des Etats-Unis, attestant une forme d'indépendance. Ariane était sensible à cette évolution. Aussi osa-t-elle présenter des modèles avec des tee-shirts, des chemises à carreaux, des blousons noirs, des jeans popularisés dès les années trente et qui commençaient à connaître un véritable engouement en Europe.

Depuis qu'elle avait quitté Hervé, ses relations avec ses collègues s'étaient normalisées. Elle n'était plus l'épouse du directeur du personnel. Et si elle bénéficiait de l'écoute particulière des premières d'atelier, on ne lui reprochait plus la place privilégiée qu'elle occupait.

Elle fut totalement soulagée lorsque, par un matin de novembre 1953, Hervé annonça son départ de chez Christian Dior. Personne n'était au courant de sa décision et ne s'y attendait. Seul ce dernier en avait été informé. Dans les ateliers, la surprise fut totale. Hervé Latour rejoignait Coco Chanel, dont la maison de couture rouvrait ses portes au 31, rue Cambon. Les boutiques, les ateliers et les appartements avaient été remis en état après des années d'inactivité depuis le début de la guerre.

Nul ne fut dupe. Hervé partait pour offrir ses services à la grande dame afin d'assouvir sa soif de gloire et de reconnaissance. En ce domaine, il n'était pas le seul. Les transferts de personnel étaient monnaie courante depuis très longtemps d'une maison à l'autre.

Dans les ateliers, les commentaires allèrent bon train.

— On le regrettera, avouaient les unes, celles qui demeuraient sous son charme et espéraient toujours qu'il leur arriverait ce qu'avait connu Ariane dans ses moments de faveur.

— Bon vent ! affirmaient d'autres, qui, sans doute vexées de ne pas avoir été choisies, voyaient leurs attentes s'effondrer comme un château de cartes.

Dès lors, Ariane n'entretint plus aucune relation avec son ex-mari. Hervé parti, elle n'avait plus de devoir de reconnaissance qu'envers Marguerite, qui l'avait sans cesse soutenue dans ses démarches, dans ses projets. Hervé ne réclamait jamais sa fille, s'inquiétait rarement d'elle, se comportait comme si elle n'existait plus. Choquée par une telle attitude,

Ariane finit par s'en accommoder et se garda de raviver les souvenirs d'Emma à propos de son père.

Sa vie avait pris un autre tournant. Elle élevait seule sa fille. Elle se réalisait pleinement dans son métier. Elle se sentait enfin heureuse. Son passé ne hantait plus ses nuits. Un nouveau destin se dessinait devant elle.

Elle était redevenue une femme libérée.

Une femme libre, qui n'avait plus d'attaches que pour sa fille.

Et quand, parfois, ses racines familiales vibraient en elle, elle pensait à Emma, à la jeune fille qu'elle serait bientôt, au bonheur qu'elle lui souhaitait.

Un soir, alors qu'elle s'apprêtait à mettre Emma au lit, celle-ci lui demanda :

— Dis, maman, tu ne m'as jamais parlé de ton papa et de ta maman. Ils sont morts ?

Surprise, elle rassura aussitôt son enfant :

— Bien sûr que non !

— Alors, tu m'emmèneras les voir ? J'aimerais bien avoir un papi et une mamie.

Ariane frôla le visage de sa fille d'une main délicate.

— Bien sûr, ma chérie. Un jour… peut-être.

Saint-Jean-du-Pin, le 3 avril 2019

Remerciements

Je n'ai pas l'habitude de m'étendre en remerciements lorsque j'ai terminé la rédaction d'un de mes romans. Je trouve cet exercice quelque peu spécieux, voire flatteur, en tout cas frustrant pour tous ceux qu'on oublie de citer à un titre ou un autre. On n'écrit jamais une histoire qui s'inscrit dans la réalité sans aller au-devant de gens qui en connaissent plus que l'auteur. Les rencontres fortuites ou provoquées sont nombreuses au moment de la recherche. Elles en constituent le socle, le gage de sérieux.

Je ne dérogerai pas à cette attitude, prenant, une fois de plus, le risque de mécontenter certains qui ont participé à rendre ce roman « plus vrai que nature », comme l'on dirait d'une nature morte. Mes remerciements, je n'attends pas de les écrire sur une page du livre. Je préfère les formuler de vive voix, lorsque je suis sur le terrain.

Toutefois, je vais faire ici une exception.

Cela fait bientôt vingt ans que nous nous sommes connus, dans ma première maison d'édition. Nous y avons réalisé des parcours parallèles, qui auraient pu se croiser si je n'étais pas parti sous d'autres auspices, ceux des Presses de la Cité, qui m'ont chaleureusement accueilli.

La Providence nous a réunis deux ans plus tard. Depuis, j'écris sous son œil très affûté. J'accepte ses remarques toujours justifiées. Je m'enrichis de ses conseils. Avec elle, j'améliore encore mon écriture. Je n'ai pas la prétention en effet de tout maîtriser. Je me remets en question, je me corrige, j'approfondis. J'ai l'impression d'apprendre encore, et à mon âge c'est extrêmement gratifiant.

Je voudrais donc remercier – une fois n'est pas coutume ! – Clarisse Enaudeau, mon éditrice, pour sa patience, sa perspicacité, sa confiance. Elle s'est sans doute reconnue.

Et, avec elle, derrière elle, toute l'équipe des Presses de la Cité, pour son travail acharné sans lequel nos romans ne verraient pas le jour, en particulier Carole et Isabelle.

Composition et mise en pages
Nord Compo à Villeneuve-d'Ascq

Imprimé en France en septembre 2022
par l'Imprimerie Maury S.A.S. à Millau (12)

N° d'édition : C16335/03
Dépôt légal : août 2021
N° d'impression : I22/71754L